当代美国南方文学主题研究

比较文学文化研究
新视野丛书

张 进 主编

高红霞 著

知识产权出版社
全国百佳图书出版单位

图书在版编目（CIP）数据

当代美国南方文学主题研究／高红霞著.—北京：知识产权出版社，2019.7
（比较文学文化研究新视野丛书／张进主编）
ISBN 978-7-5130-6318-0

Ⅰ.①当… Ⅱ.①高… Ⅲ.①现代文学—文学研究—美国 Ⅳ.①I712.06

中国版本图书馆CIP数据核字（2019）第121021号

责任编辑：刘 睿 刘 江 责任校对：谷 洋
封面设计：张 冀 责任印制：刘译文

比较文学文化研究新视野丛书
当代美国南方文学主题研究
DangDai MeiGuo NanFang WenXue ZhuTi YanJiu
高红霞 著

出版发行：	知识产权出版社 有限责任公司	网 址：	http://www.ipph.cn
社 址：	北京市海淀区气象路50号院	邮 编：	100081
责编电话：	010-82000860转8344	责编邮箱：	liujiang@cnipr.com
发行电话：	010-82000860转8101/8102	发行传真：	010-82000893/82005070/82000270
印 刷：	保定市中画美凯印刷有限公司	经 销：	各大网上书店、新华书店及相关专业书店
开 本：	720mm×960mm 1/16	印 张：	19.5
版 次：	2019年7月第一版	印 次：	2019年7月第一次印刷
字 数：	282千字	定 价：	78.00元
ISBN 978-7-5130-6318-0			

出版权专有 侵权必究
如有印装质量问题，本社负责调换。

国家社会科学基金重大项目 （17ZDA272）
教育部人文社会科学研究项目 （10YJA752008）
兰州大学外国语学院科研创新团队建设项目 （16LZUWYXSTD010）

目 录

绪 论 ……………………………………………………………（1）
 一、研究现状与研究意义 ………………………………………（1）
 二、研究的主要思路和具体方法 ………………………………（4）
 三、研究的基本内容与框架结构 ………………………………（6）

第一章　家族主题：从家族谱系到家庭叙事 ……………………（17）
 一、美国南方的家族文化传统 …………………………………（17）
 二、父权制家族"神话" …………………………………………（28）
 三、母姓家族谱系 ………………………………………………（46）
 四、零散化的家庭叙事 …………………………………………（62）
 小　结 ……………………………………………………………（89）

第二章　历史主题：从历史神话到历史碎片 ……………………（99）
 一、"南北战争"与历史主题 ……………………………………（99）
 二、"向后看"的伤感 ……………………………………………（104）
 三、"向前看"的踟蹰 ……………………………………………（118）
 四、解构历史的"狂欢" …………………………………………（130）
 小　结 ……………………………………………………………（151）

第三章　地方主题：从地域情结到"非地方"意识 ……………（161）
 一、南方文学的"亲土"传统 …………………………………（161）
 二、"重农"运动与地方情结 …………………………………（168）
 三、"约克纳帕塔法"文学地理王国 …………………………（175）
 四、"后南方"的"非地方"意识 ………………………………（192）

小　结 …………………………………………………………（223）
第四章　"新千年"主题：从主题回归到主旨新变 ……………（235）
　　一、地方意识的回归 …………………………………………（235）
　　二、历史主题的续写 …………………………………………（252）
　　三、家族传奇的重塑 …………………………………………（260）
　　小　结 …………………………………………………………（267）
结语　南方文学主题的"延续"与"断裂" ……………………（273）
主要参考文献 ……………………………………………………（293）

绪　　论

一、研究现状与研究意义

地域特色鲜明的美国南方文学一直吸引着中美评论界的研究兴趣。在美国,20世纪南方文学的研究主要集中在"南方文艺复兴"时期,以威廉·福克纳、托马斯·沃尔夫、罗伯特·潘·沃伦、艾伦·泰特、卡森·麦卡勒斯、弗兰纳里·奥康纳、尤多拉·韦尔蒂和凯瑟琳·安·波特等作家的小说研究为主,研究成果重点围绕南方的家族"罗曼司"、地域特色、历史重负、种族冲突等主题以及哥特式怪诞、风趣幽默、乡土色彩等写作风格。

20世纪60年代之后,南方"新生代"作家开始活跃在南方文坛,他们的创作引起了美国本土研究者的关注,已经有多篇研究论文和著作问世。其中具有代表性的研究成果如下:弗洛若(Joseph M. Flora)和贝恩(Robert Bain)主编的《当代南方小说作家》(*Contemporary Fiction Writers of the South*,1993);福克斯(Jeffrey J. Folks)和珀金斯(James A. Perkins)主编的《世纪末的南方作家》(*Southern Writers at Century's End*,1997);格兰特伦德(Jan Lordby Gretlund)主编的《当今南方小说》(*Still in Print: The Southern Novel Today*,2010);英奇(Tonette Bond Inge)主编的《南方女性作家:新生代》(*Southern Women Writers: The New Generation*,1990);普雷肖(Peggy Whitman Prenshaw)主编的《当代南方女性作家》(*The Women Writers of the Contemporary South*,1984);

柯瑞林（Michael Kreyling）的《创建南方文学》(*Inventing Southern Literature*, 1998)；奎因的专著《南方现代主义之后：当代南方文学》(*After Southern Modernism: Fiction of Contemporary South Literature*, 2000)；哈姆佛瑞斯和约翰·罗伊（Jefferson Humphries & John Lowe）主编的《南方文学的未来》(*The Future of Southern Letters*, 1996)等。以上研究成果按照研究特色大体划分为三类：第一类以南方当代作家发表作品的先后顺序为线索，推荐、介绍"新生代"作家及作品；第二类以科研论文集为主，以专题研究的形式评论当代南方作家的创作主题和写作风格；第三类以女性作家及其作品为研究对象，探讨"新生代"女性作家的写作经验和创作特色。

在中国，美国南方文学的研究肇始于新时期，而且长时间以来一直以福克纳小说的主题思想和艺术特色研究为重点。进入 20 世纪 80~90 年代，福克纳依然是中国学者研究最多的美国南方作家，李文俊、陶洁、蓝仁哲、肖明翰等学者的翻译与研究论著把国内的福克纳研究推向高潮。此时期国内对于美国南方作家的研究还涉及沃尔夫、沃伦、泰特、麦卡勒斯、奥康纳、韦尔蒂等其他"南方文艺复兴"第一、第二代作家作品的译介和评论。国内也出现了一些对比研究福克纳与巴金、莫言、沈从文、阿来等作家的研究成果。

进入 21 世纪之后，国内零星出现了一些研究美国南方"新生代"作家作品的成果。李杨 2006 年出版的《美国南方文学后现代时期的嬗变》，属于国内首部对当代南方文学展开系统研究和介绍的专著。李常磊和王秀梅 2011 年发表在的《当代美国南方文学的现实性回归》、王建平 2011 年发表的《沃克·珀西的末世情结与美国南方的历史命运》、芮渝萍 2006 年发表的《〈杀死百舌鸟〉中成长主题的道德批评》、李美华 2003 年发表的《安妮·泰勒在美国当代女性文学中的地位》、曾传芳 2005 年发表《不幸的西西弗——解读〈躺在黑暗中〉的悲剧人物》和《斯泰伦对美国南方文学传统的继承与创新》、刘国枝 2002 年发表的《哈帕·李与美国南方文学传统》、宋健衡的《从理查德·福特的作品管窥后现代思潮下的美国南方文学》，等等，属于国内研究后现代南方文学的一些主要论文。

20世纪30年代至50年代中期的"南方文艺复兴"代表着美国南方文学的巅峰时刻。"复兴"文学醇厚浓郁的重农亲土意识、至高无上的家族荣誉观念、强烈深厚的历史怀旧意识、特色鲜明的民俗地域风情吸引了全世界学者的热切关注和研究兴趣。纵观新时期以来国内美国南方文学的研究，研究者将研究兴趣集中在以福克纳为代表的"复兴"第一代和第二代作家的研究上。但是，自20世纪60年代之后，"南方文艺复兴"走向式微，"复兴"文学的光环逐渐暗淡，进入后工业社会的美国南方文学在主题思想和叙事风格方面发生了明显的变化，展现出一系列新的发展趋势。当代南方文学作家的创作更多地表现出后现代性特征，逐渐淡化或者摒弃"复兴"文学的一些创作主题与叙事特色。美国学者首先意识到南方文学在当代的转变，并尝试对此展开解读。

美国当代南方文学的研究者发现，"新生代"作家力争革新"复兴"作家的创作主题和艺术风格，传统的家族观念、历史意识、地方情结、种族观念、性别思想等受到新时代的极大挑战，"复兴"文学的家族、历史、地域三位一体的经典主题已经不再构成"新"或者"后"南方文学的创作主轴，南方文学的研究者开始把眼光从这些传统主题上挪开，重点探讨"新生代"作家的后现代写作技巧，分析作品反映的无序、断裂、动荡、焦虑等后工业消费社会特征。因此，他们对于当代南方文学在主题上的变化、引发这些改变的原因以及变化的总体趋势等问题的研究还有待系统挖掘和深化。

中国针对美国"新生代"南方文学的研究处于起步阶段，对于"新生代"作家的研究相对滞后，相关方面的研究性论文和专著在近10年才开始出现。而且，国内已有的研究成果还停留在零星选择和翻译介绍诸如理查德·福特、安妮·泰勒、考迈克·麦卡锡和鲍比·安·梅森等"新生代"作家、作品的阶段，大部分研究性论文也只是单个作家或者单部作品的分析探讨。因此，系统梳理当代美国南方文学的主题特征并准确把握其嬗变历程是当务之急。当然，国内外现有的研究成果为进一步探讨当代南方文学主题在后现代的发展变化奠定了基础，但囿于针对单篇小说或同时代作品的微观共时性研究，忽略了整合研究和历时性对比研究的重要性。鉴于此，南方当代文学主题的研究只有在"南方文艺复兴"和"新生代"两个时段的对勘比较研究框架中，才能更加有效地总结后现代南方文学对"复兴"文学主题的继承、发展、反叛以及超越，准确反映当代南方文学主题的发展趋势和演变轨迹。

基于美国南方文学现状的梳理，本研究确立了切实有效的切入点和研究方向。结合当代美国南方文学研究的必要性、迫切性和学术性，本研究明确了研究对象和研究方法，即主要选取美国"南方文艺复兴"第一、第二代具有代表性的作家与获得国家级文学奖项、发表多部作品的"新生代"作家进行比较研究，在研究对象的选取方面力争避免以点盖全的局限性。本研究借重对勘比较的研究方法和设计框架，历时性地对比二者在创作主题方面的差异性与趋同性，旨在揭示当代南方文学对于传统文学的继承、重塑、过滤和创新等方面的重要内容，进一步考察南方文学主题发生变化的社会政治和历史文化原因。简言之，比较研究的方法具有切实可行的意义，是准确把握当代美国南方文学主题整体特征和发展趋势的必要前提和有效策略。

二、研究的主要思路和具体方法

本研究是一个涉及叙事学、文化诗学和社会学的历时性比较研究课题。针对国内外在美国南方文学研究上存在的零敲碎打局面，本课题强化研究的系统性和纵深感，旨在对"南方文艺复兴"与"新生代"两个时段的文学主题进行体系化和整合性比较研究，系统辨析二者之间的复杂关联和交互关系，并深度阐释其间的趋同性与差异性，使南方文学的主题内容、叙事特色与独特的文化内涵和社会历史变迁紧密联系起来。南方文学在历史意识、家族观念、地方情结等方面的演变形成了清晰可辨的发展轨迹。因此，对当代南方文学的研究应该将重心放在以上三大经典主题的演变发展方面。本课题借助微观的文本阅读和宏观的思潮把握、共时性和历时性相结合的研究方法，重点梳理20世纪60年代之后美国南方优秀作品的主题特征，分析当代"后南方"的工业化、城市化、国际化、移民浪潮、消费文化、性别觉醒、阶级意识等对"新生代"作家创作主题的影响作用，强调在叙事学和历时性比较研究的视域下，剖析"后南方"文学中地区身份渐趋模糊、历史意识和家族观念逐步消解背后的社会学本质，以求准确掌握"后南方"文学的主题特色及其在当代的嬗变演进流程和整体发展走向。

从"南方文艺复兴"到"新生代"再到"新千年"，美国南方文学在主题上经历了注重本土传统主题—传统主题的疏离—抗议或者戏仿传统主题—回归传统主题、凸显南方性的"循环式"发展模式。美国南方文学创作主题的"延续"和"断裂"的发展历程决定了历时性研究美国当代南方文学在家族、历史、地域等主题方面的演变不但是当务之急，而且是一个颇有学术价值的研究方向。本研究主要解决的问题是从叙事学和社会学的层面挖掘"新生代"作家对"复兴"叙事主题的借鉴、吸纳、熔铸与改造，试图阐释存在于这些变化背后的社会、历史、文化原因。透过美国南方的社会历史变迁历程来关照和寻绎文学主题的发展轨迹是本研究的最终目标，并期待对当代美国南方文学的研究有所推进与补充。

本研究的目标是突破当代美国南方文学单个作家、单部作品的个案分析研究模式，试图运用叙事学和文化诗学等研究方法，进入南方文学的家族文化、历史意识、地方观念等主题方面，从"继承"与"颠覆"两个互为辩证的维度入手展开综合研究，使文学研究与社会学研究相结合，考察发掘美国南方的家庭观、历史观、地方意识、种族和阶级问题、社会制度等在后现代工业文明、消费经济和价值取向多元化的冲击下体现出的新趋势。本研究力争突破如下三个难题：（1）深入到主题思想、叙述内容、叙述话语等具体层面进行共时性和历时性相结合的整合研究；

（2）试图突破文学研究和社会学研究的界限，通过研究美国南方文学的创作主题，达到对美国"后南方"的社会、家庭、历史、地域、民族、文化、宗教等方面的探索；（3）重点归纳整理后现代时期南方文学作品的主题及其发展趋势。

三、研究的基本内容与框架结构

  本研究的主要研究对象涉及美国"南方文艺复兴"作家与20世纪60年代之后取得重要成就的"新生代"作家。20世纪30年代，美国南方的"逃逸派"诗歌运动以及后来的"重农派"运动、"新批评"运动等，激发了南方作家的区域身份自我觉醒意识，并催生了威廉·福克纳、约翰·C.兰色姆、罗伯特·潘·沃伦、艾伦·泰特等第一代以及卡森·麦卡勒斯、弗兰纳里·奥康纳、尤多拉·韦尔蒂等第二代"复兴"作家。在共同的南方历史记忆和强烈的区域身份认同的基础上，"复兴"作家主要围绕家族、历史、地域三大主题，以怀旧忧伤的笔触对"旧"南方展开热情饱满的书写，形成了美国南方文学家族/历史/地域三位一体的经典文学创作主题，彰显南方文学独特的区域性文化特征。20世纪后半叶，美国南方文学虽不如"复兴"时期那样群星璀璨却也方兴未艾，优秀作家层出不穷。例如，彼得·泰勒（Peter Tayler）、安妮·泰勒（Anne Tyler）、雷诺斯·普莱斯（Reynolds Price）、理查德·福特（Richard Ford）、沃克·珀西（Walker Percy）、威廉·斯泰伦（William Styron）、梅森（Bobbie Ann Mason）、巴瑞·汉纳（Barry Hannah）、考迈克·麦卡锡（Cormac McCarthy）、约瑟芬·哈姆弗瑞思（Josephine Humphreys）、哈瑞·克鲁斯（Harry Crews）、李·史密斯（Lee Smith）、安·塞登丝（Anne Rivers Siddons）、汤姆·沃尔夫（Tom Wolfe）、托尼·巴姆巴拉（Toni Cade Bambara）等，是其中的佼佼者。

  构成美国南方当代文学中坚力量的作家是第二次世界大战之后出生的"新生代"。他们的作品和文学评论在20世纪60年代之后的南方文学舞台上发挥着至关重要的作用，以至于有些南方观察家和学者认为"新生代"南方文学完全可以与"复兴"文学互相媲美。"新生代"作家荣获了包括普利策小说奖、美国国家图书奖、笔会福克纳小说奖、美国全国图书评论界奖、美国国家文学艺术研究院奖、欧·亨利文学奖等美国文学界的各种重要奖项。在面临电视电话的普及、城市化和国际化的深化、移民浪潮的影响、后现代消费文化和后现代文艺思潮的冲击等多种因素时，"新生代"南方作家对"复兴"文学的家族、历史、地域主题有意识地进行淡化与解构，在回归现实的创作理念中发动了一次具有"狂欢"性质的"南方神话"去魅运动。

从南方文学创作主题的发展变化来看，"南方文艺复兴"时期谱系化的家族神话、恢宏壮丽的内战历史、旖旎瑰丽的田园风光，在当代被零散化的家庭生活、对内战的戏仿与解构、无根漂泊的"非地方"意识所替代。"新生代"作家的作品重点书写当代美国南方人的各种困境：面对历史的困惑是，选择认可南方传统厚重的历史意识还是关注面向当下和未来的历史意识；在社会目标选择上面临的困境是，回归"旧"南方的价值观念和道德体系还是选择"新"南方的经济价值和消费文化；人生目标选择上的困境是，如何面对家庭与个体、社会责任与自我实现之间的矛盾与冲突；地域归属方面的困境是，选择"旧"南方的地域和地方性（placeness）还是"新"南方的"非地方性"（nonplaceness）。大部分"新生代"作家选择了回归现实的写作道路，把叙事焦点对准已经完成从农耕文化到城市文化、从农业经济到工业经济转型之后的"后南方"（Postsouth），反映当代美国南方人如何回应大规模的城市化、工业化、资本流通、房产开发、国际化和文化多元性等社会变革。

"新生代"作家对南方文学传统的家族、历史、地域主题依据当下的社会现实和历史文化需求进行改写与重塑，使它们体现出鲜明的"后南方"时代特征。传统意义上的南方区域身份和地域自觉意识渐趋模糊，南方已经从农业社会和乡村文明进入工业社会和城市文化，南方的消费经济、大众文化和城市国际化引发的家族解体、道德滑坡、地方意识淡化、价值取向多元和新型的阶级（种族）冲突，等等，诸如此类的后现代文学叙事主题进入作者的视野，作品的叙事深度也明显地呈现出浅表化、平面化和琐细化的倾向。当代南方文学的嬗变主要表现在家族、历史、地域三大主题范畴方面，存在于其后的社会文化动因是揭示主题嬗变的核心因素。因此，本研究的论证框架也围绕三大主题进行设计。

除去绪论与结语部分，主体部分由四章组成。第一章围绕美国南方文学家族主题的嬗变历程展开，简要回顾南方家族小说从乡村庄园传奇到家族"罗曼司"、再到严肃的家族小说、最后到多样化的家庭小说的发展演变进程。南方的地理位置、气候条件、庄园经济以及聚族而居的生活习惯、根深蒂固的血缘纯正思想决定了家族叙事是南方传统文化的核心内涵。在南方，代代相传的家族故事与南方的历史息息相关，家族、社区和作家之间紧密关联，这些因素决定了家族传奇在南方源远流长，逐渐沉淀出南方文学独特的"家族罗曼司"，缘之形成清晰可辨的叙事母题谱系，例如，父权制家族神话与家族荣耀、家族衰落与家园追寻、血缘伦理与乱伦，等等。这些母题贯穿在以福克纳为首的第一代"南方文艺复兴"男性作家的作品中，充当着分辨其思想艺术特征的重要参照系，使他们的小说获得了表现上的丰富性、外延上的广阔性和文化上的独特性。

相对于"南方文艺复兴"第一代男性作家笔下的"父权制"家族神话书写，韦尔蒂、安·波特、安·格鲁（Shirley Ann Grau）等作家，从女性主义的视角入手，叙述美国南方的母系家族渊源。她们的作品打破了南方家族小说的父权制家族神话，关注从母系血缘方面进行的寻根问祖，表现出对母姓血缘传承和母系家族谱系的高度认同，具有鲜明的女性本位主义立场。母系家族小说中的女性人物从母系血缘关系开始寻找家族之根，创建母系家族之脉，作家的创作理念有别于建立在男性血缘基础上的父权制家族叙事。母系家族小说的书写建立在对母系家族的情感认同和对父性家族的理性审视之上，上演着一场家族小说叙事的"审父"、甚至"弑父"式的家族溯源和血缘寻绎的"狂欢盛宴"。在母系家族小说中，一度处于家族叙事中心的男性或者父亲被有意地放逐到叙事边缘，他们的男权权威受到挑战。南方的母系家族小说叙事在对母性家族的历史进行溯本求源的过程中，把南方的男性们或者父亲们从生理到精神推向沉沦与颓败的境地。

　　但是，不管是福克纳、泰特等的父权制家族神话还是韦尔蒂等的母系家族谱系，他们的家族小说都具有共同的审美属性与价值立场，因为作家们怀着极其矛盾的心情和依依不舍的情感深情回望传统的家族观念，对南方家族的衰落表现出深深的惋惜与眷恋。他们清楚地认识到，随着美国南方家族的灭亡，南方传统的家族观念、社区意识和家园情结也会烟消云散。他们通过小说创作，怅然若失、充满悲情地纪念故乡人珍视土地、热爱自然、重视家族历史、珍惜社区观念的农耕生活方式和传统家族观念。他们用饱蘸深情的笔墨描述南方家园的"最后一群守望者"，演绎潜藏在"魂归故里"背后的那种醇厚绵长的"文化乡愁"。

　　20世纪60年代之后，梅森、约瑟芬·哈姆弗瑞思、安妮·泰勒、理查德·福特、沃克·珀西、威廉·斯泰伦、普莱斯、帕特·肯诺伊、艾伦·道格拉斯、艾格顿等"新生代"作家的家庭小说，与先辈作家的家族小说有着较大的不同。他们不再聚焦一个或者几个家族、几代人的生活经历、情感纠葛、命运变迁，他们对于涉及人物多、时间跨度大、叙事内涵广的家族叙事失去了兴趣。"新生代"作家更加关注在后现代背景下南方家庭生活的各个现实层面。虽然他们中有一部分作家继承了对南方庄园家族的写作主题，但是大部分作家把目光转向当代家庭的各种问题和困惑，对南方家庭在后现代的存在状况展开全方位、多层次的描写，重点关注家庭在当代的存在形态和变化因素。在他们的小说中，美国南方传统的家族观念淡化，族群意识消解，家庭结构重组；"旧"南方稳定、封闭的大家族向"后南方"开放、动态的核心家庭过渡。家庭关系的冷漠麻木、婚姻纽带的脆弱不堪，以及家庭成员的迷惘、彷徨、失望、痛苦、空虚等，都是后现代家庭小说写作的主旋律。

　　"复兴"时期的家族小说通常具备庄严恢宏的史诗规模，形成了集约化的叙事母题，侧重传统家族文化与家族精神的弘扬，表现怀旧忧伤的挽歌情调。但是后现代的家庭小说写作主题杂陈，呈现零散化、平面化和多样化的特征。究其底里，家族主题发生变化主要基于以下三个方面：（1）南方传统的农耕文化的衰落是引发20世纪60年代家族小说创作式微的根本原因；（2）南方家庭结构的改变决定了家族小说叙事在后现代趋于多样性的家庭叙事；（3）女性的自觉意识、各种"亚"文化现象以及后现代的小说叙事艺术等解构了南方传统的家族叙事母题。但是，从当代南方文学家族（家庭）创作主题的发展历程可以看出，"新生代"作家对于家庭的关注热情一直有增无减，家庭依然是"后南方"时代"新生代"作家对南方传统意义上的家族小说在当代进行的延续和发展。

　　第二章重点论述美国南方文学的历史主题及其嬗变历程。本章首先分析南北战争与"南方文艺复兴"文学"向后看"的历史意识之间的渊源关系。"内战"以及围绕"内战"创建的历史神话奠定了"复兴"文学的历史写作主题。"内战"是南北双方经济与政治斗争，也是文化冲突的结果。"内战"的失败及其战后的被动重建，尤其是发生在意识形态领域的重建，使"旧"南方的历史面临被消音和被解构的危机。这种危机感在很大程度上刺激了"复兴"作家对南方历史和传统文化的自觉与自省意识，他们迫切地试图通过文学创作展现美国南方的内战历史和"旧"南方传统。强烈的历史围困感、沉重的历史意识和浓厚的挽歌情调使福克纳、沃伦、泰特等"复兴"作家不约而同地形成了"向后看"的历史意识，打破了进步论意义上的线性历史观念，向循环论的历史观念靠拢，即在"过去-现在-未来"系列上的"新/旧=进步/落后=好/坏"的基本时间序列及叙事模式，取消了"未来"的终极价值，强调新的不一定先进，旧的不一定落后，从而进入历史反思、人性反思和文化反思的层面。在"复兴"作家笔下，历史的历时性状态和直线进化意义被文化维度的时间共时性、历史循环性和生命悲剧性所替代，他们的作品流露出某种无奈感、悲剧感和命定感，主要体现出从生命、文化的角度观察历史的特殊视角，对美国高歌猛进的现代化展开深刻思考。

其次，"复兴"作家有意识的集体防御心理是他们重视历史书写的另一个原因。"复兴"作家的集体防御心理机制使他们竭力维护南方的"内战"历史神话，并对"旧"南方的过去表现出怀念之情。他们的作品借助恢复、重构历史来抵制工商资本主义现代化的步步进逼。在他们看来，历史与美国南方的家族和整个地区的悲剧命运紧密相连，"内战"无情地摧毁了"旧"南方建立在奴隶制之上的社会结构和文化秩序。信奉金钱第一、物质至上的南方"新贵"堂而皇之地登上南方的历史舞台，严重扰乱了"旧"南方"井然有序"的社会秩序，肆意践踏南方的传统道德观念。"复兴"作家经常从主观情感的角度出发，认同"情感"时间、排斥"机械"时间，在对奴隶制的负罪感和对过去的留恋的矛盾中去追问、反思和剖析南方的过去，思考历史对现实的影响。"向后看"的历史意识逐渐演化成一种充满悲剧色彩的集体无意识，"复兴"作家集体塑造的"旧"南方历史神话成为这种无意识的显性体现，而且，南方人内心深处的共同记忆使得它在南方引发强烈而普遍的共鸣。

"复兴"第一代作家的阶级观念和意识形态是他们集体回望历史的第三个原因。美国的"南方文艺复兴"在本质上代表着南方白人贵族的文学文化复兴运动。出身名门望族的"复兴"作家必然反映上层白人贵族阶层的意识形态。而且，相似的阶级地位和意识形态也容易使他们的历史观念表现出共同性。"复兴"作家洞察了"旧"南方和奴隶制的黑暗与罪恶，但他们很难在如火如荼的时代变革中实现实质性的精神涅槃，切断自己与"旧"南方历史的情缘，更不用说展望它的未来。历史成为他们探知过去和自我身份的唯一触媒，他们无法驱除弥漫和渗透在作品中的"过去"。他们认为，文学虽无法拯救南方，却能传播他们的价值观念，渲染由它衍生的南方神话。

与福克纳等前辈作家频频回望历史的缠绵悱恻与悲观绝望不同，韦尔蒂等第二代"复兴"作家淡化了"向后看"的历史悲剧感和气势恢弘的历史神话，他们燃起了通向未来的希望，在作品中表现出乐观主义的历史倾向。对于他们而言，历史的重要性在于它是反观现在的一面镜子和照亮未来的一盏明灯。痛心疾首、伤心欲绝地把南方置于历史和"过去"的团团包围中，斩断历史与现在和未来之间的联系而一味地沉迷在"内战"神话和"旧"南方的过去中只会让南方故步自封。他们笔下的南方"畸零人"大多摆脱了父辈们因积重难返而无法解脱的历史罪孽感，在痛苦、彷徨、孤独甚至绝望中顽强地探索着生命和未来的积极意义。但是，因为对即将来临的未来的不确定性使他们更易于反映当下南方的孤独、隔离、疏远和末世情感。当然，第二代"复兴"作家没有轻易地接受北方工商资本主义历史观和价值观的同化。因此，他们作品中的南方农耕生活方式和小镇文化与资本主义的都市生活和世俗文化形成鲜明对照，反映他们在"向前看"时的举棋不定和犹豫不决，体现出明显的价值取向和情感好恶。

　　进入20世纪60年代之后，在新历史主义、解构主义等文艺思潮的影响下，"新生代"作家认为，南方的"内战"历史被抽空了真实的内涵，只降解成各种文档、照片或者影视材料等。"旧"南方的历史变成了一种主观意识驱动下借助语言建立起来的陈腐的象征符号体系，它指导现在和未来的本质以及定型人物性格、影响人物命运的功能不断受到"新生代"作家的质疑和挑战。"新生代"作家或通过嘲笑、戏仿、遗忘、拒斥和揭露的创作手法，或通过放弃内战历史转向描写越战、南方的创建历史等，对南方传统的"内战"神话进行大规模的消解。他们运用"神话去魅"和"偶像解构"两个策略义无反顾地斩断了南方"旧"历史的沉重锁链，对南方的"内战"及其"失败的事业"、南方的初创神话等进行理性思考。"新生代"作家认为紧抱"旧"南方的历史只会将南方更加边缘化，使南方人愈加自绝于时代。他们主张走出历史的阴霾、积极地融入美国的现代化和国际化进程。

　　第三章主要探讨美国南方文学的地域创作主题在当代的嬗变历程。第一节讨论南方传统的亲土思想和安土重迁的地方观念。温暖湿润的气候条件和肥沃富饶的土地使南方在创建初期就形成了以种植业为主的农业主义社会形制和乡村生活模式。重视农业、珍惜土地的传统孕育了南方人根深蒂固的农业主义思想、深厚淳朴的地方意识和别具一格的地域文化。建立在浪漫主义基础之上的南方农业主义思想在18世纪时已经演化成一整套成熟的价值观念。农业对于南方人而言不仅是一种有效的生存手段和理想的生活状态，农耕更是道德力量和精神实践的最高体现。地域情结因此还充当着南方抵制北方意识形态入侵的防御作用。相对于南方注重家族纽带和社区意识、富有人情味的农耕生活方式，北方的工商资本主义和城市生活重视赤裸裸的金钱关系，容易导致人们的贪得无厌、唯利是图和亲情冷漠。

第二节探讨美国南方的"重农"运动、"复兴"文学与南方地域情结之间的互动关系。在南方，"复兴"文学与地方意识相互依存又相互推进。南方瑰丽多彩、特色鲜明的自然风光和乡土情结使南方文学焕发出别样的魅力，而南方文学和文化又不断地强化和凸显南方的地方意识和乡土特色。这种文学文化与地方意识之间的互动关系在20世纪30年代"重农派"的一系列农业主义宣言中得到集中体现。"重农派"为南方的农业主义传统和地方情结展开辩护，把南方的地方意识和重农思想推向巅峰。

第三节以福克纳的文学地理王国"约克纳帕塔法"为例，分析南方的地方意识在"复兴"文学中的具体体现。福克纳在其"约克纳帕塔法"神话王国中，不仅对自己的小说进行整体规划，而且对各大贵族家族的庄园展开厚描。如此布局在宏观方面表现作品在空间分布上整齐有序、在主题思想上相互关联，各大家族居有定所、生活井井有条；在微观层面展现各个大家族的居家场景和日常生活景象。"约克纳帕塔法"是一个具有南方地理标志性特征的社会微缩画卷，虚构与现实在这里交相辉映。手绘的地图及其中的家族分布、地理景观、人口构成、生活习俗，等等，折射出整个南方社会的真实图景，也反映作者对南方古老大地和农耕文明的眷恋与膜拜。作者借助虚构的艺术地理空间关照南方的社会现实维度，探索具有生命精神价值的人类生存的永恒意义。福克纳虚构的小镇不但反映了南方的自然风光、地理地貌和风土人情，还揭示了南方的社会关系、阶级分层、种族矛盾、道德冲突、社会历史、人物的悲剧命运以及普遍的人性问题。南方热土及其生活其中的各色人等的命运浮沉构成了"约克纳帕塔法"的灵魂，地域特色赋予这个神话王国非凡的艺术魅力。但是，现代以来大规模的工业化和城市化逐渐摧毁了南方人祖祖辈辈生息繁衍的地方，南方人长期珍视的地方意识、乡土情结和围绕土地建立起来的一系列生活方式和价值观念也随之消失。福克纳以凝重而怀旧的笔触，浓墨重彩地演绎南方人的地域情结，为南方人丧失寄托精神和灵魂的最后一个阵地而喟然长叹。

第四节结合南方"新生代"作家作品的阅读，重点分析南方文学的地域主题和地方意识在后现代发生的变化及其原因。美国南方的工业化、城市化和国际化极大地冲击着南方的地方意识和乡土情结。后现代南方"新生代"作家，把创作的笔触伸向后现代的南方城市，对"重农派"的地方意识和乡村理想发起挑战，对乡村与城市的二元对立进行戏仿。他们的地方意识聚焦于关注在后现代城市化进程中，南方传统的地方意识如何演变为"非地方"意识或者身如浮萍的"失位"感，进一步揭示资本、土地和地方之间的复杂关联以及资本消解地方意识的本质特征。"新生代"作家对现代化和城市化的认同、对南北二元对立的解构，促使他们从南方传统的静态、单一的地方情结中解放出来，通过普适性的题材、变动不居的故事场景或塑造国际型人物等写作策略，使地方主题在"后南方"表现出明显的"跨国转向"。他们对"后南方"的"国际城市"及其全球化的地方意识或者"非地方"意识的强调，使"坚固的""永恒的"南方地方意识在后现代表现出明显的消退趋势。本节还分析了南方的城市国际化、交通运输的便捷、旅游业的发展、资本的大量流通、作家阶级身份和性别的变化以及后现代文艺思潮等影响"新生代"作家笔下地域意识淡化的原因。

第四章分三节，研究"新千年"美国南方文学的家族、历史、地域主题。20世纪90年代中期南方文学进入"新千年"阶段，南方文学的创作出现一种向"南方文艺复兴"文学主题和向现实主义回归的趋势。

本章探讨的南方作家主要包括在 20 世纪 90 年代以后有不止一部重要作品问世的部分"新生代"作家以及 70 年代之后出生并在"新千年"成为南方文坛"新秀"的作家。因此，弗雷泽（Charles Frazier）、凯·吉本斯（Kaye Gibbons）、哈姆弗瑞思（Josephine Humphreys）、杜班（Pam Durban）、雅布鲁（Steve Yarbrough）、奥夫特（Chris Offutt）、埃弗雷特（Percival Everett）、布朗（Larry Brown）、汉纳（Barry Hannah）、伯克（James Lee Burke）、艾格顿（Clyde Edgerton）、赛格尔顿（George Singleton）等在"新千年"发表的重要作品是本章研究的主要文本，他们在创作主题上的回归与创作主旨方面的革新是本章探讨的重点。在"新千年"上述作家又一次把庄园家族传奇、南北战争、南方的奴隶制历史、南方的乡村生活作为描写对象，呈现出一种向"南方文艺复兴"的家族/历史/地域经典创作主题"回归"的写作倾向。

  首先，"新千年"作家具有强烈的南方地方自觉意识，认为南方是自己热爱的家乡故里。他们尤其强调在全球化的"新新南方"，地方特色是南方文学和文化的根本。他们还借助活泼幽默、诙谐有趣的方言俚语，叙写南方的趣闻逸事、民俗风情等，使南方文学在"新千年"呈现出一种特殊的乡土气息。"新千年"作家对于南方幽默的重视、对于哥特风格的强调、对于南方方言的运用、对于南方身份的自我意识等，使他们的作品烙上了明显的南方文学的印记。其次，他们对南方的内战历史和种族问题展开新一轮的书写。但是与"复兴"作家沉重的历史围困感和"新生代"作家对历史的狂热解构不同，他们更加深入地思考历史对现在发挥的作用，及其对当下美国国内的种族和阶级等问题产生的影响。最后，"新千年"作家还对南方传统的庄园家族主题展开书写。此时期的家族小说，重点凸显这些白人家族的后裔从现在出发，寻访家族祖先和家族历史，揭示南方白人对家族历史进行刻意歪曲和伪造的目的，以求公正客观地表现黑人和奴隶在南方的社会、历史、经济和文化建设中作出的不可磨灭的贡献。在现代化核心家庭为主的"新千年"，南方作家再一次把曾经的家族传奇和庄园历史推入人们的视野，旨在以古讽今，提醒人们只有勿忘历史，才能解决现实中依然暗潮涌动的种族问题。

通过四章关于南方文学主题及其嬗变历程的研究，本书在结论部分总结了南方文学的家族、历史、地域主题的发展趋势和总体走向，指出南方文学的创作主题经历了如下四个阶段：（1）"南方文艺复兴"之前的本土传统自我塑型阶段；（2）"南方文艺复兴"时期的南方传统自觉自省和凸显南方性阶段；（3）"新生代"南方文学对传统表示内疚耻辱和进行抗议解构的阶段；（4）"新千年"南方文学创作回归南方传统主题的阶段。因此，南方文学主题在当代是"断裂"还是"延续"的问题应该落臼在南方文学创作主题的研究方面，掌握南方文学主题在当代发生的革新变化和整体趋势。唯其如此，才能对南方文学的"断裂"还是"延续"问题给出合理有效的答案，对南方文学的未来作出富有价值的展望和判断。

第一章 家族主题：从家族谱系到家庭叙事

一、美国南方的家族文化传统

毋庸置疑，"无论是新南方还是旧南方，家族一直是南方的重中之重"，❶ 家族文化构成美国南方文化的"核心内容"。❷ 美国南方人注重血缘关系的家族伦理观念使得家族小说在南方文学中占据更加突出的地位，独特的种植园农业和经济制度、蓄奴制和强烈的社区意识又赋予南方家族小说独特的叙事内涵和魅力。南方著名作家福特和韦尔蒂在谈论南方作家的创作时认为，家族是南方作家创作灵感的源泉，是南方知识传承的主要载体。福特在描述自己的创作经验时说过，出生和成长在密西西比的家乡小镇是南方作家的幸运，他们可以从中收获和汲取"伟大的"写作素材，因为他们熟知南方家庭的详细内幕和盛衰变迁、清楚南方祖先曾经做过什么，而且他们能够领会到先辈的悲剧如何降临到已经生活在当代并且"经营别克汽车公司的子孙后代身上"，家族及其家族历史都是南方作家拥有的"不可替代的巨大财富"。❸ 韦尔蒂认为熟悉南方可以给予作家"叙事和描写生活的丰富想象"，因为在南方，"任何一件事情

---

❶ John Beck, Wendy Frandsen, Aaron Randall. Southern Culture: An Introduction [M]. 2nd ed. Durham: Carolina Academic Press, 2009: 180.

❷ Allen Tate. Essays of Four Decades [M]. Chicago: The Swallew Press, 1968: 588.

❸ Louis D. Rubin, Jr.. Growing up in the Deep South: A Conversation with Eudora Welty, Shelby Foote, and Louis D. Rubin, Jr. [M] //The American South: Portrait of a Culture. Baton Rouge: Louisiana State University Press, 1980: 75-76.

都与家族和历史息息相关"。❶

回溯历史,南方的家族小说与南方早期的家族移民密切相关,家族小说的写作传统在南方源远流长。18世纪中期,来自英国北部和爱尔兰的苏格兰-爱尔兰人以家族为单位移民到美国南方,他们的家族意识强烈而持久。❷ 这些移民以同姓家族的形式在某个地方聚族而居,互相照应、共同发展并彼此提供保护。据统计,在1790年时北卡罗来纳的卡托巴县就有超过300家姓艾利桑德的家族。❸ 进入20世纪之后,美国南方一些显赫的家族依然在本地区居住生活。家族势力成为移民们来到南方之后最基本的生存条件和发展保障,久而久之形成以父亲为主、男尊女卑、长幼有序的庄园主大家族,效忠于家族成为每个家族成员的天职。因此,家族世仇在南方也普遍存在。在南北战争之前,南方的小农场家庭多数以核心家庭为主,同时也存在许多与亲属一起生活的大家庭。但是,拥有奴隶的种植园家族一般以大家族的形式存在,而且他们非常注重阶级分层和贫富差距,他们的子女只选择门当户对的家族联姻。在南方的家庭中,父亲或者男性是家族的统治者和决策者,掌管家族财产,负责与外界联络;女性承担着操持家务、相夫教子的角色。法律维护男性权威,一旦结为夫妻,丈夫在法律上拥有妻子的一切财产并享有处置她们财产的权利。

美国南方的家族传奇小说起源于17世纪英国乡间庄园宅邸诗歌(Country-house Poem)文学传统。这一诗派的代表作是诗人本·琼森(Ben Jonson),他在1616年发表诗歌《致朋舍斯特》("To Penshurst"),主要讴歌淳朴的乡村生活和农耕文化,对伦敦的商业经济和物质主义展

---

❶ Louis D. Rubin, Jr.. Growing up in the Deep South: A Conversation with Eudora Welty, Shelby Foote, and Louis D. Rubin, Jr. [M] //The American South: Portrait of a Culture. Baton Rouge: Louisiana State University Press, 1980: 76.

❷ David Hackett Fischer. Albion's Seed: Four British Folkways in America [M]. New York: Oxford University Press, 1989: 610.

❸ John Beck, Wendy Frandsen, Aaron Randall. Southern Culture: An Introduction [M]. 2nd ed. Durham: Carolina Academic Press, 2009: 185.

开批判，对诸如好客、宁静、悠闲等农业传统美德大加赞赏。❶ 美国南方的庄园文学和家族传奇正是英国这一具有浪漫主义文学特征的庄园宅邸诗歌传统跟随移民在美国的移植、继承与发展，而且家族"罗曼司"与历史传奇经常水乳交融、相得益彰。19世纪南方的家族传奇、庄园小说以家族漫长的历史为背景，描述某一家族几代人在过去以及当下的各种生活和情感经历。在小说中，主人公把先祖要么当作圣明的引路人，要么当作学习的楷模，要么当作引以为豪的英雄。华盛顿·欧文1821年发表的《布雷斯布里奇田庄》（*Bracebridge Hall*）是美国南方文学史上最早的、具有哥特风格的庄园文学。小说以英国乡间贵族布雷斯布里奇家族为中心，辐射家族的亲朋好友以及邻里邻居的各种生活画面，清楚地体现了从英国乡间庄园宅邸诗歌到美国南方庄园传奇文学的过渡。

在欧文的影响下，出生于弗吉尼亚潮汐地区贵族家族的肯尼迪（John Pendleton Kennedy）在1832年发表《飞燕谷仓》（*Swallow Barn*），它或许是第一部以美国南方的庄园家族为描写对象的文学作品，是一部19世纪前20年弗吉尼亚乡村生活的札记。小说以一个南方人的口吻，为北方人讲述南方的乡绅和庄园主家族生活，对南方家族的庄园建造、家族关系和风土人情进行详细刻画。美国南方早期的庄园文学和历史传奇都洋溢着热切乐观的浪漫主义气质，经常把南方美化为遍地蜜糖、鸟语花香、祥和闲适、主仆和谐、充满柔情和阳光灿烂的"人间天堂"。来这里开疆拓土的移民大多来自欧洲的贵族阶层，他们带来了欧洲的贵族文化、骑士精神和宗教信仰。他们带领着上帝"恩赐"给他们的黑奴建立了一个个庄园王国，在种植园主慷慨仁慈、庄园女主人温柔贤淑、家奴忠心耿耿、家庭秩序尊卑有序的南方神话和沃野千里、风景如画的田园风光中过着快乐幸福、悠闲自得的日子。玛格丽特·米切尔1936年发表的《飘》，其实是南方庄园家族"罗曼司"传统在现代的延续，它重点

---

❶ William Alexander McClung. The Country House in English Renaissance Poetry［M］. Berkeley：University of California Press，1977：18-19.

描写内战前后美国南方的庄园生活，把南方人传统的感伤和怀旧情愫推向高潮，以令人荡气回肠的挽歌笔调凭吊了庄园文学的"随风飘逝"。

第一部真正意义上的南方家族小说是华盛顿·坎贝尔（George Washington Cable）在1880年发表的《格兰迪赛米》（*The Grandissimes*：*A Story of Creole Life*）。❶ 作者运用现实主义的写作手法，讲述在1803年购买路易斯安那州之后，新奥尔良地区格兰迪赛米家族不同人物之间错综复杂的故事及其坎坷曲折的命运，描绘了西班牙和法国移民后裔几代家族在美国南方的生活画卷，折射出19世纪早期南方克里奥尔人的社会生活现实和文化传统。

《格兰迪赛米》为其后的南方家族小说书写确立了两个方向：一是家族叙事对南方传统和历史的倚重；二是家族叙事对《圣经》神话的运用。坎贝尔坦言，《格兰迪赛米》的写作起源于他阅读了许多关于路易斯安那州的档案，收集到大量关于路易斯安那州殖民历史的素材。事实上，小说中的很多家族故事都可以回溯到南方早期的殖民历史和混血问题。坎贝尔还在小说的书写中加入基督教神话元素，尤其是《创世纪》的叙事传统，如家族延续、家族特质、继承权取缔、家族叙事与历史重叠、家族衰落、先辈的行为对后代的影响、父权制与母权制之间的冲突，等等，都在格兰迪赛米家族的故事中得到了充分体现。除此之外，小说还涉及后来南方家族小说的诸多主题，例如家族小说的历史主题、贵族气质、家族荣耀以及父权制和母权制等。因此，作者在《格兰迪赛米》中，通过演绎一个法国早期移民到美国南方的克里奥尔家族成员的罗曼司和家族故事来折射南方整体的区域历史。

许多南方的初创历史事件都通过小说中的家族故事得以呈现在读者面前。例如，小说描写18世纪60年代路易斯安那州被割让给西班牙时，努马·格兰迪赛米领导和平党；他的后代在1803~1804年协商重新把路易斯安那州割给当时在美国担任调解团的代表。小说不但表现南方历史，

---

❶ Robert O. Stephens. The Family Saga in the South：Generations and Destinies [M]. Baton Rouge and London：Louisiana State University Press，1995：14.

同时还反映南方的乡土色彩和地域文化。例如，格兰迪赛米家族秘密信奉伏都教，实施诅咒、报复等邪教巫术。贵族气质也是小说表现的主题之一。家族前几辈的贵族气质以及后来家族的衰落也是世系贵族特质导致的必然结果。坎贝尔以家族小说的形式再现了路易斯安那州和南方在转型时期的各种历史以及被命运牢牢控制的个体人物。

总之，《格兰迪赛米》是南方家族小说首次实验成功的例子。更重要的是，坎贝尔对南方秉持的批判视角在他的时代具有伟大的先见性和洞察力，对南方后来的家族小说创作产生了深远影响。南方家族小说的完全成熟是在第一次世界大战之后，"南方文艺复兴"代表着南方家族小说的高度繁荣时期。"复兴"作家继承了坎贝尔的批判视角，他们运用批判的眼光重新审视南方的家族和历史。

继坎贝尔之后，20世纪前半叶，福克纳和T. S. 斯特里布林（T. S. Stribling）运用批判现实主义的辛辣笔触，大胆反叛美国南方家族"罗曼司"一味粉饰赞美南方的写作传统。他们意识到南方人不能把一切错误都归咎于北方人，南方人至少应该具备面对历史问题的勇气，对南方反人道主义的奴隶制或者庄园主大家族内部的腐败进行客观描述并质疑批判。他们或以讽刺或以恳切的语气，审视南方的社会历史和文化传统，在揭露和批判奴隶制、南方大家族的罪恶等南方问题的同时，更加强调"旧"南方的家族观念、历史意识、地域特色、南方气质、农耕文化等。与南方传统的庄园文学或者家族传奇作家不同，福克纳和斯特里布林另辟蹊径、推陈出新，为南方家族小说的发展作出了杰出贡献，把南方的家族小说书写推向巅峰。

虽然斯特里布林在今天不敌福克纳世界文学大师的名气，但是在20世纪二三十年代，他的家族小说炙手可热、风靡一时。30年代，斯特里布林连续推出三部享誉美国的家族小说：《伪造》（*The Forge*，1931）、《老店风云》（*The Store*，1932）和《未完成的大教堂》（*Unfinished Cathedral*，1934）。其中《老店风云》荣获1933年普利策文学奖。斯特里布林建议读者把上述三部作品"作为一个整体阅读"，因为三部作品不可分割地构成了关于"威登家族传奇的三部曲"。❶ 三部曲以70年的时间跨度,描绘了威登家族从最初的一家小店店主到富甲一方、有权有势的银行家的奋斗历程,涉及整个家族在内战、重建以及"新"南方这三个关键时刻的社会生活与精神风貌。

在斯特里布林的家族小说中,作者涉及了被南方家族"罗曼司"有意否认或者无意疏忽的家族黑人后裔问题,而且在他看来,发现或者承认南方家族中的黑人后裔分支比仅仅描写个体的家族故事能够更加深刻和真实地反映整个美国南方的地区历史。在早期的肯尼迪等南方庄园家族小说作家笔下,描写黑奴与种植园家族互相依存或者亲密无间的故事司空见惯,小说却从未提及黑奴与白人主子家族之间因为性关系而导致的混血问题。在斯特里布林的威登家族三部曲中,作者突破了南方家族"罗曼司"中白人男性贵族绅士只被冰清玉洁的南方白人淑女所吸引的南方白人精英男性神话,暴露混血问题和种族歧视,公然挑战白人的血缘纯正思想。而且,在威登家族三部曲中,黑人后裔比白人后裔更加忠诚于威登家族。作者通过描写家族内部黑人和白人之间的复杂关系,把像毒蛇一样潜伏在南方人心底的禁忌、恐惧与怀疑明确示众,使得黑人后裔和混血问题成为南方家族小说中一个无法绕开的因素。❷

斯特里布林的家族小说对南方传统家族"罗曼司"温文尔雅、装腔作势的写作文风以及对于"旧"南方的歌功颂德和美化粉饰进行嘲笑与讽刺,在本质上颠覆了传统家族"罗曼司"刻画的蜜糖与玫瑰般的"旧"南方自然风光和种植园主的贵族气质。一反南方传统家族"罗曼司"对于"旧"南方自然风光以及农耕文明的歌颂与赞美,威登家族三部曲更加关注20世纪二三十年代早期南方的物质化、商业化及其对南方家族的影响与改变。

---

❶ Edward J. Piacentino. T. S. Stribling: Pioneer Realist in Modern Southern Literature [M]. New York: University Press of America,1988:15-16.

❷ Robert O. Stephens. The Family Saga in the South: Generations and Destinies [M]. Baton Rouge and London: Louisiana State University Press,1995:43.

与斯特里布林的嘲笑、讽刺不同，福克纳以严肃、沉痛的笔触，书写了气势恢宏的南方家族神话史诗，建构了伟大的家族文学共和国"约克纳帕塔法"，为南方贵族家族唱响了哀怨动人的挽歌。他在批判与怀恋的爱恨交织中，以无可奈何的矛盾心情不得不遵循历史发展的必然律，同时又情不自禁地回望南方的过去，在痛定思痛中怀念家族的消逝，在撕心裂肺中针砭大家族和奴隶制的罪恶。福克纳的家族小说因其浓厚的怀旧情愫、矛盾的历史意识、鲜明的地域特色、独特的空间建构和创新的艺术风格代表着南方家族小说创作的最高成就。

家族小说在美国南方盛行的主要原因是，南方的家族、社区、历史和作家密切联系在一起，注定了家族文学在南方根深蒂固、源远流长。南方的家族意识、农耕文明以及庄园经济为南方家族文学的发生和发展提供了肥沃土壤。南方广阔的平原、肥沃的土地、温润的气候，适宜于种植园的大规模和粗放型经营，技术低下的奴隶成为种植园的主要劳动力。内战之前南方主要以棉花种植业为主，围绕种植业不但形成独特的产业链，而且以种植园为中心、以黑奴为主要劳动力的父权制大家族也在南方应运而生。与欧洲或者美国其他地区相比，南方是一个经济发展相对缓慢的落后和封闭地区，这里的人们更习惯于倚重家族展开社会活动和建立社区。占南方总人口1/3的黑奴成为南方经济和种植园体系的重要组成部分，记载拥有黑奴的种植园家族在某一时段的生活和经历的家族传奇也随之演变成南方文学的主要文类。而且，种族问题使得南方的家族叙事呈现出明显的有别于其他地区家族小说的区域性特点。

"家族罗曼司"是美国南方文学文化的基石，代表着南方人的集体幻想，是南方价值观念和信仰方式的主要表现形式，反映南方人对待南方这一地区、家庭、种族、性别以及不同阶层之间复杂关系的态度。在南方，家庭即是社会。个人甚至地区身份、自我价值、社会地位都通过家族关系得以确立。以父权制为统治、以血缘关系为纽带、以奴隶制为保障的整个南方地区其实就是一个南方家庭拓展开来的比喻。南方家庭是

"南方文化的最佳载体"，在南方文化和生活中发挥着"决定性作用"。❶南方家庭是南方的个人与过去的联系，是他们从母亲那里学习文化价值的地方，是学校、教堂和礼仪等南方经验、知识和文化的有效延伸。南方的家庭扮演着让不同族群的人们进行文化认同的角色。家族几乎成为南方的代名词，家族传奇也映衬更大范围内的南方地区传奇。地域意识以及与这一特定地区密切联系起来的事件使南方不仅仅是南方的地理标志，更是南方的历史文化索引。地域意识与人们记忆中或现实中的家族生活密不可分，与不同时代的历史事件或回忆紧密相连。从家族老宅一直沿着两翼慢慢扩展修建的大家族庄园与在某处挣了大钱的暴发户突然建造起来的大宅在南方代表着迥然不同的意义，诉说着两种大相径庭的历史；家族秘史也经常与南方历史密切相关，南方家族祖传的金银财宝不翼而飞可能与北方人的入侵有着千丝万缕的联系；黑人家庭的姓氏或身份的改变或许是某个漫不经心的户籍官或者心不在焉的办事员疏忽大意、玩忽职守的结果。

因此，家族传奇就是南方的种植园传奇和地区历史缩影，反映着南方在不同阶段的发展历程。家庭不仅是个体成员的生活场所和情感归属，更是社区成员和南方社会运作的基础和保障。南方宜耕的自然环境以及以奴隶制为基础的庄园经济使得安土重迁和崇尚荣耀的家族观念在南方比美国其他任何地方都坚不可摧。在文化上，南方的种植园传奇总是把南方塑造成一个与北方完全不同的形象。它在极度渲染南方种植园宁谧旖旎的自然风景、与众不同的地域特性和慷慨儒雅的贵族气质的同时，更加重视种植园所承载的文化价值和精神意蕴。在对庄园主理想化的同时，庄园传奇还为奴隶制的存在展开辩护。种植园传奇不但为白人种植园主树碑立传，宣扬白人精英意识，而且常常通过奴隶或者女性形象的塑造来体现黑人或女性对白人主子的依赖和依附关系。温顺纯洁的南方"淑女"和忠诚尽职的黑奴成为南方种植园家族传奇的主要叙事内容之一。

---

❶ Andrew Lytle. The Working Novelist and the Mythmaking Process［M］// The Hero with the Private Parts. Baton Rouge：Louisiana State University Press，1966：179.

家族、社区、历史和作家之间的紧密联系使得家族小说在19世纪晚期和整个20世纪成为南方作家写作的重要文类。20世纪30年代风起云涌的"南方文艺复兴"全方位地演绎南方大家族的兴盛衰亡悲剧,南方的家族小说也在此时得到了空前发展和极大繁荣。

家族小说在南方盛行的另一个原因与南方人的集体无意识心理机制密切相关。庄园制大家庭是"旧"南方过去美好生活在现在的残存与遗留,承载着南方人的怀旧情愫,是他们对于"旧"南方的集体记忆和无意识沉淀。在南方人看来,内战及其南方的失败是南方人永远挥之不去的噩梦,它摧毁了南方庄园制的存在根基,从根本上改变了大家族的存在模式。"旧"南方的家族表现出明显的宗族特点和种族等级,家族主要以血缘关系为纽带并通过与地缘关系、利益关系和种族等级的联系,渗透到南方社会生活和精神价值的各个方面,成为表现南方历史文化内核秩序化的实体。

南北之间的冲突不仅表现两种不同政治制度和经济体制的抗衡,也体现着两种意识形态和文化观念的较量。南方作家从庄园文学开始就把南方塑造成一个与商业化的北方完全不同的地方。北方一直致力于工商资本主义的发展,推崇自律约束、努力工作、俭朴生活的清教伦理观念。在工商资本主义价值体系的影响之下,北方人把赚钱本身当作一种目的、一种职业责任,甚至是一种美德和能力的表现,新教伦理似乎赋予经商逐利行为某种世俗的合理性。韦伯定义的理想资本主义是以合理地计算收支、有条理地安排生产经营活动为特征的。这种现代理性资本主义的经济行为,与新教徒那种井井有条、合理安排工作与生活的俗世禁欲主义生活方式相吻合。信仰资本主义精神的北方人所提倡的生活俭朴、自我约束、努力工作的生活方式与崇尚骑士精神的南方贵族主义、个人自由、闲适生活、家族纽带等两套文化之间的角逐一直存在。内战之初,南方人确信上帝站在他们一边,南方毫无疑问会赢得这场战争。但是,上帝选择了为废除奴隶制而战的北方,南方彻底失去了这场战争。内战的失败使得自信而骄傲、把尊严看得比性命还重要的南方人及其后代一直生活在挫败和创伤的阴影中无法自拔。在这种创伤文化语境中，对于"旧"南方的记忆、复制与再现成为南方人抚慰伤痛、缅怀过去和恢复秩序的主要策略。

　　南方作家的集体自我防御无意识沉淀出家族"罗曼司"文学的怀旧伤感和美化过去的倾向。战败的阴霾刺激着南方贵族的自尊心，他们排斥理性分析内战失败的深层原因和检讨自身弊端，失败的痛苦反而加剧了他们借助想象强化南方家族"罗曼司"和贵族精英意识的心理。北方的粗暴干涉和野蛮重建让南方人民痛失家园、流离失所，使他们失去了原来井然有序的社会秩序和幸福和谐的"伊甸园"。痛定思痛，家族"罗曼司"和家园追寻演化成作家的集体无意识创作心理。而且，处于价值观念和意识形态夹缝中的南方，也迫切需要忧伤怀旧的文学艺术作为媒介来抚慰思想和宣泄情绪。当然，作家们一厢情愿塑造的家族"罗曼司"只能充当南方"精英"对抗北方工商资本主义入侵的借口。

　　内战失败之后，南方人基于对业已消逝的"旧"南方的共同记忆以及反对北方人的同仇敌忾，他们似乎比战前任何时候更加团结，也更易于达成共识。他们建立共同的心理防御机制，认为庄园家族就是南方历史存在的遗迹，是南方文化传统的残留，它甚至就等于南方历史，是南方历史中无法抹去的一笔。而且，内战后南方种植的棉花在南方之外的地方依然是紧缺和急需物品，以奴隶制为基础的庄园模式依然正常运作。但是，随着它赖以存在的时代的终结，它必然会走向灭亡。当南方作家体察到南方庄园家族逐渐陨落时，他们对南方贵族大家族的衰落痛惜不已，对南方的过去依依不舍，一时间多愁善感和哀怨悲伤弥漫在此时期的南方家族小说中。南方家族这张血缘大网也通过南方作家和社区而得到更加有效的体现、拓展和延伸。

　　重现南方的家族、历史、地域成为南方人疗伤的最佳选择。作家们对于南方的家族小说投入满腔热情，并创造性地通过家族故事的描写与想象来呈现南方独特的历史并重申一些普适性的价值观念和美德，重点突出家族荣耀、贵族精神、骑士风范、淑女传统以及忍耐、博爱、仁慈、勇敢，等等。19世纪30年代之后，南方受到"重农主义"运动和"逃逸派"文艺思潮的影响，南方作家的地域意识更加强烈，他们诉说南方历史的欲望被激活，通过历史叙事与家族言说紧密结合的创作模式，"复兴"作家贡献了一系列优秀的家族小说。面对外部对南方的批判与诟病，南方作家日益趋向于建立一堵心理防御的围墙，抵御来自外界的攻击。

南方的家族在内表现为以血缘为中心、以对奴隶的统治为保障的封闭性和具有现实社会经济功能的体系；在外表现为代表白人至上的意识形态和南方贵族文化的表征意义，是南方家族文化的精神诉求。任何文化都存活在拥有和分享这些文化的人群中，家族传奇演变成南方独特历史文化梦想的载体。但是，内战的失败、奴隶制的废止、南方的现代化，极大地动摇了南方传统种植园大家族存在的基础，不仅削弱了家族的现实社会功能，而且降低了家族所代表的精神价值诉求。对于南方传统大家族的灭亡及其精神价值面临衰落的恐惧演化为南方"复兴"作家的集体创作无意识，而且，这种无意识通过作家们对南方贵族家族故事的集中描述与怀旧式书写得以宣泄与升华。因此，与内战之前的种植园传奇历史紧密相连的"家族罗曼司"或者世家故事，逐渐成为南方作家的叙事焦点。

诚然，共同的历史记忆、家族观念和地域认同使南方作家齐心协力建立了一整套心理防御机制，并以家族小说的文学创作形式对抗北方工商资本主义在经济、文化等多个方面的入侵。但是，自我封闭的抵制无异于掩耳盗铃，突出重围才是南方人的正确选择。"南方文艺复兴"的文人们首当其冲，开始认真思考南方的社会现实问题及其自身的文化价值。他们在反思南方的奴隶制和家族内部的罪恶时，更加强调南方的家族、历史和地域的独特性，因为他们深知这些才是南方真正成为南方的东西。但是，"复兴"时期的作家多数出身名门望族，是南方的种植园贵族阶层，他们试图在民主理想和贵族气质之间寻求协调必然会面临重重矛盾，最终甚至走向彻底失败。

二、父权制家族"神话"

父权制是南方家族"罗曼司"的基础。来自英国或者其他欧洲国家的移民最初迁居南方之时，就带来了不可撼动的父权制家族文化。移民之初，女性的人数远远少于男性，但是女性的家庭和社会地位并未因为人数稀少而得到改善。父亲或者丈夫依然在家族中占据主导地位，是庄园家族的统治者，他们负责包括亲属和奴隶在内的整个大家族的衣食住行，担负着让家族繁荣昌盛和社区发展壮大的责任。女性必须服从男性，履行养育孩子、打理家务的职责，充当贤妻良母的角色，为家族或者丈夫牺牲自己是女性的美德。而且，她们还得单纯善良、纯洁无瑕、优雅大方、恪守妇道，保证白人家族血缘纯正的任务完全落在她们身上。南方传统的宗教，比如福音派基督教等，也支持父权制文化。❶ 在南方的宗教和文化的维护之下，父权制家族成为美国南方庄园家族的主要组织形式，父亲也成为南方家族文学重点塑造的对象。

对于家国同构的南方而言，任何人都无法给南方的"家族罗曼司"给出非常准确的定义，因为它是南方人的集体幻想，承载着南方白人对待南方、家庭、种族关系以及精英与大众关系的所有价值观念和处事态度。但是，概言之，南方传统的"家族罗曼司"主要包括如下六个方面的内容：父权制大家族及男性英雄主义，家族完整，家族荣誉至上，温婉顺从的母亲和冰清玉洁的"淑女"，驯服忠诚的黑人，白人贵族对下层贫穷白人的敌对态度。❷ 在南方种植园经济时期，一个种植园就是一个家庭，一个社会。以父权制或男权为主宰、以南方淑女为补充的种植园体制就是南方家庭完整性的具体体现。父亲是种植园的统治者，具有骑士

---

❶ John Beck, Wendy Frandsen, Aaron Randall. Southern Culture: An Introduction [M]. 2nd ed. Durham: Carolina Academic Press, 2009: 192.

❷ Richard H. King. A Southern Renaissance: The Cultural Awakening of the American South [M]. New York: Oxford University Press, 1980: 21-37.

风度和英雄气概；母亲则是温婉贤淑、纯洁无瑕的南方淑女。黑人对主人服服帖帖、对家庭尽职尽责，是需要主人保护的"傻宝"和可以随意买卖的私有财产。每一个南方贵族家族都有代代传唱的关于男性祖先的家族传奇和光荣家史，珍藏着代表家族荣耀的家族圣经或者传世之物。这些家族"罗曼司"是 20 世纪初期到第二次世界大战之前，以佩奇（Thomas Nelson Page）和爱华德（Harry Stillwell Edwards）等作家为代表的南方庄园文学或家族传奇的主要描写主题。

庄园文学的突出特点是浓厚的南方地域特征和家族"罗曼司"。庄园文学以南方种植园男性家族传奇为主，描写南方的田园美景和种植园生活。它经常使用浪漫主义的写作手法，歌颂自然美景，竭力美化庄园主和奴隶之间的关系。黑人奴仆和他们的白人主子和谐幸福地生活在同一个大家庭中是庄园文学中最常见的生活场景。庄园文学从政治斗争到文学艺术等各个领域全方位地为南方的奴隶制进行辩护，创造了一系列南方"神话"，而英雄父亲或者传奇祖先更是南方"神话"的有机组成部分。庄园主"父亲们"经常被美化成"宽厚仁慈"、道德高尚、具有骑士风范和贵族气质的主人；黑奴被描绘为乐天知命、感恩戴德、忠心耿耿的家奴；南方也经常被美化为"盛开着木棉花"、充满"甜蜜、柔情和阳光"的人间乐土。

美国南方的政治文化、经济模式和宗教信仰，决定了男性的主导作用和父亲的权威地位。庄园主的身份、家长的地位以及"旧"南方的父权制家族传统以及宗教和文化等，赋予"父亲"在家族"王国"和庄园经济体制中莫大的权威。"父亲"扮演着家庭主宰者的角色，居于"秩序"的金字塔之巅，是"家族王朝"的缔造者，享有至高无上和不可撼动的特权，行使家庭经济的支配权。南方的宗教文化坚决地维护男性优越、女性低劣的范式，并将其演变为决定社会地位和家庭权力分配的基本规则。加尔文教、福音教派把"父亲"提升到与上帝等高的"神圣"位置。南方的家族"罗曼司"对于父亲的描述与希腊罗马神话中对于英雄的塑造如出一辙。他们是开天辟地、引导人们走向幸福生活的英雄人物,承载着人们所有的美好期望,是决定家族兴旺发达的关键人物。因此,家族"罗曼司"赋予"父亲"一系列骑士精神和英雄气概,形成南方家族传奇中一群具有神话英雄色彩的"父亲"形象群体。但是,内战之后,种植园传奇在表面的浮华与兴盛之下,难掩家族衰亡的恐惧与忧伤,家族故事也散发出浓厚的怀旧与伤感气息。

  在充满浪漫色彩的南方庄园文学中,品格高尚的种植园主、行侠仗义的骑士、慈心仁爱的贵妇、纯真圣洁的淑女、忠诚可爱的黑奴,使得建立在家庭基础上的种植园成为宁静和谐、主仆等级关系稳定的南方生活图景。在南方人眼中,野营聚餐、狩猎休闲、走亲访友、斗鸡赌马以及围坐在一起听长辈们讲故事、去法院旁听法官审案或者参加社区的各种宗教仪式和纪念活动,都是南方特色鲜明的生活方式,与蝇营狗苟、唯利是图、贪得无厌的北方"杨基佬"形成鲜明对照。南方的庄园主在内战之前确立了南方的种植园经济体制、家族文化和南方精神;在内战期间,像弗里兹、琼斯等大家族不但是战争经费和军备的重要资助者,而且是舆论和宣传的主力军。

  战争的失败及其后来的重建,加剧了美国南方人被隔离和被围困的意识。19世纪前半个世纪的南方庄园传奇文学、内战之后描写"败局已定的事业"的文学作品,都围绕"旧"南方的浪漫神话展开,为南方的庄园主歌功颂德,为他们的英雄业绩树碑立传。作品把他们的英雄事迹与地方爱国主义融合在一起,渲染了南方事业的精神色彩和价值追求。内战的失败对于南方的白人而言,是他们内心永远的伤痛,是沉淀在意识深处的巨大创伤。内战失败之后,南方人的高傲、自尊和挫败意识使得他们愈发地回望过去。他们通过建造纪念碑和举办各种纪念活动,竭尽全力把这段历史烙在人们的记忆中。美国南方校园里随处可见罗伯特·李将军和杰弗逊·戴维斯的画像,纪念南部联邦的丰碑在南方的大街小巷林立,南方的教科书也有许多关于内战的民间故事、歌谣和诗作。"只要你不忘记"成为在美国南方广为流传的一句格言。

  与南方传统的庄园文学不同,从20世纪30年代开始,一股令人耳目一新的文风出现在美国南方文坛上。美国南方的一批青年知识分子在新思想的影响之下，能够客观冷静地回顾美国南方的历史、分析其社会现状。他们发现对"旧"南方的盲目眷恋和对"新"南方的一味赞美都是偏激和错误的做法，他们决定突破南方庄园文学传统，在文学中开辟一片新天地。❶ 他们开始认真思考南方过去存在的各种社会问题和家族内部的罪恶现象，尤其对奴隶制和种族主义进行深入反思。他们首次认识到北方人不应该为南方的所有罪恶和问题负责，耽于回忆和美化过去只是南方人暂时的安慰剂和解毒药，无法从根本上解决南方社会面临的现实问题。他们"开始认真理性地思考南方的时代、地域和历史，并同自己展开激烈辩论"。❷ 换言之，作家们在思考南方历史的同时反思南方自身的问题，积极为南方的未来寻求出路。

此时活跃在南方文坛的兰塞姆（John Crowe Ransom）、泰特（Allen Tate）、戴维森（Donald Davidson）、沃伦（Robert Penn Warren）等为代表的"逃逸派""重农派"，力求推陈出新，决心以创新精神对抗浪漫怀旧和陈旧腐败的文风，赋予南方诗歌创作清新的空气。"逃逸派"和他们的南方先辈不同，他们毕竟已经在情感上与内战和奴隶制拉开了距离，那个"败局已定的事业"对他们造成的心理创伤相对较轻，他们能够理性思考南方经常遭受外界诟病的农业主义、地方保守主义和宗教信仰，可以更加客观地对待南方的过去。当他们认识到"新"南方的工业化和城市化必然会摧毁南方传统的农业文明和价值观念时，率先发起了"回归土地"的"重农"运动，提倡农耕文明和乡土文化，强调人与土地和谐相处的农业主义理想。美国南方的"重农派"当时被北方人抨击为保守的、怀旧的、为奴隶制辩护的和浪漫美化过去的反进步运动。但是，"重农派"的土地皈依思想在南方引发了越来越广泛的文化自觉思想和自

---

❶ William J. Cooper, Jr., Thomas E. Terrill. The American South: A History [M]. New York: Alfred A. Knopf Inc., 1991: 648.

❷ Allen Tate. A Southern Mode of the Imagination [C] // Essays of Four Decades. Chicago: The Swallow Press, 1959: 577-592.

省意识，这种文化自觉意识、对工业化和现代化的反思现在看来有着很大的进步意义。南方文学摒弃了庄园文学过分粉饰、矫揉造作的文风和颓败伤感、无病呻吟的怀旧气息，保留了南方文学的文雅文风与地域特色。❶ 从庄园文学的极力美化和过度"修辞"阶段进入到"复兴"文学的理性思考和"辩证"回顾阶段。

20 世纪 30 年代，被美国评论家门肯戏谑贬斥为文学文化的"撒哈拉沙漠"的美国南方，骤然成为美国文学的"歌鸟之巢"。❷ "逃逸派""重农派""新批评派"和一大批优秀的诗人、小说家和文学评论家相继登临南方文学舞台，形成蔚为壮观的南方文学、艺术和文化的"南方文艺复兴"局面。威廉·福克纳、凯瑟琳·安·波特、埃伦·格拉斯哥、托马斯·沃尔夫、卡罗琳·戈登、约翰·C. 兰色姆、罗伯特·潘·沃伦、艾伦·泰特等第一代以及卡森·麦卡勒斯、弗兰纳里·奥康纳、尤多拉·韦尔蒂、威廉·斯泰伦等第二代作家，基于相似的家族小说书写主题、共同的历史记忆和南方意识，谱写了南方文学在现代的华丽篇章。这种南方文学、文化的大繁荣局面一直延续到 50 年代末期才逐渐走向式微。在同一个地区呈现群星璀璨、文化繁荣并非历史的偶然，它必然有着深刻的社会、文化和文学根源。所以，在探求"南方文艺复兴"的缘起时，鲁宾（Louis D. Rubib, JR）认为，它是南方独特的历史、政治、语言甚至宗教的产物。所以，人们使用"南方的"和"现代的"两个形容词修饰南方文学时，其意义不仅在于时间和地理概念方面，更重要的还在于其独特的艺术和文化方面。❸

"南方文艺复兴"是美国政治经济和文化历史重大变革的必然结果。内战之前，南方的奴隶制庄园经济模式使南方贵族过着舒适悠闲的田园

---

❶ Edmund Wilson. The Shores of Light: A Literary Chronicle of the Twenties and the Thirties [M]. New York: Farrar Straus and Giroux, 1952: 193-194.

❷ Louis D. Rubin, JR. The History of Southern Literature [M]. Baton Rouge & London: Louisiana State University Press, 1985: 262.

❸ Doreen Fowler & Ann Abadie, Jr. Faulkner and the Southern Renaissance: Faulkner and Yoknapatawpha [M]. Jackson: University Press of Mississippi, 1982: 66.

生活，孕育了家族意识、白人"精英"思想、"重农"主义传统和保守主义性格，并逐渐演化出"种植园"家族"罗曼司"、"宗教文化的地方自立"以及"沉重的历史感和共同的社会记忆"等南方特性。内战失败后，南方在多方面的被迫改制，使得"视荣誉高于一切"的南方人遭受到前所未有的打击和屈辱，保守思想让他们本能地反感北方工商资本主义文明对南方意识形态的重建。原有价值体系和经济模式的坍塌使南方人失去了共同的精神家园，进一步加剧了家园追寻意识和"历史围困感"。南方人愈加珍惜南方传统的家族观念，借助文学集体演绎"为了忘却的纪念"的悲怆情怀。

在面对北方现代化对南方的意识形态和价值观念的围剿时，南方人不得不重新思考现实、认识社会、审视历史。他们对南方沉重的历史意识、瑰丽的地方特色和浓郁的家族观念更加难以忘怀，并在文学创作中围绕这些主题展开集中书写，成就了"复兴"文学独特的历史/家族/地域三位一体的经典创作主题。在"秩序稳定、信仰虔诚、政治保守的南方，家庭、血缘、宗族是南方作家的常见主题"。❶ 家族主题更是"复兴"文学的基石。回归土地的农业主义理想以及对北方工商资本主义价值观念的反感，使得"复兴"作家对南方传统的家族主题投入了创造性的激情，父权制庄园家族的悲欢离合和兴盛衰亡构成了当时文学创作的主旋律，是南方作家触摸历史、观照当下的媒介，凝聚着南方的价值精髓和文化本质。

以福克纳为首的第一代"复兴"作家以男性为主，大多来自南方庄园主贵族阶层。对他们来说，贵族精英意识、男性主导思想和白人优越观念根深蒂固。对故乡爱恨交织的复杂情感以及人文知识分子的敏感犀利，使他们认识到蓄奴制和种族问题会把南方贵族大家族送上不归之路。而且，在南方农业社会与北方现代资本主义的对垒下，南方社会注定要经历深刻的社会历史文化变革，南方人珍视土地、热爱自然和重视家庭

---

❶ Thomas Daniel Young. The Past in the Present: A Thematic Study of Modern Southern Fiction [M]. Baton Rouge & London: Louisiana State University Press, 1981: 2.

的独特生活方式及其传统价值观念也会随之消逝。面对现实的痛苦与矛盾，作家们把重点放在对南方父权制大家族的描述上，而且对父权制表现出矛盾的态度。他们一方面揭露南方大家族的罪恶，另一方面又对它的灭亡惋惜不已。围绕家庭完整、家族荣誉、尊卑秩序、淑女观念等问题，"复兴"的家族小说逐渐形成夫权至上、女性从属创作主题。作家们怅然若失、充满悲情回望"旧"南方的贵族家族，"不得已"地遵循历史发展的必然律，叙写这些家族"命中注定"的衰落史。他们在唱响哀怨动人的南方家族挽歌的同时又情不自禁地回头遥望，作品中无处不在的怀旧气息和潜滋暗长的感伤情调，表现出作家们对"英雄父亲"的深情依恋和对"旧"家族的无限追思。

家族小说是"南方文艺复兴"旗手福克纳的主要成就。在福克纳的神话史诗"约克纳帕塔法"世系作品中，有15部小说书写南方父权制庄园贵族大家族的兴盛衰亡史。"约克纳帕塔法"家族神话世系主要描写了崇尚传统、注重尊严的康普生-沙多里斯世家，无视道德、追求利润的斯诺普斯世家，滥用奴隶、轻视血缘的卡洛瑟斯-麦卡斯林世家，野心勃勃、致力于建造纯白人家族"王朝"的萨德本世家，轻视过去、紧抱"现在"的斯诺普斯-本特伦家族。依据统领这些大家族的"父亲们"的精神追求，福克纳把自己的家族小说世界划分为表现南方传统贵族精神的沙多里斯和代表资本主义价值观念的斯诺普斯两大阵营。前一阵营主要讲述南方贵族沙多里斯家族、康普生家族、麦卡斯林世家和萨德本家族在血缘伦理和种族问题的撞击下注定衰落的神话；后一阵营重点描述冷酷无情的南方新贵和暴发户斯诺普斯家族在物欲横流的当代社会的发迹和灭亡过程。

福克纳对生于斯、长于斯的家乡热土始终怀着深深的眷恋之情，而且"爱之深、责之切"是其故乡情感的形象写照。福克纳假《押沙龙，押沙龙!》中的主人公昆丁之口，以一连串的"我不。我不。我不恨它！

我不恨它！"❶ 来阐述自己作为土生子对南方的强烈感受。福克纳以"邮票般大小"的故乡为蓝图，虚构神话家园"约克纳帕塔法"，以怀恋与批判并举的方式描述一个个"随风飘逝"的南方父权制大家族的故事。福克纳的家乡是以庄园、村舍和小城镇为中心的乡村生活模式，传统守旧的价值观念，仍显活力的宗教信仰，以及人们以血缘为纽带、以家族为单位聚族而居的生活习惯，赋予这里与纽约等商业中心或大都市完全不同的礼仪方式、行为规范、价值观念和意识形态。福克纳的历史使命感使他与故乡即将消逝的传统历史和农耕文化同呼吸共命运，在现代电子和原子时代作者全神贯注于家乡的传统和过去。这种表面看起来"不合时宜"的对于家族故事和乡村传统的痴迷恰恰成就了福克纳的伟大，沉淀出其小说叙事独具魅力的父权制家族"神话"和"家园追寻"主题。

福克纳的个人生活、亲身经历、家族历史使他在感情上更加认可南方的父权制。曾祖父威廉·克拉克喜欢冒险、精明能干、意志坚定，是福克纳家族富于传奇色彩的祖先，在家乡被称为"大名鼎鼎的老上校"，其"石像至今还矗立在里普莱镇上"。❷ 福克纳的祖父曾经是州议员、铁路总裁和本地银行的董事长。他们家族拥有成群的奴隶和偌大的庄园，每个小孩都有一匹属于自己的小马驹。但是，家族的辉煌延续到福克纳的父亲穆里时开始衰落。与富于传奇色彩的祖父和成绩斐然的父亲相比，穆里相形见绌，他经常借酒浇愁，一生也未有建树。福克纳是家族的长子长孙，继承了记载家族"显赫"历史的"家族圣经"。家族的辉煌历史和贵族地位在他的心中留下了难以磨灭的优越感和自豪感，夸张、炫耀家族传奇成为福克纳缅怀祖先和那个逝去岁月的最佳选择。他"直接取材于老上校的业绩，写作了《坟墓中的旗帜》这部沙多里斯的小

---

❶ William Faulkner. Absalom, Absalom! [M]. Random House Inc., 1951: 378.
❷ 李文俊. 福克纳传 [M]. 北京：新世界出版, 2003: 3-5.

说"。❶《押沙龙，押沙龙!》中徒手创建庞大庄园的萨德本、《沙多里斯》中崇尚骑士精神的沙多里斯等人物的身上都闪烁着福克纳曾祖父和祖父的影子。他们是南方的"阿伽门农""凯撒大帝""亚伯拉罕""浮士德""大卫王"，是开疆拓土、建功立业的家族缔造者和"英雄父亲"的代表，体现着南方传统的荣耀观和家族观。

福克纳崇尚父权制家族神话，并竭尽全力，身体力行，试图让自己成为一个可以与家族祖先相提并论的家长。他一生都在拼命赚钱满足妻子奢华的生活、维持自己"体面"的贵族尊严和供养依然雇佣黑人保姆的大家庭。或许是为了行使"父亲"的权威，或许是为了光宗耀祖，或许是为了重温贵族大家族的旧梦，或许是坚信"比法院大楼高大雄伟"的大宅才是贵族"骄傲的纪念碑与墓志铭"，❷福克纳不惜负债累累买下一幢老宅，取名"罗温橡树别业"，并带领一家老小入住其中。他还在大宅后面建造小木屋，供黑人保姆卡洛琳大妈和她的后代居住。"旧"南方"父亲"统治下的种植园建筑和庄园生活被福克纳在现实生活中重现和复活，他俨然是这个父权制"庄园王国"的统治者。

福克纳的"约克纳帕塔法"家族神话世系在本质上是一部关于美国南方白种男人或者贵族庄园主家族的传奇，集中体现了福克纳内心从未泯灭的南方白人男性精英意识。福克纳在其神话王国中塑造了一系列栩栩如生、创造家族辉煌的祖先们或者英雄父亲形象。但是，福克纳并没有一味地为南方的父亲们歌功颂德，他秉持着景仰与批判并存的写作立场，在塑造具有人格魅力和英雄气魄的"父亲"或者"祖先"的同时，也对存在于他们身上的罪恶展开了无情揭露。而且，作者对于那些无法负起时代之重任、扛起家族之大梁的懦弱无能"子辈"表示惋惜与不屑。

福克纳对于"父亲"景仰与批判并举的矛盾态度意义深远。历史的

---

❶ [美]达维德·敏特. 圣殿中的情网——威廉·福克纳传[M]. 赵扬，译. 北京：生活·读书·新知三联书店，1992：6.

❷ William Faulkner. Absalom, Absalom! [M]. New York：The Modern Library, 1951：39.

必然律使他清醒地认识到，父权制大家族的衰落和"父亲"的退场是南方历史前进的必然，因为"父亲"已经丧失了行使权威统治的时代合理性。但是，在"父亲为尊""父亲为大"的南方社会中，"父亲"代表南方的庄园经济体系和家族伦理秩序。"父亲"的缺席和退场必然会导致南方传统家族秩序的瓦解与崩溃，使社会生活等诸多方面处于失序与混乱状态。南方"旧"的家庭观念、贵族精神、社区意识和荣誉意识也随之走向消亡。对于南方而言，它突然被强行拖入现代化和工业化的历史进程，"旧"秩序的轰然坍塌并没有伴随"新"秩序的应运而生。而且，"新"制度下南方的重建只是现代化和城市化等"硬件"建设，意识形态、价值观念等领域的"软件"重建严重滞后，南方的文化与文明面临断裂与失衡的危机。因此，福克纳怅然若失地回望父辈的高大形象和英雄业绩，在塑造承载自己理想的沙多里斯阵营的南方贵族男性时，以崇敬的曾祖父为原型，把他们塑造成"将军""巨人"或者"国王"，是崇尚传统、注重个性、遵循骑士风范、崇拜英雄主义、依据道德准则行事、敢于承担家庭和社区责任的南方楷模。

福克纳通过塑造一系列种植园主、叱咤风云的家族祖先、白人精英、贵族骑士等南方"父亲"人物形象，展现美国南方的家族神话和历史传奇。但是，与庄园文学作家不同，福克纳对南方的"父亲们"顶礼膜拜的同时又对他们的缺点进行口诛笔伐。在《没有被征服的》和《沙多里斯》中，沙多里斯家族的祖先约翰·沙多里斯在内战时勇敢地承担起保护家园的重任，自己出资招募军队同北方军队英勇作战；战后他又积极投身到本地区的经济和政治事务中，创建当地第一家银行，自费修建当地第一条铁路，并且通过竞选成为州议员。甚至在他死后，他的传奇故事和英雄业绩被人们一再传颂，成为南方贵族精英和英雄"父亲"的榜样。沙多里斯家族是南方家族荣耀、英雄主义、理想主义和贵族精神的代表。沙多里斯死后，高耸在他坟头的墓碑似乎是这个显赫家族的象征，这或许解释了福克纳给作品最初取名为"坟墓中的旗帜"的原因。

老上校约翰·沙多里斯的原型就是福克纳的曾祖父。童年时代的福克纳听到许多关于曾祖父的传奇故事,自己对这位家族祖先崇拜不已。因此,福克纳在书写沙多里斯及其家族故事时饱含感情色彩。两个家族的老上校都是家族的始祖,是南方种植园的开拓者和先行者,树立了南方种植园家族创建、发展、繁荣的典范。他们的身上具有南方种植园主阶层那种坚毅、刚强、勇敢的优秀品质,也具有在关键时刻敢于担当大任、勇于奔赴沙场、立志为社区谋求发展的社会责任感。沙多里斯文武双全,无论在内战时期还是在重建时期,都能够显露出过人的才干、勇气和创业精神,表现出鲜明的人格魅力。所以,沙多里斯的高大形象是家族后代子嗣崇拜和学习的楷模,也代表着南方的贵族精神和骑士风范。

小说通过沙多里斯家族的故事,对南方的庄园经济模式、庄园主的家族生活、黑人的家庭关系、传统的农村自然景色、古老的美德等展开描述,饱含浓厚的怀旧情愫与乡土意识。《沙多里斯》其实是关于贵族"家族起源和个人风采的骑士传奇"、关于内战前"黄金时代的种植园传奇"以及"冒险家们的救世传奇"。❶但是,沙多里斯终身信奉白人优越、贵族至上的信条,坚决维护种族制度。他一方面是富于冒险和开创精神、生性强悍勇敢、充满英雄气概、注重家族尊严、崇尚骑士精神的沙多里斯上校;另一方面他又是"旧"南方强权专制的化身,顽固守旧、鲁莽冲动、杀人如麻、心狠手辣、剥削奴隶、践踏人性,是美国南方奴隶制和种族主义的卫道士。

同样,在萨德本的身上并存着"爱、雄心、执着、能干"和"不知廉耻、自私贪婪"的矛盾品质。❷萨德本幼年时经历了被黑人门卫拒之门外的屈辱后痛下决心,立志建立比那个庄园雄伟的"萨德本王国"来挽回颜面、报仇雪耻。他果断地选择攫取土地和压迫奴隶迅速发家致富,因为拥有土地和奴隶是获取贵族身份的有效捷径和首要条件。萨德本吃

---

❶ [美]达维德·敏特. 圣殿中的情网——威廉·福克纳传 [M]. 赵扬,译. 北京:生活·读书·新知三联书店,1991:6.

❷ Hugh M. Ruppersburg. Voice and Eye in Faulkner's Fiction [M]. The University of Georgia Press, 1933:107.

苦耐劳、坚韧不拔、持之以恒、坚强果敢、精明过人、敢作敢为，在大片荒无人烟的地方硬生生地筑起了一座"比法院大楼还要高大雄伟"的"萨德本百里地"庄园。萨德本的身上散发出一股强烈的英雄主义气魄和百折不挠的创业精神，体现了美国南方传统赋予南方"父亲们"的优秀品质。他的发家史俨然是一部典型的南方种植园创建史。福克纳借用宗教中各种伟人指代他，认为他是"鳏居的阿伽门农王"、凯撒大帝、耶路撒冷的大卫王、亚伯拉罕、"绝望的浮士德"。我们不排除福克纳在使用这些称谓时或许有调侃讽刺之意，但是这些英雄称谓的经常浮现，似乎透露出福克纳对萨德本这样敢于大刀阔斧建造家园的南方"父亲"不乏赏识之情。

　　萨德本是一个不折不扣的机会主义者，他的财富积累建立在血腥的奴隶制基础之上，他的发迹起源于海地这片"两百年来受压迫与剥削的黑人的血液浇灌而成土地"。❶他倾尽全部心血建立的庄园最终在种族和血缘的双重撞击下被一把神秘的大火化为乌有。福克纳曾经如此评论萨德本的发迹故事：萨德本为了建立大宅和王朝，"不惜违背体面、荣誉、同情的准则，所以命运对他进行了报复"。❷事实上，在萨德本的身上，闪现的不只是福克纳曾祖父的影子，还有福克纳自己的影子。他计划写作萨德本故事的时间正是他决定购买"罗温橡树别业"旧宅的时间，不知这是巧合还是有意为之。❸青年时期的萨德本与福克纳本人的经历有着相似之处。他也曾被富有的奥德汉姆家族拒于门外，他们以门不当户不对为理由，坚决反对女儿埃斯特尔嫁给他。福克纳拼命写作、挣钱，他要用自己的成功来反击奥德汉姆家族。事实证明他的才华和努力产生了效果，埃斯特尔与丈夫离婚并嫁给福克纳。但是，两人的婚姻并不美满

---

　　❶ William Faulkner. Absalom, Absalom! [M]. Random House Inc., 1951: 251.

　　❷ Frederick L Gwynn, Joseph L. Blotner. Faulkner in the University: Class Conferences at the University of Virginia, 1957－1958 [M]. Charlottesville, Virginia: The University of Virginia Press, 1959: 35.

　　❸ Authur F. Kinney. William Faulkner: The Sutpen Family [M]. New York: An Inprint of Simon & Schuster Macmillan, 1996: 29.

幸福。埃斯特尔娇生惯养、花钱大手大脚,经常让福克纳陷入经济困顿之中。后来福克纳遇见了米塔·卡彭特,他热切地爱着米塔,享受情投意合带给自己的甜蜜快乐,但他拒绝与她结婚。福克纳不愿意与妻子离婚,他"维系这段婚姻并非因为他爱埃斯特尔,而是通过奥德汉姆家族他能够更加紧密地和南方上流精英阶层联系在一起。这进一步反映出他的贵族优越论思想以及对父权制的认同和依从"。❶

《喧哗与骚动》中的康普生家族祖先们身穿花格呢裙子、携带一把苏格兰弯刀,来到杰弗逊镇开荒辟地,建立了声名显赫的"老州长之宅",拥有大量的奴隶,家族中出过州长和将军。家族发展到康普生三世时,家道中落。他身为四个孩子的父亲,软弱无能、消极低迷、沉湎虚无、嗜酒贪杯、不善治家,甚至连儿子昆丁上大学的学费都是卖掉祖传土地才凑齐。但是,身为父亲他又仁爱慈祥和体恤儿女。在妻子整天端着大家闺秀的架子、冷漠地拒孩子千里之外时,孩子们经常围着他,享受温情的父爱。他还有着良好的文化修养,注重南方的绅士传统。

康普生四世昆丁在肉体上虽然软弱无力,但他在思想上尽显贵族气概。他明知南方的种植园家族随着承载它的贵族阶层的消失不可避免地走上灭亡,但他不甘心、也无法接受自己钟爱的家族和依附其上的家族观念、贵族精神遭受毁灭。他坚持不懈、顽强不屈甚至执拗倔强地展开了一场挽救南方家族荣耀的战争。在这场明知不可为而为之的战斗中,他的努力宛如螳臂当车,他注定要在这场战斗中失去一切。但是,他的不屈不挠,他的执着坚守和他的孤独忧伤,代表了一种悲壮而强大的精神力量,谱写了南方末代贵族哀婉动人的精神追求,让人们体验到一种虽败犹荣的震撼力。

在小说中,昆丁自杀的时间是 1910 年,而现实中的 1910 年正是南方父权制和庄园主精英阶层的最后一位代表在州议员选举中被"新"南方势力打败失去议席的时间,是南方的父权制以及政治影响力在密西

---

❶ Authur F. Kinney. William Faulkner: The Sutpen Family [M]. New York: An Inprint of Simon & Schuster Macmillan, 1996: 37.

比走向式微的时间节点。❶ 但是，长期主宰南方人的社会生活和经济文化的父权制和精英意识不会因为这次选举的败北戛然而止，历史永远滞后于当时的历史事件，过去和历史中残留下来的意识形态依然强有力地影响南方人的思想和行为。昆丁的精神、品质、行为、思想，无不表现着"旧"南方贵族精英阶层的意识形态。虽然他们失掉了社会地位，其影响力却不容小觑。因此，在福克纳看来，昆丁是美国南方"天生贵族"的代表人物之一，是与自己相似的南方末代"骑士"。❷ 昆丁富有爱心和温情，具有骑士风度，对妹妹和家族情真意切，拼命而绝望地捍卫家族荣誉和传统道德观念。但是，现实残酷无情，他的各种努力只能像堂吉诃德一样遭受误解和挫折。妹妹在南方群氓的围追堵截下失贞，家族在时代洪流的冲刷中消亡，南方传统的价值观念在工商资本主义的冲击下丧失。他所珍视的一切似乎都随着南方种植园阶层的集体谢幕而烟消云散。昆丁是"旧"南方传统道德的殉葬者又是"复归传统道德的勇士"，是一个不肯屈服、不言放弃的英雄。他在当下物质和金钱泛滥的暴风骤雨中奋力逆行，孜孜不倦地追求一种不惧肉体毁灭的永恒价值和"精神的再生之美"。❸

《去吧，摩西》讲述的是在杰弗逊镇生活了近一个世纪、声名显赫的麦卡斯林世家的故事。麦卡斯林家族的祖先在美国南方的荒野上开垦出家族地盘并逐渐发展壮大，成为家族成员众多、血缘关系复杂的庄园主大家族，家族的旁系、外戚和混血后裔都被网络在这个家族中。麦卡斯林家族高耸的大宅诉说着这个家族昔日的辉煌，家族的祖先们常常不惜长途跋涉、豪掷重金去大城市购买奴隶和其他物资装备；家族与其他贵

---

❶ Kevin Railey. Natural Aristocracy: History, Ideology, and the Production of William Faulkner [M]. Tuscaloosa and London: The University of Alabama Press, 1999: 53.

❷ Kevin Railey. Natural Aristocracy: History, Ideology, and the Production of William Faulkner [M]. Tuscaloosa and London: The University of Alabama Press, 1999: 53-54.

❸ 赵晓丽，屈长江. 死之花——论福克纳《喧哗与骚动》中昆丁的死亡意识 [J]. 外国文学评论，1987（1）：83.

族成员一年一度举行高度仪式化的狩猎活动。家族的缔造者老卡洛萨斯是一个集各种矛盾于一身的南方"父亲"形象。他勇气超群、富有野心,不断扩建家族大宅,善于打理家族的经济事务。但他蔑视人性、践踏亲情、卑鄙可耻,为了庄园的发展,随意买卖奴隶;为满足自己的欲望,无耻地强奸黑奴,诱奸自己的黑奴女儿。这种可怕的乱伦罪孽不但逼死黑奴的母亲,还导致家族血缘关系的复杂与混乱,使家族的子孙后代陷入乱伦的噩梦。他的孙子艾克为了赎罪,彻底放弃继承家族老宅和财产,拒绝为家族生育后代,搬进大森林,融入大自然,宁愿做一个自食其力的自然之子。

"斯诺普斯三部曲"是福克纳后期的家族小说,他把笔锋从庄园主大家族和白人贵族转向"新"南方的暴发户家族和穷白人阶层。与福克纳早期作品中对南方大家族衰落的哀叹与痛惜相比,"三部曲"更加关注现实问题,试图借助对南方家族故事的描绘寻找解决南方社会现实问题的有效答案。而且,在后期的家族小说中,家族的血缘问题因为种族问题、女性觉醒和阶级斗争的介入显得更加复杂。"三部曲"塑造了从穷白人到地方新贵再到彻底覆灭的斯诺普斯家族的故事。精明、狡狯的穷光蛋弗莱姆·斯诺普斯是南方暴发户的代表;出身贵族的凡纳,代表着南方传统的家长制思想。前者在南方新旧势力的较量中占据上风,成为富有的银行家;而遵循南方传统的行事方式和绅士风格的凡纳在商业竞争中很快就败下阵来,他的权力和财富落入弗莱姆之手。出身于下层阶级但道德高尚的拉特利夫似乎是"三部曲"中的一线亮光,但是,他势单力薄,无法承载南方的现在和未来,也无法与以凡纳家族为代表的南方"遗老"和以弗莱姆为首的南方"新贵"相抗衡。福克纳通过描写拉特利夫在以凡纳为首的南方旧势力和以斯诺普斯为首的新势力的联合打压下退出南方的政治舞台,表现他对平民贵族的遗憾和忧虑。❶

在"三部曲"中,福克纳关注的不再是种族冲突,而是贵族与穷白

---

❶ 李常磊. 文学与历史的互动——威廉·福克纳斯诺普斯三部曲的新历史主义解读[J]. 四川外国语学院学报,2008(5):7-8.

人之间的阶级斗争，是南方新旧观念之间的激烈较量。这三部作品层层深入地剖析南方没落的传统贵族、唯利是图的新兴贵族、具有民主意识的上层知识分子以及具有激进思想的下层人士之间的复杂关系。"三部曲"中的凡纳、拉特利夫、加文等南方白人男性被福克纳赋予重要的社会角色，但他们都无法担负引领南方未来社会的重任。"如果暴力，如果凶杀是我们有效处理斯诺普斯主义的唯一方式的话，如果整个社会需要依靠明克·斯诺普斯之流来拯救的话，那么我们确确实实地感到难过。"❶ 福克纳试图借助"三部曲"，参与南方的现实社会，并为"新"南方寻求可能的出路。

与福克纳相似，埃伦·泰特也对南方的父权制家族故事情有独钟。他的长篇小说《父亲们》就是巴肯家族的盛衰历史与南方发展变迁史的真实写照。小说以 1860~1861 年的弗吉尼亚为背景，主要描写巴肯和珀西两个家族的故事。作品一开始就把读者带回到那个遥远的、温暖的、鲜花盛开的南方四月。故事以巴肯家族为巴肯太太举行葬礼为载体，详细交代家族成员、亲戚以及家族的来龙去脉。这个葬礼把巴肯家族的亲朋好友从四面八方聚拢在一起，家族历史甚至可以上下推演到"十五""十六"代。❷ 在回顾家族历史时，巴肯家族的悲欢离合和美国南方的社会、文化变革交织在一起。乔治·珀西是小说题目所指的两位父亲中的一位，他有一个没有得到公开承认的同父异母的混血兄弟。珀西为了买一匹马卖掉了他的混血兄弟。他是世俗的白人资本主义者代表。小说中的另一位父亲是乔治的岳父巴肯少校。他是南方传统农耕生活方式的象征，带领一家人生活在乐山庄园（Pleasant Hill），注重家族传统和历史，通过南方传统的礼仪方式和庆典活动使家族成员密切地联系在一起。

---

❶ Noel Polk. Idealism in *The Mansion* [M] //Michel Gresset, S. J. Patrick Samway. Faulkner and Idealism: Perspectives from Paris. Jackson: University Press of Mississippi, 1983: 125.

❷ Allen Tate. The Fathers [M]. Baton Rouge and London: Louisiana State University Press, 1977: 3-5.

在小说的开头，他首先把一幅家族图谱展现在读者面前，如数家珍般对家族父母双方祖上好几代的历史娓娓道来，把读者引入复杂的家族关系网络和久远的家族历史迷宫。随着南方工商资本主义的深化，以巴肯为代表的"旧"南方贵族阶层的各种理想变得陈旧过时，越来越不合时代的要求，以致他的儿子背弃自己的亲生父亲去追随"精神之父"乔治。显然，南方新势力的发展使得"旧"南方贵族家族的存在时过境迁。在描写南方传统大家族的衰落的同时，泰特在小说中通过追溯家族历史、讲述家族故事，对南方即将逝去的农耕生活方式和传统社会习俗表现出深深的忧虑。

总之，"家族势力"是美国南方文化的"重要组成部分"和核心内容，❶"父权制"家族是美国南方自给自足庄园经济模式和家族文化共同作用下的必然产物，也是南方文学创作历史上最重要的主题之一。在福克纳和泰特的小说中，几乎所有的人物都进入"父权制"家族谱系，而且，他们还批判性地继承了南方家族"神话"的写作传统。在美国南方，像李、兰道夫、比尔德、弗里兹和琼斯等种植园大家族占人口少数却处于财富和权力的金字塔之巅，主宰着南方的经济和政治命脉。他们的生活方式、个人功勋、社会荣誉等也代表着人们对南方的诸种想象，支配着南方人的思想和行为，极大地影响了南方的社会形制和文学创作。

当南方从传统的农业社会进入物质主义的工业社会时，人们面临物欲横流、价值失衡、道德滑坡、人性异化等一系列"现代病症"。怀着对南方传统农耕文化的眷恋和对工商资本主义现代化的反感，福克纳和泰特意识深处的东西被蓦然唤醒，他们秉持白人精英思想，以无限眷恋和怀旧伤感的历史情怀，书写南方那一个个已经进入尘封历史的"父权制"大家族，再现家族昔日的传奇与荣耀。"绝大多数南方种植园贵族精英都

---

❶ Howard W. Odum. The Way of the South [M]. New York: MeMillan Company, 1947: 74.

持有非常明显的阶级意识，相信自己所属的阶层和生活方式具有优越性"，❶ 这种观点透过福克纳和泰特描述的南方庄园家族故事和村镇社区复杂关系的作品呈现在世人面前。在"旧"南方严格的"父权制"等级制度中，种植园主、自耕农、佃农、穷白人、黑奴等各司其职，形成一整套种植园家族生活的运作模式。但是，作为有着人道主义良知和社会责任感的人文知识分子，他们深知南方的种植园大家族在自身的灭亡过程中难辞其咎。因此，他们在作品中为南方贵族家族"树碑立传"的同时，也对奴隶制的罪恶和家族内部的腐败展开口诛笔伐，在追寻过去与敬仰祖先中背负了沉重的历史负担，形成怀恋与批判并存的矛盾思想。

　　福克纳和泰特之所以对南方"父权制"家族怀着怀恋与批判并举的矛盾思想，是因为，一方面，他们认识到，在"新"南方"父亲"已经失去了强大的现实介入和控制力量，无法作为一种有效的统治势力现实地在场。而且，"父亲"的腐败、残暴也是引发家族毁灭的内部原因；另一方面，他们对于"英雄父亲"和"辉煌祖先"退出南方的历史舞台心存不甘，因为这些"祖辈"和"父亲"是南方家族秩序、男性权威、骑士传统和精英文化的象征，维系着一个相对封闭但稳定的南方庄园家族体制和农耕文明社会，为每一个生活在南方社会中的个体提供方向、坐标和归属。"父权制"的解体不仅意味着南方贵族赖以存在的种植园大家族的衰落与消亡，而且意味着南方秩序的彻底崩溃与坍塌。两位作家徘徊在这种矛盾思想之中，对于内战之后随着奴隶制的灭亡和"父亲"的退场可能导致的南方无法预知的秩序崩溃和不可收拾的混乱无序表示深切的忧患与焦虑。他们深知"父权制"庄园家族的灭亡必然会导致南方作为一个地区的整体消亡，南方独特的地域文化和家族传统也会随之烟消云散，因为父权制、家庭观念和社会稳定是南方文化赖以存在的基础。

---

　　❶ Michael Wayne. The Reshaping of Plantation Society: the Natchez District, 1860-1880 [M]. Baton Rouge and London: Louisiana State University Press, 1983: 2.

三、母姓家族谱系

　　以福克纳和泰特为首的"南方文艺复兴"男性作家通过书写美国南方"父权制"大家族的家族神话，期待为南方"父权制"种植园贵族大家族的衰落寻找根源，痛悼南方传统家族文化和农耕文明的陨落，为南方传统的文化和历史谱写华丽篇章。"复兴"第二代作家多为女性，她们与男性作家关注"父权制"大家族的写作立场和叙事态度不同，女作家们从母系家族故事入手，从女性主义的视角叙述南方的母系家族故事，追溯母姓家族谱系，寻绎母系家族的发展历史，从不同的侧面解读南方的家族文化历史。

　　母系家族谱系的书写也是美国南方家族结构变化的现实生活状况在文学作品中的真实反映。内战不但改变了南方的政治制度和社会形制，也改变了南方的家族结构。在内战之前，"父权制"家族是南方最基本的家族组织形式，母亲或者女性在父亲或者丈夫为主的家族中起着辅助和从属的作用。但是在内战其间，因为南方的青壮年男性奔赴疆场，女性留在后方耕种土地、养家糊口，为战争提供各种物资的重担也落在女性肩上。在内战中，许多南方的男性青壮年战死沙场。战后在南方 20 多年出现了适婚女性多于男性的现象，女性打理庄园和农场的情况随处可见。南方传统的"父权制"家族和男性统治在此时出现了诸多例外，南方的法律也逐渐调整并认可女性的家长地位。❶ 而且，妇女解放运动、女性的自我觉醒意识、对于生育权的自主选择、女性获得选举权、女性教育程度的提高、城镇的兴起等，都悄然改变着男女双方在家庭中的地位和角色。虽然男性可能依然是家中"挣面包"的主力军，但是，他们已经无法像内战之前那样控制家族经济和独霸家长地位。

---

　　❶ Peter Bardaglio. Reconstructing the Household: Families, Sex and the Law in Nineteenth Century South [M]. Cahpel Hill: the University of North Carolina Press, 1995: 130-131.

第二次世界大战之后，美国南方男主外、女主内的传统家族运作模式再次在南方出现，南方的各种媒体、政治宣传、社会舆论，甚至宗教布道等呼吁女性回归家庭，相夫教子、打理内务，做好贤妻良母的本分。但是，随着南方种植园的衰落，田间地头的工作逐渐减少，代之而起的是办公室、工厂、学校等各类工作。20世纪50年代之后，随着南方的学校、医院、政府部门以及各种服务行业的兴起和工作需求，南方的中产阶级或者上流社会的女性又开始走出家门进入职业市场。在上述岗位上，女性能够把工作干得和男性一样好甚至比男性做得更出色。除了承担传统的诸如秘书、教师、护士等为女性划定的职业之外，许多女性开始进入以前专属于男性的律师、医生或者金融、管理等行业。女性接受高等教育的人数也越来越多、教育程度得到普遍提高。❶ 这些变化引发了南方传统家族结构的改变，"父权制"大家族的单一家族结构及其统治地位逐渐弱化，女性在家庭和社会中的地位日益提高，有些甚至成为家族的族长或者家庭的家长。文学作品当然是特定时代的产物，"复兴"第二代女作家们通过重点描写家族中的女性人物形象或者对母系家族历史追根溯源，形象地反映从"旧"南方到"新"南方，南方在家族、社会、历史和文化等方面发生的变革。

尤多拉·韦尔蒂是这批女作家中的代表人物。她1909年出生于密西西比州杰克逊镇一中产阶级家庭。作者的生活经历与家乡息息相关，她把自己熟悉的南方小镇和风土人情作为创作素材，运用方言俚语、口头流传的故事以及写实的手法，从女性的视角生动描写人类的复杂情感，尤其关注人物与家庭、社区和社会的交往互动关系，探讨家庭关系、时事变迁、爱恨矛盾和地区历史等。通过韦尔蒂的作品，读者能够进一步了解美国南方的过去、风俗和文化，深刻认识南方人及其家庭和家庭内部的冲突。正是这种人与人之间的矛盾和家庭内部的冲突构成了韦尔蒂

---

❶ John Beck, Wendy Frandsen, Aaron Randall. Southern Culture: An Introduction [M]. 2nd ed. Durham: Carolina Academic Press, 2009: 215.

小说的基本叙事内容。韦尔蒂的五部长篇小说中有四部是家族小说，围绕家族及其家庭成员之间的故事，描写复杂的宗族关系和家族历史，探寻家族所蕴含的深厚意义。韦尔蒂主要塑造了四个南方家族，它们分别是《三角洲的婚礼》（*Delta Wedding*，1946）中的费尔恰尔德家族、《庞德的心》（*The Ponder Heart*，1954）里的庞德家族、《败局》（*Losing Battles*，1970）里的比彻姆-沃恩家族和《乐观者的女儿》（*The Optimist's Daughter*，1972）中的麦凯尔瓦家族。对于这些南方家族而言，无论是生活在密西西比的农村、山区还是小镇，它们都受到相同的困扰，那就是外来融入者对于传统家族习俗的改变以及家族成员因此而产生的身份困境。

《三角洲的婚礼》是一部关于现代庄园家庭生活的小说，费尔恰尔德家族已经有好多代生活在三角洲地区，在进入现代社会之后，家族依然保持着传统而守旧的庄园生活方式，是"旧"南方那个顽固而自我的贵族阶层的代表。在这个家族中，男性和蔼可亲但缺乏洞见，女性则精明能干，"就好像男性统治他们田间的人手一样，这个家族的女人牢固而有效地控制着家族的事务"。❶ 小说中有一幕描写所有家族成员以及亲朋好友齐聚"乐山庄园"，参加种植园主班特尔·费尔恰尔德的女儿达贝尼的婚礼。达贝尼不顾家族阻拦嫁给父亲种植园中的监工托尼·弗莱文。在父亲眼里，托尼只不过是一个出身下层阶级、来自贫困山区的"外来者"，出身穷白人，完全不具备成为女婿并进入费尔恰尔德庄园贵族家族的资格。他坚持女儿应该选一个门当户对的郎君，嫁进三角洲富有的贵族家庭。在亲戚朋友眼中，托尼也有失体面，不懂贵族礼仪。虽然他们没有直接表示排斥，但是对待他的态度和举止都显示出他们对这门婚姻不赞成也不看好。达贝尼没有听从劝告，最终嫁给托尼。其实，费尔恰尔德家族的成员反对这门姻缘的深层原因并非完全出自对托尼本人的拒绝，这个骄傲而守旧的家族对于外来的一切都持谨慎和排斥的态度，因

---

❶ Richard Gray, Owen Robinson. A Companion to the Literature and Culture of the American South [M]. Oxford：Blackwell Publishing Ltd.，2004：508-509.

为他们自感血统高贵，无法接受穷白人阶层对贵族阶级的挑战。

小说中另一个让他们家族感到厌恶的入侵者就是劳拉和载她来这里的火车"黄狗"。"黄狗"把 9 岁的小女孩劳拉从杰克逊带到费尔恰尔德庄园。劳拉来到庄园的主要目的是进行身份确认和寻找爱的温暖，验证她的身上是否流淌着费尔恰尔德家族的血液，因为她是费尔恰尔德家族的表亲。小说多次借小女孩的内心独白，表现费尔恰尔德家族的傲慢与偏见。种植园主的妻子艾伦收留了劳拉，但是她的表兄弟姐妹并不喜欢她，劳拉经常觉得被排斥在家族的圈子之外。在艾伦眼中，带来劳拉的火车"黄狗"和劳拉是一股可怕的外来势力，会导致费尔恰尔德家族的分崩离析。小说以现实主义的笔触、公允的写作态度，描写南方庄园家族的守旧过时、矫揉造作而又魅力十足、高贵优雅的生活，也反映黑白种族之间在经济和道德方面的较量。穷白人虽然没有费尔恰尔德家族那样卓有成就、富于贵族气质，但是他们有血有肉、生动真实，是最现实地生活在南方当下的人们。

《庞德的心》是密西西比小镇家庭生活的写照，小说以庞德家族的侄女厄尔为叙述者，讲述密西西比科莱县最富有的乡村贵族庞德家族的故事。丹尼尔·庞德为人大方慷慨，继承了父亲的财产却四散家财。当他把祖传的加油站和表都送给别人时，父亲和侄女试图把他送进本地的精神病院。但是，阴差阳错，山姆成了他的替身。父亲又逼迫庞德遵照媒妁之言、父母之命，迎娶当地一个门当户对的寡妇麦吉为妻，俩人的婚姻只持续了两个月。当他 50 岁时，在一家小店遇见了 17 岁的女孩邦尼·蒂·匹考克，并将她带回家"试婚"。父亲因反对此事心脏病发作死亡。邦尼来自穷困的匹考克家族，她的言行举止与家族要求的南方淑女规范格格不入，她既不擅长家务也不贤惠通达，沉迷广告画报，喜欢抛头露面。她还离家出走，后来又回到庞德家族。在一个暴风雨的夜晚她神秘死亡，娘家人在本地律师的建议下起诉庞德谋杀。法院最终没有判决庞德谋杀罪，但没收其全部财产。小说描述南方贵族对外来者和穷白人的抗拒与提防，表现白人贵族的贵族意识和血缘优越观念。在他们眼里,一个可怜的穷苦白人只会给家族带来灾难和不幸。但是,韦尔蒂同时也让人们认识到,邦尼的存在说明南方穷白人女性冲破了腐朽的贵族家族壁垒,她们必然会从经济、道德、行为规范等多方面给南方的贵族家族带来改变甚至毁灭。

《败局》描写一个竭尽全力维持自己生活方式的南方家族,小说以20世纪30年代的密西西比农场为背景,讲述比彻姆家族几代人的故事。故事主要围绕家族成员举行大型家族聚会,庆祝女族长老奶奶90岁的生日,借此机会追溯家族的来龙去脉和故事传说。这是一个以女性为主建立起来的母系家族,老奶奶和自己的孙女、孙女婿及其孩子生活在一起,家族成员通过回忆讲述的家族历史也主要是关于家族女性的那些鲜为人知的故事。柯丽奥姑姑通过这次家族聚会了解了自己家族的历史,与家族和解,回归家族;家族其他成员也消除了对她曾经嫁给家族宿敌的误解,终于接纳了她。克劳莉亚是老奶奶孙女的大儿子杰克·让弗的妻子,她是比彻姆家族的入侵者。比彻姆家族的女人们排斥克劳莉亚,她们经常试图把家族强加于克劳莉亚。在参加生日聚会时她们围着克劳莉亚,高唱"欢迎来到比彻姆家族!";克劳莉亚竭力反抗:"我不会成为比彻姆!"❶她们把西瓜汁当作鲜血覆盖在她的身上,似乎给她洗礼。

克劳莉亚是杰克的家乡柏纳镇新入职的老师,镇上的家族通过抓阄的形式决定比彻姆家族的人可以追求她,杰克与她相恋并结婚。她受过教育,有着不俗的举止;她的红头发、高跟鞋和时尚装束与这个守旧的家族形成鲜明对比。对于比彻姆家族的人而言,她一直是一个安静、神秘而又威胁家族稳定的力量。克劳莉亚也无法适应比彻姆家族,她时常劝丈夫离开这个负担沉重的家族建立自己的小家,但是屡次遭到对家族忠心耿耿的杰克的反对。杰克是这个家族的孝子贤孙和顶梁柱,也是家族引以为豪的具有英雄色彩的人物。在小说接近尾声时,克劳莉亚也理解了家族对其成员的真正意义,它不完全是法律和血缘保障下的一个整

---

❶ Eudora Welty. The Losing Battles [M]. New York: Random House, 1978: 268.

体,它更是家族成员情感的统一体,每个人都紧密地团结在一起。她的加入也为比彻姆家族输入新的血液,使常年居住在柏纳村的封闭环境中并坚守愚昧的比彻姆家族打开眼界,产生看看外面世界的愿望。

《乐观者的女儿》是一部反映南方家庭父亲、继母与女儿之间复杂关系的小说,充满独特的南方风情。麦凯尔瓦家族同样面临来自美国北方的费伊的"入侵"。四十多岁的费伊嫁给70多岁的法官麦凯尔瓦,这在芒特卢斯小镇成为让人们津津乐道的谜团。与芒特卢斯小镇的其他妇女不同,费伊轻佻、自私。后来,麦凯尔瓦法官因眼疾住院,在病房被愤怒的费伊摇晃致死。她非但没有为此感到内疚,反而怨恨法官在她生日那天死去。在法官的丧事期间,麦凯尔瓦家族的朋友讲述法官生前的故事缅怀他,费伊却在朋友面前恬不知耻地炫耀自己和家人。在法官修复视网膜的手术期间,女儿劳雷尔从芝加哥回到密西西比的家乡,她逐渐了解了父母之间的感情和家族的过去。在照顾父亲期间,她不得不与势利而肤浅的继母费伊朝夕相处。在父亲的丧礼结束后,无情冷漠的费伊让劳雷尔独自整理家务、收拾遗物。面对父母的遗物,劳雷尔睹物思人,思绪如洪水决堤般暗涌而至。过去的美好、幸福、甜蜜夹杂着现在的悲伤、孤独、苦难,加上丈夫的不幸早逝,浮世的一切似乎使"家"发生了彻底改变。

但是,经过回忆与思考,劳雷尔对于"家"及其蕴含的意义有了更加深入的理解。小说描写了一个具有象征意义的情节。她和费伊之间曾经因为一块面板发生激烈争执。对于劳雷尔的父母来说,那块面板象征着忠贞不渝的感情、慷慨大方的馈赠以及幸福和睦的生活,凝聚着"家"的全部意义。但是,对于费伊而言,它不过是普通简单的厨房用品,在使用面板时她毫不留心,在面板上留下累累刀痕。她永远不会理解这个家庭在这块面板上赋予的深刻含义。劳雷尔见此气愤不已,当她正要拿着面板砸向费伊时,四旬斋节的钟声响了起来。在听到钟声时劳雷尔顿时醒悟过来,过去已经远去,只有记忆永不褪色。她意识到自己其实和费伊一样,生活居住在南方之外,也背叛了曾经的南方。生活的种种喜与悲、生与死的博弈与考验让她走出回忆的泥淖，真正汲取到父母身上那种"乐观"的人生态度。

韦尔蒂的长篇小说虽然描写了南方家族受到外界各种各样的入侵，传统的家族观念因此也面临解体的危险。但是，作品的情节均以家庭为中心展开，包括家庭中最重要的各项传统仪式，例如结婚、生日、家庭团聚、葬礼，等等。作者通过对这些南方传统仪式或者节日的详细描写，表明她注重传统家族观念的思想。《败局》重点描写挣扎在现代社会中、着力维持自己生活方式的南方家族故事。在小说中，家族的祖孙四代相聚一堂，为 90 岁的老奶奶庆祝寿辰时，表现出一个由血缘关系支撑着的南方大家族的浓浓亲情和家庭温暖。这个祝寿情节象征无论岁月如何风吹雨打，家族血脉生生不息，家族精神代代传递。《乐观者的女儿》表现女主人公劳雷尔试图寻求家族历史、保护家族传统，对继母等代表的"新"南方家庭观表现出极大的反感与厌恶；《三角洲婚礼》通过描写费尔恰尔德家族中女性的爱情、婚姻等问题，辐射整个三角洲地区，对女性在家庭中的作用、地位以及她们与土地、自然之间的关系展开讨论。

韦尔蒂在 20 世纪 70 年代推出家族小说《败局》和《乐观者的女儿》时，南方社会已经发生了翻天覆地的变化，南方已经从"新"南方进入到"后南方"（Postsouth）时代。❶ 韦尔蒂把一种看似琐碎的、微不足道的、倏忽即逝却潜伏在人们的内心深处、让人们无法忘却甚至刻骨铭心的家庭生活展现在现代人面前，她像一位慈祥而睿智的老祖母，把家及其家的内涵给读者娓娓道来。韦尔蒂通过小说这一介质对世态人心展开观察、探寻、分析、判断，找到平时处于隐藏状态中的各种情感，尽情地在读者身上唤起某种强烈的、纯净的感受，吸引读者去那个更深层、更温暖的"家"中寻找自我。当然，在韦尔蒂看来，放下过去、走向未来是南方人避免自我偏执的有效途径，但是，她同时提醒南方人，家及

---

❶ Lewis P. Simpson. The Closure of History in a Postsouthern America ［M］// The Brazen Face of History：Studies in the Literary Consciousness of America. Baton Rouge：Louisiana State University Press，1980：268-269.

其附着在家之上的家族传统才是那个真正让人们为之动容的东西，容纳着人类那些最柔软和最深沉的情感。

安·波特1890年出生在得克萨斯一个破败的名门家族，祖辈是18世纪肯塔基州的开拓英雄。到了祖母这一代，她们家族从肯塔基州迁到路易斯安那，后又移居得克萨斯州。波特母亲家族的一脉来到南方的时间则更早，1648年已经定居在弗吉尼亚州。波特两岁丧母，由祖母抚养成人。作者成长的家族环境是一个由祖母统领的大家族，一家四代人包括奴隶和佣人都生活在一起。家族意识一直是流淌在波特血液里的东西。波特只接受过很少的正规教育，21岁起就开始在报界工作，当过记者、编辑和文艺评论员，还扮演过电影里的小角色。波特坎坷的人生经历和祖母持家的成长环境使她在小说中经常描写母系制家族故事，作品中的女主人经常具有叛逆性格，努力争取女性权利或者试图摆脱家族羁绊。

波特发表了一系列优秀的中短篇小说，其中有《马戏团》（*The Circus*, 1935）、《坟》（*The Grave*, 1935）、《旧秩序》（*The Old Order*, 1936）及《老人》（*Old Mortality*, 1938）等"米兰达"系列小说，这些小说散见于《灰色马，灰色骑士》（*Pale Horse, Pale Rider*, 1939）、《斜塔及其他故事》（*The Leaning Tower and Other Stories*, 1944）、《旧秩序及其他南方故事》（*The Old Order: Stories of the South*, 1955）以及《凯瑟琳·安·波特短篇小说集》（*The Collected Stories of Katherine Anne Porter*, 1964）等中短篇小说集中。小说以米兰达的成长历程为时间线索，从米兰达这个女性人物的视角，讲述历史背景复杂的家族故事及其家族对人物行为规范的诸多影响，借助家族历史题材表现南方的家族观念、生活方式和风俗习惯。这些小说带有明显的自传色彩，米兰达与波特之间存在颇多相似之处。米兰达幼年丧母，由祖母拉扯长大，生活成长在以祖母为首的美国南方家族中。在她进入修道院学习之后，与人私奔结婚。她也当过记者，卖文为生，在"一战"时险些因为流感丧命。

在《旧秩序》中，米兰达对自己的家族历史深入挖掘。她们家族是母系制家族，祖母是家族的老族长，备受人们爱戴和尊敬。通过对家族历史的溯本求源，米兰达才真正厘清了家族的来龙去脉和复杂的人际关系。她了解到把自己养育大的老祖母原来出身名门望族，是肯塔基州大名鼎鼎的拓荒英雄和1812年美国第二次独立战争时期南方名将丹尼尔·布恩的曾孙女，家族在南方曾经富甲一方、威名远扬。而且，她也解开了一直陪伴祖母左右的南妮奶奶的身世。她和她的父母是祖母的父亲从新奥尔良买来的黑奴，南妮是父亲送给祖母的玩伴和女仆。南妮不但跟随祖母，伺候她的生活起居，还充当祖母孩子们的奶妈，照顾孩子们的日常生活。她们家族是在祖母和陪伴了她一生的黑人奴仆南妮的操持下延续和发展到今天的。

在《老人》中，米兰达自幼就生活在家族老人们思乡怀旧的感情之中。家族的动人神话和艾米姑妈的爱情传奇在她幼小的心灵中留下了深刻的印象。过去的一切在老一代的心目中都如此美好和珍贵：艾米被描述为美丽的天使，她穿过的旧衣服、戴过的旧饰物都被祖母当作宝贝一样珍藏，甚至连她的风流韵事也被家人美化成一段令人羡慕的浪漫史和忠贞的爱情史。所有这些怀旧情愫都自觉不自觉地影响着家族成员。米兰达羡慕逝去的大好时光并逐渐对现在单调的家庭生活和枯燥的教会学校感到厌倦。她决定追随艾米姑妈的足迹开始自己的浪漫故事，于是她逃离学校与人私奔。

在小说中，米兰达的整个少女时代都生活在家族长辈们编造的浪漫家族传奇中，对家族老人们自编自导的那个艾米姑妈和加布里艾尔姑父之间"王子与公主"般的神秘而浪漫的爱情故事痴迷不已：英俊、痴心的加布里艾尔"王子"在苦追了美丽的艾米"公主"6年之后，两个有情人终成眷属。可这段来之不易的婚姻仅仅持续了6个月，艾米就因病去世，心碎的"王子"感情依旧、痴心不改。米兰达感动之余对自己的家族历史感到羡慕和自豪。可是，8年后，这个被家人不断传唱、令人荡气回肠的爱情悲剧被家族的另一个成员伊娃表姐颠覆："她（艾米）像个宠坏了的宝贝那样生活，随心所欲地做事，让别人为她受苦，跟在她后面收拾残局。……艾米是个不规矩的女人。"❶ 表姐的话再加上此时已经成人的米兰达自己的观察和判断,她也开始对于家族老人美化过去的行为产生怀疑。

在波特的小说中,"新"与"旧"、父权制与母系制一直是两股不断冲撞的力量。米兰达试图在反叛中求得存在,寻觅值得自己捍卫的东西。《老人》中的米兰达经历了人生中从不谙世事的童年到成熟自信的青年的成长阶段。家族的长辈们不仅自己不能面对社会的急剧变迁和新旧观念更迭的现实,借助刻意杜撰的浪漫故事,达到美化家族历史的目的。他们不但自己沉迷于实际上并不存在的被理想化的过去中,还试图将其强加在年轻人身上,期待将诸多的家丑连同南方的罪恶一起代代掩藏下去。米兰达却更愿意自己解读家族历史,希望客观看待"过去的传说",牢牢抓住当下的生活。她决心反抗家族的旧传统,按照自己的方式去观察生活,遵循自己的意愿去经历人生。她的反叛具有积极意义,因为她成为一个在行动上真正摆脱过去、勇敢面对现实、具有独立担当意识的新一代南方女性。但是,米兰达的反叛并非那么决绝,她与南方和自己的家族有着千丝万缕的联系,她对于自己成长的南方有着根深蒂固的记忆,一切都从那些记忆中酝酿而来。米兰达清楚地认识到,南方的过去以及那些大家族已然消逝,但是南方的文化传统和家族意识不会死亡,南方人必然会在与南方不停地协商和谈判中走向未来。

安·格鲁 1930 年出生于路易斯安纳州新奥尔良,身为白人女性作家,她却主要关注黑人及其黑人亚文化,因为揭露南方的罪恶现象以及现代南方的隔绝处境而出名。她有多部小说描写南方的母系家族故事。1961 年发表的《克里瑟姆街的房子》(*The House on Coliseum Street*),描写一位母亲及其五个女儿的情感和家庭生活;1964 年发表的《祖屋的守护者》(*The Keepers of the House*)荣获"普利策小说奖"。小说叙述曾经在南方显赫一时并创造了家族王朝的霍兰德家族七代人的故事。小说虽

---

❶ K. A. Porter. The Collected Stories of Katherine Anne Porter [M]. San Diego: Harcourt Brace Jovanovich, 1979: 211.

然继承了南方传统家族小说的叙事形式,但采用全新的叙事技巧,从女性叙述者的视角讲述南方庄园家族的风云变化。所有家族故事都经过女性族长阿比盖尔的意识过滤,但全部故事并非由她一人叙述。她说自己的故事来自家族记忆:"当我还是个小不点的女孩、穿着沾满泥土的小外套、蹲在家门前挖蚂蚁的时候,人们就一遍遍地告诉我我们家族的故事。有些我已经忘记了,但是大部分至今记忆犹新。所以,我的记忆可以远远地回溯到我出生之前。……如果需要,我可以清楚地看到我祖父威廉姆·霍兰德年轻的时候。"❶ 所以,《祖屋的守护者》从女性族长的角度讲述男权家族故事,小说的主要叙述者阿比盖尔在描述家族故事的过程中,逐渐了解南方、霍兰德家族和自己的身份。

小说以阿拉巴马的南方乡村为背景,故事主要发生在霍兰德家族七代人生活过的祖传大宅中。霍兰德家族到第五代时只剩下一个白人男性后裔威廉姆·霍兰德。他的女儿遭丈夫抛弃后,带回了外孙女阿比盖尔。霍兰德与黑人保姆玛格丽特秘密结婚,生下其他孩子。当孩子长大时,为了逃避种族歧视,他把孩子送到北方去,希望他们能够过上像白人一样的生活。阿比盖尔嫁给了约翰,但是约翰是一个种族主义者,无法容忍阿比盖尔的外祖父和黑人之间的通婚而解除了婚姻。当威廉姆和玛格丽特去世之后,一群暴徒对霍兰德大宅进行烧杀抢掠,发泄他们对黑白通婚的愤怒和不满。但是,阿比盖尔用外祖父的猎枪勇敢地保住了祖屋,并开始复仇行动。在一天之内,她通过关闭酒店和导致本地经济毁灭来报复那些背叛了外祖父的人们。她打电话给家族的男性后裔罗伯特,告诉他的家人其祖上实际上具有黑人血统。

安·格鲁笔下的女性人物要么敢于反对不平等的种族主义、要么勇于捍卫家族尊严,她们是南方女性家长形象的代表。阿比盖尔感觉到家族一代又一代人推着她"沿着家族周而复始的出生和死亡的循环前进"。霍兰德家族几代人的故事主要通过她无法抹除的区域和个人记忆得以重

---

❶ Shirley Ann Grau. The Keepers of the House [M]. New York: Alfred A. Knopf Inc., 1964: 1, 14.

现。她不但珍视家族老宅，甚至感觉她对家族传统的发扬光大负有不可推卸的责任。祖屋厅房中被烧黑的扶手是霍兰德家族代代相传的物品。这个烧焦的扶手是早年种族歧视的暴徒杀害祖上一个女孩时留下的。当房子一次次重建时，霍兰德家族代代都保留着这个扶手，它成为家族回忆过去、走进历史的关键物品。阿比盖尔拼命守护家族老宅，继承家族我行我素和对不公正待遇采取报复的家族行事模式。她俨然是霍兰德家族的女族长和精神领袖。

事实上，在霍兰德家族的发展中，母权制逐渐成为影响家族历史的主要力量。在霍兰德家族历史中就出现过三位女性家长。第一位是家族的老祖母霍兰德夫人。当杀死她女儿的暴徒被丈夫和儿子赶进甘蔗丛、杀死他们并把尸体吊在大树上时，霍兰德夫人"站在这些白色的橡树下，扬起脸大笑"；第二位就是艾米，她曾经几次试图给霍兰德庄园更名为"舍利"；第三位女性人物就是黑人保姆玛格丽特。三十年来她似乎是名不正言不顺、未得到承认的霍兰德家族的一员，但是，对阿比盖尔而言，她比亲生母亲更像母亲和祖母。因此，阿比盖尔认为南方的女性在家族生活中发挥着越来越重要的作用：

> 在晴朗且有浮沙的午后，我坐在门廊里听女人们说话，学习去看她们看到的东西。她们用相同的方式教我《圣经》。那个时候我已经非常擅长辨认黑人血液的迹象和背诵《圣经》中一个个的家族谱系。❶

在阿比盖尔外祖父的记忆中，霍兰德家族的男性经过厮杀和报复建立了家族庄园。但到阿比盖尔这一代时，家族女性的统治加强了家族的特性，因为家族的男人未能履行家族义务，家族的女性却勇于担当大任。所以，阿比盖尔的母亲在"二战"后拒绝探望丈夫，并烧毁了他寄来的

---

❶ Shirley Ann Grau. The Keepers of the House [M]. New York: Alfred A. Knopf, Inc., 1964: 143.

那些没有拆封的信件。她的丈夫为了自己的政治抱负,抛弃家庭、不顾子女,没有尽到一个丈夫和父亲的职责。有一次,当她势单力薄地对抗那些种族主义夜袭者时,她感觉男人们在她需要的时候抛弃了她。因此,在家族经过一代代的更迭变化之后,霍兰德家族老宅的守护者只留下了几个名叫阿比盖尔的女人们。

拉特尔1902年出生在田纳西州,是南方"重农派"中举足轻重的一员。甚至在20世纪70年代,他经常在家举办沙龙,与那些想要寻找"什么是南方"的文人和学子们探讨重农主义思想,在当时的美国南方非常具有影响力。1975年他发表关于自己家族历史的小说《为生活守灵:一部家族史》(*A Wake for the Living: A Family Chronicle*),作品入选美国南方文学经典作品之列。它是一部关于女性家长制家族的纪实和非虚构类小说。拉特尔认为,"虚构"无法含纳家族的全部传奇,唯有"纪实"才可以把一个田纳西州旧家族丰富多彩的家庭生活和南方优美而又令人伤痛的过去完美地呈现在读者面前。小说中对南方已经逝去的家族、历史、地域那些永恒东西的神话史诗般再现,使作者成为当代继承和续写南方文学传统的典范。拉特尔认为家庭生活是神圣的和永恒的。因此,他被人们称作南方"最后一个重农者"。他的小说是这样开始的:"现在我感到我生活在永恒之中。我可以告诉我的女儿她们是谁。"在拉特尔看来,家族因为亲密的血缘关系、独特的行为方式、各种仪式和庆典活动等而成为美国南方实实在在的社会存在实体。在小说中他总结到:相对于国家的权力、民主和平等等抽象概念,家族就是对现实生活中的种种考验作出具体的、基督式的回应。❶

小说以"纪实"的方式,反映母权制对南方家族的影响。母权制或者女系家族制逐渐演变为南方家族存在的一个标志。代替南方传统的父权制,家族的祖母或者母亲逐渐在南方的家庭中居于统治地位,通过强大的血缘纽带联络保障家族的整体性,她们的权威从身体到精神都摧毁

---

❶ Andrew Nelson Lytle. A Wake for the Living: A Family Chronicle [M]. New York: Crown Publishers, Inc., 1975: 269.

了家族的男性继承者。拉特尔注意到，整个拉特尔家族和内尔森家族因为母系方面的通婚，都联系成为亲戚；人们之间的血缘关系如此之近，致使拉特尔产生一种"比近亲繁殖更加强大的精神乱伦"的感觉。❶ 因此，在叙述拉特尔家族和内尔森家族错综复杂的家族关系和后代继承者时，他不止一次地需要提供家族谱系图。他意识到自己生活在叔叔阿姨、舅舅姑姑、表亲外甥等人际关系编织的大网中，不仅直接通过拉特尔家族，同时还需要通过它与内尔森家族这些剪不断理还乱的家族关系，才能够厘清两个家族成员之间千丝万缕的联系。

这部家族史讲述了拉特尔家族在1789年从北卡罗来纳和弗吉尼亚搬迁到田纳西并逐步塑造家族神话的历史。拉特尔家族在北卡罗来纳的先辈们作为军官参加了美国的独立战争，成为新共和国首批受封的贵族，而且田纳西中部的地方也是作为他们家族祖先英勇作战而特许给家族的报酬和馈赠。拉特尔家族在田纳西中部选好落脚点，世世代代在此繁衍生息。拉特尔家族的传统表现在他们如何在田纳西中部扎根、如何在季末时腌制并保存食物、如何实现自给自足以及如何形成乡村贵族生活方式的各种仪式。拉特尔家族的老祖母南希虽然因为生活作风问题流言不断，但她被称赞为南方真正的"淑女"，是纳什维尔早期社团的领袖。内战之后，拉特尔家族在经历了最初几代的父权制大家族的发展之后，逐渐演变为由女性主持家族事务的母系家族模式，这其实也预示着南方父权制家族被母系制家族慢慢替代的趋势。

当拉特尔家族发展到茱莉亚主持家政时，她的权威和统治比丈夫和儿子的都要强大，在拉特尔家族的记忆留下了不可磨灭的印记。作为家族誓约的捍卫者，她立志要守住拉特尔家族在田纳西中部的祖产，坚决反对家族西迁。内战之后，她以苦守精神顽强地生活下来，并保护祖传的家产毫发未损。在她身上体现的是南方特定时间和地点的现实生活和母系权威，为家族后来几代女性留下了珍贵的家族传统和精神遗产。拉

---

❶ Andrew Nelson Lytle. A Wake for the Living: A Family Chronicle [M]. New York: Crown Publishers Inc., 1975: 131.

特尔家族的女性参加家族的各种仪式和庆典，在她们看来，这些才是家族生活真正的、实质性的内涵，家庭生活通过这些实质性的东西具体地表现出来。尽管拉特尔家族的父辈罗伯特一门心思地追求生意兴隆，他无论在家里还是在社区，都是一个不折不扣的不安分分子，但家族的女性们以坚忍不拔的精神，坚决地扎根在祖先的土地上。因此，在内战之后，拉特尔家族的大部分传奇故事来自家族的女性而非男性一脉。拉特尔的祖母莫莉·内尔森，即家族记忆中的"妈妈"，在姑娘时被北方士兵击中脖子。家族的记忆从此就集中在她后来佩戴的围脖上，它被看作家族在内战中得到的一枚英勇勋章。

　　拉特尔对家族的兴盛感到振奋，更为家族的衰落感到痛心。作者叙述家族故事、参阅家族记录、解读母系权威。但是，他的叙事没有局限在单一的家族故事上，他以更加宏大的视角把家族史与南方的地区史结合起来，把个人奋斗、家族事件与历史进程融会贯通，进一步分析南方贵族家族走向衰亡的宿命。小说在本质上是一个南方家族的衰落史。内战不仅使拉特尔家族开始败落也使奴隶制的南方走向解体。内战时埃佛瑞姆·拉特尔的田纳西军团遭受挫败，他本人在被俘后失去继续战斗的信心；拉特尔家族的后代们在商业大潮的冲击下，渐渐放弃了祖先的农耕生活方式。拉特尔家族摇摇欲坠的庄园祖屋也变换主人、成为牛奶公司的厂址。如果说家族的精明强干使拉特尔家族获得田纳西中部的封地和财富，那么随着时代的变换，在都市化和商业化的社会中，拉特尔家族失去土地也是历史发展的必然。家族曾经的一切都随着土地的失去而化为乌有，只留下记忆凝缩成家族宝贵的精神财富，在精神的层面影响着拉特尔家族的后代，使那种生活定格成为一种永恒。

　　综上所述，母系家族小说与父权制家族小说的不同在于，它打破了南方长期处于统治地位的男权家族思想，从家族母系的血脉出发寻找家族谱系，通过家族成员对于女性血缘传承和母系家族的情感认同，表现出鲜明的女性本位思想和平等的性别立场。这种通过母亲、外婆、曾外祖母的足迹，从母姓血缘方面进行的寻根问祖有别于建立在男性血缘基础上的父权制或者男权制家族观念，小说中的人物尤其是女性人物对父亲与母亲的家族表现出迥然不同的情感。女性家族成员因为能够进入更加私密的女性情感空间，她们对于母系家族表现出更高的亲密度和认可度。母系家族小说以母姓家族互有血缘关系的几代女性的生命与情感历程作为贯穿始终的情节线索，对女性家族祖先统领家族的才干、顽强、勇气和艰辛等表示高度的赞扬与崇敬，对女性的不幸遭遇表示衷心的同情与悲悯。家族的女性们时不时地流露出认祖归宗的寻根意愿与寻而不得的焦虑，试图在对母系家族神话的寻找与建构中寻找身份、寄托情思。

母系家族小说中的女性们寻找的家族之根是母姓的老祖宗，表现出归依母姓家族的愿望和对于母权制家族的认可。她们对母姓家族的情感认同常常与对父姓家族的理性审视交织在一起。在这些母系家族小说中，一向在家族叙事中处于中心位置的男性被叙述者有意放逐到叙事边缘，对他们的父权神性和男性光辉进行解构。男性从生理到精神走向沉沦与颓败，他们不仅无法承担支撑门户和呵护女性的责任，而且缺少独立生存的能力，甚至经常需要女性的照顾与抚慰。与男性作家相比，南方女性作家的母系制家族小说具有自身的审美属性和特有的价值立场。她们从女性的视角出发，越过南方长期以来占据统治地位和掌握话语权利的父系族裔，转向佚失已久的母系姓氏，追踪和勘探母系家族的血缘命脉和家族谱系，打破了南方传统的父权制家族小说的写作传统和叙事话语体系。女性作家在对于母系家族历史的溯本求源中，探讨被男性作家有意忽略或者无意关注的女性角色、母性天职、女性情感、女性与家族的复杂关系以及女性的心理成长等问题，对于女性的自觉意识和自立精神表示肯定与赞赏。

与男性作家相似，女性作家在追寻家族女性祖先所代表的家族观念和生活方式的同时，以极其矛盾的心情讽刺和批判家族内部的腐朽、男性的软弱、"淑女"的矫揉造作、陈腐过时的妇道观念、装腔作势的行为规范、守旧的家规家风等。女作家对于母系家族历史的矛盾态度在于，一方面，她们认识到南方母系家族的衰落同样会导致南方的传统文化、家族礼仪、行为规范、个人归属感、家族认同感等等的丧失，这使她们运用更加细腻的情感和生动的笔触，描写家族的各种庆典、聚会和日常生活，并让家族的老祖母、老姑姑等老者一遍遍地讲述家族的历史，吸引家族成员从四面八方向家的方向聚拢；另一方面，她们又通过家族亲朋好友的多角度叙述，追忆、解密甚至解构家族女性祖先的秘史，消解家族那些传奇女性祖先的光环，对于家族女性祖先的浪漫爱情和传奇故事也充满质疑并在抽丝剥茧中刨根问底。她们笔下的新一代家族女性也总是在不断的逃离和回归中寻找自己与家族在现实和情感上的纽带与联系，尝试在南方的过去和现在之间建立行之有效的谈判与协商模式。

四、零散化的家庭叙事

20世纪60年代之后南方的家族叙事出现了一种新的写作趋势。一部分"新生代"作家似乎无心探寻南方一代又一代的贵族家族谱系，或者探究家族的传统与秘史、揭露种族主义的罪恶或者混血问题引发的家族血统焦虑，他们把创作的笔触伸向"后南方"的现代化家庭，反映核心家庭或者家庭成员在南方当下后工业社会中的存在状态，解构南方传统的家族神话、家园追寻、家族荣耀、男性权威、淑女风范、血缘秩序等常见母题形态，关注更加普遍的后现代家庭病症，如家人之间情感疏远、夫妻关系冷漠、精神隔绝、寂寞孤独、苦闷彷徨等。因此，零散多样化的家庭问题书写逐渐代替了南方传统家族叙事的宏大背景和史诗书写，放弃南方传统的家族神话创作和谱系建构，转向多元化、平面化、小微化的家庭和个人问题描写，体现出"后南方"时期家族小说向家庭小说过渡的写作趋势和发展演变轨迹。

60年代之后美国南方的现代化和城市化程度已经与北方相差无几，现代化对于南方传统的家族生活产生极大影响，大家族逐步解体为核心家庭。而且，女性在政治、经济、家庭等领域获得与男性同等的地位，她们在思想、观念、认知、伦理等各个方面也与男性平等。这些变化都直接影响了南方传统的家族形制，南方城市的家庭与北方的家庭一样以核心家庭为主。当然，在南方的农村地区依然存在兄弟姊妹、姑表亲戚聚族而居的大家庭，家人们共同生活，家族财政由家长统一调配，大家同去一个教堂参加礼拜。时至今日，美国的南方人似乎比其他地区的人们更加注重传统的家族意识和性别观念。南方的宗教和文化一如既往地维持绅士父亲主导、淑女母亲从属的父权制家族，认为这是最理想的家族组织形式。南方宗教文化对于同性恋、堕胎、性变态等行为的容忍程度远远低于美国其他地区。❶

在当代，大批移民的涌入以及现代生活方式对南方传统的家族文化造成极大的冲击。根据美国政府2005年的人口调查和对于家庭形式的统计，在南方只有50%的家庭是夫妻没有离异、共同承担养育子女的家庭类型，比例与美国其他地方相同。南方人不再像过去那样认为家族和婚姻是生活的全部，离婚率在南方甚至还要高于其他地区，因为南方的家庭破裂与南方一般家庭的贫穷、高辍学率、青少年犯罪、毒品以及未婚先孕等社会问题密切相关。女性独自养育孩子的家庭模式在南方出现上升趋势。黑人家庭更是发生了剧烈变化，单亲家庭屡见不鲜，黑人男性的犯罪率也居高不下。例如，在以前是种植园地区的阿拉巴马和北卡罗来纳，60%~70%的黑人孩子在单亲家庭或者寄养家庭长大；在亚特兰大等大城市，这个数字则高达令人吃惊的81%。❷ 但是，对于中产阶级的南方家庭来说，夫妻双方经营家庭的模式则比较普遍，家庭关系也相对稳定。

现代化和工业化改善了人们的物质生活，改变了南方的家庭结构，但是并没有给南方人带来预期的幸福和满足。在以往，南方的家族就是男主外、女主内的完整社会，它发挥着为家族成员提供工作、休闲、身

---

❶ James T. Sears. Growing Up Gay in the South [M]. New York: Harrington Park Press, 1990: 10, 44.

❷ John Beck, Wendy Frandsen, Aaron Randall. Southern Culture: An Introduction [M]. 2ⁿᵈ ed. Durham: Carolina Academic Press, 2009: 221.

份、工作技能培训、生活习俗以及稳定和安全的归属感等一系列东西的功能，是家人和孩子们不可或缺的生活保障和心理依托，家族的荣辱感和宗教信仰进一步加强了家族的凝聚力。如今，各种社会机构代替了家族的许多功能，婚姻成为自由选择而非生活必需的结果，人们可以轻易地进入或者退出家庭生活，没有男性照顾和经济资助的女性照样可以独自撑起门户和养育子女。以往需要男性做的重体力活现在可以完全交给机器来完成，女性主导、男性从属的家庭模式也开始出现。"后南方"社会使人们更加关注个人主义而不是农业社会时期的社区和家族意识。但是，南方长期的农业文化传统并没有为那些不够富裕的南方人做好充分准备，让他们能够成功地进入更加富于弹性、更加独立自主、更加理性的家庭生活，一系列家庭问题呈现在南方人面前，也在此时期的家庭小说中得到充分地表现。

普莱斯1933年出生在北卡罗来纳州，他公开承认自己是同性恋者。《地表》（*The Surface of Earth*，1975）、《光明之源》（*The Source of Light*，1981）、《凯特·维登》（*Kate Vaiden*，1986）和《休息的承诺》（*The Promise of Rest*，1995）都是描写美国南方家庭生活的小说，从关注南方历史的瓦解中寻找南方家庭的意义。他的小说是南方家族小说向家庭小说的过渡，同性恋也成为小说反映的主题之一。普莱斯在谈论《地表》的创作时说，早在1961年他就开始构思《地表》，但最初并没有意识到《地表》会是一部家族小说。起初的创作素材是关于一个酒鬼父亲和儿子在"二战"之后的夏天穿越北卡罗来纳东部时发生的一系列故事。孩子的母亲去世后，父亲对妻子的死感到内疚，但他又与别的女人纠缠不清。儿子得知父亲有情妇之后，转向姑母寻找母爱。儿子长大后认识到自己是父亲许给上帝的誓言，是自己的出生害死了父亲挚爱的女人。直到1963年普莱斯离开南方之后，他才强烈地感觉到他的小说需要描写一个南方家族成员之间的复杂关系和爱情婚姻以及关于难产、丈夫的誓言和妻子死亡的故事。他决定把故事拓展成描写两个南方家族父子几代人的爱恨情仇的家族叙事。

《地表》及两部续集《光明之源》和《休息的承诺》，涉及梅菲尔德和肯德尔家族四代人的故事。《地表》的主要故事情节开始于1903年春天的一个傍晚。贝德福特·肯德尔意味深长地告诉他的子女，他们的外婆生下他们的母亲后死于难产，他们的外公在外婆死去不久就闯进她的房间，开枪自杀，倒在妻子的遗体旁边。子女们把外婆的死归咎于自己的母亲，认为母亲应该为外婆的死感到自责。从肯德尔子女们若无其事地谈论家人的死亡和把外婆的难产身亡归咎于母亲这些情节中，人们可以感受到这个家庭缺乏亲情和宽恕之心，也可以看到亲属关系的疏远与冷漠。肯德尔的女儿伊娃与比她大许多岁的拉丁文老师弗雷斯特·梅菲尔德一起私奔，但是两人只知道索取对方的爱，无法经营婚姻生活，二人为此备受煎熬。在伊娃由于难产濒临绝望时，母亲拒绝帮助她，还斥责伊娃贪图满足肉体欲望，居然建议她向自己学习，以后保持无性的"圣洁"生活方式。缺乏家庭温情和母爱的伊娃对儿子也没有尽到为人母的责任。离婚后她得到了儿子布罗的抚养权，却很少对儿子付出感情。《地表》一直围绕梅菲尔德和肯德尔两个家族成员之间错综复杂的恩恩怨怨展开，夫妻在激情耗尽之后反目成仇；父子误解、隔膜、疏远；母女之间亲情冷漠、怀恨抱怨。家族的男性不但酗酒成性、游戏人生，还僭越种族界限，玩弄黑人女性。

"三部曲"中其他两部作品的故事大体相似，情节没有《地表》那么复杂，时间跨度也没有《地表》那么漫长，小说讲述的事件大约都在一年之内发生。《光明之源》的故事开始于1955年的春天，描写梅菲尔德家族的男性后裔哈奇刚刚结束在一所预备学校的教学工作，正准备去牛津大学学习。他与安订婚，但他犹豫不决，拿不定主意是否要娶她，因为他打算无牵无挂地逃离家乡。他认为家族的过去像一张无形的大网，捆绑着他，让他觉得自己无法承担梅菲尔德家族、肯德尔家族和哈奇家族的层层重压。❶ 哈奇举棋不定的另一个原因是，他最近和感情充沛、活

---

❶ Reynolds Price. The Source of Light [M]. New York：Scribner, 1981：38.

力四射的学生斯特劳开始了同性恋关系。斯特劳答应只要哈奇对他忠诚不贰，他敢于为他担当责任。斯特劳敢作敢为的个性与哈奇的小心翼翼、处事谨慎形成鲜明对照，让哈奇感到斯特劳比自己更像梅菲尔德家族的一员。后来，斯特劳和一个比他年长的女人发生异性恋情。这种背叛深深地刺痛了哈奇，他从此自暴自弃、放浪形骸，在英格兰与一系列形形色色的男男女女进行着性的试验和爱的游戏，尝试各种冒险刺激的生活。在他的同性伙伴中，大部分都是那种追求豪迈性爱的小伙子。但是，有一个叫詹姆斯的例外，他对女儿的深切关爱吸引着哈奇，这种无私的爱让哈奇懂得了什么是责任和亲情。在小说的最后，他和未婚妻安在经历了许多波折之后，终于互相谅解，重归于好。

《休息的承诺》从1993年的春天写起。当时安和哈奇已经分居，哈奇认为安因为追求事业想要离开自己；但安认为哈奇当初选择自己、放弃斯特劳是出于道义而非爱情。他们的儿子韦德似乎继承了父亲同性恋的性取向，与非裔同性恋情人怀亚特相恋。安根本无法接受儿子的同性恋取向，与他关系日益紧张并且逐渐疏远。怀亚特对白人怀有一种普遍的仇视，他憎恨哈奇，甚至连自己的同性恋情人韦德也无法幸免。他们之间的关系激起一系列的复杂问题，黑白血缘关系、性爱欲望、个人与家族等交织在一起。韦德知道怀亚特对父亲哈奇的仇恨存在误解，但当怀亚特让他在自己和父亲之间进行选择时，他选择了怀亚特而背弃了父亲。后来，韦德连哈奇的电话也不愿意接听，父子关系一直处于疏远状态，甚至在韦德患艾滋病之后也是如此。再后来，经过别人的劝说和调解，父子俩终于接通了电话，在电话中哈奇了解到怀亚特因为无法接受自己把艾滋病传染给韦德后自杀身亡。后来韦德病死，人们才知道韦德在遇见怀亚特之前和怀亚特的妹妹艾弗里·邦杜兰特是情人，艾弗里的孩子拉文就是韦德的儿子。哈奇家族接受了艾弗里和她的孩子，让拉文认祖归宗。拉文和哈奇一起把韦德的骨灰撒进小溪，哈奇也把家族代代相传的戒指交给了拉文。"三部曲"中那个代代相传的戒指，似乎象征着种族和解的美好愿望。爱情与死亡、理解与责备、坦诚与隐瞒交汇在一起，构成"三部曲"的家族叙事主题。

在"三部曲"中，梅菲尔德家族一代又一代的男性沉迷酒色，为了满足性爱到处游荡，家族的几代男性中几乎没有一个能够建立安稳持久的家庭。梅菲尔德家族的女性们操控的家庭虽然气氛紧张、令人窒息，但与丈夫相比，家族女性在"地表上的耐心等待和苦熬使梅菲尔德家族延续了下来"。❶"三部曲"重点关注南方家族在当代的生存境况，描写两个家族在家族遗产的摒弃与继承方面的矛盾与冲突，反映夫妻或者父母与子女之间的冷漠和疏远关系，表现同性恋以及不同种族之间通婚的问题。南方传统的家族纽带关系、父权制或者母权制的家族已经不复存在，家族在亲情淡漠以及同性恋、混血等问题的威胁下走向解体。小说因此呈现出明显的"去"家长权威、"去"白人中心主义和解构异性恋/同性恋二元对立的后现代主义特性，完全失去了"复兴"作品中那种沉重的历史围困感和强烈的家族悲剧感。家族的后裔，尤其是男性后裔，竭力逃避家族传统的束缚，似乎在变态的性游戏和种族僭越中满足生命的本能，丧失了传统的南方人一直珍视的家族自豪感和家园追寻意识。

普莱斯1986年发表《凯特·维登》，57岁、患了宫颈癌的凯特用第一人称的口吻，主要交代了自己不断寻找幸福以及家人的故事。老年的凯特乐观豁达，质朴坦率。无论生活给予她什么，她都决心热爱生活。在面对生活的种种挑战时她能够保持慷慨大方、泰然平和的处事风格，其实这样的自信来自非凡的磨砺。她一直在寻找父亲为什么在她11岁那年杀死母亲，然后自杀的原因。在她看来，父母之间关系亲密且充满激情，而且是那种强烈得让人无法忍受、可以烧毁一切的激情。她甚至觉得自己是多余的，因为父母的激情好像无法为她容出多少空间。在迅速膨胀的欲望和追求个性的驱动下，他们在渴望爱情的同时也渴望分居，父母的爱情逐渐堕入一种无望的爱恨交织的矛盾纠葛之中。父母死后，凯特由亲戚养大。没有父母的管教也缺乏性教育的凯特在13岁时就懵懵

---

❶ Robert O. Stephens. The Family Saga in the South: Generations and Destinies [M]. Baton Rouge and London: Louisiana State University Press, 1995: 176-177.

懂懂地和邻家男孩发生关系。17岁时，她与堂兄的同性恋男友生下儿子里·维登。但是儿子出生之后她没有任何做母亲的想法，她把儿子留给自己的姑姑并离家出走，从此在近40年中杳无音讯。在经历了父母婚姻的不幸和自己爱情的屡次失败之后，凯特最终明白爱情并非易事。她试图忘记痛苦，斩断过去，渴望过一种隐姓埋名、安详平静的生活。她在罗利当法律秘书时实现了自己的愿望，在那里安静地生活工作了40年。但是，当她晚年患癌之后，她对家族的过去以及自己与其他人之间的关系有了更加深刻的认识，对亲人的爱有了进一步的理解。她也从家族唯一存活的成员斯威夫特那里得知自己的儿子还活着。

与"后南方"那些完全斩断家族之根和历史之源的南方作家不同，普莱斯笔下的主人公在逃避家庭责任、沉湎酒色、放浪形骸、反叛家族传统、摆脱历史重负中寻求生命和自由的意义。他们身上有着各种各样绝望、自杀、酗酒、同性恋、性游戏等反映现代人精神空虚、生活无聊的通病。但是，在他们桀骜不驯的背后，依然浮现着注重家族传统的观念和意识，在经历了生活的磨难、尝试了别样的生活方式之后他们开始关注家族的过去，进一步了解自己的故乡，对家族的传统表现出一定程度的认可，也表现出归宗认祖的意愿。因此，他们还没有完全斩断自己与家族的血脉纽带，没有切断对南方的情感依赖。

威廉·斯泰伦的祖先是弗吉尼亚一个富有的蓄奴家族，18世纪初就扎根在弗吉尼亚和北卡罗来纳地区。斯泰伦的家庭小说撕裂了家庭温情的面纱，用后现代的解构精神，彻底瓦解人们对家的依恋和向往。长篇小说《在黑暗中躺下》（*Lie Down in Darkness*）讲述现代美国南方一个城市中产阶级家庭分崩离析的悲剧故事。小说的女主人公佩登，虽然生活在弗吉尼亚的富裕家庭，但家人之间的无情、自私、背叛、嫉妒、仇恨、报复和乱伦倾向等畸形关系导致她的性格扭曲变态并最终自杀身亡。故事从米尔顿在情人多丽的陪伴下随灵车去火车站接女儿佩登的遗体回乡安葬开始。米尔顿沉浸在回忆、幻觉和梦境里，关于家庭的历历往事也在他的倒叙和意识流中慢慢展开。米尔顿是弗吉尼亚一个富裕的中产阶级,与妻子海伦育有两个女儿。大女儿莫蒂智力低下、身体残疾;小女儿佩登却聪明伶俐、长相漂亮。米尔顿酗酒成性,妻子海伦对此十分不满,夫妻感情也逐渐疏远。天资聪慧的佩登从小颇得父亲宠爱,缺乏母爱的她对父亲也非常依恋。米尔顿对女儿佩登的感情似乎超出了一般的父爱,这引起母亲海伦对佩登的病态仇视和妒恨。

米尔顿和海伦的不幸婚姻事实上是导致家庭悲剧和解体的罪魁祸首。它不但造成双方的病态心理,也夺走了女儿的幸福和生命。母亲海伦在军营里长大,从小受到父亲严厉得近乎苛刻的管教。父亲绝不允许酗酒之类的放荡行为,而且认为笃信宗教是自律的表现。在父亲的潜移默化和教导之下,海伦也养成了一种近乎偏激固执的清教徒性格。丈夫米尔顿仪表堂堂、风度翩翩,颇具男性魅力,但同时又沉溺于杯中取乐、纵情肉欲的生活。当初,米尔顿为了赢得海伦的爱,曾一度戒酒。但婚后不久,他又故态复萌。加上大女儿天生智力和身体发育不全,给家庭生活蒙上阴影。米尔顿借酒消愁,对妻女不管不顾。海伦对此大为不满却束手无策。米尔顿不仅没有内疚感,反而振振有词地对海伦说:"我只要你明白几件事,其中之一是我喜欢悠闲自在地过我的星期天;其二,我喜欢悠闲自在地喝几杯。"❶

米尔顿后来移情别恋,迷恋上浅薄女郎多丽,在她那里寻找精神和肉体的慰藉。海伦在与米尔顿情人的较量中败下阵来,便渐渐地把全部感情倾注在发育不健全的大女儿莫蒂身上;米尔顿则把小女儿佩登作为感情寄托,对她百般宠爱,最后发展成病态且几乎带有乱伦倾向的"不伦"之爱。这引起海伦对女儿佩登毫无理智的嫉妒和仇恨。因为,她认为佩登勾引、利用米尔顿,让他对佩登有求必应、呵护备至,从而冷落了自己和大女儿。女儿的"年轻、漂亮是让海伦感到最难忍受的痛

---

❶ William Styron. Lie Down in Darkness [M]. New York: The Viking Press, 1951: 54.

苦"。❶ 于是她便疯狂地报复女儿，肆意地折磨她，咒骂佩登像条"无耻的母狗"。佩登成为父母不幸婚姻最可怜的替罪羊。在这个夫妻感情不和、血缘亲情冷漠的病态家庭里，爱与恨、传统道德与现代生活方式、宗教信仰与个人精神自由之间的种种矛盾和冲突都集中在佩登身上，导致她性格扭曲，行为变态。她自私而残酷地考验丈夫的忠诚与爱情，最终失去丈夫，自己也在绝望中跳楼自杀。

小说中的各种仪式似乎是佩登与家庭关系的晴雨表。"乡村俱乐部的舞会、圣诞节的晚餐、足球赛、婚礼庆典等，每个仪式都展示着佩登跟家庭的紧张关系与剧烈冲突。"❷ 南方令人窒息的文化和冠冕堂皇的宗教让佩登感到痛苦和压抑，她背井离乡自我流放到北方。佩登常常通过模糊琐碎、混乱不堪的独白展示处于激烈冲突中的内心世界。她绝望痛苦、孤独无靠地寻找慈祥的母爱、正常的父爱和仁慈的上帝。但她的母亲是南方典型的文化卫道士和病态宗教徒，其自律固执的性格和冷酷虚伪的宗教虔诚，导致所有家庭成员生活在令人窒息的南方传统文化桎梏中。她的父亲则是一个意志软弱、缺乏责任心、贪恋酒色的伪君子。父母在性格、价值观、宗教信仰和经济地位等方面的差异与矛盾在佩登的心里埋下了悲剧的种子。佩登无法在父母那里获得温暖亲情，她转而祈求上帝"照亮她心中的黑暗"，让她成为一个"没有任何罪恶""干净清白的人"；但是，具有反叛精神的佩登清楚地认识到宗教的虚伪和"上帝的子虚乌有"。❸ 佩登潜意识里的原罪意识迫使她不断地在这个多变的世界里，由一个单纯、可爱的小女孩蜕变成一个莎士比亚式的悲剧人物。

佩登虽然在病态的家庭环境和压抑的南方文化中长大，但她没有放

---

❶ William Styron. Lie Down in Darkness [M]. New York: The Viking Press, 1951: 82.

❷ Samuel Coale. William Styron Revisited [M]. Boston: Twayne Publishers, 1991: 40.

❸ William Styron. Lie Down in Darkness [M]. New York: The Viking Press, 1951: 358-359.

弃抗争，她永不停歇地追寻家庭和生活的意义。她对父亲的爱引起了母亲的妒恨；她热爱家乡，但家乡的传统文化又使她感到压抑和痛苦；她渴望得到男性的爱，但在每次的爱情经历中，她都成为男人的玩物或牺牲品；她不断地与丈夫争吵，目的是希望得到丈夫的真爱；她经常酗酒或与男性同居，目的是与命运抗争。当她对于清清白白地做人彻底绝望之后，她赤身裸体地从楼上纵身跃进黑夜，永远地躺在冰冷的黑暗中，"为了在梦中找到一个新的父亲，新的家"。现实却明确地告诉佩登："家庭瓦解是你所出身的那个社会的特点，是当下这个机器文明社会的特征，也是南方不可救药的虚伪的宗教信仰的典型特征。"❶ 因此，佩登寻找家的努力最终只能堕入一种绝望和徒劳。佩登扭曲的心灵、不健全的人格以及迷惘的精神使她无法适应现实的社会环境、承担悲剧的命运，她最终认为自己"必须脱离生命"才能洗清罪过。这种无形的精神折磨驱使她从楼上纵身一跃，结束了那个满载痛苦的躯体。与福克纳笔下的昆丁一样，她成为美国当代文学中最年轻的南方文化的牺牲品。

　　沃克·珀西出生在亚拉巴马州的一个培育出议员和内战英雄的家庭。父亲在他13岁时自杀，母亲领着珀西弟兄三人生活在外祖母家。两年后，母亲驾车冲出桥栏坠河死亡。珀西认为这不是意外，而是母亲有意为之。因此，生存与死亡成为珀西一生关注的话题。其小说主要以新奥尔良为背景，探索现代时期人们的身心混乱与错位的存在、南方意识以及天主教信仰等问题。《看电影的人》（*The Moviegoer*，1961）是珀西的代表作，获得国家图书奖。《时代》杂志把它列为1923~2005年间最优秀的100部英语小说之一；1998年《现代图书馆》在20世纪100部最佳英语小说中把它列为第16位。南方传统的衰落、家庭问题的突显和越南战争的创伤构成了《看电影的人》的主旋律。小说主人公宾克斯身上有着南方老派家族教养的优点，具有艺术气质，爱好文化，喜欢美女和赛车。但是无论如何他都觉得自己既无法属于"旧"南方也无法融入

---

❶ William Styron. Lie Down in Darkness [M]. New York: The Viking Press, 1951: 363.

"新"美国。

在珀西的这部家庭小说中，典型的南方贵族家族、种植园等已经消失，代之而起的是现代化的购物中心、汽车旅馆、电影院以及其他娱乐场所对南方家庭生活的冲击和影响。小说探索追求时尚、热衷于各种聚会的南方新一代年轻人对现代平淡无趣的家庭生活或者空虚无聊的生存状态的反省与思考。主人公宾克斯是新奥尔良一位年轻的股票经纪人，战后南方传统的衰落、家庭的困惑和在朝鲜战争中的创伤经历，使他常常沉浸在虚无与空想中，无法像正常人一样生活。小说中有一个片段描写他哥哥因为患肺炎去世的情景。姑妈怕他伤心，劝他要像士兵一样坚强。他却通过联想一部看过的电影来逃避哥哥死亡的事实。这部电影是关于一个男人因为一次事故失忆并因此失去家人、朋友和钱财的故事。这个男人寻找到一种非常奇异的生活方式，把漂浮在河上的船作为家，并找到一位年轻美貌的姑娘陪伴。❶ 宾克斯与电影中的人物一样，经常在幻想和虚无中打发时光，成为一个滑稽可笑、与社会格格不入、无所事事的"影院常客"，沉湎于电影的虚幻情节，期待在电影中寻求慰藉。在他看来，"哪怕是观看一部很糟的电影，他都会感到在电影院里他非常快乐"。❷

宾克斯认为家庭生活平淡无奇、了然无趣，他一直试图寻找一种与家庭日常生活完全不同的东西。为了躲避与家人的交流，他宁愿每天晚上去看电影或电视。对他而言，与家人一起吃饭或者听姨妈絮叨关于他们家族的故事是一种莫大的折磨。小说一开头就描述宾克斯如何惧怕与家人交谈或者一起用餐的情景：姨妈周三召他回家吃饭的一张便条让他"心惊胆战"。他平时只是礼节性地周六晚上才去姨妈家吃饭，而今天是星期三，这意味着一件事，"她要与我进行严肃的谈话"。不管是谈论"关于她的继女的坏消息"还是"关于我的话题"，这都是"关于我的将来和我该干什么的非常沉重的话题"。因此，他尽量逃避不想回家，把电

---

❶ Walker Percy. The Moviegoer [M]. New York: Vintage Books, 1998: 4-5.
❷ Walker Percy. The Moviegoer [M]. New York: Vintage Books, 1998: 7.

影院当作自己的容身地和避难所。家人认为他逛影院是逃离现实、躲避责任。宾克斯还试图通过走马灯似地变换陪自己看电影的女友来消磨时光,"要么她是玛斯亚,要么是琳达,要么是莎若,要么干脆就叫她当下最时髦的名字丝蒂芙尼或者随便哪个女孩"。❶ 他疯狂地追逐女人却游戏爱情。他不愿与其中的任何一个女孩建立家庭、遭受约束,担负作为丈夫和父亲的责任。他与姨妈的继女凯特表妹私奔,却无法像丈夫一样为她撑起家庭。后来他们又不得不回家,面对姨妈的愤怒和责骂。姨妈数落他,说自己把诸如乐观、责任感、尊贵和善待女人等南方家族最好的遗产都传给了他,他却辜负了她的一片心意。面对姨妈的不停数落和责备,他要么"无言以对"、要么"沉默不语"、要么消极对抗,他感觉姨妈就"像法官安斯一样"惹他厌烦。❷

《看电影的人》带有明显的存在主义色彩,宾克斯一系列的不合常规的行为和思想代表着现代人普遍的迷茫苦闷和不断追寻。宾克斯的姨妈艾米莉是一位典型的美国南方贵族后裔,代表传统、理性、坚忍的性格和鲜明的善恶感;而宾克斯的母亲则崇尚信仰、感情丰富,她常常以感性思维来看待周围的事物。面对这两种截然不同的生存理念,宾克斯没有把自己困在现实与信仰、理性与感性的矛盾中,相反,他在虚无中不懈地尝试精神追求,以冷静而独立的视角来观察身边的一切,他称之为"自省"。南方传统的衰落、各种家庭问题以及越南战争的创伤经历使得宾克斯无法融入日常生活。他绝望却执着地试图冲破日常生活的藩篱,寻找精神救赎的途径。他在现实或者想象的层面屡次踏上征途,寻觅那个最本质的自我。他日复一日地在影院里消磨时光,漫无目的地在新奥尔良、芝加哥等地的大街小巷游荡,通过自己与家人、朋友、女友、工作之间的关系定义自身的存在,在自由选择和放任自我的过程中不断地追求生活和生命的意义。

宾克斯的追求像希绪福斯推石上山一样遭遇屡战屡败,他的苦闷彷

---

❶ Walker Percy. The Moviegoer [M]. New York: Vintage Books, 1998: 8.
❷ Walker Percy. The Moviegoer [M]. New York: Vintage Books, 1998: 220-224.

徨事实上反映出现代人共同的生活困境,他们徘徊和挣扎在"我是谁""我从哪里来""我要到哪里去"的无限追寻之中。通过宾克斯种种看似荒诞消极的逃避行为,作者试图解析在传统的家族"罗曼司"解体之后,南方的年轻一代面临着怎样的家庭和社会存在困惑。传统家族观念的丧失使得新一代南方人缺乏社区意识和精英思想,加上现代家庭生活的平淡无趣,使得年轻人选择逃避家庭和社区责任,放任自己于现代社会的各种喧嚣与骚动中,在精神和肉体的分离中苦苦寻找那个"自我"。

理查德·福特出生在密西西比州,擅长体育报道和创作体育专栏。《体育记者》(*The Sportswriter*,1986)在 2005 年入选《时代》杂志评选的世界 100 部最佳英语小说名单。小说以第一人称的叙述方式,讲述一个奔波于各地的小体育记者的日常生活和情感经历。有关巴斯克姆这一人物,福特后来创作了《独立日》(*The Independence Day*,1995)和《大地之层》(*The Lay of the Land*,2006),三部小说被合称为"巴斯克姆三部曲"。作者在 2015 年又发表第四部关于巴斯克姆的小说《与你坦诚相待》(*Let Me Be Frank with You*),这个系列称为"巴斯克姆四部曲"。

弗兰克·巴斯克姆从小就过着居无定所的生活。父亲蓄着一头"罗曼蒂克"的卷发,经常变换工种;父母"常常像年轻夫妻那样搬来搬去"。在他 14 岁时,父亲去世;母亲再嫁,似乎无暇顾及他的生活和感受,她像对待一个她"不熟悉的外甥一样对待他"。❶ 他们互相尝试着融入对方的生活,但一直没法拉近彼此的感情,无法理解对方的心思也不明白各自的需求。童年时期缺乏温暖亲情的经历对他成年以后的生活产生了可怕的负面影响。结婚之后,他不知道如何经营婚姻。他与妻子缺少交流,对妻子缺乏忠诚,与其他女人纠缠不清,对于家庭没有多少关爱。他似乎通过各种对家庭不负责任的行为来报复母亲对自己的疏忽和冷淡。妻子无法容忍,带着两个孩子离开他。他没有为此感到难过,反而觉得这是最好的解脱。他不停地寻找各种女人打发寂寞,却没有对任

---

❶ Richard Ford. The Sportswriter [M]. New York: Random House Inc., 1986: 24 - 28.

何一个动过真情。他草率地与她们发生关系只是为了暂时消除他与女人之间可怕的心理距离。他的滥交行为最终导致自己的家庭破裂,在小说结尾时他孑然一身,茫然彷徨在寻找"家"的路上。在续篇《独立日》中,他依然没有找到合适的结婚对象,延续着与异性保持非婚关系的游戏,以此打发无聊时光、填补感情空虚。或许他并没有再婚的强烈愿望,因为他不愿意忍受家庭生活的单调和束缚,他甚至有点儿享受单身生活的无拘无束和自由自在。

除上述男性作家之外,以约瑟芬·哈姆弗瑞思、鲍比·安·梅森、安妮·泰勒等为代表的一批当代南方女性作家也对南方的家庭主题展开多方面的书写。女作家在后现代持续不断变化着的南方社会和文化背景下,把当代人们感兴趣的主题和南方传统的写作方法结合在一起,重点表现南方当代的家庭和婚姻问题。她们各有千秋,但婚姻失败和家庭破裂构成了她们共同的创作主题。她们从日常琐事而非戏剧性的大事件入手,从女性的独特视角出发,用细腻的笔触描述家庭成员之间的感情及其家庭与社会的关系,关注南方家庭在当代发生的一系列变化。对于韦尔蒂等前辈女性作家而言,她们更加关注一个家族几代女性人物的情感经历与命运变迁,追寻母系家族谱系、寻找家族之根。在她们的作品中,经常会出现家族中某个年轻新女性在追求个性的叛逆中或者对于家族历史的质疑中疏远家族的情节,但是,在经历人生历练之后,她们对家族有了深刻的认识、对亲人有了更深的理解,从而表现出与家族和解或者归宗的愿望。在"新生代"女性作家的笔下,描写几代人生活经历和情感故事的家族小说几乎不复存在,夫妻关系、责任感、亲情、道德、追求自由、崇尚自我、家庭功能、爱情观念、家庭与社会之间的冲突等成为她们反映的重点内容。

安妮·泰勒1941年出生在离美国南方很远的明尼苏达州,但她常常被认为是与韦尔蒂、麦卡勒斯、奥康纳等齐名的南方作家,因为她在南方长大、在南方上大学、受到南方作家的极大影响并且以南方人的身份进行创作。泰勒的父母是贵格教派成员,与生活在北方的南方人社区联系密切，热衷于南方的社会事业。1948 年他们搬家到北卡罗来纳并在此定居。1967 年泰勒随丈夫定居巴尔的摩，巴尔的摩也成为其小说创作的主要地理背景。家庭与婚姻是泰勒的永恒主题，她的小说采用悲喜剧相结合的叙事方式，重点描述家庭生活的种种内部矛盾与冲突以及家庭成员之间微妙而复杂的亲情。作者试图通过描写与人们息息相关的日常生活，反映当代南方人在家庭观念、婚恋关系、人际交往等方面发生的巨大变化。她把作为个体的人的生活放在家庭和社会的大背景中，揭示家庭乃至社会中人与人之间错综复杂的人际关系。

泰勒在小说中改写了"家"的传统概念。她笔下的家庭远非宁静平和、可以给人慰藉的港湾，而是冲突不断、矛盾不绝、局面紧张的角逐场。这些冲突和紧张使得家庭成员孤独寂寞、烦恼不堪、困惑重重。他们在渴望家的温暖和庇护的同时又肆意践踏亲情、发泄对家的种种不满。她的代表作《思乡餐厅的晚餐》(*Dinner at Homesick Restaurant*，1982) 是塔尔夫妇和三个孩子之间有关家庭道德、感情、责任、伦理的一场别开生面的论战，真实地再现 20 世纪后半叶美国南方在家庭生活方面发生的变化。小说讲述波尔被丈夫贝克抛弃之后，艰难地将三个孩子抚养成人却一直无法与子女有效沟通、和睦相处的故事。夫妻、母子、母女、兄弟之间的各种感情问题和家庭矛盾在这部小说中得到充分体现。

逃离家庭还是坚守家庭成为贯穿整部小说的一条重要线索。丈夫贝克是一名推销员，他在不断地出售商品和推销自己的过程中，期待得到妻子和儿女的尊敬与认可。但妻子是个完美主义者，极度挑剔且爱发牢骚，对丈夫越来越看不上眼，认为他"做事没有魄力""工作没有长进""离开家的时间太久""给她帮不上忙""喝酒太多""身体发胖"等，最后居然发展到她看见贝克"说话不顺眼、吃饭不顺眼、穿衣不顺眼、开车不顺眼"的地步，甚至连贝克"给孩子们买的玩具也不顺眼"。❶ 妻子无休止地唠叨和抱怨搞得贝克精疲力竭，也让他对家越来越无法容忍。

---

❶ Anne Tyler. Dinner at Homesick Restaurant [M]. New York：Wings Books, 1990：223.

他认为妻子不够理解和尊重他,"耗尽了他的所有优点"。他不顾丈夫和父亲应尽的义务和责任,逃离家庭,把三个还未成年的孩子扔给妻子,独自去寻找可以继续推销自己的地方。

与父亲对家的不管不顾相比,母亲波尔在贝克离家之后坚强地挑起了家庭重担,非常辛苦地边照顾孩子边外出打工、赚钱养家。但她一直没有找到与子女们可以融洽相处和友好交流的方式。她对孩子们的态度常常是指责与不满,对孩子的控制欲也极强,命令孩子对她言听计从。在她眼中,大儿子考迪总是调皮捣蛋、爱惹麻烦;二儿子艾兹拉做事缺乏潜力,像个呆子;小女儿珍妮轻率无礼、令人讨厌。孩子们若是犯点错误,她非打即骂,给他们的心灵造成极大创伤,使他们的童年蒙上了阴影。她和孩子们之间相处的家庭气氛沉闷压抑,家人之间也鲜有温暖和依恋之情。当然,家人之间的隔阂也不能完全归咎于母亲。她虽然脾气不好,对孩子要求严苛,但对他们不离不弃,含辛茹苦把他们抚养成人。在遭到丈夫抛弃之后,坚强好胜的波尔竭尽全力维持家庭,使家庭表面上看起来好像什么事情也没有发生一样。但是,她内心苦闷,情绪郁结,脾气也变得愈加暴躁,导致她与子女之间的关系若即若离,孩子们对于母亲的苦衷也缺乏必要的理解。

在单亲家庭中长大的三个孩子对自己的婚姻和家庭也缺乏自信。考迪嫉妒弟弟艾兹拉受到母亲的宠爱,抢走他的未婚妻露丝。更过分的是,他还责问妻子露丝,他们的儿子路加是不是艾兹拉的儿子?这也伤了儿子的心,他无法忍受父亲的猜忌,离家出走。珍妮是家中念书最多的一个,她一直期盼一种轻松快乐的婚姻。在承受了前两次婚姻带给她的失望与痛苦之后,她嫁给一个被妻子抛弃并带着六个孩子的丈夫,第三次婚姻给了她稳定的家庭生活。艾兹拉在自己崇拜的哥哥抢走心上人之后极度伤心,终生未娶,在家陪伴和照顾母亲,尽心经营一家怀旧的家庭主题餐馆。

小说在解构传统家庭观念的同时也在重建后现代的家庭意义。小说中有一个重复多次、令人动容的情节:艾兹拉一直有希望家人齐聚一堂、修复亲情的强烈愿望,他多次尝试把一家人聚在一起,在自己经营的"思乡餐厅"平心静气地吃顿团圆饭。珍妮在自己为人母之后慢慢体会到母亲的艰辛与不易,她原谅了母亲并经常回家看望她。波尔一生中最惦念的人其实还是丈夫贝克,她临终之时,最希望见到的人也是贝克。贝克虽然浪迹天涯,但"不知什么缘故",他总不愿意向波尔提出离婚。在波尔去世之后,他离家后第一次回家参加她的葬礼。但是,在吃饭时家庭冲突再次爆发。考迪无法原谅父亲的弃家出走:"你以为我们是一家人?""你以为我们是一个快活的、大团圆的家庭?我们其实是四分五裂的微粒,分布在四面八方"。❶ 贝克愤然离席,家人出去寻找。泰勒并没有让塔尔一家停留在冲突之中,或许家庭团圆、家人和解是作者写这部小说的主要目的和愿望。泰勒似乎没有放弃对家的追寻,她依然期待和睦的家庭和温暖的亲情。小说的结尾或许是作者追寻失落家园和亲情的一个证明,让人们在绝望中看到了一丝和解和宽恕的曙光:考迪仿佛看到母亲在草地上优美地行走的情景,他也从内心深处原谅了母亲;他扶着父亲贝克,向家人走去,他们这一次准备顺利地吃顿以前屡屡失败的家庭团圆饭。

2004年泰勒发表《业余婚姻》(*The Amateur Marriage*),描写一对普通夫妇鲍琳和迈克尔的家庭和婚姻生活。他们俩相识在迈克尔的杂货店中。迈克尔参军受伤回家之后俩人结婚,蜗居在杂货店的二楼,婚后的鲍琳成为一名真正的家庭妇女。后来在鲍琳的坚持下,他们搬到郊区。她整日辛勤劳作,打理家务,照顾婆婆,抚养三个儿女。丈夫迈克尔理所当然地认为相夫教子、管理家务就是鲍琳的职责,而且因为鲍琳对婆婆和孩子照顾不周就加以指责。鲍琳长期封闭在家中,对丈夫和他的工作也不够理解,认为挣钱养家就是丈夫对家庭应尽的职责。鲍琳把迈克尔废寝忘食地经营杂货店的行为看成他追逐金钱,是充满铜臭味的拜金行为。双方的性格、脾气、兴趣也是大不相同。迈克尔自律、沉默、内

---

❶ Anne Tyler. Dinner at Homesick Restaurant [M]. New York:Wings Books,1990:218.

向；鲍琳则感情外露、比较浪漫、说话大嗓门。两人的性格差异和沟通不畅导致感情不合，家庭生活也摩擦不断，夫妻俩饱受折磨和痛苦，家人也承受着极大的困扰。

女儿林迪在青春期时特别倔强叛逆，有一天突然离家出走。女儿的离开也没有拉近父母的感情，反而使得他们开始了又一轮的互相指责和冷战。林迪流落到旧金山之后染上毒品，8年后林迪因为吸毒被宗教收容所羁押，留下3岁的儿子无人照料。消息传来时作为一家之长的迈克尔茫然不知所措，鲍琳果断决定接回女儿和外孙。林迪抛下儿子再次失踪，鲍琳毫不犹豫地承担起抚养外孙的责任。虽然迈克尔夫妻性情迥异、爱好不同、争吵不断，但是孩子、责任、共同的家庭生活记忆一直把他们拴在一起，日子在不断的吵闹中延续。然而，在他们结婚30周年的那天，迈克尔离开了鲍琳，他们的家庭和婚姻最终走向解体。迈克尔的离开对鲍琳是莫大的打击和悲剧，让她陷入绝望之中。迈克尔觉得他和鲍琳完全是业余者，根本不懂婚姻和家庭的意义，离婚对于俩人来说是最好的救赎。

小说塑造了三位独立的女性形象。经历不幸的婚姻之后，鲍琳逐渐认识到作为一个女性，应该如何在这个社会中生存。她擅长家居布置，热爱音乐，乐于助人，待人热情，体现出女性的活力和坚韧。她坚守家庭、顽强地保护孩子，维系家庭成员之间的亲情。当她与迈克尔离婚、经济陷入困顿的时候，她也无怨无悔地挣钱养活自己和孩子。女性意识的觉醒让鲍琳成熟，她真正明白了独立与自我的价值。迈克尔再婚，她一直与孤独斗争，守着家里的老屋度过一生。但是，她的生活在迈克尔离开之后才真正具有意义，她结交了好多朋友。安娜是迈克尔再婚的妻子，是小说塑造的另一位独立女性。她是一所艺术学校的钢琴教师，沉稳的性格和理性思考的能力是她与迈克尔能够和谐相处的前提；对事业孜孜不倦的追求，使她摆脱了对男性的依赖。男性是她的"饰品"和

"甜点先生"。❶ 鲍琳的女儿卡伦是第三位独立女性。她是一位知识女性，接受了良好的大学教育，成为一名辅助弱者的律师，而且事业有成。卡伦一直坚持独身主义，她不愿意依附男人，希望自己可以独立自由地生活。因为她认识到在当今社会，尽管女性的社会地位和处境发生了很大的改善，但是在父权制和男性为主的社会体制下，家庭和情感仍然是捆绑女性的枷锁，会让职场女性面临更大的压力和挑战。

在这部小说中，泰勒通过对这些女性人物形象的塑造，试图从女性主义的视角探讨现代妇女的情感和生存状态。美国南方传统的家庭分工是"男主外、女主内"，这种带有性别歧视的分工让女性处于从属和依附的地位，束缚了女性的自由并限制她们的发展。男性也因此得以控制所有的公共领域和巩固自己在家庭和社会中的权力。女性似乎无法摆脱家务的重压，她们只能挣扎在洗衣做饭、养育孩子的家庭琐事之中，丧失了经济和人格方面的独立。家庭的捆绑、经济的依附、情感的服从等，使她们也失去了追求广阔的人生理想和奋斗目标的机会。她们在现实生活中因为缺乏独立的自我而事实上处于社会的底层。泰勒认为，这样的处境不仅影响着女性的自我实现，而且不利于家庭和社会的发展。

哈姆弗瑞思 1945 年出生在南卡罗来纳州，家乡也是其多部作品的地理背景。她长期以来被认为是书写南方严肃小说的重要作家之一，"家庭，尤其是南方传统家族的解体是她的一个核心主题"。❷ 前三部小说《睡梦》(*Dreams of Sleep*, 1984)、《富有的爱》(*Rich in Love*, 1987) 和《消防员博览会》(*The Fireman's Fair*, 1991) 都关注南方社会变迁引发婚姻和家庭变化的主题。《睡梦》描写南卡罗来纳州查尔斯顿市一对中产阶级夫妻的婚姻和家庭在外人插足下走向解体的故事。小说从睡梦开始，描写非常美好静谧的梦境。当爱丽丝醒过来、睁开眼睛时，她看到阳光

---

❶ Anne Tyler. The Amateur Marriage [M]. New York: Random House Publishing Group, 2004: 295.

❷ Joseph M. Flora, Robert Bain. Contemporary Fiction Writers of the South [M]. Westport: Greenwood Press, 1993: 246.

缓慢地移动，感觉到丈夫威尔轻轻吹拂着自己后背的呼吸。她的第一反应就是静静地躺着，一动不动，让如此美妙的情景定格成永恒。但是，这样的静谧突然被粗鲁地打断，因为，紧接着在第二个自然段，作者很突兀地用一句简短的"但是他动了"开始。❶ 是的，30多岁的妇产科医生威尔"动"了，他离开妻子爱丽丝，因为他与护士克莱尔之间发生了暧昧关系。但克莱尔和他逢场作戏、不愿付出任何真情，还与威尔的同事兼朋友丹尼打成一团。爱丽丝发现丈夫的婚外情之后，对威尔的不忠感到非常愤怒，但对他又无能为力。她无可奈何地等待威尔在对克莱尔失去新鲜感后回到自己身边。爱丽丝结婚之前有不错的职业，婚后为了照顾两个孩子她放弃了自己的事业。她为家庭付出的一切无法留住丈夫的心，他们的家庭和婚姻无法抵挡外界的诱惑，最终走向解体。

哈姆弗瑞思的第二部小说《富有的爱》，别名《朱门情仇》，在1993年被拍成电影。它实际上是第一部小说的补充和注解，但是，写作风格与前者大相径庭。作者采用"滑稽"而非"阴郁"、"喜剧"而非"悲剧"的第一人称叙事形式，关注后现代时期南方家庭出现的新现象。第一人称叙述者卢思丽是高中快毕业的女孩，出生在中上层家庭，她的家坐落在查尔斯顿郊区的海边。她们家的房子是典型的南方富人居住的大宅，回廊亭台、宽敞舒适的房子掩映在阳光、沙滩、海港和绿树中，一家人的日子过得安逸富足。卢思丽用近乎调侃的语气讲述她家的故事：母亲经常心猿意马、姐姐漂亮得出乎意料、父亲天真无邪、自己波诡云谲。她的朋友说他们一家人完全可以成为戏剧中的人物，但是认为她家的故事缺乏戏剧性元素。直到5月10日那天，她的母亲海伦因为厌倦退休后的丈夫沃伦突然离家出走，断绝与家人的一切联系，她们家的故事终于名副其实地构成了小说情节，代价是家人的背叛和出走。

母亲出走之后，卢思丽和父亲沃伦继续生活并寻找母亲的下落。沃伦也从经常帮助他们烹制美食和富有同情心的邻居女人那里得到安慰。

---

❶ Josephine Humphreys. Dreams of Sleep [M]. New York: Viking, 1984: 1.

怀孕的姐姐带着新任丈夫回到家里,打算居住一段时间。家人在谈论和回忆母亲的过程中,调整着各自对于家和家人的理解。在小说中,南方人的各种风俗习惯、生活方式以及风趣幽默、稀奇古怪的性格等都得到充分展示。小说似乎不是在讲述一个南方家庭破裂的真实故事,而是在表现一个像梦境一样的幻想剧。其实读者在看完小说之后更加容易产生痛定思痛的心酸。作者在轻松游戏和看似不经意的叙述口吻之下为大家展现的是后现代时期南方家庭在内外交困之下走向破裂、南方传统的家族观念在消费文化的冲击下面临崩溃的危机。"含泪的微笑"的叙事方式极大地增强了小说的感染力,凸显出南方后现代的社会变迁给南方传统的家庭带来的打击和毁灭,家庭和社会之间形成某种巨大而令人不安的张力。

鲍比·安·梅森1940年出生在肯塔基州,是美国南方当代最重要的女作家之一。作者主要描写肯塔基州西部的工人阶级的家庭和婚姻生活,重点关注家庭观念和南方文化在当代的变化。《施拉及其他故事》(*Shiloh and Other Stories*,1982)、《冷暖天涯》(*In Country*,1985)和《羽冠》(*Feather Crowns*,1993)是梅森最优秀的三部小说。在这三部小说中,美国南方的年轻人和美国其他地方的年轻人已经没有什么两样,他们追求自由舒适和悠闲轻松的生活方式。在摇滚音乐和逛街购物的时代大背景下,他们不再沉溺于南方的辉煌过去,不再恪守南方的传统文化,不再倚重父辈们珍惜的家族观念。南方家庭在当代面临的种种问题和冲突、婚姻的脆弱和不堪一击、社区观念逐渐在年轻人中的淡化,成为梅森在作品中最关心的三个主题。

《施拉及其他故事》对上述三个主题进行集中书写。评论界认为这部短篇小说集广受各阶层读者的喜爱,因为在阅读时,作品让面对现代各种喧嚣的人们有一种隐隐的、怀旧的痛觉,产生一种想要与被我们"留在身后的家和解"的冲动,不仅是与留在肯塔基乡村的家和解,还有与

"被上升的中产阶级甚至是上层阶级抛弃的通俗文化进行和解的感觉"。❶小说集表现西肯塔基的乡村生活在当代文化的影响下,主人公如何应对这种家庭生活和文化方面发生的变革。梅森通过描写工人阶级或者新兴的中产阶级在面对这种变化时所作的种种调适,以求进一步解释他们的过去和现在。

在短篇小说《施拉》中,列罗伊因为腿部受伤在家疗养。在此期间,他通过对自己的家庭、家乡、社区甚至整个南方的细心观察,恐惧地看到了各方面出现的重大变化。列罗伊意识到他"好多年没有见过农民了,他们已经在他不经意时不知不觉地消失了"。❷ 农民的消失是城镇化和土地消失的必然结果,意味着美国南方传统家族赖以存在的经济基础不复存在,人们再也不会留恋南方原来的农耕文化。以往那种家人为了共同的家族事业齐聚一堂的机会也一去不返,代替传统大家族的是在城市文化的影响下形成的核心小家庭。这注定会引发社区和家庭观念的巨大变化。以前大家互相熟知且密切交往的邻居不存在了,代之而来的是互相不认识,甚至也不想尝试去认识的陌生邻居。人与人之间的隔离与生疏成为一种普遍存在的现象。家庭成员之间也因为鲜有交流和交往的机会而关系渐渐疏远。

列罗伊受伤后发现他再也不是妻子诺玛的"大英雄"了,她也不是原来耐心温柔地照顾自己的"小甜心"。诺玛现在一门心思地通过健美和接受再教育寻求经济独立和自我完善。当列罗伊忧心忡忡地看着妻子身上发生的一系列变化时,他意识到她的变化其实在传递一个重要信息,那就是"他将要失去她"。慢慢地他们没有了过去那种亲密厮守的感觉,反而感觉"待在一起很尴尬"。而且,儿子兰迪的死让正在疏远的夫妻关系雪上加霜。小说结尾时,列罗伊和诺玛一同去内战战场施拉,诺玛在

---

❶ Joanna Price. Understanding Bobbie Ann Mason [M]. Columbia: University of South Carolina Press, 2000: 21.

❷ Bobbie Ann Mason. Shiloh and Other Stories [M]. New York: Harper and Row, 1982: 3.

那里告诉列罗伊她要离开他,因为她不再爱他;诺玛走向悬崖的边缘远眺,列罗伊追了过去。故事戛然而止,给读者留下无限遐思。

《冷暖天涯》讲述一个南方家庭在越南战争、消费文化等的冲击下变得支离破碎的故事。越南战争使得塞姆的父亲在新婚不久奔赴战场,母亲改嫁,叔叔也应征入伍,好好一个家庭就这样天各一方、濒临崩溃。因为父亲在塞姆出生之前死在越南战场,她不愿意和母亲、继父生活在一起,越战之后,17岁的塞姆和退伍回家的叔叔史密斯一起生活。当接触到父亲寄来的一些书信片段、奖章、旧照片等遗物时,塞姆迫切地想要知道关于父亲的一切。父亲对于塞姆一直是一个模糊不清、似真似幻的影子,她迫切地想要破解关于父亲的一切谜团。每当她向母亲打探一些关于父亲的情况时,母亲总是毫无感情地告诉她:"这都是愚蠢的白费事。没有什么可以记忆的东西",❶过去没有什么值得回忆的地方。对于母亲而言,丈夫确实只是梦一样的人物,他们结婚时塞姆的父亲只有19岁,一个月后他就奔赴越南战场,并在21岁时战死疆场。塞姆着了谜一样试图破解父亲的过去,因为父亲那些碎片一样的日记就好像她自己破碎的身份。在小说的最后,她和祖母参观越战纪念碑,在纪念碑上触摸到父亲的名字时积聚多年的情感才得以释放,她在解开与父亲密切关联的越战的残酷真相中建构了自己的身份。

《羽冠》中的人物似乎患上了一种世界末日的病症。主人公克里斯蒂是一个小农场主的妻子,夫妻因为生育了少见的五胞胎而成为舆论的焦点。人们从四面八方涌入他们的农场,想要目睹或者亲手抚摸一下这些"神奇宝宝"。通过这一戏剧性的事件,作者把美国南方农村的家庭、社会以及后现代的混乱、空虚、无聊等展现在人们面前。老年的克里斯蒂在回忆家族历史时不但没有任何留恋,反而一个劲地抱怨家庭给自己造成的束缚与压力。她批判传统的南方文化对妇女不合理的定位,埋怨它完全把女人禁锢在家庭中。她对过去的家庭没有任何眷恋和怀念之情,

---

❶ Bobbie Ann Mason. In Country [M]. New York:Harper and Row, 1985:168.

她告诉自己的孙女:"家庭会让你完全地窒息。"❶ 她渴望走出封闭的家庭和乡下的社区,去外面看看世界、见见世面,希望在现代社会中能够自由地发挥自己的个性。

南方家庭小说的多样化不单单表现在"新生代"作家对南方传统家族观念的解构和南方当代家庭的破裂方面,它的多元性还表现在另一部分作家对家庭和家庭观念的依恋和重视上。他们认为家庭是当代社会最小的组成单位,代表着南方最基本的文化心理情结和精神价值认证。年龄、性别和家庭是任何个体与生俱来的身份存在,而且个体家庭是南方,甚至整个美国建立生活秩序和运作机制的基础。在这些南方"新生代"作家看来,南方除了历史和地域之外,与北方地区区别的主要因素就是南方人浓厚的家族或者家庭观念,南方比美国其他任何地方更加注重家庭观念,南方人更愿意组建家庭。因此,在他们的作品中,家庭是为家庭成员提供慰藉和力量的场所,是亲属之间互相获得温暖和亲情的地方。

帕特·肯诺伊(Pat Conroy)1945 年出生在亚特兰大,被认为是 20 世纪后期美国南方文学的代表人物之一,作者"从来都不会在家庭之外寻找故事情节、背景和人物"。❷ 他的小说像中国的风景画一样,围绕南方人熟悉的地域和家庭展开,描写南方谷地普通人物的日常生活。肯诺伊甚至把大学的宿舍生活也作为家庭生活的写照。在他眼里,没有任何一个事件可以脱离家庭而存在,也没有任何一个个人能够脱离家庭而成长。如果没有普通人构成的家庭,南方人就失去了一切。他描写兄弟姐妹之间的亲情、夫妻之间的爱情、祖父母对孩子的溺爱、大学舍友之间的友情。在他的作品中,家庭某个成员的不在场一定是战争或者死亡造成的缺席,绝不会是摆脱家庭桎梏和不负责任地离家出走或者一味地追求所谓的自我和幸福。作品对于家人的缺席以及家庭成员对他们的牵挂、

---

❶ Bobbie Ann Mason. Feather Crowns [M]. New York: Harper Collins Publishers, 1994: 447.

❷ Joseph M Flora, Robert Bain. Contemporary Fiction Writers of the South [M]. Westport·Connecticut·London: Greenwood Press, 1993: 79.

怀念和担忧描写得情真意切，令人心碎和动容，作者认为每个家庭成员的自由与幸福都与家庭息息相关。

事实上，肯诺伊自己在童年时代并未享受到父亲的慈爱。父亲是一名海军陆战队的飞行员，他对于孩子和妻子非常严厉，甚至打骂也是家常便饭。他们兄弟姊妹七人就是在父亲的强权统治和军队文化的成长环境中长大。而且，因为父亲是军人，父亲的工作性质决定他们经常搬家，直到肯诺伊十几岁时一家人才在南卡罗来纳州定居，肯诺伊在那里完成了高中阶段的学习。但是，当父亲老了之后，他和肯诺伊建立了非常亲密和谐的父子关系，经常帮助儿子推销他的小说。肯诺伊70岁时罹患胰腺癌，在家人和他热爱的人们的陪伴下在家中安详离世。

《了不起的山提尼》(The Great Santini, 1976) 事实上就是一部自传成分很强的小说。主人公威尔伯自称是"了不起的山提尼"，他意志坚定、顽强不屈，用战士一样的强硬方式统治自己的家庭。当他应征入伍之后，家人对他思念不已，留在家里的其他成员之间更加团结和相互关爱。儿子本在与父亲的不断摩擦中长大成人，并通过不懈努力和取得的成就最终得到了父亲的认可和爱。在肯诺伊的小说中，只有家庭关系才是人世间最重要的关系，家人之间浓浓的亲情让读者难以忘怀。

艾伦·道格拉斯（Ellen Douglas）在作品中对于家庭以及家庭责任的关注也与她的成长密切相关。她出生在密西西比的祖父母家里，父母双方的家都在这里，她成年以后也一直在这里居住。她的写作灵感就来自自己的大家庭经历和对家庭的"记忆"。她的家人对"彼此的性格非常了解，对大家的事情也很感兴趣，而且经常聚拢在一起讲故事或者听故事"。❶ 当她把这些记忆和经历写下来时，她发现它们已经是关于一个家族的人物在生命不同时期的生活写照，编撰在一起成为她的第一部小说《一个家庭的故事》(A Family's Affairs, 1961)。小说描写的几代人居住在一起的安德森家族与自己的家庭非常相似，小说的背景也设置在小安

---

❶ Joseph M Flora, Robert Bain. Contemporary Fiction Writers of the South [C]. Westport·Connecticut·London: Greenwood Press, 1993: 92, 94.

娜的祖父母在密西西比的家里。安娜和父母经常去那里和家人团聚，或者走亲访友。安娜母亲的家庭是一个家庭成员关系亲密、团结和睦的大家庭。家人常常在一起聊天，还经常回忆家族过去的故事，分析当下的问题，关注彼此之间的事情。家里的女人更加关心每一个家庭成员，认为任何一个家庭成员的难题就是整个家庭的难题，帮助家庭成员解决难题是每一个家人义不容辞的责任。安德森家族的子女们多年来对母亲凯特悉心照顾，让她安享晚年，以85岁的高龄去世。在外祖母凯特的葬礼上，安娜对于家庭责任和家族传统有了更深的理解：相对于现代的核心家庭，这种僵化且带来诸多不便的家族纽带和家庭责任正是整个家族值得代代相传的精神和道德遗产。

艾格顿（Clyde Edgerton）1944年出生在北卡罗来纳州，父母来自棉花和烟草农场家庭，他是父母的独生子。艾格顿自小就在一个注重家族传统、怀念家族祖先的家庭氛围中长大。家人经常在一起讲述家族先辈的故事，谈论烹饪、亲戚、邻居、农场、天气、动物等各种日常生活话题。快乐的家庭成长环境和生动鲜活的南方文化造就了艾格顿注重表现南方小镇人们的家庭生活、强调人与人之间的和谐关系的写作主旨。他认为家庭是人们彼此之间、家人之间和邻里之间的爱得以实现的根本；家庭可以将人们联系在一起并给他们生活的目的和方向。当然家庭的力量来自家庭珍贵的传统价值和精神遗产。家族成员一代代地叙述家族的历史和过去、传承家族的优良传统是家庭延续的保障。因此，"从爱到家庭再到家庭遗产最后到历史似乎是艾格顿文学书写的框架"。❶

在他的作品中，家是形成和培育人们互相关心和发展亲密关系的地方，小说中的主要人物都非常珍视充满关爱、相互支持、和谐温暖的家庭关系。比如在《芮萘》（Raney，1985）中，如果没有家庭的有力支持，芮萘就不会理解家庭和生活的意义。芮萘是来自佐治亚乡村的天真无邪的浸礼教派教友，理查斯是来自亚特兰大的崇尚自由的青年，两人

---

❶ Joseph M Flora, Robert Bain. Contemporary Fiction Writers of the South [C]. Westport · Connecticut · London: Greenwood Press, 1993: 118.

因为对于乡村音乐的共同爱好而走到了一起,并且组建家庭。对于在独生子家庭中长大的查理斯来说,他根本意识不到家庭的责任,体会不了家人之间的牵挂与眷恋,也不知道如何维持家庭。两个来自完全不同家庭背景、认为自己看待世界的观点是正确的年轻人结合之后,婚姻生活对于两人来说都是需要认真经营的事情。当意见出现明显分歧或者存在情感困惑时,他们经常咨询婚姻问题顾问并积极交流,而不是像当时许多年轻夫妻那样轻率地选择离婚。为了适应对方,他们彼此做出调整和让步。夫妻二人在互相包容和彼此理解中让婚姻逐渐走向美满幸福。作者通过芮萘南方式的幽默和富有魅力的叙述,对家庭和婚姻生活中的摩擦分歧和令人动情的故事进行喜剧化的描写,展现美国南方在越战之后发生的各种变化,探讨人性的普遍性和家庭的含义。芮萘根本无法想象没有姑母、叔父等家人聚在一起、讲述家族故事的家庭生活。因此,人们把《芮萘》称为让"南方复活"以及读给"你爱的人"的小说。

在艾格顿的小说中,家庭不是家庭成员的包袱和约束,它积极地影响和激励家庭成员的人生,家人之间的相互依偎是人类最珍贵的亲情。《穿越埃及》(*Walking Across Egypt*, 1987)讲述玛蒂的故事,她是一个独立自主、意志坚强、笃信宗教的老妇人,在儿女们成年离开她之后,玛蒂结识了本地的一个捕狗者本菲尔德,两个家庭和彼此的家人也因此联系在一起。玛蒂有着积极乐观的生活态度,她明确地意识到自己与家庭的过去和未来的联系,渴望享受儿女满堂的天伦之乐,根本不想在没有抱大孙子孙女之前就死去。《飞行日记》(*The Floatplane Notebooks*, 1988)讲述了北卡罗来纳的考普兰家族从内战之前一直到越战之后好几代人的故事,他们家族的人们对记录家庭延续的故事情有独钟。考普兰家族的人们约定每年五月家人相聚来扫墓并讲述家族历史。小说以六个叙述者讲述的故事为主,内容主要涉及爱情、战争、失去和舍弃等,也谈及一些家族鲜为人知或者被家族成员有意掩盖的家族祖上黑暗历史。这些故事以日记的形式汇集并记录下来,成为一个家族的编年史。

小　结

20世纪60年代之后,"南方文艺复兴"第一、第二代作家叙事时间漫长、涉及人物众多、叙事母题清晰、叙述内容集束化的家族小说作为一种叙事模式似乎已经走向终结,代之而起的是"后南方"作家描写后现代物质文化背景下各种零散化的家庭主题小说。"复兴"时期的家族"罗曼司"或者母姓家族谱系小说反映的"家族神话"和族群观念逐渐被南方核心"家庭"的日常生活、婚姻关系、情感纠葛、性别平等、人际交往等主题所取代,重点表现后现代都市或者乡村核心家庭的存在形式和精神状态。"新生代"作家似乎用后现代的"含混性""间断性""多元性""随意性"和"反叛性"等创作理念消解南方传统家族小说的严肃性和凝重感,淡化家族荣耀观念,质疑家族历史,使南方传统的家族小说向去中心、平面化、零散化和多样性的家庭小说转变,呈现出"众声喧哗"、主题"杂陈"的局面,具有典型的"对本质和意义消解的平面无深度化""对生存状态临摹再现的错乱零散化"和"对传统质疑否定的碎片拼贴化"的后现代主义创作特征。❶

"复兴"作家讲述美国南方贵族大家族的兴盛衰亡史,生动而真实地向读者展现美国南方社会在经历了内战的惨败之后,发生在种植园大家族中的一系列剧烈变化;南方"新生代"小说作家笔下的家庭小说则主要集中在展现当代美国南方城市中产阶级家庭或者乡村普通家庭在物质文化的冲击下走向解体的种种悲剧故事。"新生代"南方作家试图表明,虽然"旧"南方的"绅士父亲、淑女母亲、忠诚黑奴"式的"家族罗曼司"以及在母系家长制保障下的家族整体性是南方家族小说的核心内容和传统主题,但是,随着时代的变迁,家族或者家庭的内涵和功能发生了巨大变化,家庭具有异常丰富多彩的蕴意。斯泰伦、普莱斯、梅森、

---

❶ 林秋云. 美国当代小说主要变革评析 [J]. 外国文学研究, 2000 (1):104-108.

福特、安妮·泰勒、肯诺伊、艾格顿、道格拉斯等用后现代的颠覆精神改写南方家族的传统意义和情感功能,南方传统的家族"罗曼司"在他们的作品中几乎荡然无存。但是,这并非意味着"新生代"作家停止了对于家的意义的追寻。

体现南方精神和家族生活的家族主题曾经是美国南方小说创作的核心内容,但随着家庭结构和家庭功能的变化,家族主题在后现代发生嬗变,这些变化引发了关于南方文学家族主题"延续"还是"断裂"的剧烈争论。在厘清"南方文艺复兴"家族小说在20世纪60年代之后是"断裂"还是"延续"的问题之前,我们首先要理解家族小说的概念。因为对家族小说的不同界定,导致在客观上存在对"家族小说"和"家庭小说"在认识上的混淆。目前,我们在谈论美国南方家族小说时不同程度上存在将家族小说泛化的现象,误把所有描写家庭内部日常事务、夫妻感情、家庭亲情、婚恋关系或者讲述家庭成员之间隐瞒欺诈、仇视报复、陷害谋杀、病态畸形等的家庭小说都看作家族小说。其实我们只注意到它们形式上与家族叙事的相似性,而没有关注其对家族小说传统、审美规范和叙事伦理的颠覆与解构。

家族小说通常聚焦于一个或几个家族几代人的日常生活与情感纠葛,叙述家族的历史变迁与个人成长的精神、情感历程,具有较长的时间跨度与丰富的生活内涵。而且,在某种程度上来说,一个家族就是一个国家、一个民族在某个发展阶段的缩影。因而,家族小说具备严谨的结构和庄严恢宏的史诗规模。不同形象的人物线索错综交叉,个人生活与宏大的历史场面密切关联、交相辉映。唯其如此,才能准确地、艺术地表现作家对历史发展、家族变迁和现实人生的思考与认识。家族小说借助家族命运的曲折变化折射一个时代的风云变幻,揭示历史发展的本质规律。但它不同于历史小说,家族小说更多地关注家族本身在历史发展中的存在状态,更侧重对传统家族文化与家族精神的弘扬以及在情感上对它们的认同。在家族小说创作中,作者尽管从理性上对传统的家族制度持否定或者批判的立场,但对家族制度解体带来的某些传统美德的消失、对封建家长身上体现的正直人格以及对与家族紧密相关的价值或者精神因素则不乏眷恋怀念之情，整篇作品流露出某种挽歌情调。

美国的工业文明和城市文化在当代快速发展，打破了建立在农业社会基础上的传统庄园贵族大家族的家庭存在模式，家庭为了适应快节奏的现代化生活，从原来几代同堂的大家族形制演变为以夫妻和子女组成的核心家庭模式。现代化加快了以往大家族的解体，传统的家族谱系和血缘纽带逐渐淡化，作为整个社会结构主要组成部分的家族组建模式被打破，建立了亲属关系单向度的核心家庭形式。众所周知，家族小说恰恰以描述复杂亲属关系网络中的各色人物为显著特征。美国后工业文明建立的夫妇型家庭或者核心家庭形式，颠覆了南方家族小说赖以生存的现实依托。南方家族的基础是父权制，强调各阶层之间的尊卑、长幼、上下、亲疏、内外、远近的区别，形成一张表现不同人际关系和种族关系的家族大网。现代家庭则是由婚姻、血缘或收养关系联合起来的群体，家庭成员在比以往单纯得多的父母、夫妻或兄弟姐妹等角色身份中相互作用和交往，不会过多地关注自己在家族谱系或者族群网络中的位置。

南方"新生代"作家关于南方某一个家庭的日常生活、情感经历等趋向平面化的描写是对传统家族叙事结构模式和家族叙事伦理的反叛。家庭有广义与狭义之分。狭义的家庭概念是指一夫一妻制的个体家庭；广义的则泛指人类进化的不同阶段上的各种家庭形式。南方当代的家庭小说绝大多数以狭义上的家庭作为描写对象，反映家庭成员的生理或心理需求，融有经济生产、社会文化、教育和宗教等社会经济功能和精神价值诉求。在"新生代"家庭小说中，传统家族叙事的"敬祖"与现代家族叙事的"审父"激情都被消解，叙事者徘徊于现代与传统叙事伦理之间，对人物的行为本身失去了福克纳等现代派作家的评判热情，他们笔下的主人公无须承载整个家族的期望，也不必为自己的所作所为承担家族荣耀等道义方面的责任，他们一任张扬生命的本能意识和个性自由，夫妻之间的情感忠贞或者兄弟姊妹之间的亲情关爱成为一种无形的摆设。"新生代"的家庭小说似乎在对这些生命欲望的书写中，消解现代家族叙事的"敬宗拜祖"、尊卑有序、男女有别的伦理传统以及厚重的家族历史观念。

20世纪60年代之后,美国南方传统的家族小说衍生变化为时代特征鲜明的"后南方"家庭小说。"新生代"作家普遍缺乏"复兴"作家对南方家族衰败的凝重感和悲剧感。内战引发的南方大家族的盛衰变迁历史在当代失去了现实意义,无法引起"新生代"作家的叙事兴趣和情感共鸣。他们也不会对奴隶制感到愧疚不安,因为在他们看来,种族歧视不只存在于南方,它在美国各地都是暗潮涌动。"新生代"作家无意于挖掘家族的罪恶或者颂扬祖先的业绩,他们更多地关注当下和现实的家庭生活、婚姻关系。他们大多生活在后现代城市化的南方,与南方传统的农耕生活逐渐疏远。对他们来说,南方的庄园制大家族只是存在于文学作品或档案材料中的传奇或文学虚构,他们更加关心当代都市核心家庭的种种矛盾和情感问题。

霍夫曼观察到大部分"新生代"作家已经"从南方的过去转向当代",❶ 他们并不热衷于追溯家族历史,而是倾向于描写当代的家庭现状,并积极探索个人与家庭、社会与家庭之间的关系。鲁宾认为"新生代"南方作家"从关注社区利益转向关心自己的小事情",❷ 他们的作品中没有了以往那种叱咤风云的家族或者社区英雄,有的只是整天为了生计忙忙碌碌的形形色色的普通小人物。霍布逊意识到南方的"权力以及公共关系已经代替传统的道德意识和家族观念,成为雄辩的当代作家关注的内容"。❸ 里德还从社会学的角度认识到:"现代媒体而不是南方的

---

❶ Frederick J. Hoffman. The Art of Southern Fiction:A Study of Some Modern Novelists [M]. Carbondale:Southern Illinois University Press,1967:10.

❷ Louis D. Rubin, Jr. The American South:Portrait of a Culture [M]. Baton Rouge:Louisiana State University Press,1980:365-368.

❸ Fred Hobson. Tell About the South:The Southern Rage to Explain [M]. Baton Rouge:Louisiana State University Press,1983:358.

作家为南方的家族观念摇旗呐喊"。❶ 坐在电视机前边吃零食边哼唱流行歌曲的南方年轻人并没有比北方人更加重视南方传统的家族庆典和礼仪形式,他们也不会因为祖先的蓄奴制而惴惴不安。复杂的人际关系和工作压力使得当代南方人感觉到大家族对他们是一种羁绊和限制,遏制自由发展和个性张扬,根本无法适应节奏飞快的现代化生活。

因此,南方家族小说在后现代发生嬗变的主要原因有以下三个方面。首先,美国南方的城市化是家族小说在20世纪60年代之后逐渐衰落的根本原因。城市生活的舒适方便和悬殊的城乡差别吸引越来越多的南方人纷纷离开农村,渴望进入城市改变命运。对于太穷无法在农村生活的人们而言,城市提供更多的就业机会;对于太富裕不愿在农村生活的人们来说,城市的光怪陆离和灯红酒绿可以让他们醉生梦死、享受各种文化娱乐;对于女性来说,城市的环境无疑更加宽松,具有更多开创新生活的机会;对于雄心勃勃的年轻人来说,城市的流动性为他们提供更多的晋升机会,他们没能像父辈那样在战场上建功立业,就决定在商场上投入精力;对于广大黑人来说,虽然城市生活充满各种未知因素,也无法避免由来已久的种族歧视,但是离开农村意味着离开苦力劳役和田间劳作。南方的城镇或者城市逐渐取代乡村,成为南方生活的引领者,也成为南方文学创作的现实背景。在这样的社会背景下,建立在庄园经济和农耕文明之上的大家族以及与之相辅相成的家族观念必然发生变化,因为时代发展的洪流摧垮了它们赖以存在的基础。

其次,美国南方家庭结构的改变引起南方家族小说创作主题在后现代的变化。南方城市在逐步代替南方乡村或者小镇的同时,还不知不觉地改变了南方传统的家庭结构,建立在南方传统农耕文明慢生活和奴隶制庄园基础之上的南方大家族让位于后现代的核心小家庭。庄园文化孕育下的"家族神话""家园追寻""男权至上""淑女规范""血缘秩序"

---

❶ John Shelton Reed. Southern Folk, Plain and Fancy: Native White Social Types (Mercer University Lamar Memorial Lectures) [M]. Athens: University of Georgia Press, 1987: 72-73.

"家族本位"和"宗族复仇"等，对于生活在快节奏的城市和后现代物质文化中的南方人而言已经显得老套落伍和不合时宜。现代的核心家庭其实就是当代社会"麦当劳化"的一个典型体现，快速和便捷成为其主要特点。人们似乎沦落成现代化高速运转大机器中的一个小齿轮，各自忙于自己的工作和事业，无暇顾及传统大家族中的各种亲属关系。而且，在张扬生命本能和彰显个性自由的现代家庭中，婚姻显得脆弱不堪、亲情变得麻木冷漠，这些都使得现代南方的家庭危机四伏。对于当代作家来说，他们没有前辈作家那种大家族生活的经历，也没有祖上的光荣业绩和传奇供他们炫耀，大家族的盛衰荣辱没有多少值得他们打捞的记忆。在他们的时代，代代相传的庄园以及"旧"南方几代同堂的大家族已经与他们渐行渐远。他们在作品中不再关注"旧"南方大家族的沉浮变迁或者几代人物的命运遭际，而是更多地书写在家的形式之下家庭的禁锢羁绊或者家庭成员面临的苦闷彷徨。

因此，"新生代"作家笔下的家庭小说呈现零散化和多样性，他们从多个侧面对后现代南方家庭生活进行平面化的描写和刻画。在他们的笔下，没有了凝重悲怆的家族神话和荣辱意识，家庭更像一片飘忽不定的烟云，家庭中亲情的匮乏与冷漠、家庭成员之间的交流不畅、夫妻之间的不忠与背叛、子女之间的嫉恨与攀比，等等，成为经常涉及的主题，迷惘、彷徨、痛苦、失望、空虚似乎成为后现代南方家庭小说的主旋律。南方"新生代"作家关于家庭生活的描写缺乏"复兴"家族作家作品中那些清晰可循的母题形态，作家常常运用散光灯式的散照方式，多方面探照当代南方家庭生活的种种境况。在他们的作品中，家再也不是人们魂牵梦萦的地方，也无法给当代年轻人提供价值认同、精神鼓励和心理慰藉。逃出家庭的藩篱、逃避家庭责任、寻找自我、张扬本性就成为"新生代"南方作家家庭小说创作的精神诉求。当然，在"新生代"作家群中，也有像肯诺伊、艾格顿、道格拉斯等怀念家族传统的小说作家，他们对于南方人的家庭温情、日常家庭生活习惯、婚恋情爱观念、代际关系以及自然纯朴的田园风光的描写似一股暖流，温暖了忙碌于各种事务而忽略了爱的现代人，让人们对于家和爱有了更加深刻的认识。

最后，女性自觉意识、各种"亚"文化现象的出现也是导致南方传统家族小说主题在当代发生嬗变的原因。"复兴"时期的家族小说主要反映父权制或者男权思想，家族小说作家也以男性为主。而当代南方家庭小说的创作者主要以女性作家和非裔作家为主，她们集体上演"审父"甚至"弑父"的狂欢，有意识地对先辈作家的父权制家族"罗曼司"等创作主题进行颠覆、重写和改造。"复兴"作家崇尚的父权制家族思想和"家族神话"在"新生代"作家看来显得虚伪造作、迂腐过时、不堪一击。"新生代"作家转而关注建立在男女平等基础之上的南方新型城市家庭的婚姻情感危机和家庭生活变化等问题。20世纪60年代的女性性别觉醒和女权主义运动的爆发，使"新生代"作家更加关注女性的生理特点、女性的身体塑造、女性的政治经济地位、女性的身份建构和她们在家庭婚姻中的义务和权利。

在后现代南方家庭小说叙事中，女性的自我意识和性别平等思想更加强烈。"新生代"作家戳穿了"旧"南方男性集体编织的"南方淑女"形象的借口和谎言，认为圣洁、美丽只是套在女性身上的"温柔"枷锁，淑女只不过是南方白人维护男性权威和血统纯正的借口。"新生代"作家挑战南方传统文化强行划分的性别角色和妇道观念，强调现代南方女性在家庭和社会中的重要地位。她们更加重视女性在就业、报酬、离婚、晋升和家务等方面与男性享有同等权利和义务。为了工作和事业，她们纷纷走出家庭，渴望摆脱家庭的约束，追求自我解放和实现自我价值。美国的性自由也暗潮涌动。性被视为男女双方之间的私事，不应该受到家庭的干涉。自由选择性伴侣、充分享受性爱是人们的心理和情感需求，不应该受到结婚生子和建立家庭的限制，更不应该把个体的婚姻与整个家族的利益或者发展联系在一起。同性恋、双性恋、多个性伴侣、试婚、同居、临时婚姻、结婚、离婚等现象在"新生代"家庭小说作家的笔下屡见不鲜。当代人不愿意受到家庭生活的约束和捆绑，他们宁愿像《体育记者》和《看电影的人》里的主人公那样，在滑动的感情驿站中寻找新奇的体验和富有刺激的感受。同性恋也得到社会的宽容和承认。在普莱斯的家族"三部曲"中,梅菲尔德家族男性把感情寄托在同性恋人的身上。无法繁衍后代的同性恋家庭的存在,解构了南方传统意义上以繁衍后代、壮大家族势力为宗旨的家族意识和家庭观念。诸如此类的家庭叙事内容,加上后现代的解构二元对立、去中心、多角度、戏仿、拼贴、杂糅等叙事艺术,"新生代"南方作家有意地淡化或者解构南方传统的家族神话,同时也对当代的都市文化和消费文化进行批评、质疑和反省。

总之,无论"新生代"作家的作品关注家庭的破裂与解体还是描写家庭的温情与凝聚力,当代家庭小说已经不像"复兴"时期的家族小说那样,集中在家族荣耀、家园追寻、父权思想、淑女规范、血缘纽带和社区意识等叙事母题谱系上。"新生代"作家出生在现代化的核心家庭中,在当下的消费文化背景下展开写作。他们认为遥远的家族故事、内战和奴隶制与其他的历史文档别无二致,它们只是文学创作的素材,它们的修辞价值远远大于现实意义。"新生代"作家生活在高度现代化的南方,现代化、工业化和城市化等引发的各种家庭问题,甚至个人和家庭的存在问题才是他们关注的重点。他们不会像先辈作家那样对传统的大家族怀有爱恨交织的矛盾情感,他们更加关注后现代背景下南方家庭生活的各个层面,有家庭的温暖和家人彼此之间的依恋,也有家庭所面临的一系列困境和考验。一部分当代作家认为家庭是为疲惫的人们遮风挡雨的港湾。在他们的作品中,家庭成员在各种家庭聚会、往事回忆、庆典仪式、彼此牵挂和家庭责任中,继承家庭遗产和价值观念,发扬家庭的传统和精髓。另一部分"新生代"作家却把目光转向当代家庭的矛盾和冲突方面,重点描写后现代南方家庭生活的平淡无奇、枯燥乏味、空虚无聊、扭曲变态、残缺不全、感情冷漠、绝望窒息等方面。其实,无论是对家庭的无情解构还是对家庭的竭力维护,"新生代"作家依然没有放弃对家庭真正含义的追求。

与"复兴"时期的家族小说一样,"新生代"作家的家庭小说也反映出鲜明的时代特征。他们在后现代消费社会的无序、断裂、动荡、焦虑等背景之下，深受解构中心、质疑传统、消解意义以及零散多样化等后现代主义特征的影响，以碎片拼接一样的书写方式，对南方家庭在后现代的存在状况展开全方位、多层次的描写。他们通过对南方传统家族观念的消解和淡化，把人们的视角引向重点关注家庭在当代的存在形式和发生变化的诸多方面。南方传统的家族观念淡化，族群意识消解，家庭结构重新调整，稳定、封闭的大家族向开放、动态的核心家庭过渡等，这些社会文化背景引发了"后南方"家庭存在形式的诸多变化。"新生代"的作品从形式到内容实现对南方以往家族叙事传统的改写和颠覆。

但是，"新生代"作家对于家庭的关注热情一直有增无减，家庭依然是他们的主要小说创作主题之一。事实上，在20世纪七八十年代之后，"新生代"创作的主题多样化、零散化、平面化的家庭小说其实代表着南方传统意义上的家族小说在当代的延续与发展，呈现出不同的时代气息。无论是典型的父权制或者母姓谱系家族"罗曼司"叙事，还是后现代平面化、零散化的家庭小说书写，它们都在客观上形成美国现当代家族小说创作的文学格局。尽管当代的家庭小说是对恢宏壮美、凝重严肃、富有史诗特色的家族叙事的一种消解和泛化，但它为家族小说输入了新鲜血液，打破了传统意义上的高雅家族叙事与低俗家庭小说之间的二元对立，以多样化和全方位的主题为家族叙事提供了多种可能性，对家族小说的未来和发展贡献了诸多艺术养分。因此，"新生代"作家一方面以其对家族小说审美规范和叙事母题的反叛颠覆着家族小说的创作范式；另一方面他们又不自觉地在视角、手法、情调、立场上为美国南方家族小说的创新提供了艺术启迪与借鉴。

第二章 历史主题：从历史神话到历史碎片

一、"南北战争"与历史主题

美国南方文学的第二个核心主题是对南方的过去和历史的高度关注。"南方文艺复兴"文学作品中渗透着强烈的历史意识，美国的"南北战争"及其战后的重建对南方作家的历史观产生了巨大而深远的影响。纵观美国的发展历史，长期以来，大多数美国人已经将南方看作贵族的、农业的南方；而北方则是自由资本主义的、商业的北方。而且，南北的差异不仅体现在政治制度和经济体制方面，还体现在文化精神和价值观念方面。威廉·泰勒在《骑士与扬基》一书中追溯了美国南北双方不同文化特质形成的原因。他认为北方扬基是来自英国的清教徒，代表着盎格鲁—撒克逊文化类型；而南方的绅士风度是对英国骑士文化的继承，属于"诺尔曼"文化类型。因此，北方的新英格兰人喜欢显示他们与旧大陆的差别，而南方人喜欢追求英国的绅士风度和贵族气质。[1]

南北战争不仅标志着南北双方在经济与政治方面的斗争，而且显示着"撒克逊"与"诺尔曼"之间的文化冲突。北方的工商资本主义经济逐渐取代南方的种植园经济，为美国逐步实现资本主义的工业化和民主化扫清了障碍。1789年美国联邦政府正式成立后，为了本国资本主义工商业的迅速发展，美国政府制定了一系列政治和经济政策。从19世纪30

---

[1] William R. Taylor. Cavalier and Yankee: The Old South and American National Character [M]. New York: Harper Torchbooks, 1969: 15.

年代起，美国进入工业革命迅速发展的时期。在东北部和北部大力发展资本主义工商业的同时，南部的奴隶制经济也在不断地巩固和扩大。两种不同的经济发展模式和社会形制在美国的南方和北方并存。

美国南部和北部的经济发展和生产方式明显不同，生产力和生产关系的矛盾也逐渐变得不可调和。而且，两种不同的经济基础同联邦政府的上层建筑也无法匹配。这就注定两种生产方式之间不断发生矛盾和冲突。这种矛盾和斗争主要表现在北部资本主义经济需要广阔的国内商品销售市场、充足的自由劳动力。它需要进一步保护关税和更加集中国家政权。南部的奴隶制种植园经济限制着自由劳动力的供给和国内市场的进一步拓展。南部只注重棉花的生产发展，不重视工业发展，结果只好越来越多地依靠国外市场。他们一方面把棉花运往英国，另一方面又从英国运回各种工业产品。所以，南部奴隶主极力主张自由贸易，免受关税的限制，他们更加主张在政治和经济上实行南北分立、一国两制。

交通运输事业的不断发展，铁路和运河的先后建成，对南部的经济也产生了不利影响。原来西北部的粮食经南部的新奥尔良，出墨西哥湾运往欧洲。现在经纽约、费城、波士顿就可以直接出口。运输港口的变化使南方经济遭受巨大损失。南部的奴隶主极力主张摆脱这种束缚，希望把工业、银行事业和对外贸易等的控制权集中到自己手里。他们认为新奥尔良应该取代纽约，成为美国的商业中心。当时南北双方也在西部广大地区的控制和开发问题上互不相让。因为，南部的棉花种植其实是以耗尽地力换取好的收成，这就要求不断有新的土地补充进来。而且，棉花价格的不断下跌和奴隶价格的不断上涨，更是促使奴隶主迫切需要开辟新的种植园，尽快向西部扩张。而北部资产阶级急切扶持西北部农民的自由垦殖，希望借此满足东北部由于工业的迅速发展而需要的工业原料和工人的粮食供应等。所以，他们主张把大量土地交给商人，鼓励农民自由垦殖。

19世纪中期，美国经济的快速发展使南北部在这些方面的冲突日趋尖锐。北部的资本主义经济日新月异，它认为奴隶制限制和束缚了资本主义的发展。北方人开始为资产阶级在政治上没有取得霸权而苦恼。南部奴隶主则竭力维护既得的统治权，并力图把奴隶制度扩大到新开发的西部各州去。两种经济制度之间不可调和的矛盾和斗争，成为当时美国一切社会矛盾和斗争的总根源。奴隶制度与自由劳动制度这两种制度再也不能在北美大陆上和平共处，只能以其中一个制度的胜利来终结二者的冲突。1860年共和党人林肯以压倒多数的选票当选为美国第十六任总统，并提出了土地自由、劳动自由、人身自由、言论自由的口号。这一系列主张似乎既顺应社会发展的历史潮流，又符合广大人民群众的迫切愿望，因此得到民众的赞赏和支持。1861年3月4日，林肯宣誓就任总统；4月14日，南部同盟以林肯上台为借口，夺取了萨姆特堡垒。南方不宣而战，林肯政府立即宣布镇压南部叛乱，南北战争正式爆发。

经济和政治上的矛盾直接导致了为时四年的南北战争，但是文化和传统方面的差异让南方一直作为美国的"另类"形象存在。骄傲的南方人在内战中遭受惨败，南方完全被北方军队占领，不得不蒙受一系列战败耻辱和战后被迫重建。对于南方人而言，内战的失败使他们经历了难以忍受的屈辱，南方在承受军事、政治和经济方面挫败的同时，还要面对心理失衡、价值观念坍塌和道德审判等。当美国其他地区享受着经济繁荣和现代化带来的喜悦时，南方却成为美国经济的"头号问题"。战争的彻底失败、经济的相对落后、秩序的突然坍塌和意识形态的被迫重建等，使得把荣誉看得比性命还重要的美国南方人经历了前所未有的沉重打击。南方人集体沉浸在战败的阴影中，面对"失败的事业"和重建带来的一系列问题，他们情不自禁地回望南方的历史，对过去依依不舍。南方人对于战争的共同记忆、对于失败的亲身感受、对于南方历史的不停打捞也使南方文学和文化沉淀出浓厚的怀旧气息。对于"失去"的恐惧以及强烈的历史围困意识使得南方人更加强调南方特性。伍德沃德认为，"南方人民共同的历史记忆和集体怀旧使南方与北方截然不同，这也

是南方独特性的重要体现"。❶

在美国文学史上，内战构成了南方文学的一道分水岭。内战使南方作家开始怀疑超验主义关于自然和人类的乐观思想，内战之后的南方文学从浪漫主义、理想主义过渡到现实主义。内战也让南方人明白生活并非都是美好，上帝也并非经常仁慈。内战及重建标志着南方人在社会生活和文化历史等方面面临一系列的挑战与改变。而且，他们还要承受良心的谴责和道德的审判，因为奴隶制被认为是南方人道德沦丧、人性尽失的标志。南方社会的经济矛盾和社会问题日益暴露并趋于白热化，这给南方文学提出了新问题。南方作家认为，一味地沉迷于浪漫的庄园传奇于事无补，南方文学应该更多地触及南方的社会和现实问题，反映南方社会生活的各个层面。内战以及南方的过去成为20世纪前半期南方文学关注的重点，"失败的事业"在南方作家的作品中得到集中体现。

南方的庄园制经济和农耕式生活模式使得南方人养成了封闭保守的思想。内战前的南方社会生活以农业为基础，安静、祥和、封闭的田园式生活或者温情脉脉的小镇环境，加上奴隶创造的巨大财富，使得南方的白人贵族过着"优雅"、富足的生活，孕育了他们的贵族气质。南方的种植园主不信任南方以外的任何环境，从心底里藐视南方之外的北方。内战初期，富有而且高傲的南方人以为他们很快就能赢得这场战争，并把那些令人讨厌的"北方佬"赶出南方。然而随着战争的深入，他们节节败退，而且失去了这场让他们为捍卫尊严而战的战争。这种失败让大部分南方人始料未及，许多人根本无法面对如此残酷的事实。其实南方的悲剧刚刚开始。在战火中被毁掉的建筑物和工厂可以重建，南方的经济也可以慢慢恢复，然而南方人的挫败感和耻辱感很难抹除，而且随着时间的流逝沉淀为让他们痛不欲生的集体无意识。他们在战争中失去的不仅是物资上的一切，更重要的他们还失去了原有的精神支柱。从此以后，南方人不断地陷入失败的阴霾中，挣扎在如何在古老的文化道德传

---

❶ C. Vann Woodword. The Burden of Southern History [M]. Baton Rough: Louisiana State University, 1991: 16.

统与残酷的工业化之间谋求生存。因此，历史，尤其是内战，成为南方作家无法绕开的主题。就像苏里文观察到的那样："事实上，从 1865 年之后，南方的小说家就再也无法对内战置若罔闻。"❶

南方的"另类"文化形象也决定了历史必然成为南方文学的基石。19 世纪到 20 世纪初期，佩奇（Thomas Nelson Page）、库克（John Esten Cooke）和爱华德（Harry Stillwell Edwards）等南方庄园文学作家通过南北之间的冲突，凸显南方独特的地域文化和风土人情。庄园文学以历史传奇为主，借助浪漫主义的写作手法，歌颂南方的田园美景，竭力美化奴隶主和奴隶之间和谐共生的关系。20 世纪 30 年代以来，对于南方的现代派作家来说，"南北战争"作为最剧烈、最残酷的历史事件，成为一代又一代南方作家在作品中无法驱逐的魅影。玛格丽特 1936 年发表的小说《飘》成为南方浪漫传奇和内战阴霾在现代的集中体现。《飘》对于内战及其战后重建对南方造成的重大影响的伤感和怀旧式再现，近乎完美地演绎了南方的历史"罗曼司"。

"内战"成为南方文化的一个典型原型，代表着一种被压抑、被消音和被边缘化的亚文化。或许，内战及其失败正好契合了南方现代派作家在文学中表述历史的集体创作无意识，符合他们共同的历史观。内战失败后随之而来的野蛮重建，北方对南方意识形态的粗暴入侵与干涉，"旧"南方历史被解构的危机，刺激南方作家们不约而同地对南方的历史和农耕文化投入满腔的创作激情。约翰·皮金顿贴切地描述这种现象："研究南方及其历史的人们都相信内战在南方的过去中是最重要的、也是唯一具有象征意义的事件。要理解南方的真正含义、它的功过与是非、它的光荣与耻辱以及它目前面临的问题等，都要从内战入手。"❷ 著名评

---

❶ Walter Sullivan. Southern Novelists and the Civil War ［M］// Louis Rubin Jr., Robert D. Jacobs. Southern Renascence: The Literature of the Modern South. Baltimore: Hohns Hopkins University Press, 1993: 112.

❷ John Pikington. The Memory of the War ［M］//Louis Rubin Jr. The History of Southern Literature. Baton Rouge: Louisiana State University Press, 1985: 356.

论家奎因断言,如果没有这场让南方人痛彻心扉的内战,人们难以想象南方文学的存在和它在现代的极大繁荣。他认为:"一个多世纪以来,内战塑造了这一地区的哲学和文学自觉性,以及它的文化神话。"❶ 这种强烈的历史观念和文化自觉意识铸就了南方在 20 世纪 30~50 年代的文学、文化大繁荣。"南方文艺复兴"文学沉重的历史围困感和共同的历史记忆引发了世界范围内对美国南方文学的关注热潮。

二、"向后看"的伤感

威廉·福克纳、罗伯特·潘·沃伦、艾伦·泰特等"复兴"第一代作家,把内战作为小说创作的主要题材,在依恋与不舍中展示"旧"南方的历史意识、文化传统、价值观念和行为方式。他们浓墨重彩地表现重建之后南方在政治、经济和社会生活等方面面临的种种危机和围困。在他们的作品中,历史与南方的个体和家族命运紧密相连,对过去的回望使时间成为内在经验和现实之间强有力的纽带,现实只有在回望历史中才具有意义。浓厚的历史意识构成作家们小说创作的鲜明共性,通过对历史的回顾和再现,作家们形成集体"向后看"的循环论历史观念。对奴隶制的负罪感和对过去的留恋使他们带着矛盾、复杂的心情去追问、反思和剖析南方的过去,沉思历史对现实的影响。或许恢复和重构历史是南方抵制北方工商资本主义现代化步步紧逼的最佳选择。作家们从主观情感的角度出发,打破了线性进步论意义上的历史观念,即在"过去-现在-未来"线性序列上的"新/旧=进步/落后=好/坏"的基本时间观念和叙事模式,取消了"未来"的终极价值,通过对"情感"时间的认同和对"机械"时间的拒绝来表达对"旧"南方的依恋和对现代化进程的反感。

福克纳的作品集中体现了"复兴"作家尤其是第一代作家强烈的

---

❶ Matthew Guinn. After Southern Modernism: Fiction of the Contemporary South [M]. Jackson: University Press of Mississippi, 2000: 162.

"向后看"的历史意识。早在 1939 年,让-保罗·萨特就对福克纳的历史观进行过精辟的描述,极为经典地使用敞篷车比喻福克纳"往后看"的时间观念。他说人生在福克纳的小说中就像是坐在疾驰的敞篷车的后窗望出去的道路,依稀可见,却又难以追及。的确,"向后看"的历史意识弥漫在福克纳的"约克纳帕塔法"世系小说之中,成为福克纳作品主题思想得以展开的重要参照系。当然,福克纳不是历史学家,他的小说也非历史小说。他的虚构世界并非完全与现实世界重叠或者吻合,因为他的目的不是提供研究历史的史实和材料,而是体现一种观察历史的方法和视角。"福克纳对过去的强烈感受和生动刻画在本质上就是研究南方历史的一种参照。"❶ "约克纳帕塔法"以虚构观照现实,是南方的社会万象、人生百态的再现,更是美国甚至整个人类现代化历史进程的缩影:"福克纳的时间观念来自他对南方过去的关注,但历史的进程具有更加基本和更加普遍的意义。"❷

福克纳的绝大多数小说以自己生活的或接近于自己生活的时代为背景,"小说确实具有深厚的历史感,因为他的作品持续不断地关注那些沉浸于个人的、家庭的或迷恋于某一地区的过去中的主人公"。❸ 他的作品"弥漫着历史意识,他的最富有思想的人物形象也经常沉思历史的意义"。❹ 对于福克纳而言,"过去并没有死亡,甚至都没有成为过去",❺它依然充满活力地存在于现在,历史依然回荡在南方人们的思想意识之中。例如《沙多里斯》《喧哗与骚动》《押沙龙,押沙龙!》《去吧,摩

---

❶ Jay B. Hubbell. Southern Life in Fiction [M]. Anthens: Georgia, University of Georgia Press, 1960: 11-12.

❷ Carl E. Rollyson, Jr. Use of the Past in the Novels of William Faulkner [M]. Ann Arbor: UMI Research Press, 1984: 161.

❸ Carl E. Rollyson, Jr. Use of the Past in the Novels of William Faulkner [M]. Ann Arbor: UMI Research Press, 1984: 1.

❹ Cleanth Brooks. Faulkner and History [J]. Papers of the Mississippi Quarterly's 1971's SCMLA Symposium 25, Supplement (Spring) 1972: 3.

❺ William Faulkner. Corrected Text in Faulkner: Novels 1942 – 1954 [M]. New York: Library of America, 1994: 535.

西》《没有被征服的》《修女安魂曲》等小说,让读者情不自禁地跟随或参与到主人公对过去事件一遍又一遍的寻访之中,对过去的阐释不仅来自主人公对过往事件的深刻感知,而且出自他们越来越清楚地意识到自己就是过去的产物或者过去的延伸。他们的所有意识都被过去占据着,现在和未来完全融入过去的维度,过去和现在之间的剧烈冲突撕扯折磨着他们的灵魂,使他们几乎瘫痪在过去中无法行动。

"约克纳帕塔法"神话世系充满了无法逃离和难以化解的"过去",福克纳通过对"沙多里斯"和"斯诺普斯"两个精神世界的生动描绘,凸显"过去"与"现在"、"旧"与"新"之间的冲突与矛盾。生活在福克纳虚构王国中的沙多里斯上校、康普生先生、昆丁以及老小姐罗莎、艾克、艾米丽等一系列形象都是南方"沙多里斯"精神的典型代表,他们醉心于南方"过去",怀念家族的"美好"时光,被"过去"紧紧捆住了思想和行动。南方的"沙多里斯"们像《八月之光》中的海托华一样,作为庄园主家族的末代传人,无法摆脱"过去"的阴影,"生活实际上凝固在祖父在南北战争中被枪杀在马背上的那一瞬间"。[1] 他们甚至在过去和历史的层层包裹中迷失了现在和未来,成为被边缘化的他者。更加不幸的是,他们清醒地预感到他们的家族和阶层面临某种注定要毁灭的厄运,但他们对此无能为力,只能在沉浸过去中寻找慰藉。

《沙多里斯》中的老上校沙多里斯戎马一生、骁勇善战,而且在家族和社区中建立了辉煌业绩,他的骑士风格代表着"沙多里斯"的基本荣誉观、价值观和道德观。《喧哗与骚动》中的昆丁身上闪现着几乎所有"沙多里斯"的温情光芒。昆丁是南方贵族飘零子弟的代表,他的思绪完全定格在他和妹妹凯蒂的青春时代,深陷"过去"不能自拔,常常在回忆过去中打发现世的时光,在伤感怀旧中缅怀家族的荣耀。他把家族荣誉与妹妹的贞操连接在一起,试图通过拼命赶走那些来自中下层社会的求婚者来保住妹妹那岌岌可危的贞操,以求进一步捍卫家族大势已去的

---

[1] 刘海平,王守仁,杨金才. 新编美国文学史(第三卷)[M]. 上海:上海外语教育出版社,2002:351.

荣耀。当他发现妹妹没有守住南方淑女妇道节操的最后防线并与贵族阶层之外的男人未婚先孕时，他意识到自己竭力保卫的南方贵族"城堡"在"北方佬"和南方本地暴发户的合力围攻下土崩瓦解。为了掩饰自己的虚弱无助和寻找心灵的临时抚慰，他竟然编造他和妹妹乱伦的荒唐借口。昆丁的如此作为并非出于性的欲望或者对妹妹的爱，而是他无法忍受南方贵族的家族荣誉在北方工商资本主义和新近发迹的投机商的威胁下蒙羞。

昆丁憎恨资本主义的混乱无序，蔑视"斯诺普斯"的唯利是图和道德沦丧，他把妹妹的贞洁幻化成家族荣耀和南方淑女道德规范，视其为保障自己精神世界完整的最后防线。他拼命地保护妹妹的贞操，并视其为捍卫家族荣耀的战斗。但他势单力薄，他代表的贵族阶层此时也是强弩之末，单枪匹马的他终究无法解救陷入"斯诺普斯"围追堵截中的妹妹，对于拯救自己的家族更是心有余而力不足。绝望之下，他不惜结束自己的生命来守护"沙多里斯"的精神诉求，拒绝臣服于"斯诺普斯"的肆意入侵。末代贵族的身份以及"斯诺普斯"的围困注定了昆丁的个体毁灭和他所代表的贵族阶层的衰落。

《去吧，摩西》中的主人公艾克夜夜掌灯、细细研读记录家族日常开销的那些陈旧发黄的账本，通过抽丝剥茧和层层深入，他竟然在账本中挖掘出麦卡斯林家族那些鲜为人知而又充满罪恶的家族秘史，他被梦魇般的家族历史折磨得痛苦万分。发现家族对土地和奴隶犯下累累罪行之后，艾克深知过去无法改变，他认为"触摸"家族"真实"、偿还家族罪恶是麦卡斯林家族子嗣责无旁贷的责任。他参透了人类不断膨胀的物欲，毅然放弃家族财产的继承权，甘愿进入大森林，融入大自然，过着极为简朴的生活。表面看来，他的选择似乎是懦弱与逃避。可事实上，他演绎了南方的"沙多里斯"精神，能够勇敢地面对祖上的罪恶，敢于为此承担责任。他认为替祖先赎罪的最好方式就是放弃祖先犯罪的土地和家族财产，选择"自然之子"的淡泊生活。他的"皈依"自然也体现着南方的重农主义理想，表现出"沙多里斯"们向南方传统回归的愿望。

福克纳通过艾克的视角，描述了机械文明与工业主义对于南方传统农业社会和农耕文明的破坏，表现作者鲜明的情感倾向和历史立场，他对于前者颇为反感、对于后者满怀依恋。在小说中，代表现代文明的火车轰鸣着开进森林，尖锐刺耳的汽笛代替了小鸟婉转的歌唱，人类的贪婪吞噬了野生动物怡然自得的家园。火车在斧钺尚未真正大砍大伐之前就把未建成的新木厂和未铺设的铁轨、枕木的阴影与凶兆带进了这片注定要灭亡的大森林。在以"森林"为象征的"沙多里斯"精神和以"火车"为象征的"斯诺普斯"主义之间，艾克毫不犹豫地选择了前者，对资本主义工商文明的反感进一步加剧了他对荒野的热爱与眷恋。

　　无可奈何的怀旧和悲剧历史意识弥漫在福克纳的"约克纳帕塔法"世界中，奠定了其灰暗、哀伤的历史叙述基调。南方的末代贵族是南方文化和历史的最后一批守护者，对过去的倔强坚守几乎使他们变成反现代文明的偏执狂：昆丁因为抗拒现代文明、固守传统文化而染上一种病态的自恋症；康普生先生面对强大现代文明的冲击，自感无力回天而陷入颓废消沉之中，整天借酒消愁，沉迷于鸡零狗碎的空洞哲学；罗莎小姐自封女桂冠诗人，封闭在南方淑女的桎梏中，拒绝与当下文化"同流合污"，最后落得个浑身酸臭、多年禁欲、性情乖戾的老处女的形象；艾克宁愿断了香火也不愿意继承家族沾满罪恶的遗产，毅然选择归隐山林成为自然之子；艾米丽执拗地生活在明显不合时宜的祖宅中，杀死那个意欲抛弃自己的北方佬，她的言行举止、穿着打扮和思想意识完全停滞在"旧"南方的过去中，成为南方小镇业已逝去的历史和文化的"纪念碑"。艾米丽代表的阶层和文化像谜一样吸引着镇上的男人、女人和孩子们的好奇，她死后大家纷纷涌入大宅，搜寻抑或瞻仰她和她所代表的那个时代的陈迹与遗风。随着她的离世，她象征的那个摇摇欲坠的南方传统文化的"纪念碑"终于在岁月的冲刷和侵蚀下轰然倒塌。因为时过境迁，或许人们会讥笑昆丁、海托华、罗莎、艾米丽、艾克等南方的遗老遗少，但浓烈的怀旧意识和对现代文明的深刻反思迫使这些生活在南方的人们怅然若失地回望过去，情不自禁地对过去表现出无限的眷恋和怀念。

崇尚传统、注重个性、遵循骑士风范、崇拜英雄主义的"沙多里斯"们因为守护而旁落为新社会秩序的局外人，成为被时代边缘化的他者。他们似乎偏执、怪异，与"新"南方的意识形态和价值观念相去甚远。艾克心甘情愿地放弃物质生活日益丰裕的美国工业社会，转而进入崇尚简单生活的原始自然；昆丁拼命保护"沙多里斯"的道德准则和荣誉观念免遭"斯诺普斯"主义的侵袭；艾米丽坚决反对拆迁、执拗地驻守在祖传的大宅中，尽管它已经与周围其他的现代化住宅格格不入；海托华沉浸在祖先在内战中的荣耀里，拒绝承认南方在内战中的失败，凡此等等，都表明"沙多里斯"阵营绝不向"斯诺普斯"社会让步和妥协。"沙多里斯"们留恋业已逝去的道德规范和价值标准，竭力维护受到现代文明冲击的南方传统文化。同时，他们也清醒地意识到，南方的传统就像日渐缩小的森林一样，在"火车"和"斧钺"的威逼和吞噬下注定要走向衰亡。南方曾经有过的光荣传统和良好秩序，在南方人对印第安人和黑人进行残酷压迫和剥削、对土地进行滥用和买卖时，就已经不可避免地遭到上帝的诅咒，面临命中注定的毁灭。蓄奴制导致了南北战争，摧毁了受到诅咒的旧制度、旧秩序。旧秩序的坍塌同时也导致南方原有的历史文化和传统美德的消失。失败不仅成为南方富有庄园主们无法抹去的痛苦记忆，也成为笼罩普通民众心头的阴影。

旧秩序被打破，"沙多里斯"精神随之消亡，"斯诺普斯"主义乘虚而入。与依据传统道德和精神准则行事、勇于对南方的社会和历史承担责任的"沙多里斯"们不同，"斯诺普斯"们是一群资本主义工商业的投机分子和在穷白人后裔中滋生出来的工业资产阶级，他们从实利主义的原则出发，肆无忌惮地败坏南方原有的道德规范和文化价值，恣意破坏人们赖以生存的自然家园，疯狂修建铁路和厂房，匆匆地斩断自己与历史和传统的联系，开始在南方大力推进物质文明、消费文化和金钱观念。《喧哗与骚动》中的杰生、《押沙龙，押沙龙！》中的萨德本和"斯诺普斯三部曲"中的斯诺普斯家族等为代表的"斯诺普斯"们，他们盲目地屈从于北方腐朽的机械文明和物质文化，信奉"金钱和财富就是一切"的人生哲学。他们对传统文化不屑一顾，对家族历史漠然置之。为积累财富，他们不择手段地尔虞我诈、强取豪夺，甚至不惜牺牲自己的妻儿。在"新"南方物欲横流的现代化中，他们迷失心智，丧失自我，沦落为空虚无聊、道德堕落、自私自利、冷酷无情的实利主义者。当然，斩断历史让他们失去了成长发展的根基，无法成为时代的弄潮儿，反而成为南方社会转型时期的另一类牺牲品。

在滚滚前行的历史洪流中，"沙多里斯"的后裔们彻底丧失了力挽狂澜的可能。他们要么像《掠夺者》中的原银行董事长巴耶德·沙多里斯，遭受"斯诺普斯"们掠夺，失去了重要的职位；要么像《喧哗与骚动》中的康普生先生，只能靠滔滔不绝的言辞与酒精来麻醉思想；要么像康普生太太，退缩到南方淑女的幻想里："想蔑视我糟蹋我可办不到……我是一个有身份的太太"；要么像《八月之光》中的海托华牧师和《喧哗与骚动》中的昆丁，干脆把自己埋葬在历史中；要么像《沙多里斯》中年轻的巴耶德·沙多里斯，盲目地从一种危险冲向另一种危险，疯狂追逐"英雄式"的自我毁灭。其实，"沙多里斯"们拼命保护的旧秩序的优势不在物质方面，而在道义方面。他们也并非因为财富，而是精神和道德信仰赢得了人们的尊敬和赞扬。福克纳本人也属于沙多里斯阵营中的一员，在整个创作过程中，梦想着自己不止一次地参加了这场战斗。虽然物质至上的"斯诺普斯"们战胜了精神至上的"沙多里斯"们，但在福克纳眼里，这是一场"沙多里斯"的战争，作为整体，他们更加高尚，更加伟大，也更加具有英雄气概，他们在道义上取得了绝对胜利。南方的"沙多里斯"们在这场宏伟悲壮的战斗中虽然败下阵来，但是他们虽败犹荣，他们对传统和历史的守护精神惊天地、泣鬼神，在世界范围内引起了广泛而深刻的共鸣。

自古以来，新旧价值观念的激烈冲突必然会引起整个社会的喧哗与骚动。代表新旧价值观念的"沙多里斯"阵营和"斯诺普斯"阵营之间的矛盾与冲突普遍化在福克纳的"约克纳帕塔法"世系小说中，体现着福克纳"回望"历史的保守主义历史观。代表南方文化传统和贵族英雄气质的"沙多里斯"们曾经在历史上显赫一时，但在"斯诺普斯"统治的工业化、机械化的喧闹世界中，他们注定要失去这场注重物质消费、轻视精神生产的战斗。历史的车轮残酷无情地把他们抛入唯利是图的利己主义和实用主义的时代洪流中，他们英勇悲壮而又无可奈何地在这场战斗中败下阵来。当面对"沙多里斯"和"斯诺普斯"两个阵营的对垒和两个精神世界的较量时，福克纳无法克制自己对于守旧的"沙多里斯"们的同情、迷恋和崇敬，因为他们对过去的执着、对历史的坚守、对农耕文明的依恋等伤感怀旧的历史情怀唤醒了南方人沉睡的记忆和历史自觉性，帮助他们透过历史的迷雾捕捉到传统文化的宝贵价值。

福克纳在创作"约克纳帕塔法"神话世系之初，就把它划分为"沙多里斯"和"斯诺普斯"两个不同的精神世界。代表南方传统旧势力的"沙多里斯"和象征北方工商资本主义新势力的"斯诺普斯"之间的对立统领着"约克纳帕塔法"小说王国，是一条以南方的传统农业经济和北方的资本主义工商经济之间的冲突作为政治背景的主线，彰显着福克纳作品的历史意识。仔细辨别福克纳作品中两个对立的精神世界的本质，它其实包含着社会急剧转型时期南方贵族农业文化与北方资本主义工业文明之间的冲突，反映作者保守的历史意识。资本主义的强行渗透，使南方社会整体处于裂变与破碎之中。南方一切古老的文化传统、土地观念、家族意识、行为规范、价值观念、范式标准，都被资本主义市场的物质至上所腐蚀和摧毁。在南方贵族"沙多里斯"们的身上，表现出强烈的与南方传统认同的心理与意识，这是一种代代相传的传统和相对稳定的文化；相反，代表南方新兴资产阶级意识形态和行为规范的"斯诺普斯"们，他们的行为充满了渗入南方的北方工商资本主义的唯利是图与文化上的肤浅无知，体现着资本主义的物质文明。南方的农耕传统与庄园制贵族文化在现代工业文明的撞击下迅速衰败退位，现代文明借助高度发达的技术，以空前的强势入侵所有领域，挤压传统文化空间，甚至瓦解传统文化，造成南方的文化断裂。

作为睿智的人文知识分子，福克纳开始仔细考量现代文明的发展进程，对美国的现代化表现出前所未有的怀疑。他冷静地站在美国当时高歌猛进的现代化洪流之外，认真思考被现代文明撕碎的农业文明与传统美德。传统价值观念的沦丧和"旧"南方历史文化的解体让福克纳感到切肤之痛，他在作品中不知不觉地表达出对"进步"的新工商资本主义的厌恶和反感，情不自禁地流露出对"落后"的旧价值观念的依恋和怀念。让福克纳怅然若失、无法割舍、深情回首的是南方人珍视土地、崇尚自然的农业主义传统和沉重的历史感，是旧世界的传统道德准则和人类的普遍美德。对南方的农耕文明和传统文化的眷恋造就了福克纳作品"向后看"的历史意识。而且，福克纳的历史意识承载着南方人对于历史的集体记忆。军事失利导致南方人的心理失衡，他们普遍怀有蒙羞感和内疚感，"过去"就沉淀在南方人的意识深处，凝缩成集体无意识。福克纳的小说犹如一副气势恢宏的历史画卷，艺术地再现南方人围绕"失败"和"过去"形成的创伤性集体记忆和艰难的自我疗治。但是，福克纳对于"旧"南方本身所包含的诸如奴隶制、土地掠夺和家族腐败等自我毁灭因素的深刻认识，又使得他的怀旧有别于南方传统的庄园文学，展示出前所未有的复杂性、深刻性和启发性。

"新"的不一定先进、"旧"的未必落后的循环论历史观念持续不断地影响着福克纳的创作，对于"沙多里斯"的道德传统和精神力量的缅怀构成福克纳作品的主旋律。在"约克纳帕塔法"世系小说中，现在和过去永远是一对无法调和的矛盾，它撕扯着作者的心灵，撞击着他的思想。对福克纳来说，过去是一首美丽而凄楚的挽歌，挥之不去。历史的必然律注定南方的"沙多里斯"走向失败，福克纳用哀婉动人的笔触表现对"沙多里斯"精神的无限眷恋，情感倾向也不可避免地向过去倾斜。但这并非意味着他要重蹈历史覆辙、恢复奴隶制。奴隶制一直以来都是他所深恶痛绝的人间罪恶，他写作的目的就是要"提高人的心灵"，鼓舞人的勇气、尊严、荣誉、希望、同情、怜悯和牺牲这些人类一度拥有的荣光，来帮助人类永垂不朽。

福克纳借助多种叙事策略表现"向后看"的历史意识。首先，通过重新切分时间的策略来表现"沙多里斯"与"斯诺普斯"两个世界的矛盾与冲突，体现自己独特的时间观念和历史意识。身处福克纳文学世界中的南方贵族子弟常常陷入与"钟表"时间的较量、纠缠中不能自拔。昆丁发现钟表店里形态各异的时钟个个青面獠牙、面目狰狞，没有一个能够准确无误地显示时间。钟表的嘀嗒声逼得他近乎发狂，他在砸碎并"肢解"代表机械时间的钟表中似乎得到某种心理解脱和情感宣泄。对于南方的末代贵族来说，钟表的嘀嗒声持续不断地传达着矢量时间的流逝，这是体现北方冷酷的工商资本主义时间观念的进化论线性机械时间，与南方贵族坚守的循环论心理情感时间观念大相径庭。他们沉浸在历史的回忆中，在情感上希望时光倒流、过去永驻。福克纳的感情天平也明显地倾向于循环论的时间观念，通过对饱含感情的心理时间的认同来表达他对南方贵族的同情和对南方过去的留恋。情感时间与机械时间之间的对立贯穿在"约克纳帕塔法"世系小说之中，反映出传统文化与现代文明之间的巨大张力。正是这种矛盾和张力奠定了福克纳作品强烈的悲剧历史意识和丰厚的文化传统底蕴，唱响了"此情绵绵无绝期"的南方历史文化挽歌。

其次，福克纳"向后看"的历史意识和保守的时间观念还体现在作者对于空间的整体规划方面。福克纳不仅在单部作品中通过主人公对过去的依恋表现深厚的历史意识，他还认为南方历史的丰富多彩性表现在一个范围更加广阔且具有内在关联性的故事体系之中。福克纳构建宏伟的"约克纳帕塔法"文学"共和国"，整体规划并仔细图绘其中的家族地址和人口分布，追溯各个南方大家族的历史和传奇故事。作者如此精巧地设计其虚构神话王国，企图体现某个特定地区及其历史多么生动地塑造和深刻地影响生活其中的人民。"对于无法忘记过去的南方人而言，地区及其历史对他们的影响或许更加深远，因为他们发现他们根本无法接受内战造成的失败和屈辱，他们也无法容忍失去优越的社会地位和传统的生活方式"。❶ 在现代化长驱直入、试图摧毁南方的历史与文化时，南方人的创伤心理使他们自然而然地构筑起心理防御机制。他们深情回望南方的"旧"传统和文化，形成强烈的"向后看"的历史意识。福克纳以"新""旧"南方的交替更迭为聚焦点，讲述南方那"邮票般大小"的故乡上生活的人民和他们的处境，在广阔的历史背景下书写南方的过去。

除了运用高度关注情感时间和仔细规划整体空间的叙事策略表现"向后看"的历史意识之外，福克纳还通过叙事艺术的创新表现自己对南方历史的独特看法。他运用大篇的内心独白，以主人公跳跃不定的意识之流，穿越过去、现在和未来，并幽幽地踯躅逡巡在过去之中。福克纳借助"叠错重复"和蒙太奇叙事手法，对历史进行重复叙述和拆解拼贴，挖掘那些隐藏在历史背后的南方"边缘"史，以此来"质疑宣扬现代文明和工商资本主义进步的官方历史的真实性和权威性"，❷ 进而关注南方历史在美国官方历史中的被叙述和被边缘化现象。因此，福克纳独创性地运用大篇幅无标点的内心独白、在过去现在之间随意跳动的时间拼贴、不同人物重复但叠加讲述同一故事等叙事策略，深刻剖析过去、现在和未来之间的复杂关系，给现代人提供进入南方历史的最佳触媒和途径。福克纳强烈而浓厚的历史意识极大地影响了"南方文艺复兴"其他作家的创作。

泰特认为南方被挫败的传奇及英雄式的苦闷，经过"复兴"作家的描写，演变成"反映人类普遍生存状态的神话"。❸ 他的小说通过回顾南方内战、描写家族衰落来反映"旧"南方的逐渐消逝。《父亲们》的故事背景是1860~1861年的弗吉尼亚，主要探讨内战对巴肯家族的影响。

---

❶ John T. Matthews. William Faulkner: Seeing Through the South [M]. Hoboken: John Wiley & Sons Ltd Publication, 2009: 3.

❷ Joseph R. Urgo, Ann J. Abadie. Faulkner's Inheritances [M]. Jackson: University Press of Mississippi, 2007: 103.

❸ Allen Tate. Essays of Four Decades [M]. Chicago: The Swallow Press, 1968: 592.

巴肯少校是弗吉尼亚"乐山庄园"的主人,他是旧秩序和传统的象征。他感到自己无法适应战后的新秩序及其生活方式。如果要成功地生活在新秩序中,他就必须放弃自己原来的生活模式,向女婿珀西信奉的生存哲学妥协。珀西通过在战争中倒卖物资大发其财,而且,圆滑和变通使得他成功地生活在现代社会中。巴肯宁愿最终走向自杀也拒绝成为这样的价值观念和生存哲学的共谋。珀西和《飘》中的斯嘉丽一样,通过牺牲南方规范和道德准则,在新秩序中投机钻营而繁荣昌盛;巴肯少校与阿什利和莫莱一样,在面对变化时因循守旧、不知所措。但是具有讽刺意味的是,珀西信奉现代物质文化却在政治上忠诚于南部邦联;巴肯是弗吉尼亚的绅士,遵循南方传统的农耕文明却忠于联邦政府。而且,他的各种理想在小说的发展过程中变得越来越陈腐过时,他对联邦的支持也得不到联邦士兵的信任,他们把他的大宅付之一炬,因为他们认为从巴肯的阶级立场判断他不会真正忠诚于联邦政府。

《父亲们》将过去的记忆符号化为两位父亲,即巴肯少校和珀西。巴肯少校是南方旧历史和公众记忆的象征符号,家族、文化、历史记忆通过他仪式化的行为习惯和生活方式传递给下一代。珀西则是孤立的个人生活的记忆符号,代表着充满破坏性和毁灭旧文明的现代历史意识。用记忆展开重构和以忘记进行解构构成叙述者雷西在过去和现在之间对话的张力,凸显巴肯少校所代表的旧南方传统的消失,释放历史创伤中的个人声音和个人叙事。《父亲们》浓墨重彩地描述对于传统的行为模式、庆祝活动、宗教礼仪的回忆,突出它们在历史中发挥的重要作用,强调过去对于当今人们思想行为的深刻影响。但是,在当下的文化和时代中,传统已经逐渐失去赖以存活的土壤,"南方的公共危机和个人考验在巴肯家族的历史中交织,传统的秩序似乎已经没有能力在反传统的新社会中发挥作用"。❶ 因此,巴肯家族的后代选择接受代表现代社会的"父亲"珀西而背弃代表南方传统的亲生父亲巴肯。小说中的巴肯家族后裔选择

---

❶ Louis D. Rubin, Jr. The History of Southern Literature [M]. Baton Rouge: Louisiana State University Press, 1985: 359.

接受南方现代社会的同化，而现实中的作者泰特踟躅徘徊，充满忧患，他清楚地意识到如果南方轻易地抛弃过去、贸然奔向现在极有可能导致南方文化的彻底解体。

罗伯特·潘·沃伦是一名与美国南方历史血脉相承、与其命运休戚与共的作家。沃伦著有多篇历史文论，表达了对南方历史及其前途的莫大关注。1930年，他与十余名南方学者联合发表了"南方重农学派"的宣言书：《我要表明我的立场》。他还著有《种族隔离：南方的内在矛盾》（1956）、《内战的遗产：百年思索》（1961）和《谁为黑人而言》（1965）等颇具影响力的著作，从社会学、历史学的角度阐述对南方问题的敏锐洞察和深刻思考。沃伦承认历史是其创作的核心主题，但不喜欢被别人称为"历史小说作家"，因为他担心读者只把他的作品看作对历史事件的叙述，忽略了这些历史事件背后的深层含义。他所关心的是那些虽然发生在过去但与当今社会的人们有着广泛联系的事件。"过去和现在相联系"这一主线贯穿了沃伦所有的作品，他从来没有只单纯描写历史而不去思考现在和未来。更重要的是，他通过自己的小说，运用文学方法对历史事件进行重新定义，有力地揭示出历史对南方现实生活的影响，刻画处于道德两难境地中的个人及其命运。

沃伦的小说大多以家乡肯塔基为地理背景，对某一历史事件展开描写。小说《夜骑者》（*Night Rider*，1939）以1905~1908年肯塔基的烟草之战为背景；1947年获得普利策奖的小说《全是国王的人马》（*All the King's Men*，1946）以20世纪二三十年代美国路易斯安那州的州长休伊·朗的生平为素材，小说主人公威利的身上有着许多休伊·朗的影子，但此书已经远远超出传记作品的范畴。《全是国王的人马》由威利和杰克的故事双线索交织一起，通过正叙、倒叙、插叙等艺术手法，让杰克把读者带入引人入胜的复杂情节和纵横交错的历史网络中。杰克曾两次对历史进行探索。第一次探索是他在做博士毕业论文时对凯斯·马斯顿日记的研究。凯斯生活在南北战争年代，与杰克家族有血缘关系。凯斯在经历和目睹了夺友之妻导致朋友自杀、目睹黑奴被贩卖以及情人背叛丈夫致其自杀等悲剧之后，为了减轻罪孽，他解放自家种植园里的黑奴、参加南北战争，承担起一个南方人应该担负的责任，并希望以死来弥补自己的过错。第二次探索就是杰克为帮助威利实现政治抱负和野心，不惜一切代价去挖掘欧文法官的过去，试图找出他以前政治生涯中的污点，以此为把柄来威胁和恫吓欧文法官支持威利，使后者获得更多的选票。当杰克弄清了法官贪污受贿并置别人于死地的罪行时，他以此要挟和威逼法官，但法官拒绝屈服，开枪自杀，为自己当年的行为赎罪。杰克从母亲撒心裂肺的哭声中首次了解到，法官居然是母亲多年的情人，是自己的亲生父亲。多年以前，杰克的父亲发现好友欧文与妻子通奸，他伤心欲绝地离开了。杰克的母亲一直保守秘密，从不透露杰克父亲离家出走的原因。杰克在对这段历史的挖掘中，付出了逼死亲生父亲的代价，但他也终于摸清了真相，知道了自己的身世。在小说结尾时，杰克回到故乡，与安妮结婚，赡养养父。他决定走出历史、走进现在，但他又必须进入历史，承担起可怕的历史和家族责任。这或许也是沃克为什么给他的主人公取名杰克·博登（Jack Burden）的深刻寓意，"Burden"在英语中是负担、重负的意思。

  作者对南方新旧势力之间矛盾的详细叙述，反映19世纪末20世纪初美国南方社会的一系列变革引发了南方人价值观念的改变。沃伦在叙述威利的政治生涯时，借助另一位主人公杰克对过去的两度回首，表明自己独特的"蛛网"历史观，即历史不是直线前进的，而是一张由一连串的事件和因果关系构成的大网。在这张网上每个个体都会互相关联、互相影响，都会与其他个体的过去、现在和未来交织在一起。哪怕对这张网最轻微的触碰都会产生意想不到的震动，改变个体的命运和历史的发展进程。在《全是国王的人马》中，现在和过去纠结在一起，主人公威利和杰克的现时生活与过去历史紧密相关，甚至与整个家族和地区的过去和现在相关。历史与个体不可分割的关系为他们的命运增添了浓厚的悲剧色彩。

三、"向前看"的踟蹰

对于出身贵族家庭的第一代"复兴"作家而言，家族历史以及个人经历使得战争的创伤、失败的耻辱、历史的重负成为他们普遍的内在体验，演化成创作的集体"无意识"。在他们的笔下，南方人的命运与南方社会的动荡变迁、阶级的沉浮分化、价值观念的崩溃和道德观念的沦丧密切相关；而且，他们还清楚地意识到随着南方社会的变迁，南方独特的农业文明和怀旧的历史意识也将烟消云散。他们的作品以南方家族的衰落、南方的传统与过去、新旧阶级的交替与较量、现代文明的混乱与对未来的迷惘等为描写重点，表达作者对历史进程的深刻反思和对南方道德问题的认真探索。

韦尔蒂、麦卡勒斯、奥康纳等为代表的"复兴"第二代女作家不会沉湎于过去，对南方的历史抱残守缺，她们的作品中失去了福克纳式的气势恢宏的历史神话，也没有了第一代"复兴"作家们浓厚的历史悲剧感。她们怀着极大的同情，更加关注生命个体所处的生存困境。与此同时，她们又认为南方绝不会轻易地被北方同化，更不会迫不及待地认同北方的价值观念和文化入侵。她们的思想与"重农派"作家有相似之处，珍视南方的农耕生活方式，对于那些沉浸在南方过去和历史中的人物表示同情与认可，对于那些斩断历史、只重视物质生活的浅薄之徒展开嘲讽与批判，严厉抨击北方资本主义制度下的都市生活和世俗文化。但是，与福克纳等陷于历史、几乎无法迈入现在的作家不同，历史成为她们笔下的人物进入现在、走向未来的原动力和宝贵财富，而不是羁绊与围困。小说中的人物从南方的过去或者家族的历史中汲取智慧和前进的力量，经过一番痛苦的精神和情感挣扎之后，选择面对现实、展望新生活。因此，第一代"复兴"作家笔下的人物沉迷于过去，第二代作家笔下的人物则挣扎在当下。

"复兴"第二代女作家从女性的独特视角出发，从不同层面对南方的历史进行展现，突出南方历史的多面性、复杂性和小微性，淡化了历史的悲剧性、凝重感和宏大性。她们把写作重点转向"新"南方之后南方人面临的各种精神危机，探讨在新环境下南方人尤其是南方女性与历史相关的生存与情感问题。在她们创作的大量优秀作品中，作家们有意识地反映南方地区的特殊历史和思想传统如何使现代南方女性更加深切地体会到资本主义文明的腐蚀力量以及现代化引发的精神苦闷。她们的文学创作通过无限伤感和孤独的情绪或者病态和畸形的心理描写，表现当代南方女性人物面临的困境，她们虽然摆脱了历史重负却无可奈何地堕入怪诞异化、心灵隔膜、道德沦丧和无法救赎的深渊。

在韦尔蒂看来，虽然历史与"记忆是极其重要的，它是宝藏也是力量"，❶但历史的重要性在于它是照亮未来的一盏明灯，是反观现在的一面镜子。她的5部长篇小说都以历史为参照，通过大家族与外界的矛盾冲突来反映美国南方社会的沧桑变迁，表现南方大家族的生活方式和人际关系。韦尔蒂的创作多以家乡为原型，人物多为南方特有的"畸零人"。她经常勾勒被林立枥比的新城和纵横交错的州际公路所包围的南方小镇的日常生活和风土人情。韦尔蒂通过对婚礼或葬礼等重要时刻的描绘或者通过对家庭成员团聚一堂的温暖场景的再现，细致入微地呈现当下南方小镇人们的日常生活，进一步探讨受到现代潮流冲击的古老南方传统和文化价值。

《乐观者的女儿》中"新"与"旧"的矛盾与冲突清晰可辨，主人公劳雷尔依恋母亲代表的"旧"南方传统，对继母代表的"新"历史意识表现出莫大的反感。但是，劳雷尔的思想并未固化到一成不变，她在追寻家族过去的同时也慢慢接受了现在。因此在面对包含了她"所有的、实实在在的过去"的"面板"时她最终能够释然。当劳雷尔决定不再带走这块象征家族过去的面板、将它留给继母费伊时，她试图对未来做出承诺：她打算不再沉溺于回忆，开始追求新的生活。继母费伊不愿意认

---

❶ John Griffin Jones. Mississippi Writer Talking: Interviews with Eudora Welty [M]. Jackson: University Press of Mississippi, 1982: 26.

同娘家的历史也拒绝归属夫家的家族，对家族历史的浅薄无知使她在劳雷尔父亲的葬礼上上演粗俗闹剧，这促使劳雷尔再次缅怀父母曾经的婚姻与爱情。这一夜，劳雷尔留在这所老旧的房子中，独自面对过去的记忆。一只雨燕从烟囱钻入房间，横冲直撞，为了躲避它，劳雷尔躲进狭小的缝纫间。过去瞬间扑面而来，劳雷尔无法克制猛然涌上心头的记忆。这只横冲直撞的鸟就好像那些无法释怀的记忆，撞击着劳雷尔的心扉，使她无从逃避。劳雷尔在这间小屋中找到许多关于父母往昔岁月的纪念物。逝者已矣，但睹物思人，往事像潮水一般奔涌而来。劳雷尔回忆起在这个缝纫间曾经与母亲一起度过的那些美好的童年时光。她过去睡觉的小床、母亲坐在老缝纫机旁工作的情景等一幕幕浮现在眼前，记忆犹新。

劳雷尔还找到一封发黄的信笺，那是外婆写给母亲的信。成人之后阅读这封信时，她似乎对母亲的青春和人生有了前所未有的认识。她发现母亲年轻时对外婆和成人的世界充满叛逆，青年时期不听从父母劝告、迫切希望离开家人、追求自由的爱情和独立生活。她自己也和母亲一样叛逆，执意选择在远离家乡的芝加哥独立生活。劳雷尔对外婆在信中提到想送只鸽子给她作生日礼物这件事情情真意切的叙述，是她与外婆隔空对话、心灵相通的最佳例子，成为打开劳雷尔心扉的钥匙。外婆了解外孙女，知道她在小时候看到鸽子互相啄食对方嗉囊里食物的行为时已经窥探到人类与之相似的亲密关系。外婆经常以一种宽厚而随和的态度表达她对母亲和劳雷尔的深切大爱，既不强求也不武断。虽然时光无法逆转、死亡不可抗拒，但是劳雷尔终于通过回忆理解了自己与外婆、母亲之间亲昵但又微妙的关系。其实外婆的隐忍、坚强、宽容等品质早已被母亲和自己继承。爱与理解把逝者和生者重新联系在一起，也在过去与现在之间架起了一座桥梁。劳雷尔为逝去的一切痛哭，同时，这些被重新唤回的爱使她的内心更加丰盈。

次日清晨，她准备返回芝加哥，此时她能够坦然面对过去，往昔的记忆对她来说已不再是牵绊，而是化作一股强大的动力。她决定把母亲的面板留给费伊,尽管费伊或许永远都无法洞悉它所包含的意义。这个精心制作的面板是一个满载记忆的旧物件,是劳雷尔的丈夫费里亲手制作并赠送给母亲的礼物,母亲一直用它给全家人烹制美味的面包和可口的饭菜。男性精湛的木工和女性娴熟的烘焙技巧,这两种饱含爱的技艺在这块面板上完美结合,见证了一个家庭的亲情与幸福。不屑于过去的费伊根本无法理解这块面板的意义,她用锤子在面板上砸核桃,留下累累伤痕。费伊和劳雷尔对待这块面板的不同态度暴露了她们对于家族过去截然不同的情感,也象征着她们对于历史完全不同的体悟。费伊和劳雷尔也许都否定了各自母亲的经验,她们都大胆地离开家乡,寻求新的生活。但是,劳雷尔从未背叛过母亲的价值观和对于过去温情脉脉的记忆;费伊却从未体会到家庭的真谛和理解过去的含义。当娘家人出乎意料地来参加她丈夫的葬礼时,费伊冷漠无情,对母亲和姐妹不念亲情,迫切地想把她们赶出自己的生活;她藐视过去,无视婆家和娘家的家族历史,坚持自己只属于未来。

与费伊不同,劳雷尔属于过去但她也属于现在和未来。虽然在"向前看"时她表现出举棋不定、犹豫不决,但她最终选择走出过去、进入现实、朝向未来。父亲的离世把劳雷尔拉回家乡也让她的思绪进入过去,对于逝去父母的怀念让劳雷尔的回忆充温情,也使她重新思考"旧"南方的传统美德。继母的浅薄和自私让她重新审视南方的现在,对"新"南方的道德滑坡和卑鄙庸俗感到不安和忧虑。但是,她选择接受现在,与当下达成和解。她原谅了费伊,将面板留给她,也让它留在"它原本应该属于的地方",因为她与费伊的对峙已经使她明白,只有摆脱过去的羁绊,解决现在的困境,人们才会翻开未来的篇章。当老友们劝她放弃芝加哥的工作,返回老宅和她们一起生活并接替母亲的位置加入她们的消遣娱乐时,她婉言谢绝,她明白自己已经不再属于芒特萨卢斯小镇。南方的传统和历史、家乡的一草一木对劳雷尔来说成为永远封存的美好记忆。她已经在北方开始了一种独立的新生活,她构建的价值体系与父母一辈或者南方同龄人的存在差别,她已经属于芝加哥这个北方城市,那里有她的家人和牵挂。她唯一带走的东西就是一艘上面雕刻着"老家"字样的石刻小船,它承载着对于自己、父母和家的全部记忆,是家乡和历史最好的象征,表明女儿可以永远铭记过去的美好时光,但是需要驾着从过去驶来的小船迎风破浪走向未来。

在《三角洲的婚礼》中,随着鲁比与乔治重归于好、托尼和达贝妮顺利举行婚礼,两个外来者成功加入费尔恰尔德家族,古老的夏尔芒特似乎也重获新生。这些外来者象征蓬勃的生命力,也象征着注重现实和脚踏实地的生活态度,古老的家族只有接纳这些新的成员才能够获得重新繁盛的契机。但是,韦尔蒂在描写夏尔芒特的复兴的同时,使用"shellmound"(带壳的土丘)称呼它,暗示种植园世界对外来力量的防御性和本身的中空本质。这个背负重壳、"土丘"一样的种植园代表着古老的南方种植园文化,终究是失落文明的遗迹。与之相呼应的费尔恰尔德家族的传奇以及夏尔芒特种植园中的"旧"南方传统也是一种古老文化的残存,在现代社会中,它们终究是那么不合时宜。尽管费尔恰尔德家族历史悠久,它却像自己的名字"Fairchild"(仙童)一样,看似美丽无比实则脆弱不堪。家庭成员都习惯性地逃避问题,将过去无限美化并沉溺其中,没有足够的力量来应对现实,面对现代社会或者外来力量的冲击时,他们表现得怯懦退缩。

相比之下,鲁比和托尼这些出身低微的外来者却更具诚实面对世界的勇气和务实的生活态度,他们清楚地意识到费尔恰尔德家族捏造的世界是一种麻醉精神的幻影。出于对真实生活的渴望,鲁比曾希望自己可以真正地触及费尔恰尔德家族未曾被歪曲的历史,从而可以更加真诚地去爱乔治。达贝妮的新郎托尼事实上代表着来自土地中的新生命和破坏力,他是一个具有威胁性的人物,是南方新兴无产阶级群氓的代表,他与《喧哗与骚动》中引诱凯蒂堕落的穷小子一样,试图引诱南方富家"淑女"。从现实层面上看,他的社会地位低于达贝妮,与她的家族门不当户不对,不是理想的新郎人选,许多家族成员也为此忧心忡忡;从象征的层面看,他又是强有力的入侵者和掠夺者,就像来自地下黑暗世界里的冥王哈德斯一样，将要抢走土地之神德墨忒耳的女儿珀尔塞福涅。因此，代表旧传统的费尔恰尔德家族与代表新生力量的"外来者"之间的冲突是历史与现实之间的较量。

《败局》借用南方传统的口传叙事，通过对话的形式讲述一个南方守旧家族的故事。小说以20世纪30年代经济大萧条时期的密西西比州班纳山区的乡村为背景，以一个大家族庆祝女族长曾祖母沃恩的生日聚会为叙事中心，发散式描写与这个家族相关的家庭成员的人生与情感经历。这或许是一个有些愚昧、落后甚至无知的南方家族，他们竭力抵制资本主义文明和外来者的入侵。他们时刻怀念美丽的过去，企图维持家族传统的生活方式和处事模式，对外来与新的东西表示不信任并充满抗拒。他们通过生日聚会、参加葬礼仪式等机会把家族成员聚拢在一起，一段段的家族历史、一个个已逝的亲朋好友在他们的记忆中复活。然而，他们也清楚地意识到，历史的潮流是不可阻挡的，旧的一切必然会被新的力量所替代。在这场新旧文明的较量中，等待这个家族的只有失败。或许如小说题目"Losing Battles"暗示的那样，整个南方已经失去了内战，对于每个南方人而言，他们心如明镜，作为"旧"南方社会产物的家族和历史必然也随着那场"败局已定的事业"走向覆灭。韦尔蒂通过叙述家族成员的各种遭遇以及人与人之间的关系，勾勒出一幅具有传奇色彩的南方乡间世俗风情图，揭示外部文明代替南方传统历史的必然性。

卡森·麦卡勒斯1917年出生在佐治亚州，她的父亲开着一家珠宝店，她的外太祖父是南方的种植园主和邦联的战争英雄。卡森的名字就来自于母亲的家族。麦卡勒斯本人往返于家乡和纽约之间，她对南方的历史和乡村生活没有过多的留恋，把描写重点集中在表现南方工业化过程中生活在社会下层的人们的艰难困苦和彷徨无助。在麦卡勒斯的作品中，过去已然逝去，现在也令人窒息。过去似乎没有给南方的现代人留下任何积极的意义，失去了指导他们生活的价值，反而成为现代南方人患上封闭、苦闷与孤独等"现代病"的根源。1940年她发表第一部长篇小说《心灵是一个孤独的猎人》(*The Heart Is a Lonely Hunter*)，次年发表

《金色眼睛的映像》(*Reflections in a Golden Eye*)，1951年发表《伤心咖啡馆之歌》(*The Ballad of the Sad Café*)，这些小说的共同主题是描写普遍存在于现代南方社会的人性异化与心灵隔绝。

麦卡勒斯的小说无意于纠缠南方的历史或者家族英雄，她更愿意塑造孤独、怪诞的南方"另类"人物，描写阴森恐怖或者不合情理的奇怪事件，试图以生理上畸形、心理上变态的人物的精神状态来象征南方现代人的隔绝、苦闷与绝望。她笔下的人物大多精神失常、做事有悖常理，他们要么身体残疾、要么心理畸形、要么单纯得犹如孩童。他们的痛苦被封闭在内心深处，无人知晓，更无人能够理解与分担，他们在看似平淡、麻木、冷漠和狂乱的孤独与绝望中，挣扎着寻找爱与生命的意义。麦卡勒斯的作品反映现代南方的物质化、商业化、世俗化导致人们的精神力量日益萎缩，孤独、隔绝与迷茫成为现代人的日常生活写照，精神的苦闷与内心的孤独似乎具有终极性和永恒性，交流与沟通几乎无法实现，爱与温暖在孤独面前显得苍白无力。

《心灵是一个孤独的猎人》以20世纪30年代的美国南方小镇为背景，围绕哑巴辛格演绎南方普通人的惨淡命运和孤独苦闷。辛格是个瘦高个的哑巴，穿着干净整洁，眼睛里闪着敏锐智慧的光芒；安东那帕罗斯耳聋，长得稀松肥大，衣服总是松松垮垮、邋邋遢遢地套在身上，睡眼惺忪的眼睛里露出温柔而傻气的笑容。这俩人看起来一点都不般配，甚至形成鲜明对照，但他们经常形影不离，似乎很享受彼此的陪伴。每天早晨人们看到他们俩手挽着手走出住处，晚上又快快乐乐地结伴返回，彼此相依为命在一起生活了好几年。后来安东那帕罗斯被强行关进疯人院，辛格从此陷入孤独的深渊。小说的后半部分描述处于社会底层的四个不同人物向辛格讲述自己的故事，他们把辛格看作智慧和善良的化身，向他倾诉自己的苦恼和愿望，而且他们相信他比自己更加理解这些故事。小说人物也通过辛格联系在一起，他们都把各自理解世界和了解自己的希望寄托在辛格身上，借以得到相互沟通，感受新的力量和温暖。然而，辛格只是一个蜗居在自己内心世界中的孤独者，他不仅听不到也听不懂他们的诉求，更无从理解他们的"心灵独白"。在本质上，他们之间的交流完全是单向度的个人独白，无法进行双向对话，各自依然被禁锢在自己的世界中无法行动。

《伤心咖啡馆之歌》讲述发生在美国南方小镇上的一个诡异的爱情故事，通过怪诞的人物和畸形的三角关系表现人的异化和心灵隔膜主题。在小镇上开杂货店兼营咖啡馆的爱密利亚小姐有一副男人般发达健壮的骨骼和肌肉，她依靠精明能干发家致富。本地的俊美男子马西被她深深吸引。为了赢得爱密利亚的芳心，他一改往日游手好闲的流氓习性，成为正经人，在暗恋爱密利亚两年之后终于鼓足勇气向她求婚。但这场婚姻只持续了10天，马西便被爱密利亚逐出家门，再度成为恶棍，锒铛入狱。爱密利亚小姐又专心打理自己的小店生意，心满意足地享受着平静的生活。直到有一天，一个自称李蒙的驼背来到小镇，爱密利亚称他表哥并不可救药地爱上了这个又丑又怪的罗锅，事事迁就他，处处讨他欢心。当马西获准假释回到小镇准备报复爱密利亚时，李蒙迷恋他的长相英俊，开始缠着他不放，极力讨好他。马西却十分厌恶，对他没有一点好感。在爱密利亚和马西的打斗中，眼看着爱密利亚要取胜时，罗锅出手帮助马西，最终赢了打斗的马西带着罗锅离开咖啡馆。小说用一种诡谲、神秘、荒诞、扭曲的方式塑造了三个各有缺陷的南方小镇人物，异化、孤独、荒谬、信仰缺失、命运的戏谑捉弄、生活的荒诞不经，成为麦卡勒斯笔下承载生命厚度的方式。

奥康纳的作品全部以美国南方为背景，运用充满讽刺的南方哥特风格和怪诞手法，反映南方进入工业资本主义以后的暴力、混乱和无序。虽然奥康纳对美国南方的传统不抱什么浪漫幻想，对自给自足的农耕生活也未必留恋，但她认为南方并不会匆忙地进入资本主义，南方依然在坚持对城市世俗生活和现代物质文化的抵制与反抗。通过《暴力得逞》(*The Violent Bear It Away*，1960) 中的雷勃、《所有上升的东西都必须汇合》(*Everything That Rises Must Converge*，1965) 中的福克斯和朱丽安等人物，作者对北方的都市世俗生活进行无情的讽刺和批判。奥康纳嘲讽南方都市社会的堕落腐化，批判现代文化的世俗主义、实利主义和离经叛道。她的作品着重表现南方社会新旧文明的冲突，充溢着浓郁的南方气息。奥康纳善于以细腻的文笔描绘人生中奇异而荒诞的现象。由于作者所处的环境以及自身的疾病，痛苦和死亡构成奥康纳作品的基调和主题。奇怪的人物、异常的事件、骇人的暴力在她的小说中占据重要地位，并被赋予超自然的意义。她对描写信奉原教旨主义的乡下人的生活尤其感兴趣，其长篇小说和短篇小说中常常出现迷信宗教、贫穷愚昧的南方人形象。这些痛苦的灵魂成为作品的主人公，代表作者对当下南方的犹豫迷茫态度。在刻画这些苦难者或者畸零人物形象时，奥康纳笔触独到，注重探索其内心世界。奥康纳的思想里浸透着天主教意识：天主教有关原罪、赎罪的观念对其创作产生了较大影响。

《所有上升的东西都必须汇合》是以朱利安为第三人称叙述者讲述的短篇小说，公交车上取消种族隔离的时代是小说的时间背景。朱利安刚刚大学毕业，是一个有着自己生活方式的知识青年。思想进步的朱利安和信奉种族主义的母亲在对待种族问题上态度不同。朱利安的母亲一直生活在种族隔离的思想中，她因为法律允许黑人和白人可以乘坐同一辆公共汽车而拒绝乘车出行。朱利安一直想方设法试图改变母亲种族歧视的愚昧思想，他的激进和感情用事却越发引起母亲的反感。小说对比朱利安和母亲的思想并对双方的局限展开批判，表现出作者希望走出过去却又在"向前看"时犹豫不决的矛盾历史观。作者似乎通过这个故事，提醒那些锐意改革的人们不要忘记和忽略改革对象的尊严和人性；呼吁那些抱残守缺的人们不要故步自封。放下偏见、面对现实，南方人才有可能走出过去、迈向未来。

在《乡下的好人们》中，主人公赫尔加也常常责备思想保守的母亲。为了摆脱母亲的管教，她摒弃南方，逃到北方，改掉自己的名字，在城市中过着自认为自由的生活。她打算用性来唤醒看似纯真的《圣经》推销员波因特的现代性，然后让他因为性行为的负疚感摆脱宗教的禁锢。当他们幽会时，她发现波因特为她带来了一本中间挖空的《圣经》、威士忌酒、避孕套和一本淫秽不堪的画册，并在完事后偷走了她的假肢。这次经历使她发现城市生活并非她想象的那么崇高、现代和自由，而是充满了庸俗低级、卑鄙狭隘和刻薄恶毒，波因特这样的流氓无赖随处可见。

《暴力得逞》中的孤儿塔沃特被自己狂热笃信基督教的叔伯祖父带到乡下养大成人，叔伯祖父给他施洗希望他成为虔诚基督徒和先知。叔伯祖父死前告诉塔沃特，希望后者遵照他的遗愿，给他一个正儿八经的基督徒的安葬仪式，并在墓前立上十字架好让他在审判日能够复活。但是，塔沃特在一个神秘声音的召唤下违背叔伯祖父的遗愿，一把火烧了他们以前居住的房子和叔伯祖父的尸体。后来他来到叔叔雷勃家，与叔叔以及他的智障儿子毕绍普生活在一起。雷勃是一个相信理想与科学的中学老师，他试图把塔沃特改变成有教养、守规矩、有思想、有理性的现代青年，并针对他身上存在的一系列不合规范的行为展开教化。但是塔沃特对此置若罔闻、充满抵触。雷勃见此情景，计划带塔沃特去他和叔伯祖父生活过的乡村故地重游，试图以此来治疗他的"创伤性"成长。

但是，历史和过去似乎根本无法拯救塔沃特。在此期间，塔沃特趁机把毕绍普带上船并把后者淹死在湖中，他辩护说如此做的目的是完成叔伯祖父希望毕绍普受洗的愿望。毕绍普死后，雷勃因为无法感受到儿子死后的悲伤而精神崩溃。在故事结尾时，挣扎在叔伯祖父对自己的宗教改革和叔叔的世俗教化中的塔沃特不知何种原因朝城市走去，他以后的生活和心路历程都成为作者留给读者的无限遐想。在作品中，旧与新、乡村与城市、迷信与理性、传统与现代、落后与教化都因为宗教这一神秘力量的参与而变得扑朔迷离。历史似乎成为一种冥冥之中注定的迷信与命运，而现实又似乎是某种不可捉摸的理性与世俗。对于主人公塔沃特而言，过去无法疗伤、现实也无法救赎，他竭力抵制叔伯祖父试图把他变成宗教先知以及他注定会为毕绍普施洗的预言，他也拒绝叔叔把他强行拉入更加理性的现代社会。他一直陷入家族已逝亲人的遗愿与活着亲属的教化这两个似乎无法调和的矛盾之中。

贵族文化传统的断裂、历史与现实的脱节构成了沃克·珀西小说的主要主题。珀西对实证主义历史的进步观展开激烈批评,同时对历史进程寄予极大关注,揭示历史进步带来的灾难性后果。珀西笔下的人物大多是怀旧的南方人,但是,他们不会像福克纳笔下的昆丁那样,对南方的历史抱有近乎绝望的依恋,沉浸在对南方既热爱又负罪的矛盾情感中。他本来描写的就是一个绝望的、临近末世的世界。这不单单是典型的南方式的绝望,几乎是现代社会的一种普遍的末世情结。在《最后的绅士》(The Last Gentleman, 1966)中,幻灭主题已经预示着此后的危机,叙述成为连接过去与现在、父与子关系的唯一纽带。主人公威尔·巴拉特是上代遗留价值观念的继承者,他感觉自己时时需要回到父辈的世界里寻找生活的勇气。珀西的第四部小说《兰斯洛特》(Lancelot, 1977)则通过骑士对贵族传统的依恋,展现南方新旧文化之间的断裂,对南方农耕文明和历史意识的消失表现出痛惜与伤感。兰斯洛特预感到南方旧有的历史已近终结,因此,他拼命地杜撰一个又一个关于历史的学说,借此让历史存活在人们的记忆中。

珀西的人物生活在历史时间的压迫之下,不仅对时间极为敏感,还体悟到个体和群体在历史中的意义,因为时间见证着美国南方的历史和命运。重复和循环构成《最后的绅士》的哲学基调。对时间的困惑构成了威尔的精神苦旅和内心矛盾。青年威尔因为预感到自己乃至整个时代即将终结,他整日惶惶不安。他痛感时光荏苒、岁月如梭、光阴不再,但他仍然竭尽全力地试图挽回那些疾速驶去的时光,他大声疾呼:"时间,停一停!"在小说的开头,叙述人把威尔的这种末世情结与南方的历史和命运联系在一起,"像许多南方的年轻人一样,他对未来忧心忡忡,没有排除种种不祥感觉的可能性"。[1] 在少年时,威尔患有失忆症和忧郁症,这些功能性紊乱导致他在时间概念上产生颠倒错位。威尔的生理功能紊乱反映出他在两种相互矛盾的时间秩序之间的纠结与盘旋。现在和过去在他的意识中盘根错节地并置缠绕在一起,让他无法分清现在和过

---

[1] Walker Percy. The Last Gentleman [M]. New York: Furrar, Straus and Giroux, 1985: 10.

去。由于失忆症他无法回到过去,标志着其线性时间体系的崩溃;而忧郁症则暗示循环时间体系的失控,因为在他要走入现在和未来时,过去的历史便不请自到,侵入现实生活。时间上和心理上的错位,使威尔无法准确把握现实生活。除非威尔能够抓住现在,要不然未来就像过去一样虚无缥缈。在《基督再临》(*The Second Coming*,1980)中,威尔步入中年,这种不祥的末世感有增无减。威尔的怀旧主义与理想主义常常杂糅在一起,陷入不可调和的矛盾中,他珍惜的东西近在咫尺,却又遥不可及。

《基督再临》是《最后的绅士》的续篇,而且威尔也是两部小说的主人公。人物的重复出现既强化了启示录与再生的主题,也烘托了存在的时间维度。在《基督再临》中,威尔已经走过30年的人生历程,他既无法进入过去也无法生活在当下,被悬空在现实世界中,痛苦而绝望地寻找活着的意义。有一天他留下一个交代自己后事的便条后进入离家不远的一处洞穴,目的是检验上帝是否会降临来拯救他或者不管不顾任由他死去。在经历了一个黑夜之后,剧烈的牙痛和女友艾莉森把他从迷幻药导致的幻觉与恍惚中拉入现实。他走出山洞,似乎重生一般再次来到现实世界。威尔的困惑在于:"在整个生命进程中,他一刻也不曾驻足在自我幽闭中,总是无休无止地从他无法追忆的过去投向子虚乌有的未来。他一生中没有一刻生活在现实世界。"❶ 威尔对人生的感悟源于他对时间的理解,而这取决于他能否将过去纳入现在的时间框架之中。退休后的威尔过着相对悠闲的生活,但是有一天对于父亲自杀往事的回忆又让他崩溃。在威尔12岁那年,父亲在一次狩猎中自杀,同时还想杀死威尔,试图把儿子从虚伪的生活中解脱出来。30年后,威尔终于开始理解父亲的悲观主义哲学与父亲身处其中的南方文化之间的密切关系。威尔无法逃离过去而他的女友艾莉森因为此前的电击治疗丧失了记忆只能活在当下。两个心理残缺的人居然在一起构成了一个和谐的整体,威尔也在与

---

❶ Walker Percy. Second Coming [M]. New York: Picador, 1999: 123-124.

女友的相爱和结合中得到救赎。

  福克纳笔下的昆丁背负着南方贵族传统中荣誉至上的历史重负，苟全性命于乱世，最终选择自杀。与昆丁不同，威尔冲破了历史的重压和束缚，摆脱了父亲为之生并为之死的南方历史符咒和罪孽。虽然珀西的小说充满了异化、病态和绝望，他笔下的人物悲观厌世、看破红尘，但他们并没有放弃改变现实和展望未来的渴望。珀西的末世情结探讨的是危机时刻所蕴含的再生的可能性和承诺的必要性。《兰斯洛特》中的兰斯洛特、《看电影的人》中的宾克斯、《基督再临》中的威尔都认识到完美的世界是无法实现的，他们都有意识地从历史中走出来，在不同程度上以不同方式完成了对现世的承诺和回归。

  总之，与福克纳等前辈作家频频回望历史的怀旧与围困感不同，韦尔蒂、麦卡勒斯、奥康纳和沃克·珀西等作家笔下的人物大多摆脱了父辈们因积重难返而无法解脱的历史罪孽感。他们通过描写南方社会所特有的"畸零人"或者对即将来临的未来的不确定性来反映南方在走出历史、进入未来之前所面临的一系列孤独、隔离、疏远和末世情感。作家们与历史协商谈判，逐渐放弃与过去的纠缠，在犹豫和徘徊中燃起了通向现在和未来的希望；作品中的人物也在痛苦、彷徨、孤独甚至绝望中，顽强地探索着生命和未来的积极意义。

四、解构历史的"狂欢"

  后现代是一个对传统展开质疑和解构的"狂欢"时代，在人文社科领域出现了一种广泛的反历史思潮。历史再也不是为人们提供知识的连续统一体系，它的进化论线性时间观念也被完全打破。随着解构主义和新历史主义的影响更加强劲，人们用不信任的眼光重新审视历史，旧的历史观受到普遍质疑，历史意识逐渐淡化，人们更加关注当下的生活状态和自我意识。海登·怀特在论述当代文学对待历史的态度时，就强调人们在确立历史时的主观选择性和实用性，即人们只是为了某种特殊的需求或者满足某种特定的愿望对历史进行选择。如此带有主观性和选择性的历史经过语言的再创造,其真实性和客观性便无从寻迹和不可"触摸"。❶

这种对历史的质疑、淡化和消解似乎是处于后现代时期美国南方文学对待历史主题的真实写照。在美国后现代的文化大背景之下,在解构主义和新历史主义等文艺思潮的影响下,加上后现代消费文化的推波助澜,有关内战及其南方历史的宏大叙事在南方当代作家那里受到普遍的怀疑并被逐一解构。南方的历史被抽空了原有的凝重与伤感的神话内涵,只降解成各种文档、照片或者影视材料。历史变成了一种主观意识驱动下借助语言建立起来的符号系统,历史的功能和本质不断受到南方"新生代"作家的质疑和挑战。如果说"复兴"作家以其独特的集体怀旧式的伤感力量,把南方的历史,尤其是内战历史推向神话的圣坛,那么南方"新生代"作家则下定决心走出历史的"阴霾",不约而同地希望摆脱先辈作家对他们的"影响焦虑"。他们既否定了"复兴"作家"向后看"的历史意识和对历史进行记忆性复原的可能性,又克服了南方历史观念的继承者在走出历史、"向前看"时的举棋不定和犹豫不决。他们对记忆和历史建构社会秩序、实施道德拯救的力量表示极大的不信任。❷

理查德·福特、鲍比·安·梅森、麦卡锡、巴瑞·汉纳、哈珀·李、哈利·克鲁斯等构成了一支声势浩大、历史主题鲜明、关注民生的南方文学的新生力量,在他们看来,如果当代南方人缠绵悱恻于过去必然会堕入追忆和沉思的废墟,与当前飞速发展的世界失之交臂,这无异于把自己禁锢在历史的牢笼中无法与时俱进,自绝于时代只会使南方更加封闭、落后和贫穷。他们放弃南方一直引以为荣的历史神话书写,摆脱了旧历史的沉重锁链,也不想陷于怀旧伤感和颓废迷茫中驻足观望,开始

---

❶ Hayden White. Tropics of Discourse: Essays in Cultural Criticism [M]. Baltimore: John Hopkins University Press, 1978: 31.

❷ Lewis Simpson. The Dispossessed Garden: Pastoral and History in Southern Literature [M]. Athens: University of Georgia University Press, 1975: 93.

理性思考和重新评价历史,关注现在,展望未来,积极地融入美国的现代化,尽快地适应急剧变化的世界格局。因为,在他们看来,紧抱历史只会将自己更加边缘化。因此,这些晚生代作家用遗忘、拒斥和揭露等策略对"复兴"时期文学作品的历史主题进行重写、消解甚至颠覆。

"新生代"作家带着后现代的反叛精神,在质疑南方的农业主义田园神话传统、南方的初创历史神话、南方的淑女神话和种族主义神话的同时,对于南方的内战神话表现出更多的不信任。"新生代"作家认为,内战及其围绕内战建立立起来的南方历史记忆再也无法成为他们的创作主题,他们缺乏参与内战的亲身经历,而且越战引发的普遍幻灭感使他们无法像"复兴"作家那样对内战神话产生浓厚兴趣。内战失去了昔日的光环,其神圣和荣光不断受到"新生代"作家的质疑和拷问,对于失败的共同记忆也无法唤起他们的想象力。他们对于现实问题的描写以及对于残酷越战的反映使得内战历史神话看起来如同过时和陈腐的寓言。"复兴"时期那种借助过去理解现在的普遍做法在后现代作品中成为缺省的内容。❶ 20世纪70年代时,南方作家潘·沃伦已经明显地觉察到历史意识在南方文学中的淡化和消退,他担忧人们对历史的"藐视"和历史意识的消退会导致难以弥补的损失,会留下"某种无法填补的空白"。❷但是,南方"新生代"作家对历史的"藐视"并非一时冲动,而是源于理性思考的有意实践。他们试图上演解构历史神话的"狂欢"盛宴,把承载着光荣、梦想和悲情的宏大、神圣、单一、完整的南方历史体系拆解为各种小微、复数、孤立、痛苦的历史碎片,惊醒沉醉在梦境中的南方人,让他们更加关注当下的社会特征和人类的生存状况。

巴瑞·汉纳或许是当代南方作家中最富有解构精神的作家。汉纳出版了十几部长短篇小说,曾被誉为"南方的莫泊桑"。其中颇具影响力的

---

❶ Matthew Guinn. After Southern Modernism: Fiction of the Contemporary South [M]. Jackson: University Press of Mississippi, 2000: 162.

❷ Floyd C. Watkins, John T. Hiers. Robert Penn Warren Talking Interviews 1950-1978 [C]. New York: Random House, 1980: 199.

当属短篇小说集《飞船》(*Airships*, 1978)、长篇小说《杰若尼莫·莱克斯》(*Geronimo Rex*, 1972)、《瑞》(*Ray*, 1980)、《嘿杰克!》(*Hey Jack!*, 1987)、《回飞器》(*Boomerang*, 1989)、《永不死亡》(*Never Die*, 1991),它们荣获普利策奖提名、全国图书奖提名、福克纳奖等。汉纳把后现代主义传入南方,将后现代的艺术理念和写作技术引入自己的文学创作,运用幽默与调侃、夸张与讽刺的语言对南方传统的历史意识和文化神话进行解构,对福克纳等南方作家强烈的历史围困感实施消解。

汉纳在美国当代南方文学中的重要性在于他对内战及其围绕"失败的事业"建构起来的历史意识和文化神话的无情解构。"南方文艺复兴"以来一直在南方文学中盛行的内战和"失败的事业"的历史神话在他的作品中被"大不敬"的叙述逐一解构。他认为那次战争根本无法发挥为现在建立秩序的功能,相反,它反人性和反人道主义,是手足之间血淋淋的杀戮,是人类社会不够进步的明证,也是当代社会无政府主义和缺乏能力的表现。他以怀疑精神走进南方文化神话的"圣殿",颠覆了内战孕育南方地区文学的神话。南方的荣耀历史、文雅的骑士传统等历史的延续性,在他的作品中被后现代的各种断裂、拼凑、片断和失衡所取代。在小说《瑞》中,他通过这样的描写来表现自己对南方人视若神话的内战的不屑态度:"战争四起,我们把一切都搞得一团糟。……唯一的信息是:要么别理我,要么给我啤酒。"[1]

瑞是小说的第一人称叙述者,是越南战争中驾驶"F-4 幽灵号"战斗机的飞行员。战争结束后他回到亚拉巴马开业行医。婚姻的解体、毒瘾的失控等使他的生活陷入极度的痛苦和狂乱之中。小说中支离破碎、飘忽不定的叙述是主人公生活的真实写照,也是南方当下社会生活的现实反映。小说展示了一个处于南方社会文化和传统秩序分崩离析背景下的普通民众的生活状况。汉纳在作品中表现出对南方历史的高度关注,但是,他的历史意识与先辈作家的完全不同。"复兴"作家深情"回望"

---

[1] Barry Hannah. Ray [M]. New York: Alfred A. Knopf, 1978: 69-70.

历史、凸显过去的神圣性与悲壮感。汉纳并没有沉浸在已经消逝的过去中,对它依依不舍、伤感怀旧。他用后现代的颠覆精神,以其特有的狂乱和质疑历史的方式,阐释南方的过去和现在的存在状态。他走进历史是为了消解南方历史的光荣与梦想,让人们在回顾历史时看到历史的血腥与弱点,理性思考历史的真正意义。

瑞在经历了婚姻生活的再三失败之后,试图回顾历史,让思绪游荡在越南战争、内战甚至美国南方的创建时期。对于瑞来说,在越南战争这段历史的背后,是重复闪现的久远的过去,一直可以延伸到1542年赫南多·德·索托(Hernando de Soto)发现密西西比河的时期。小说描写了对土著印第安人的野蛮杀戮其实是德·索托开拓殖民地历史的重要组成部分。瑞认为这段历史为"美国人现在为什么在越南"这个问题提供了最佳答案。瑞的朋友查理·德·索托仔细阅读殖民者屠杀印第安人的那些情节和段落,在历史的蛛丝马迹中考证赫南多·德·索托是否就是自己祖先,通过自己和这个殖民者之间的联系来连接现在和过去。❶ 查理感慨万分,他意识到战争没有任何的崇高、正义和人性可言,它更无法为当代社会的无序提供参考和启迪。在作品中,汉纳把现在美国对越南的侵略战争与美国内战、南方殖民地建立之初殖民者对土著居民的屠杀历史平行并置,旨在借助历史告诫人们,历史会重蹈覆辙、预示未来。其实,汉纳让瑞回访历史的主要目的并非对历史表示敬意,也非寻找解决现实困境的真正方法;他的真实目的是以此为切入口,对南方人奉若神明的内战以及对南方的初创历史进行严厉拷问和深刻反思,甚至对美国高尚光荣的建国历史进行否定性思考。

在汉纳看来,现在发生的越南战争与内战和南方的建邦历史一样,都无非是一场荒唐而残酷的杀戮,没有任何神圣性可言。士兵们的内心深充满了极度恐惧,他们担心自己瞬间就会变成炮灰,他们一直纠结在"冲锋"还是"撤退"的矛盾中;在面临冲锋陷阵时他们都出现不同程

---

❶ Barry Hannah. Ray [M]. New York:Alfred A. Knopf, 1978:15.

度的精神分裂症，他们的勇敢在眨眼之间就会变成懦弱。他们要么大笑，要么大哭，自以为会永生的他们突然间就得面对死亡。战场上的官兵们时常陷入迷茫和困惑之中，他们被驱赶着走上战场，根本不知道自己为什么而战。汉纳还通过把粗俗的细节、性本能的描写以及歇斯底里等情节揉进叙事中，解构战争的严肃性："战死的人太多了。我睡着了，脑海中回响着班卓琴的乐声，梦见两个妓女正吸吮着我。"❶

汉纳的历史意识和时间观念在小说的第四部分得到集中反映。这部分的叙事时间在内战和越战中来回跳跃，绵延一百多页的叙事被多次打断。汉纳糅合虚构与历史，随时打断时间之流，以此打破史实与虚构的界限。他在小说中把越南战争与南北战争甚至美国南方的创建历史拼贴并置，通过制造荒诞不经的时间错位来颠覆历史的真实性和神圣性。在汉纳的笔下，历史只是通过统治阶级意识形态的控制与涂抹、再经过历史撰写者个人意志的选择和歪曲，对过去发生的事件进行一种主观表述，绝不会是客观公正和超越权威的真实再现。瑞是一名医生，他的责任就是治病救人，但他本质上是一个破坏者。他身上的各种矛盾其实就是美国当代社会种种矛盾并存的体现，"汉纳的作品反映着一个危机四伏的当代南方社会"。❷

在汉纳的作品中，富有浪漫色彩、宏伟庄严的历史叙事，大力宣讲的爱国主义以及各种郑重的承诺等，都是一通毫无意义的空谈，只会导致参与者的狂暴。汉纳从根本上摧毁了南方人普遍把内战作为南方历史的象征和文化符号的历史神话。奎因认为，"在汉纳看来，邦联政府没有任何神圣可言：罗曼蒂克式的伟大、爱国主义以及神灵的眷顾等都混合成一团多愁善感的乱麻，最终只会无济于事，空留下我行我素的恼羞成

---

❶ Barry Hannah. Ray [M]. New York: Alfred A. Knopf, 1978: 41.
❷ Martyn Bone. Perspectives on Barry Hannah [M]. Jackson: University Press of Mississippi, 2007: 141.

怒。现代人在邦联中看到的任何意义和秩序完全被连根除掉"。❶ 汉纳从源头上斩断了"复兴"作家赋予南方邦联的神圣感和庄严性，解构了先辈作家"向后看"的历史观念。汉纳在作品中采用类似于速记式的技巧，破除南方邦联神话的崇高辞藻，他时而突然插入毫不相干的故事、时而采用调侃戏仿的语气，完全揭开了南方历史上的神秘面纱。读者常常会带着恐惧、反感、敬畏、惊愕、惆怅、大笑等阅读反应模式进入汉纳狂野、色情、混乱、暴力的小说世界中，通过互文、质疑和阐释，才能理解小说中人物的思想和行为。内战以及与战争相关的事件在汉纳的作品中完全堕入荒诞与虚无，它甚至无法被阐释为南方"神圣事业"的一个组成部分。

对于理查德·福特笔下的人物而言，历史不再具有任何意义和价值。他们不想继续徘徊在过去的废墟里追忆和沉思，只想活在当下、游戏人生。《体育记者》中的主人公巴斯克姆就是这类人物的典型代表。他来自历史意识深重的密西西比，却宣称过去与他的生活毫不相干。因为无法适应儿子四年前因病夭折的悲痛和打击，他与妻子离婚。斩断与家庭的联系也割断了他与过去的一切关联。如此的状态自然使他感觉到自己无法进入历史链接中的任何一环，也无法感受到历史对现实的影响。他毅然挥别"逝去的旧生活"，与过去划清界限，选择将自己禁锢于现在，完全置身于日常生活的琐碎小事。他首先关注的事情是如何融入现在的生存环境，在一个不同的文化空间里建构新的身份。偶尔也会有事勾起伤心的回忆，但他总能迅速地排解掉这种情绪。

巴斯克姆认为，谁的历史都无法提供很多启示，过去根本无法解释人们的任何东西，没有过去人们照样可以生活：

> 依我看，美国人为了界定自己，过于强调他们的过去，这是很

---

❶ Matthew Guinn. After Southern Modernism：Fiction of the Contemporary South ［M］. Jackson：University Press of Mississippi, 2000：163.

要命的……就我自己的历史而言，我的历史就像一张正面是变换的风景、背面却没有任何确定的或者值得记忆的信息的贺卡。众所周知，你可以不用任何恶意的盘算就可以疏远所有的开始，因为只有生活、命运和现实的拉扯就足以使你远离它们。我觉得，父母以及整个过去对我们的影响被夸大了。在一定程度上讲，我们完整健全，自立于世，无论什么都不能改变这一点，无论是让它变好还是让它变坏。与其如此，我们还不如想想更有前途的事情。❶

福特笔下的人物大多属于中低产阶级，他们斩断了与过去的联系，像无根漂泊的浮萍一样在看似毫无意义的现世生活中游荡，并用自己的方式寻找生活的意义，尽情演绎后现代社会的浮华喧闹和个体心灵的孤独隔绝之间的悖论。他们要么婚姻破裂，要么离群索居。他们确信，只要在生活中能够抓住各种微小的时刻，那生活一定可以继续，而且有可能会更好。在另一部作品《最终的好运气》(The Ultimate Good Luck)中，主人公奎因就是这样的一个人物。他是越南战争退役回国的老兵，处于社会的边缘且没有任何根基。奎因决计生活在现在、抛弃对过去的一切牵挂和对未来的一切向往，以此确保现在不受过去的侵害。他的信条是，人们能做的最好的事情就是处理好当下的事情，一次抓住一件事情去做，不要对未来奢望太多。

鲍比·安·梅森主张现代南方人要走出过去，与历史的阴影保持恰当的距离，避免因为沉浸在历史神话中而忘记了现在和未来的真正价值。一方面，她承认自己是南方作家，因为她的作品具有鲜明的南方特色；另一方面，她也阐明对"复兴"文学传统的反叛，强调自己笔下的人物对历史普遍持漠视的态度，他们对内战不甚了解也无心痴迷于过去，不在乎南方的诸如内战之类的空洞神话，因为来自下层阶级的人物"没有值得抓住不放的过去，没有经历过对先辈们发挥了重要作用的历史，没

---

❶ Richard Ford. The Sportswriter [M]. New York: Random House Inc., 1986: 24.

有轰轰烈烈的生活经历，也没有什么高雅文化值得他们去传承和保护"。❶ 这种主张也奠定了其小说的历史写作模式。梅森试图改造传统的历史叙事，使它更加适应当代已经发生变化的南方社会，帮助人们更好地理解南方现状。

梅森的历史观与其生活经历紧密相关。她曾经在田间辛勤劳作，切身体会到普通农民在神秘、强大的大自然面前的各种艰难辛酸和孤苦无助。因此，她旗帜鲜明地提出，普通南方人没有理由沉缅于过去、拒绝工业文明和消费文化的到来："我无法肯定旧南方的品质都那么美好……我也不会迷恋过去……时代是变化的，我的兴趣是书写现在。与过去相比，我的作品里中的人物在生活中获得了比他们父母更多的机会，甚至他们父母的老年生活也要比以前更加富裕。这就是南方正在发生的变化——越来越多的人过上了比以前更好的生活。"❷ 她真诚地欢迎工业化和信息时代的到来，以洋溢着活力的笔触表现时代的发展与进步，以乐观的态度拥抱现在。所以，梅森的人物在当代更具代表性，"反映了当代南方人想要真正理解自己个体生命存在的冲动，他们不是根植在历史中，而是把自己当作社会复杂性的产物来理解自己"。❸

《羽冠》描写 20 世纪早期肯塔基农场中维勒夫妇生了五胞胎之后的一系列生活经历。妻子克里斯蒂是默默无闻的家庭主妇，终日辛勤劳作。他们的生活也日复一日，平淡无奇。但是在 1900 年 2 月 26 日，因为妻子克里斯蒂生产了北卡罗来纳州首例五胞胎婴儿，夫妻俩的生活突然发生了戏剧性的变化。五胞胎的出生使他们在一夜之间成为大众和媒体关注的焦点，媒体、慈善机构、广告代理机构等纷至沓来；广告和婴儿用

---

❶ Bobbie Ann Mason. An Interview with Bobbie Ann Mason [J]. Albert E. Wihelm. Southern Quarterly, 1988, 26 (2): 22.

❷ Bobbie Ann Mason. An Interview with Bobbie Ann Mason [J]. Albert E. Wihelm. Southern Quarterly, 1988, 26 (2): 37.

❸ Lewis Lawson. Another Generation: Southern Fiction Since World War II [M]. Jackson: UP of Mississippi, 1984: 17.

品从四面八方运抵家里；记者、广告商、旅游者和猎奇者各色人等蜂拥而至。人们熙熙攘攘、争先恐后地来到这个穷乡僻壤，目的不仅是为了目睹五胞胎的模样，他们还嗅出了各种商机和利益。维勒夫妇也因此成为远近闻名的名人。

但是，好景不长，人们的猎奇心理很快就得到满足，而且，他们的好奇心也迅速地转向其他稀奇古怪的事情。五胞胎及其父母渐渐淡出人们的视线，他们的生活很快堕入以往穷困潦倒的状态。养育五胞胎的巨大花费对于一个本来就不算富裕的乡村家庭而言，无异于雪上加霜。不久，由于贫穷和疾病，五胞胎相继死去。经过各种媒体铺天盖地的炒作之后，维勒夫妇发现他们的生活根本无法恢复到以往的样子，他们也无法安于以前封闭的乡村生活。平静的生活一经被打乱，很多本质性的东西便浮出水面——乡间生活的单调、无聊、愚昧以及人们对刺激、娱乐如饥似渴的盼望等突然间暴露出来。维勒夫妇决定跟着一个马戏团、带着五个孩子被防腐药物处理过的尸体，去外面的世界闯荡。他们主要通过在南方巡回展出孩子的尸体谋生。如此不同寻常的展出方式伴随杂耍等表演的艰辛与凄凉场面，与"复兴"作家描述的那幅宁静迷人、富足祥和的田园画卷格格不入，给读者带来强烈的视觉冲击。作者运用巨大的张力和辛辣的讽刺时时提醒读者，南方是一个人们为了生存需要拼尽全力的战场。在《羽冠》中，梅森解构了南方"纳什维尔"重农派大肆渲染的"诗意般"的乡村田园神话。

在故事即将结束时，克里斯蒂已是90岁高龄的老人，饱经风霜的一生似乎把她造就成一位智者和长者，她也因此具备了对过去时光和南方历史评说的权威。她抚今追昔，不胜感慨，直言不讳地道出了心声，以亲身经历驳斥人们对过去的幻想和对历史的神化，奉劝人们认清历史的冰冷与严酷："永远别以为我们过去生活在美好时光里。它在有些方面还不错，但是有那么多人在那么多的时间里心里很苦。"❶ 她清楚，人们想

---

❶ Bobbie Ann Mason. Feather Crowns [M]. New York: Harper Collins, 1993: 452.

了解过去，但是了解之后心情会更暗淡。在消费经济和通俗文化的涤荡之下，过去的"辉煌"无法改变现实社会的悲惨，自然风光也无法掩盖现实生活的艰难。因此，历史毫无价值、也不再具有指导现实的意义，历史留给现实的大多是辛酸与丑陋。

  在大约 50 年的时间长河中，梅森经历了南方社会历史最剧烈的变化时代，她的作品也持续不断地关注社会的急剧变化以及这些变化对普通人的影响。梅森笔下的主人公虽然具有重游过去的诉求，但不会为过去的消逝而唏嘘哀叹。现实与历史的剧烈冲突栩栩如生地在其作品中展现，大量的社会问题也随之暴露。南方文学评论家奎因指出："这部小说不仅展示了农业主义者有关过去的神话中存在的严重缺陷，也揭露了在现代社会这种追求异化和发泄不满的文化视角的诸多不足。"❶ 《羽冠》通过简单而平凡的故事脉络质疑传统南方作家的农业主义主张。同时，它把这种思想推向备受争议的境界，把读者从南方人"天堂般的田园生活"神话推入悲凉沉重的现实思考中，反对以旧的偏见过度苛求或者指责现代社会。在《羽冠》中，读者看到的不是充满诗情画意、人人安居乐业的南方田园神话，而是在后现代消费文化的冲击下，人们突发奇想、不择手段、拼命迎合庸俗文化需求而谋得生存的画面。

  梅森的另一部小说《冷暖天涯》（In Country）对美国政府宣讲的正义战争神话实施"去魅"。小说的故事发生在 20 世纪 80 年代的肯塔基州小镇霍普韦尔。因为父亲战死在越南战场、母亲改嫁，女主人公塞姆·休斯与叔叔艾默特生活在一起。叔叔是越战的退伍老兵，回到家乡之后被排斥在本地生活的边缘。在日常生活中，他是一个行为古怪、踽踽独行、与世俗格格不入的怪人，与侄女相依为命。在思想上，他被禁锢在越战的过去中，无法从战争的创伤中恢复过来。越战这段历史似乎是他与侄女共同关注而又努力回避的话题，它不仅是一个国家的历史，也是他们家族一段不堪回首的往事。在塞姆拼接家族故事的过程中，读者逐

---

❶ Matthew Guinn. After Southern Modernism: Fiction of the Contemporary South [M]. Jackson: University Press of Mississippi, 2000: 72.

渐发现了越战的真相。与美国政府宣传的所谓"正义战争"的宏大叙事不同，在叔叔艾默特看来，那段历史痛彻心扉，致命地摧残着正直人的良知。越战最好被永远地埋葬在记忆中，而不应该时刻拿出来回味咀嚼或者大力宣传。他自己和哥哥饱受这次战争的折磨，他不愿意让这种折磨殃及侄女。

但对于小女孩塞姆来说，因为政府的宣传和意识形态的潜移默化，她天真地认为内战和越战，都是崇高和正义历史的化身。她认为对家族历史刨根问底是她的责任和权利。然而现实往往表现出它最残酷的一面，随着她锲而不舍的追问，历史的迷雾终于散尽，露出了狰狞恐怖的真面目：无情的战争把人变成嗜血成性、心灵极度扭曲的恶魔。一幕幕血腥的场面在父亲生前邮寄给家人的信件中昭然若揭，它们像幽灵一样不断地在她的脑海中闪现，"塞姆感到恶心。她的胃里翻江倒海，她觉得想吐"。❶战争神圣、缤纷的彩泡瞬间破裂，正义之光瞬间熄灭。这场在美国历史上用时最长、耗资巨大、人员伤亡惨重的战争导致国内经济迅速下滑，人们对于政府的公信度跌至谷底。越战也加剧了美国国内的民权问题、种族问题，不但使国家处于极度的分裂状态，也给民众造成巨大的精神创伤。这部作品的中心思想之一就是告诫人们，历史并不能如期望的那样传输知识、指导现实。历史的真相往往使人痛苦不已，甚至扭曲或者戕害心灵，人们应该理性地拉开与历史的距离。塞姆意识到自己对过去的美好幻想是一种荒谬的行为："我不能生活在过去，过去是一场愚蠢的蹉跎岁月，没有任何值得回忆的东西。"❷

在南方的先辈作家看来，南方只有过去，没有现在和未来，现在的一切都无法脱离历史。而在梅森眼里，南方的当务之急是挣脱历史的羁绊，重点探索在社会飞速发展、一切价值观念失衡的南方当代，作为南方个体，南方人所面临的落后、孤独与隔绝处境，关注当代南方人如何在不断变化的后工业社会中生存下去的问题。梅森小说中的人物大多来

---

❶ Bobbie Ann Mason. In Country [M]. New York: Harper & Row, 1985: 205.
❷ Bobbie Ann Mason. In Country [M]. New York: Harper & Row, 1985: 185.

自西肯塔基州的小镇,生活在小镇上的居民不太关心南方的历史和传统,他们只生活在当下的现实社会中,挣扎着去适应当代各种复杂的社会生活。对他们而言,与其关注过去的对错是非、荣耀耻辱,还不如关心现在的技术进步和物质文化。依赖历史寻找智慧是滑稽荒唐、无济于事的行为,转向当代文化的代言人寻求指导才有可能是求真务实的出路。能够控制他们生活的是时代的潮流而非传统历史的钟摆。

与"复兴"作家塑造的人物形象相比,梅森作品中的人物既不是精英阶层,也不是国之栋梁或者有权威的家长,他们无法胜任保家卫国、维持社会秩序或者促进社区发展的"神圣职责",只是芸芸众生中的普通一员,在通俗文化和消费社会的时代潮流中追求个性自由、寻找自我实现。他们经常会陷入缺乏安全感或者茫然不知生活目标而引起的极度焦虑之中,堕入漫无目的和混乱不清的苦闷与彷徨,恶俗、无聊与空虚也成为他们生活的一个部分。为了能够弥补道德空虚,他们转向自我实现,并把自我实现作为终极理想。他们互相判断和对待对方的标准就是自我价值。在这样的社会中,人们以前珍视的责任和人与人之间的关系纽带就被个人当下的各种权衡利弊的念头所替代。

纵观梅森的小说创作,其作品中没有了"复兴"作家笔下那些叱咤风云、为荣誉而战的南方贵族或者时代英雄的踪影,也没有了温文尔雅的南方淑女或者代表南方道德的乡绅名流,有的只是如卡车司机、家庭主妇、酒吧歌手、越战老兵、推销员等处于社会变化激流中的普通民众,那些为了生计奔波的平常百姓。在快餐店、高速公路、购物中心等为标志的工业化和商业化大背景下,身处复杂社会发展形势下的普通大众,几乎不会去思考历史和传统,他们别无选择,只能被时代的洪流裹挟前进。他们或挣扎,或隐忍,但是为了生存,他们必须勇敢地迎接和适应变化的环境。对于他们而言,回望历史毫无价值,只有面对现实才是生存之道和立足之本。历史可以借鉴,但不能过度地沉迷;现实固然残酷,却不能一味地回避。因此,梅森的创作主题无外乎是通过对历史的否定和揭露,试图劝告人们停止与历史的纠缠,轻装上阵,积极地投身到当下的现实生活中。

哈珀·李用一种清新、幽默的写作风格，从看似天真却往往能够看清事物本质的孩童叙事视角出发，重申梅森的历史观念。哈珀·李 1960 年发表《百舌鸟之死》（*To Kill a Mockingbird*），在次年斩获普利策奖。《百舌鸟之死》入选英语文学经典，而且被改拍成电影，引起巨大反响，作者也很快蜚声美国文坛。小说以发生在 20 世纪 30 年代经济大萧条时期的亚拉巴马州的一个小镇为背景，透过一个绰号为小海鸠（Scout）的小女孩的视角对黑人汤姆·罗宾逊所谓的强奸案展开叙述。小说形象地记录纷繁复杂的南方现实世界，理性思考南方历史对种族、平等和正义等问题的影响。小说通过调侃与幽默的闹剧式描写，把严肃凝重的道德问题与历史问题同时推向前台。作者在作品中重写南方的种族关系融洽、淑女冰清玉洁的神话与历史。

故事中的梅康姆镇是一个极具代表性的南方小镇，"古老""偏僻""没有任何生气"是它的形象写照。时间之河在这里漫不经心地流淌着，小镇上的人们过着封闭单调、愚昧无知的生活，他们没有什么地方可以去，也没有什么东西可以购买。但是，与所有发生故事的小镇一样，在这个沉闷压抑的南方小镇生活着一群不甘寂寞的女人。她们有的表面上装腔作势，自诩为南方传统的卫道士，极力维护传统的道德规范，骨子里却平庸俗气、虚伪不堪。她们看似温柔贤淑、礼貌讲究，对生活一丝不苟，潜心于宗教活动，事实上却浅薄无知、自以为是、歇斯底里。这些"旧"南方典型的太太和淑女们守着早已腐朽过时的南方传统的空壳，要么凭借迂腐守旧、沉湎历史，要么通过高谈阔论、忸怩作态，满足自己的假清高和虚荣心，暴露出看似有教养的上层社会的虚伪与无聊。

镇上的白人中产阶级和上流社会思想保守、种族偏见严重，对黑人的生命视如草芥，常常编造杜撰黑人男性强奸白人女性的谎言，随心所欲地把玩杀人游戏。代表正义的法官视法律如儿戏，毫不负责、草菅人命。在这里靠出卖劳动力的贫穷白人难以养家糊口，正直善良的黑人经常遭受歧视和陷害。汤姆·罗宾逊是小说中的一位黑人青年，被指控强奸了一名白人姑娘。在他被关押在监狱中等候庭审的时候,一伙暴徒来到监狱试图对他实施私刑。在漫长的庭审中,小海鸠天真地以为陪审团会达成一致意见,把无辜的汤姆无罪释放。最后人们发现那个白人姑娘和她的酒鬼父亲在撒谎,他们恶意诬陷汤姆。事实证明汤姆是清白的,但陪审团还是歪曲事实,给他定罪。汤姆在试图越狱时被残忍地枪杀,他的身上带着17个枪眼死去。小说中的白人律师阿蒂克斯出于正义,不满镇上白人对黑人的歧视,勇敢地挺身而出,为黑人主持公道。但是在种族歧视泛滥的梅康姆小镇,他的单打独斗注定会以失败告终。他遭到镇上保守势力的强烈反对,被扣上了莫须有的"黑鬼的情夫"的蔑称。通过对发生在这个南方小镇中的故事的生动描写,哈帕赋予小说明显的时代特色,再现废除奴隶制半个多世纪以来南方种族歧视的社会现实,剖析南方引发民权运动的深层原因。

  小说中到处弥漫着历史的痕迹,但历史已经无处寻迹。代表南方旧时正义和荣耀的老法院对他们来说只是一座炮制冤假错案的人间地狱;"代代相传的家世"实际上只是历史遗留下来供人们寻求心理慰藉的对于家族过去的虚美;南方的家长沿用借助著名南方邦联将领的名字给自己孩子取名的习惯,但他们清楚现在的南方无法造就任何意义上的英雄人物,反而多出了几个借酒浇愁的醉鬼。在小说接近尾声时,作者描写梅里维泽夫人导演的题为"平步青云的梅康姆县"的闹剧表演。她大肆渲染的所谓"平步青云"无法落实到任何有价值的人物或者事件上,只能表现在花生、扁豆、火腿和母牛等几种有限的南方土特产上,让人感到滑稽可笑的同时又感到无可奈何。她在台上喋喋不休、滔滔不绝,回顾梅康姆县荒诞不经的历史,很快它就演变成一首催眠曲,把演员在上台表演之前就送入梦乡。

  哈姆弗瑞思的作品传递的历史意识是,历史与已经建立的历史叙述不相符合,甚至互相矛盾。[1]她的作品提倡摆脱历史的束缚,关注当下南

---

[1] Jan Lordby Gretlund. Still in Print: The Southern Novel Today [M]. Columbia: The University of South Carolina Press, 2010: 29.

方普通民众的生活，充分展示历史的多元性。在《睡梦》中，历史就像主人公威尔家族的一幢老宅一样，经不住时间的冲刷与侵蚀，那些曾经令人敬畏的历史终究要褪去被语言和想象雕琢的色彩，显露出粗俗与丑陋的本来面目。小说中描写的家谱，与"复兴"作家笔下的"家族圣经"大相径庭。这里的家族历史"由一代又一代乏味无聊的人们组成，无法给威尔留下任何有意义的精神遗产"。❶ 小说中作为白人中产阶级的威尔和爱丽丝的婚姻面临重重问题，他们对自己的婚姻和家庭生活束手无策，最终转向家里的穷白人保姆寻找解决问题的办法。这样的叙述安排突破了人们一直以来习以为常的对白人上流社会和贵族精英的圣化叙事模式。在《富有的爱》中，17岁的女主人公在成长的过程中对历史逐渐有了自己独到的见解：历史只是官方的一些文献记载或者是一些偶尔觅得的文物遗留，充满了太多的不确定性因素。女主人公认为她的当务之急是放弃对历史的幻想、重点关注现实生活，学会适应已经变化的历史并在日常生活中完成自己的成长历程。

麦卡锡或许可以算作南方"新生代"作家中对历史实施颠覆与解构的典型斗士。美国著名评论家布鲁姆把麦卡锡与托马斯·品钦、唐·德里罗和菲利普·罗斯并称为美国当代"四大小说天王"。❷ 麦卡锡现有十部小说、两部戏剧、一部电影剧本问世，并荣获美国国家图书奖、普利策奖、美国笔会终身成就奖等多项大奖。其创作道路分为前后两个时期。第一个是20世纪60~70年代的南方题材小说写作时期，有四部南方历史小说发表：《果园看守者》（*The Orchard Keeper*，1965）、《外部黑暗》（*Outer Dark*，1968）、《神之子》（*Child of God*，1973）和《萨特里》（*Suttree*，1979）。第二个是20世纪80年代至今的西部小说创作阶段，主要作品是描写美国西南部或西部的小说《血色子午线》（*Blood Meridian*，1985）、《骏马》（*All the Pretty Horses*，1992）、《穿越》（*The Crossing*，

---

❶ Josephine Humphreys. Dreams of Sleep [M]. New York: Viking, 1984: 104.

❷ Georg Brosi. Cormac McCarthy: A Rare Literary Life [J]. Appalachian Heritage, 2011, 39 (1): 14.

1994)、《平原上的城市》(*Cities of the Plain*, 1998) 和《老无所依》(*No Country for Old Men*, 2005)。其中《骏马》《超越》和《平原上的城市》被称作"边境三部曲"。2006 年，他的后启示录类小说《路》(*The Road*) 问世，把人们的末世情结、生存恐惧和道德救赎问题推向高峰。

在麦卡锡的创作中，人们可以清晰地观察到南方文学现代与后现代、新与旧之间的角逐与较量。❶ 麦卡锡的创作题材丰富多样，生存、暴力和人性是麦卡锡的主要创作主题。他素以描写"血淋淋的事件"著称，诸如乱伦、凶杀乃至剥人皮等情节在他的作品中经常出现，许多血腥场景惨不忍睹、触目惊心。例如，《外部黑暗》中的弑婴、《血色子午线》中的剥人头皮以及《老无所依》中的冷血杀戮等，这些暴力描写使许多读者感到毛骨悚然。他的早期作品秉承福克纳、奥康纳等南方文学的传统，在怪异、离奇、充满暴力的写作风格中夹杂着对于宗教的探求与追问。但是，麦卡锡并没有继承"复兴"文学怀旧的历史书写传统。事实上，他与汉纳相似，对南方历史没有任何留恋，而且对历史的崇高和神圣表示极大的怀疑与不敬。他的作品以狂乱、怪诞、暴力的形式对"复兴"文学凝重严肃的历史主题进行颠覆与解构。在他看来，南方历史在当代的遗产可以总结为血腥、原始、愚昧、混乱和精神空虚。他认为作家应该更加关注当代南方人被迫在末世的慌乱与挣扎中寻找生活和道德意义的现实。因此，他的作品更多地聚焦于善与恶、生与死等问题，深入探索人性的奥秘，揭露人性的阴暗，对人类命运表现出莫大的关心与忧患。

麦卡锡在断断续续写了 20 多年的《萨特里》中，运用支离破碎的结构、来回跳跃的时间顺序、时时出现的幻觉和象征比喻等写作技巧，对历史实施攻击和解构。出身名门望族的萨特里本可以过上富裕奢华的生活，但他离开父亲、抛妻弃子，决心浪迹于田纳西河畔的贫民窟，与社会底层的骗子、妓女、盗贼、醉汉等厮混在一起。小说对萨特里的过去轻描淡写、几笔带过，他似乎是一个飘来荡去的人，形如浮萍，没有家

---

❶ Matthew Guinn. After Southern Modernism: Fiction of the Contemporary South [M]. Jackson: University Press of Mississippi, 2000: 92.

庭和社会根基。萨特里对自己童年故居的重游形象地表现了萨特里对待过去的态度。这次重访过去其实是一次颠覆历史之旅。在萨特里看来，旧居的屋子里充满破败腐朽的气息；墙上依然悬挂着那幅令人生厌的当地行政长官的画像；身着戎装的人们在就餐时眼睛只盯住"滴着污血的排骨"、疯狂地狼吞虎咽，"饥饿难耐的狗和叫花子在杂草丛中抢食残羹剩饭"。❶ 从这些情景描写中，读者可以看到萨特里对历史的回访变成了重温祖先的野蛮、粗俗和丑陋的旅程。故地重游带给他唯一的收获就是下定决心远离南方，到西部去开始新的生活。

麦卡锡通过描写萨特里对那个曾经辉煌的家族大宅的回访，无情地掀开了历史的帷幕与伪装，被历史掩盖的野蛮和恐怖赫然映入人们的眼帘，使人们深刻地认识到告别过去成为寻找灵魂拯救的唯一办法；斩断与历史的纠缠才能重建新生活的秩序。在小说结尾时，当萨特里的一个黑人朋友在与警察的冲突中丧生、另一个朋友因为抢劫商店被捕之后，萨特里也身染伤寒病倒了。他在发高烧时产生各种幻觉，似乎看到阴森恐怖的过去。经历过这些之后，萨特里异常清醒地反思自己的人生，更加坚定了离开家乡、重塑自我的决心。麦卡锡在小说中展示的萨特里及其生活的南方事实上也是一个时代的缩影。南方社会的急剧变化导致新旧价值观念发生激烈碰撞，年轻人苦闷彷徨，感到自己被社会所遗弃。他们知道无法从过去中找到解决现实问题的答案，他们也清楚自己生活的南方也是医者难自医。这种创痛，与其说是肉体的，毋宁说是精神的，而且如果人们一直纠缠于过去的话，它永远也无法弥合。所以，对于像萨特里一样的南方青年一代来说，与其沉湎于空洞的过去或者蜗居在颓废的南方，还不如远走高飞，到南方以外的地方去寻找一片新的天地。麦卡锡作为南方当代著名的小说家，娴熟地运用后现代碎片化和人物幻觉的叙事策略，斩断了历史之流的连续性，把南方的历史分割成无法连贯起来的片段，在表面看似轻松诙谐、调侃嘲讽的态度下对南方的历史

---

❶ Cormac McCarthy. Suttree [M]. New York: Random House, 1979: 136.

进行批判和解构，隐含其中的无声的愤怒和苦闷更加令人震撼。

麦卡锡不但以嘲讽的态度解构"复兴"作家向后回望的那个"美好"的过去，而且在作品中使用亦文亦史的叙事策略，追溯美国西南部的发展历史，使"野史逸闻"浮出"大历史"的地表，重新检视和盘诘美国政府大力宣讲的"西部开发运动"和"白人优越论"，对美国的西进运动、美国的建国神话和帝国主义文明与进步的"堂皇叙事"发起解构运动，以求深刻、全面地"触摸"整个美国发展的"真实"历史。《血色子午线》是一部历史与虚构相结合的小说，记载了格兰顿帮派的远征史实，他们是"屠杀印第安人的凶残的准军事力量"。[1] 1978 年，麦卡锡离开家乡诺克斯维尔，搬到德克萨斯边境小镇厄尔帕索，先后花费七年时间用于调查和写作，因此真实的事件、人物和细节逐一体现在小说中。《血色子午线》大体以美墨战争后美国西南部地区发生的真实事件为基础，围绕一个虚构的被称作"那孩子"的 14 岁男孩的视角，描写美墨战争结束后 1849~1850 年那段几乎被人遗忘的历史。小说展现那个曾经"真实存在的"美国西南部，描写"血淋淋的事件"，体现麦卡锡一贯关注的暴力和邪恶主题。

霍尔顿法官是小说中的另一个主人公，是格兰顿帮派的核心人物。小说如此描写霍尔顿的首次亮相："这是一个七英尺高的白化病人，仿佛来自另一个世界，更多地了解这个法官就更让人感到不可思议，他从来不睡觉，跳舞和拉小提琴却有着超常的技巧和活力，奸杀儿童不分性别，自称将长生不死。"[2] 霍尔顿法官已经超越了正常人的范畴，他是德克萨斯平原上野蛮而残暴的主宰者。他掌握地质学、占卜、法律、素描，会说多种语言，嗜斗如命、嗜杀成性，有恋童怪癖。他还会使用枪支和榴弹，暴力是他解决身边出现的所有麻烦的最佳选择。霍尔顿法官在作品中被塑造成"救世主"、恶魔、无赖、极端的种族主义者等多重形象。他是亚当，也是撒旦；是格兰顿帮派的灵魂和杀人不眨眼的恶棍，也是博

---

[1] Harold Bloom. Cormac McCarthy [C]. New York：Infobase Publishing，2009：2.
[2] Cormac McCarthy. Blood Meridian [M]. New York：Random House，1985：6.

学多识的哲人和智者。霍尔顿法官是这片土地的领主,掌握着这片土地上的"法律"和"秩序",控制着生杀予夺的特权。以他为首的格兰顿帮派在这片土地上肆意妄为,这帮匪徒们丝毫不受任何道德的约束。例如,仅仅为了试试新枪,帮派成员就可以肆意枪杀各种动物;血洗提古奥斯,连弱小的婴儿也不放过;为了报复故意纵火烧死他人;霍尔顿买两条狗的目的仅仅是为了溺死它们来找乐子,他还残忍地活剥人的头皮。

透过这些描述,人们可以看到,美国的西南部扩张历史沾满鲜血,是一部野蛮屠杀、种族灭绝和无政府主义的开发史,在本质上违反人性和道德。《血色子午线》迫使读者重新面对内战前夕"命运天定"语境下的暴力历史和单一文化叙事,用于维护美国西部大开发的帝国主义扩张行径的神话历史观。美国传统神话的主流观念当然建立在"命运天定"和"白人优越论"的基础上。麦卡锡通过对令人触目惊心的暴力事件的深度厚描,有意颠覆和解构帝国主义西部殖民的"神圣目的"和"正义战争"的传统神话。传统的历史神话观为残忍的暴力进行辩护,认为暴力是白人用来防御印第安人袭击的有效措施,是美国建国立业和开疆拓土的必要手段;而麦卡锡认为暴力是种族屠杀,是美国贪得无厌的帝国主义者霸占更多土地和掠夺更多财富的残暴手段。

在小说中,麦卡锡把大约一个时代的历史事件压缩在一年之中,详细叙述美国对墨西哥北部省份的武力占领、对印第安土著的残暴屠杀,并以此影射美国在越南的侵略战争和野蛮行径。小说描写武装占领墨西哥的战争时,怀特上尉告诉他的部下,他们对付的是一个"堕落的种族",一个"比黑鬼或许强一点"的杂种民族,一个"没有政府、没有上帝、无法自制"的民族。小说中格兰顿的武装力量对印第安人的屠杀更是惨绝人寰,他命令队伍在屠杀时"连一条狗也不要放过"。美国在越南的大屠杀暴行几乎是《血色子午线》中格兰顿的队伍对印第安人屠杀的翻版和重现,越战中的一些场景和《血色子午线》中的描述也是惊人地相似与"巧合",揭露美国的西南部开发历史和越战历史无疑是一部血腥暴力和反人道主义的历史。通过对美国西部大开发历史的重新阐释,麦卡锡对"命运天定"和"美国优越论"的神话进行无情的颠覆与解构，重新审视美国帝国主义的暴力行径，揭示暴力冲突的根源，表现对民族及种族冲突的人文主义关怀和对美国爱国主义战争等历史神话的深刻反思。

除此之外，哈利·克鲁斯、多丽塞·艾莉森和帕特·肯诺伊等实际上代表着当代南方无产阶级文学流派，他们的作品从穷白人的视角透视传统南方文学中的历史、上层社会和南方传统，体现南方历史对现实的束缚，反映南方穷白人作为一个阶层被剥夺历史或者被逐出历史的真相。肯诺伊在一次访谈中说过："妈妈非常想让我成为作家，她这样做的唯一原因在于，我可以让她的家庭发出声音，尤其是可以让她发出声音。我和我妈妈这样的家庭已经几个世纪没有声音了。有一天，我们有机会上了大学，博览群书。当我们环顾四周时发现我们的家庭也有故事存在。"❶

与大多数出身贵族家庭的南方传统作家的阶级立场不同，相当数量的当代南方作家，如克鲁斯、汉纳、梅森等人既没有显赫的家世和为之自豪的祖业，他们从出生伊始就饱尝世事的磨难与艰辛，耳闻目睹的都是乡村生活的苦难、粗俗、野蛮和无情。他们自然而然地在潜意识中走向了"南方神话"的对立面，以一种更加成熟、理智和客观的心态看待南方的历史和传统。例如，有评论者发现李·史密斯的《家丑》（*Family Linen*，1985）与福克纳的《我弥留之际》在人物、结构和主题上具有相似性，都探讨南方穷白人的悲惨生活以及过去对现在的影响。但不同的是，福克纳告诉我们，人们是根本无法脱离过去的；而史密斯认为，普通的南方民众如果要从现在中寻找更大的意义就必须从过去中解脱出来，因为过去恰如小说中的主人公塞比尔·赫丝挖掘到的家族秘密一样，是一具被掩埋在游泳池下很久的尸体，随着母亲的离世，那具被母亲用斧头砍死的父亲的尸体早已失去了继续纠缠下去的意义。

---

❶ Dannye Romine Powell. Parting the Curtains: Interviews with Southern Writers [M]. Winston-Salem: John F. Blair Publisher, 1994: 52.

小　结

　　第一代、第二代"南方文艺复兴"作家出生在南方新旧交替的历史转型时期，此时的南方正交织着现代和传统两种思潮的影响。"旧"南方与"新"南方、农业主义与工业主义、乡村与城市、奴隶制与自由资本主义之间的矛盾与冲突在此时的南方骤然凸显，南方面临社会变革的十字路口和历史抉择的关键时刻。内战之后，南方许多种植园家族走向没落，其子孙后代跌入不知所措的精神困境，无法适应业已变化的社会。相反，一些曾被鄙视的穷白人成为南方的新贵阶层，大批的北方投机者也乘机蜂拥而至，涌入南方寻求财富。工业化浪潮冲击南方社会，一个崇尚实利的"新"南方正在悄然兴起。时代变迁和工业发展带来的不仅是进步，也带来了现代人的精神危机。"复兴"作家率先体会到，在这个巨大的社会变革中，人们面临着心理失衡和精神迷惘的痛苦与无奈。随着内战的失败、奴隶制的废止和经济模式的转变，南方逐渐从农业制社会迈向现代化的工商资本主义社会。南方传统的社会形制和价值观念走向解体，农耕文明也逐渐向城市文化过渡。

　　在南方的社会变迁和转型的影响下，沉重的历史意识和悲剧基调构成了"复兴"文学的主要特点，也造就了作家集体"向后看"的历史观念。他们的文学创作具有承前启后的桥梁作用，在批判性继承南方传统的"庄园文学""历史传奇"等创作主题的同时，"复兴"文学对处于转型期的南方社会、南方人的自身建构和南方的生存等重要问题展开深入思考，并首次对南方的内战、庄园制、奴隶制等历史进行理性评判。然而，"复兴"文学作家的家庭出身和保守思想又促使他们对"旧"南方依依不舍、对"新"南方心怀戒备。他们敏锐地意识到，随着"旧"南方社会体制的瓦解，内战和围绕奴隶制建立起来种植园神话也随之解体，失去历史对南方人的精神是一次更加沉重的打击。

　　基于此，"复兴"作家不约而同地形成了防御心理机制，他们试图在频繁回望南方历史的写作中疗治创伤。南方的现代化虽然姗姗来迟，但来势凶猛，突如其来的现代性无情地侵扰着南方带有浓重封建色彩的农业主义社会结构和文化秩序。"旧"南方的庄园制决定了基于肤色而划分的庄园主与奴隶之间"井然有序"的社会结构，但是在"新"经济秩序和物质主义的扫荡下，这样的社会秩序摇摇欲坠。因此，"复兴"文学作品在关注贵族阶层的败落时也不得不关注南方"新贵"的崛起。作家在鞭挞"旧"南方的不合理或者反人性等因素时，对"旧"南方的历史和文化却无法割舍、心存敬意。"旧"南方、旧秩序虽然存在缺陷与不足，但是相对于新秩序的价值沦丧和道德滑坡，"复兴"作家更加回望过去、倚重历史。内战的失败、经济发展的滞后，使得南方在内战之后相当长的时期内被排斥在美国的进步和成功的伦理圈以及现代化发展的进程之外。南方人强烈地感觉到在自己的国度被拒绝的边缘情绪，这种被边缘化加剧了"复兴"作家集体的历史围困感和历史责任感，他们认为，南方的文化源于南方的历史和记忆，现实的意义也只能在历史和记忆中得以体现。因此，回望历史是他们责无旁贷的创作使命。

出于对逝去价值观念和农业文明的留恋，"复兴"作家在情感上更加倾向于具有生命意义的"过去"，无法抑制对于代表工商资本主义唯利是图的"现在"的本能反感。"过去"弥漫在他们的作品中，成为一种无法抹去的地区印记和无法忘却的集体记忆。他们塑造了沉浸在"旧"南方的历史回忆中、代表"旧"南方精神或价值观念的系列人物形象。在他们对于"旧"南方历史的怀旧与伤感的集体想象中，人们似乎懂得了历史的厚重与价值。在南方历史和传统的参照下，作家们也看到了现代化"新"南方的物欲横流和道德沦丧，他们情不自禁地集体回望南方历史，对南方业已消逝的历史神话表现出强烈的怀旧和依恋情愫。

"复兴"作家非常清楚，历史在定型人物性格、影响人物命运方面发挥着决定性作用，但是历史的车轮必然向前飞驰，轮辙里只会留下血淋淋的过去。他们虽然无可奈何但也不得不遵循历史发展的必然律，痛心疾首地哀悼南方历史的一去不返和传统文化的衰落消逝。因此，"复兴"

作家在主观情感上无法遏制对北方现代工业文明的厌恶和对南方传统文化的眷恋。对奴隶制的负罪感，对内战失败的愧疚感，对现实的惶恐感，更加激发了他们对"过去"的深情回望和对历史的深刻反思。在他们的作品中，通过描写现在和过去的激烈角逐，向读者展示处于社会转型期的南方历史图景，反思20世纪美国的现代化进程，进一步探讨整个人类社会的进步史与文明史。

"复兴"作家认为南方的历史存在于南方的过去中，生存在巨大历史惯性中的个人无疑具有悲剧色彩，这种历史悲剧感成为福克纳、艾伦·泰特、潘·沃伦、奥康纳、麦卡勒斯、韦尔蒂和沃克·珀西这些南方作家"向后看"历史意识形成的重要动因。他们的作品充满了新旧势力和新旧观念的冲突，工商资本主义的兴起不但没有拯救整个南方社会，反而使它陷入孤独、幻灭、罪恶和失败的深渊。他们把这种厄运通过文学作品的形式扩展为南方普世性的悲剧，通过怀旧与伤感的历史意识唤醒人们对于现代化进程的深刻思考。因此，"复兴"作家的历史意识与南方文化密切相连、与个体生命息息相关，他们对历史的理解远远超越了历史对某一特定人物或特定地区的影响范畴。

"复兴"作家果断地放弃了进化论意义上的线性时间观念，转而关注与命运悲剧和文化衰落紧密相关的循环论时间观念。因此，他们的南方历史主要以"旧"南方的家族故事为依托，家族传奇最适合表现以农业经济为基础的南方社会和历史风貌；他们以神话结构为框架，神话叙事正好契合怀旧式的寻根思潮，表现出普遍的现代审美理想和警世喻言功能。他们在对南方大家族中存在的罪恶进行揭露、抨击和否定的同时，将目光投向逝去的悠远岁月，开始寻求"迷失的温暖家园"和"陨落的传统文化"，藉着怀旧和神话，或"纪实"或"虚构"地在记忆中打捞着南方的历史文化遗产、探寻传统的贵族精神底蕴。他们迫切地试图在失去上帝和秩序的现代世界中重构秩序，但他们又敏锐地觉察到，在处于深刻的社会变革和转型时期的南方，这种努力注定会导致徒劳和失败。正因如此，"历史成为那些试图重建传统的人们无法摆脱的重负，决定了

他们的作品充满了阴郁晦暗的基调"。❶

"复兴"作家在回望历史的同时并未一味美化或者圣化南方的过去。他们怀着批判和依恋的矛盾心情,一边在悲怆与怀旧中唱响南方文化陨落的挽歌,书写南方历史的消亡,一边又对南方历史中不合理的因素展开揭露与批判。他们对于"旧"南方历史爱恨交织的复杂情感正好符合美国国内处于精神荒原状态的现代人的历史观。在面对现代科学技术的飞速发展与人类精神愈加空虚的矛盾时,南方人看似保守甚至反动的"向后看"的历史意识引发了人们的强烈共鸣,使人们在喧嚣的现代社会中得以驻足沉思。反观历史时,人们不禁开始思考过去与现在、落后与进步、野蛮与文明、传统与现代、乡村与城市等问题,重新阐释历史及其附着其上的文化价值。

如上所述,南方的社会转型以及南方人的防御心理机制是"复兴"作家集体回望历史的两个主要原因。除此之外,作家的阶级出身和意识形态也是影响其保守主义历史观念的重要因素。"南方文艺复兴"在本质上是南方白人贵族的文学文化复兴运动。第一代"复兴"作家大都出生在南方贵族家庭,是名门望族之后。家庭出身、亲身经历、耳濡目染的教育、阶级归属使他们自然而然地向上层白人贵族阶层的意识形态靠拢,倾向于把"旧"南方的家族和过去圣化为充满英雄壮举的神话。相似的意识形态使他们的文学创作思想也不约而同地表现出共同性,因为文学是一种意识形态话语,在特定条件下表达超个人的阶级信念、理想和情感。

"复兴"第二代作家以女性为主,她们的家庭出身、成长经历、性别立场以及所处的社会环境与第一代男性作家不同,其历史意识也与前者存在差异。时代的发展使她们清楚地认识到南方的历史正在淡化,而且,如果南方人一味地沉迷于过去必定会故步自封,导致南方进一步的落后和边缘化局面。她们试图通过在作品中有意淡化第一代作家笔下严肃凝

---

❶ Douglas Robinson. American Apocalypses: The Image of the End of the World in American Literature [M]. Baltimore: Johns Hopkins University Press, 1985: 3.

重的历史神话和历史悲剧感，引导人们走出历史、面对现实。她们的作品大多从女性的视角出发，更多地关注现代文化冲击下生命个体，尤其是现代南方女性的存在境况。她们放弃了第一代"复兴"作家对历史的神化，不再沉浸在南方的过去中裹足不前。但是，她们也没有义无反顾地斩断与历史的联系，她们对南方的现在和未来怀着犹豫不决、踟蹰徘徊的不确定感和矛盾态度。她们对于南方的历史不抱残守缺，但也没有热情拥抱现代化，严厉谴责现代都市生活的腐败和世俗文化的浅薄。她们融"传统"于"现代"之中，构筑现代美国南方人的生存环境，描写生活在南方的城镇或者乡村的一系列"畸零人"的日常生活。她们运用清新独特的南方方言，对人物的内心世界、家庭关系、爱恨情仇、时代变迁、精神隔绝、宗教救赎等主题展开叙述。她们重视历史对自我的影响，探讨"自我"的真实本质，考察物欲横流的现代社会中人们面临的精神匮乏问题和自我救赎困境。

第二代"复兴"作家对过去充满怀疑，对未来也不抱幻想。她们踟蹰徘徊在南方的"新""旧"历史观念中，传统的历史意识呈现出淡化趋势。现代科学技术的迅速发展和物质资源的极大富裕导致传统价值观念及道德风尚的日益衰落，人们的精神生活极端空虚贫乏。异化与孤独成为第二代"复兴"作家普遍关心的创作主题，她们注重描写南方小镇生活的奇风异俗，描写人物的怪诞行为，主要刻画南方社会中的小人物，叙说他们在工业化过程中的艰难和痛苦，特别关注个人的孤独和隔离，即使爱也无法冲破笼罩在人们心头的孤独。她们笔下的人物浅薄、软弱、畸形；日常生活琐屑、空洞、毫无疑义；男女之间的性爱肮脏、丑陋、变态；母爱和父爱也自私、渺小、淡漠；那些毁灭生活的"先知"狂人又是那么乖张暴戾。作家对怪诞的描写实质上揭示了人在现代社会中的异化状态。人物心理变态和行为反常是因为他们沉溺于对"旧"南方的依恋和对"新"南方的疏远，以及对宗教信仰的背离，试图通过暴力或者死亡获取"救赎"。因此，南方女作家从不同层面对南方的历史及其在现代所发挥的作用进行讨论，突出现代南方人的精神苦闷。她们期待摆脱南方历史的影响，进一步关注普通个体生存问题和精神困境。

与"复兴"作家在"向后看"和"向前看"时的犹豫不决和纠葛不清相比较，"新生代"作家坚决斩断与南方历史的纽带，只关注当下和未来。南方传统的历史主题也受到他们广泛的质疑和挑战。究其原因，除了"新生代"作家的阶级出身和南方的社会发展因素之外，新历史主义、解构主义等文艺思潮在当代的兴起极大地影响了"新生代"作家的历史意识。受这些文艺思潮的影响，"新生代"作家对"复兴"时期的南方悲剧历史意识展开大规模的批判，开始解构建立在怀旧基础之上的历史"罗曼司"。他们认为，现在抑或将来，比历史更值得关心，他们无心纠缠于内战及其内战失败造成的创伤历史，而是更加迫切地关注南方当代面临的诸多社会现实问题。"新生代"作家不愿意一味地沉浸在过去或者历史的伤痛中，选择把眼光投向现在和未来，积极关注在"新"南方人们是如何融入时代的发展与进步。他们驱逐"复兴"作家附加在历史上的诸多个人情感，以便更加客观理性地对待历史。

"复兴"作家沉迷于过去的哀叹中，斩断过去与现在或者与未来的联系，倾向于新/旧不等于好/坏也不等于先进/落后的循环论时间观念；而"新生代"作家更加倾向于摆脱历史负担、积极面向现在和未来的进化论时间观念。他们以特有的怀疑和叛逆精神在作品中消解南方传统的历史意识，对诸如南方的内战神话、南方的传统历史神话、南方的创建神话、南方的英雄神话和南方的淑女神话等实施全面甚至是"狂欢化"般的解构。梅森曾经说过："老一代的南方作家有着很强的南方意识、家庭意识和土地意识，我想新一代的南方作家则重点书写这种意识的崩溃。"❶

"新生代"南方作家果断地走出历史，更加关注当代南方出现的一系列关乎现代人生活和精神的新问题。在他们的作品中，越南战争、民权运动等代替了人们对于内战历史的想象；城市的消费文化、罢工者的反抗行动、企业托拉斯的日益膨胀、威胁公众利益的垄断企业造成的侵蚀

---

❶ Jeffery J. Folks, James A. Perkins. Southern Writers at Century's End [M]. Lexington: The University Press of Kentucky, 1997: 152.

等代替对南方过去的美好憧憬。在"新生代"的笔下再也找不到"复兴"作家那种集体共享的历史围困感,他们的历史意识表现出典型的后现代解构中心的特点,呈现出多元化和个性化的倾向。在他们看来,建立在神话与传统之上的旧秩序让位于建立在科学和市场之上的新秩序是历史发展的必然,正是因为科学技术的进步、南方经济的转型,才使得南方从乡村或者小城镇跨入城市化的行列,使南方摆脱了以往农业经济的地区局限,南方也由原来孤立、封闭和农业化的"棉花地带"演变成开放、现代和工业化的"阳光地带"。

"新生代"作家的创作也转移到对新形势下"后南方"的关注上。他们的人文主义思想也与先辈的截然不同,他们再也不是南方道德的代言人或者历史的守护者,他们认为文学作品中的人物是社会复杂性的综合产物,并不仅仅是南方过去沉重历史的继承者。"新生代"作家关心的不是传统的历史重负和道德滑坡问题,他们更加重视的是后现代时期现代人的自我分裂与精神瓦解问题。因此,"新生代"作家常常探索这些内心世界处于一片混乱以及在毫无意义的世界中漂泊不定的人物的个人经历和命运遭际。历史对这些个人没有产生太多的影响,个人为了生存而进行的挣扎也与历史几乎毫不相干;历史无法为人们提供克服混乱与孤独的现世力量。

麦卡锡、汉纳和梅森的历史观念在"新生代"作家中具有代表性,在不同程度上阐释了他们对南方历史的全新看法。他们借助作品中的事件或主人公的命运,以自我批判的创作观对南方历史进行解构,表现历史带给人们的混乱状态,向读者展示当代南方人生活在历史重压下的悲剧及痛苦。他们通过对历史进行戏谑与嘲讽,再现美国内战时期的南方邦联士兵或者南方初创时期的神话人物,颠覆南方人长期奉为"英雄"的传统形象。梅森的《施拉》《羽冠》等作品中塑造的人物形象,要么对南方历史一无所知要么对历史遗迹漠然置之,表现出现代南方人对南方历史的反叛与疏离。出身于中下层社会的作家,例如,理查德·福特、哈利·克鲁斯、多丽塞·艾莉森和帕特·肯诺伊等人分别从背离南方传统文化和神话的角度、从南方土生子的经历来描写南方人的内心世界,把被南方的传统贵族历史话语消音或者边缘化阶层的生存状况和精神状态推向历史前台,颠覆"复兴"时期历史神话的庄严性、神圣性和单一性,凸显南方历史的小微性、复数性和多样性。

南方"新生代"作家对传统历史主题的反叛,主要表现在解构一系列关于南方的历史神话方面。一方面,"新生代"作家解构"旧"南方共同历史记忆是南方政治经济和历史文化发展的必然。"内战"成为久远的、被人们添加了太多想象的历史神话,而且,越战、民权运动、少数族裔的文化觉醒等使"新生代"作家无法像"复兴"作家那样对"内战"及其围绕"内战"创建的神话保持浓厚兴趣。另一方面,各种风起云涌的后现代思潮,尤其是新历史主义的影响,使"新生代"作家对南方历史发动了一次集中的神话"去魅"和"解构"运动。作家们认为应该把创作目光从"内战"的神圣和荣光中收回,投向南方的当下社会,"复兴"时期借助"过去"理解"现在"的历史观念在他们的作品中也成为缺省的内容。他们运用现实主义、自然主义的写作手法,揭露"内战"的野蛮与残酷、奴隶制的罪恶与反人性。"新生代"作家对历史的"藐视"并非一时的冲动或者无意识行为,而是源于理性思考和有意识的创作实践。他们试图解构宏大、神圣、单一的南方传统历史叙事,把承载着光荣、梦想和悲情的"完整""连续"的历史体系拆解为各种小微、复数、孤立、痛苦的历史片段,呼唤人们摆脱历史的束缚,关注当下南方的社会特征和普通民众的生存状况,充分展示历史的现实性意义和多元性特点。

总之,一种新的怀疑主义和挑战精神弥漫在"新生代"南方作家的文学创作中,"自然主义""神话去魅""偶像解构"❶成为他们解构南方传统历史的主要策略。在"后南方",接受当代高等教育、出身普通家庭的南方"新生代"作家运用现实主义和自然主义的创作技法,对南方

---

❶ Matthew Guinn. After Southern Modernism: Fiction of the Contemporary South [M]. Jackson: University Press of Mississippi, 2000: XII.

的内战历史、英雄神话、"战败的事业"、奴隶制、庄园制等传统历史展开"血淋淋"的解剖，让其残酷性再现在读者面前。"新生代"作家在传统的自然主义视角下，聚焦南方的下层社会，揭露"复兴"作家迷恋的贵族文化和历史谬误。"神话去魅"提供了更具破坏性的历史书写方式。"新生代"南方作家生活在一个"反英雄"和"反神话"的时代，受后现代解构主义文艺思潮的影响，作家们带着挑战中心、质疑传统的反叛精神，对南方"复兴"文学建构的历史神话进行戏仿、嘲讽和拆解，暴露出各种神话背后的谎言与虚伪。他们对于南方宏大历史叙事的解构和对于南方神话的蔑视，使人们认识到沉浸在南方历史神话的崇拜中只会自欺欺人，纠缠于过去只会让南方更加自绝于时代。

第三章　地方主题：从地域情结到"非地方"意识

一、南方文学的"亲土"传统

在地理分布上，美国南部也经常被简称为美南、迪克西或直接称为南部，指美国南部至东南部的一片广阔地区。通常意义上的南方主要包括东南部与中南部的14个州，特别是南北战争时参加南方同盟、主张蓄奴制的11个州，即弗吉尼亚、北卡罗来纳、南卡罗来纳、佐治亚、佛罗里达、田纳西、亚拉巴马、密西西比、阿肯色、路易斯安那和得克萨斯。地理范围上的南部地区向西最远可达密苏里、俄克拉荷马和德克萨斯，向北包括肯塔基和弗吉尼亚。19世纪，南方有老殖民地和新拓地；有盛产棉花玉米的地区，也有盛产烟草、稻谷或蔗糖的地区；有农村和城市，也不乏海滨和山区。在种族问题上，由于非裔的大量存在显露出更加明显的阶级分层，种族冲突以及大种植园主与奴隶之间的经济地位相差悬殊。在社会结构上，南方是典型的阶级社会。占人口少数的白人种植园主处于社会最顶层，控制着土地、财富和政权；阶级的第二梯队是中产阶级；穷苦白人，包括无土地所有权的农民、农场工人、非技术劳动者、契约奴等，构成第三梯队；一无所有的黑奴处于南方社会的最底层，饱受剥削和压迫，连最基本的人身自由也被完全剥夺。

南方的地理地貌丰富多样，适合农业种植。马里兰的部分地区、弗吉尼亚、南北卡罗来纳和佐治亚等大西洋沿岸地带俗称潮汐地，分为低地、沼泽地和松林地带，这里土壤肥沃，是理想的定居和发展农业的地区。墨西哥海湾以北狭长的沿海地区被称作海湾地区，其降雨量和温度极适宜棉花生长。潮汐地以西是向南延伸的阿拉巴契亚山高地，濒于潮汐地边缘东坡地带是著名的皮德蒙高原，地貌起伏绵延，溪流密布。虽然不适合内陆河运，但土壤极为丰饶，益于多项农业种植，小麦和玉米是主要农作物。跨过皮德蒙高原是蓝岭山脉地区，松林密布，但土壤相对贫瘠。在蓝岭与阿列格尼山脉之间是大山谷，这里是南方土地最肥沃的地区，适合种植小麦、玉米和畜牧养殖，素有天然粮仓之称。以烟草、稻谷、靛青、棉花和甘蔗为基础的农业经济对南方的建筑风格、衣着款式、生活节奏乃至语言都产生了极大的影响。而且，欧洲殖民时期的各种遗迹、对于州权原则的坚持、奴隶制度以及脱离联邦并在美国内战中遭受失败等，使南方形成了独特的传统习俗、文学艺术、思想意识甚至语言风格和烹饪技法。南方人似乎在南方创建了另一个世界，形成一种与新英格兰地区迥异的南方文化。

南方自形成以来似乎有别于北方。二者的不同不仅表现在地理风貌与政治经济方面，还表现在文化传统与思想意识层面。北方工商资本主义宣扬清教伦理、个人主义和资本主义精神，崇尚努力工作、自我约束、生活俭朴；而南方人注重贵族主义、骑士精神、悠闲的生活方式和紧密的家庭纽带。早在1750年，南方殖民地与北方殖民地之间的不同就已初见端倪，独立战争之后南北之间的文化差异更加突出。"文化"是知识、信仰、法律、道德、艺术、风俗和其他人类能力和习惯的复杂体系，包括各种文化类型，例如与食物、劳动、礼仪相关的风俗，或者更复杂的社会、政治和经济体制。但是，对于美国南方文化而言，文化最根本的含义还是生活在南方的人们共同享有的价值观念、生活方式、行为规范等。南方人因为奴隶制和内战失败而有意识建构的南方性更是南方文化有别于北方文化的根本所在。南方人集体形成的重视家庭、笃信宗教、倚重传统、注重道德以及崇尚农耕文明反对工业文明的思想，等等，必然会深刻而广泛地影响共同享有这种文化的人群。南方以庄园主为主宰的奴隶制经济为主，崇尚白人贵族精英文化；北方以发展自由竞争的工商资本主义为主，崇尚白人精英文化的同时也接受竞争带来成功和财富的大众文化。南方与北方的文化差异使"南方"这个称呼包含更多和更深的意蕴。❶ 因此，南方既是一个地理层面的实体存在，也是一个文化层面的"他者"形象。

南方温暖湿润的气候和肥沃平整的土地比美国其他地区更加适合农业的发展。潮湿温热的气候不但造成南方夏天漫长的闷热和春天舒心的温和，也在某种程度上解释了南方人地方意识和文化特性形成的原因。甚至有人认为，为躲避室内的闷热，南方人喜好户外活动，比如打猎、骑马和钓鱼等；悠闲的生活还使南方人有足够的时间投入民间艺术和文学创作。这就是所谓的南方文化成因"气候说"。南方以其独特的乡村生活方式、庄园与小农场经济模式等为基础，逐渐形成重视农业、珍视土地的地域特色鲜明的文化特质，培养出南方人的农业主义传统和安土重迁的地方意识。

17世纪南方的第一批种植园在弗吉尼亚建立，当时主要以种植烟草为主。根据历史学家摩根的研究，当时的弗吉尼亚是一个种植园蓬勃发展的殖民地，主要从事烟草的生产和出口。❷ 随着南方庄园的快速发展，从英国移民来的仆人无法满足田间劳作对大量劳动力的需求，人手短缺成为庄园发展的最大阻力。为了解决劳动力短缺问题和谋取更大利益，人类历史上最残酷的贩奴活动应运而生。大批黑奴被贩卖到南方，从事最艰苦的田间劳作和打理家务等工作。大米、蔗糖、烟草和棉花成为南方种植园最主要的农产品。棉花因为巨大的海外市场需求而成为农业经济霸主，被人们称作"棉花王"。南方几乎成了庄园、棉花和黑奴的代名词。随着南方其他地方的开发和定居，比如沿海的南卡罗来纳和北卡罗

---

❶ John Shelton Reed. My Tears Spoiled My Aim and Other Reflections on Southern Culture [M]. Columbia & London: University of Missouri Press, 1993: 28.

❷ Edmund Morgan. American Slavery, American Freedom [M]. New York: WW Norton and Co., 1975: 44-49.

来纳地区的开发，种植园和小型农场共存的现象在南方开始出现。18 世纪早期的南卡罗来纳沿海地区和 19 世纪二三十年代的密西西比三角洲地区，成为南方最主要的种植园地区，这些地方适合大规模农业耕种；在北卡罗来纳、弗吉尼亚的山区和其他地方，没钱拥有奴隶的农场主的小农场成为最主要的生产模式。拥有奴隶的种植园占据最肥美的土地，而农场主只在种植园主看不上的零星小块土地上劳作。

到 1860 年，发展农业经济的南方和发展自由资本主义的北方之间的差异似乎已经无法用和谈的方式解决，南北之间积蓄已久的政治、经济矛盾终于演变成最惨烈的内战。自信傲慢的南方人在这场他们认为势在必得的战争中吃了败仗。随着南方的战败，奴隶制在法律上被废除。但是，在废除奴隶制之后的很长一段时间里，庄园经济还是控制南方经济、政治和历史命脉的主要力量。在战后重建时期，与政治上回归保守有关，"新"南方的经济并没有像共和党在重建计划中预想的那样，走上快速发展资本主义工商业的道路，而是回归到种植园农业体系。庄园经济模式在"新"南方继续运行的原因是，重建结束后，种植园主阶级继续把握政权，他们拥有土地并强行控制劳动力。虽然法律废除了奴隶制，奴隶拥有权的丧失只是导致奴隶主阶级的消失，却没有影响种植园主作为特权阶层的存在。奴隶没有了，种植园主对于土地的拥有和对于种植园劳动力的控制依然持续。种植园主依然掌控着"新"南方的经济命脉和政治权力。南方种植园主阶级在战后依旧是土地的拥有者，而且依旧拥有最多、最好的土地。

此时，在南方各州"重新出现了旧南方的种植园主，虽然不再拥有奴隶但依旧拥有大片土地"。[1] 种植园主还试图恢复战前的奴隶制，对已经解放的自由奴隶实行严格控制。这种做法遭到获得自由的奴隶的强烈反抗。于是，种植园主阶层对于旧时的奴隶制庄园经济模式进行改善，生产形式由原来的奴隶制演变为收成制。从 1867 年开始，南方越来越多

---

[1] Jonathon M. Weiner. Social Origins of the New South: Alabama, 1860–1885 [M]. Baton Rouge: Louisiana State University Press, 1978: 34.

的土地拥有者把种植园土地划分成小块，交给不同的劳动力家庭耕种，报酬是租种者参与收获物的分成。原先集体的奴隶窝棚随之消失，代之而起的是分布在整个种植园区的奴隶家庭小屋。战后南方农业收成制的建立使得"旧"南方时期奴隶主和奴隶之间的关系也变成"新"南方时期的种植园主和佃农之间的关系。后来，联邦政府通过漫长的努力，使用科学技术、人口迁徙和工业发展等政策使南方逐渐走上资本主义的发展道路，南方的种植园在"二战"后才走向终结。

  南方的地方情结固然与农业经济模式紧密联系，但是区域文化和文学对南方地域意识的强调，无疑使南方成为一个具有独特历史和地域文化的"神话王国"。新土地的不断开拓和单纯的农业经济模式，导致南方地区的近土意识和乡土情结逐渐沉淀并日益浓厚。城市似乎对于建立在农业经济基础之上的南方社会无法发挥太大的影响。这里的小农场基本能够自给自足，南方农场生产自己及其家人需要的绝大多数物品，对城市生产和出售的物品需求量相对较低。种植园主虽然购买城市生产的东西，但是购买的数量也有限，因为他们在出口种植园生产的经济作物时顺便从北方和欧洲捎来他们需要的东西。因此，南方长期形成的亲土意识和地方情结使得城市和城镇在这里出现较晚，发展也相对滞后。在南方，进城打工的农民始终不愿意放弃土地和远离家乡。初到棉纺厂的第一代工人穿梭于农村和城市之间，兼顾田间农活和工厂工作；有一份薄地的农民不愿意离开家族世代耕种的土地；有庄园的种植园主更不肯轻易放弃乡下的祖传地产。南方人的灵魂似乎留在南方的土地上。在他们看来，跟土地的联系使他们有一种安全感和独立感。对土地的依恋也延缓了南方人与乡村生活方式的决裂，推迟了他们与城市生活的接轨进程。地方意识和农业理想演化成一整套根深蒂固的价值观念和思想意识。

  南方孕育了南方文化，南方的文学文化反过来也对南方人的亲土意识发挥着推波助澜的作用。而且，加深与强化地方情结在本质上也是南方抵御北方意识形态侵略的有效武器。很多关于南方的论著就直接点明宗旨，探讨南方的地域性特征，比如：《牢固的南方》（*The Solid South*）、

《另一个南方》(The Other South)、《南方的南方》(The Southern South)、《夜色笼罩的南方》(The Benighted South)、《乡气的南方》(The Provincial South)、《问题的南方》(The Problem South)、《可怕的南方》(The Horrible South)、《污秽的南方》(The Squalid South)、《成长中的南方》(The Growing South)、《前进中的南方》(The Advancing South)、《变化中的南方》(The Changing South)、《摆脱困境中的南方》(The Emerging South)、《兴起的南方》(The Arisen South)、《消失中的南方》(The Vanishing South)、《逝去中的南方》(The Passing South)、《持续的南方》(The Lasting South)、《永恒的南方》(The Ever Lasting South)、《持久的南方》(The Enduring South)、《好斗的南方》(The Fighting South)、《尚武的南方》(The Militant South)、《战斗的南方》(The Battling South)、《犹豫不决的南方》(The Hesitant South)、《不确定的南方》(The Uncertain South),还有《沉默的南方》(The Silent South)、《歌唱的南方》(The Singing South)、《懒散的南方》(The Lazy South)、《色情的南方》(The Erotic South) 以及《难以捉摸的南方》(The Elusive South),等等。❶

  上述书目表明,南方远远超出了一个简约、具体的地理界定,而是一个被冠以各种修饰词和被赋予太多精神和文化含义的抽象概念。南方的农业主义和土地依赖到18世纪时已经演化成一种价值观念和文化意识,农业不仅仅是一种谋生手段,它更是一种理想的生活方式和文化观念。对南方人而言,以托马斯·杰弗逊为代表的南方伟人毫无疑问是南方农业主义理想的典型体现者,他非常理性地为人类的自由和理想而战,同时还在弗吉尼亚自己的庄园中试验新的农作物。因此,理性主义和浪漫主义成为影响南方农业主义理想的思想基础。南方的农业主义理想认为农耕是道德,甚至是精神实践的最高体现形式。早在1781年,杰弗逊在其《弗吉尼亚笔记》中写道,"如果上帝有选民的话,那么在土地上

---

❶ Idus A. Newby. The South: A History [M]. Holt, Rinehart and Winston, Inc., 1978: 2.

劳动的人们就是上帝的选民"。❶ 对于杰弗逊和南方人而言，农业是人类最有德行和最能够让人类真正获得自由的工作；相反，工业和商业让人们依赖老板、顾客和供应商，导致人们的贪得无厌和唯利是图。在南方的农业理想主义者看来，乡村生活有益于修身养性而城市生活腐败堕落。他们坚信土地耕作和乡村生活是民主发展的先决条件，美国在农耕的基础上才能繁荣昌盛。

  对于土地的依恋甚至崇拜是南方人的精神诉求。土地对他们来说不仅是财产，更是家族世代相传的美德和观念。拥有土地比拥有汽车或其他任何财产都会让他们感到心理满足和安定。南方人的地方意识影响了南方人的保守性格，他们安土重迁、固守祖业。不管是庄园主的子嗣还是自耕农的后代，都在家族遗传下来的土地上一代代地劳作生活，在他们眼里，守住土地就是他们安身立命的根本。南方的家族经常会在"古老、肥沃"的土地上生活几个世纪，"一直坚守故土"，❷ 土地演化成生命中不可或缺的部分，"亲土传统在南方固若金汤"。❸ 因此，南方不仅是几个州和生活在那片土地上的人口和地理的集合物，更是一种支配人们生活的传统和信仰的发源地，是反映南方的生活方式和精神状态的神话。20世纪30年代，南方纳什维尔的12位农业主义者通过发表重农"宣言"，在南方农业主义与北方工业主义对垒的历史文化背景中，进一步为南方的农业主义传统和地方情结辩护，把南方的地方情结和重农思想推向前所未有的巅峰。

---

❶ Thomas Jefferson. Notes on the State of Virginia [M] // Adrienne Koch, William Harwood Peden. The Life and Selected Writings of Thomas Jefferson. New York: Modern Library, 1972: 280.

❷ Ben Robertson. Red Hills and Cotton: An Upcountry Memoir [M]. Columbia: University of South Carolina Press, 1973: 8-9.

❸ Frank Owsley. The Irrepressible Conflict [M] // Twelve Southerners. I'll Take My Stand. Baton Rouge: Louisiana State University Press (reprinted), 1977: 71.

二、"重农"运动与地方情结

　　南方的重农主义思想是对欧洲和美国重农传统的继承和发展。南方的"重农派"文学运动是20世纪二三十年代的一场充满魅力、兼具政治和社会意义的文化运动，对美国的政治、经济和文化产生了深远影响，在美国思想史和文学史上占有举足轻重的地位。广而言之，"重农派"文学运动包括"逃逸派"诗学运动、"重农派"文学运动和"新批评"文学理论活动三个发展和演变阶段。从文化发生学的角度来看，"逃逸派"诗学运动及后来的"重农派"文学运动的主要思想植根于南方的土地情结和地方意识。"重农派"对南方农耕制度的捍卫以及对美国工业化和现代化所持的怀疑态度，使他们一度被批判为保守落后的传统主义者。但随着现代化进程的加剧，人类的生存危机日益凸显，人们逐渐意识到自己为工业化和现代化付出的惨重代价。"重农派"为解决工业化的弊端所作的各种努力及其回归土地的思想重新进入人们的视线，并得到进一步的认识和理解。正是"重农派"回归农耕文明的思想意识造就了"南方文艺复兴"文学的又一个经典主题——地域情结，而且，地域情结在此时期作家的创作中升华为某种南方精神，成为南方文化的化身。

　　地域情结是南方文化的有机组成部分，也是南方经济发展的必然结果。南方一直致力于农业发展，在经济上与发达的北方工商资本主义之间的差距逐渐增大，南方遭受北方资本主义的攻击也愈发猛烈。内战的失败及其战后重建导致南方人普遍的家园"失落"感和历史"围困"感。内战之后，南方虽然从法律上废除奴隶制，但无法从根本上解决种族问题和农业经济模式。传统的南方就是建立在以烟草、稻米、蔗糖和棉花为经济支柱的农业社会模式之上，缘此形成的奴隶制、大庄园和阶级分层观念也根深蒂固。内战及其后的重建无法迅速改变南方的社会和政治体制，相对于工业高度发达的北方，南方还处于从传统的农业社会向现代化的工业社会过渡的阶段。工商资本主义长驱直入，威胁并改变着南方人的意识形态和思想观念。在面临经济发展缓慢处境的同时，南方人还要在心理上承受北方人的谴责和诟病，承受奴隶制和重建带来的创伤和痛苦。

当南方人看着轰鸣的火车吞食大片森林、浓烟滚滚的工厂代替大片棉田的时候，他们对工业化和现代化愈发地怀疑和抵触。南方的"重农派"和人文知识分子开始认真思考现代与传统、新与旧、先进与落后之间的关系，对直线进化论式的历史发展观表现出前所未有的反思和批判。北方的强烈谴责、野蛮入侵和粗暴干涉对南方人文知识分子的心灵造成巨大震撼和伤痛，激发了他们强烈的民族自尊心和自我保护意识。而且，因为长期的农耕社会、偏僻的地理环境和宗教文化的地方自治等形成的保守主义思想使他们本能地怀疑和反感北方的工业化和资本主义价值观。痛定思痛，南方的农业模式、南方原有的社会秩序和价值观念更加深入人心。作家对社会历史的转型和新旧价值观念的交替有着切肤之痛，他们深知政治运动无法解决南方的社会困境，他们试图通过文学和文化运动唤醒处于价值观念虚空和矛盾状态中的南方人，使他们认识到南方的地域特色和区域文化是"南方之所以成为南方"的根本。南方作家积聚多时的集体无意识瞬间被唤醒，他们纷纷拿起手中的笔，迫切地希望借助文学作品描绘真正的南方，表达南方人对南方问题的立场、对南方历史的看法、对南方土地的情感和对现代化的态度。所以，经济文化的相对落后和社会政治的巨大变革往往造就文学艺术的极大繁荣和发展。或许正是因为南方的保守和落后在遭遇北方现代化的开放和先进的挑战时，才碰撞出"南方文艺复兴"的耀眼光芒。

20世纪初期，南方作家们经历着传统与现代、农业社会与工业社会、"旧"南方与"新"南方、情感与理智、美化与批判的痛苦与挣扎。因为对南方浪漫主义文风传统的继承，南方作家对南方独特的地理环境、农耕经济模式和重农主义传统有着深厚的眷恋之情。随着对南方转型时期社会变化的总结和反思，作家们开始认真审视南方的现代化进程，对联邦政府宣讲的现代化和城市文明表现出怀疑与不信任，他们意识到城市化和现代化对南方的农耕文明及其传统美德是一次致命的打击。但是，对南方奴隶制等罪恶的批判、对浪漫主义的反叛又使他们对南方保持清醒的认识。已经明显地觉察到城市颓废之气和工业文明对传统农耕文明侵袭的南方作家，在爱恨交织的矛盾情感中，爆发出强大的文学创作动力。独特的地域特色是南方文学存在和繁荣的基础。

早在1914年，以田纳西州纳什维尔镇范德比尔特大学为中心，南方的一些文人和作家经常聚集在一起讨论文学与哲学等问题。1922年他们创办《逃亡者》杂志，提倡维护南方的历史文化传统、凸显南方文学的地方主义特色。在初期，"逃逸派"只是一个松散的文化社团。诗人约翰·克罗·兰色姆在当时是"逃逸派"的领袖，他周围聚集了一批才华横溢的年轻人，如诗人罗伯特·潘·沃伦、艾伦·泰特、唐纳德·戴维森以及小说家安德鲁·纳尔逊·莱特尔、诗人莫里尔·莫尔等。"逃逸派"最初是因为反对内战至第一次世界大战期间南方诗坛的"感伤主义、拾人牙慧的道德说教和过度粉饰的庄园诗歌"传统等发起的南方新诗歌运动，[1]它在本质上是一次对古希腊诗学传统的回归。"逃逸派"认为，诗人借助押韵、诗节和韵律等诗歌创作技巧可以摆脱感伤和造作，创作出伟大的诗歌作品。兰色姆、泰特、沃伦和戴维森在政治上继续坚持南方的保守主义思想，强调抵制现代化的技术发展是南方保住传统农业社会优势的必要条件。农业主义和工业主义之间的对立是他们关注的焦点，其回归传统的思想在20世纪30年代的"重农派"那里得到进一步的发扬光大。

20世纪30年代以"逃逸派"为主体的12个南方作家出版了专题论文集《我要表明我的立场：南方与重农传统》，集中体现回归南方农业主义传统的理念和宗旨。"重农派"呼吁以南方的农耕文化来对抗北方的工业文化。他们从政治、经济和文化的角度重申美国的农业主义传统，强调农业文化和重农思想在南方源远流长。在美国的建国初期，托马斯·

---

[1] C. Hugh Holman. Literature and Culture: the Fugitive-Agrarians [J]. Social Forces, 1958, 37 (1): 16.

杰弗逊就认为美国建立在农业主义的传统之上，而且它的缔造者也都是农民。他还借助美国的农业社会反对欧洲的工业制造业。在"重农派"看来，美国的文化精髓和优秀品质存在于农耕生活方式。❶"重农派"认为现代城市的世俗与罪恶膨胀着人们的各种欲望与人性之恶，重新思考回到没有受到城市污染的家乡热土，期待在农耕文明的南方为现代人寻找精神家园。南方是人们生息繁衍的地方，是农耕文化的理想处所，农耕文明及附着其上的传统美德是现代人寻求精神救赎的一剂良药。"重农派"与当时流浪欧洲、四海为家的海明威等"迷惘的一代"不同，他们居住在地域特色鲜明的南方，拥有强有力的区域文化和地方意识。在面对南方的工业化和城市化时，他们致力于农耕文明和乡土文化，凸显南方文学的地方特色，他们的"集体乡愁"演化成浓烈的南方地域情结，为"南方文艺复兴"文学确定了"地方意识"的基本创作基调。

"重农"运动在本质上是传统与现代之间在南方激烈较量的产物。刺痛和激怒"重农派"的不是门肯把南方比喻成文学艺术的"撒哈拉沙漠"，而是他对南方人素来珍视的土地观念、保守主义和宗教地方主义等文化传统进行的抨击。❷ 他们在这部被看作"南方文艺复兴"宣言的论文集中，痛悼南方在资本主义工商业的冲击下即将失去的重农传统、南方特性和农耕文化。他们谴责北方的工业主义、现代化和城市化对南方农业文明的腐蚀与破坏，号召人们以南方农业社会的价值观念作为尺度来评价和批判美国的现代资本主义社会。在他们看来，南方是现代美国仅剩的一块具有区域特色的地区，他们担心南方过度迅速的现代化和不太稳定的工业化会导致道德滑坡、价值观念迷失、金钱观念至上等诸多现代病在南方盛行，使南方失去最本质的地域文化和乡土传统。他们清楚，廉价的消费文化会毫不留情地吞噬厚重的传统文化。如此一来，美

---

❶ Richmond C. Beatty, Floyd C. Watkins, Thomas Daniel Young. The Literature of the South [M]. Chicago University Press, 1952: 77-99.

❷ Edward S. Shapiro. The Southern Agrarians, H. L. Mencken, and the Quest for Southern Identity [J]. American Studies, 1972 (13): 75-92.

国将会为现代化的发展付出惨痛的代价。传统与现代、农耕文明与工业文明的巨大张力强有力地体现在他们的文学创作中,不但在美国引起极大反响,也在世界范围内产生强烈共鸣。他们的文学成就使美国"经济头号难题"的南方再度进入人们的视野,为美国的现代化敲响了警钟,迫使人们驻足反思现代化的进程。

"重农派"从社会、政治、宗教、生活方式、文化传统等各个角度系统地论证南方农业社会的优点。面对工业主义对南方人生活整体性的破坏和对完整自我的消解,重农主义者坚持"旧"南方农耕生活方式和传统价值观在塑造"完整"生活和个体等方面具有不可比拟的优势。"旧"南方是一个具有相对稳定的宗教信仰和阶级结构、重视社区纽带和家庭关系的农业社会;南方是人与自然和平共处、个人和社区和谐统一、稳定且有秩序的理想家园。相对而言,北方则是一个信仰失落、弱肉强食、物质刺激与经济萧条交替出现的投机市场。机器大工业破坏了人与上帝、人与他人以及人与自然界之间的融洽关系,使社会中完整的个体不断破碎、异化,最终失去完整的自我与确定的身份。随着现代化技术的发展和机器的入侵,铁路、工厂和城市逐渐吞噬南方的耕地,南方的农业阵地不断缩小。而且,随着工业化的发展和城市化进程的加速,南方的农业社会即将成为过去,南方的农耕文明日渐衰落。为抵制机器大工业对自我的销蚀,"重农派"作家们倡导与土地紧密相连的农耕生活方式,认为它可以使人们最大限度地远离追逐利润和追求物质享受,引导人们崇尚亲情与自然,懂得自立节俭。耕作土地是天底下最好、最正当的职业,无论是为了财富、快乐还是为了尊严,因为这是一种在道德上最为高尚的生活方式。

"重农派"为了捍卫农耕文明提出了一系列论题:是否应该让工业主义破坏南方的农耕传统?在道德、社会和经济的自主性方面战败的南方究竟应该向胜利的北方妥协多少?南方人是否应该为北方工商资本主义的物质文明和消费文化放弃精神文明和农耕文化?在对诸如此类问题的讨论中,"重农派"呼吁,农业社会的消失不应该意味着农业主义传统的消失，南方的年轻人在纷纷追随工业主义发展的同时，也应该时不时地回首南方的传统文化、批判性地看待工业主义的进步，盲目接受现代化只会使他们陷入"新"南方喧嚣的工业社会中而迷失自我身份和人生方向。当然，"重农派"成员的思想和观点各有不同，但是支持南方的农业主义、反对北方的工业主义是他们联合书写《我要表明我的立场》的共同基础。他们担心现代资本主义会彻底摧毁南方作为一个具有鲜明特色的地方而存在的可能。

南方的地方意识是抵御资本主义、保持南方相对稳定的乡村社会的一种主要手段。在《我要表明我的立场》中"重农派"勾勒出南方的地域特色和地方意识，认为南方最理想的经济模式和生活方式是乡村田园式的、自给自足的、资本主义之前的小农场经济，不同于北方金钱交易网络中的工业化、城市化和土地投机。他们以此来对抗资本主义通过土地投机、发展房地产、城市化和实行工业化等策略对南方的"地方"意识展开的冲击与解构。就本质而言，"重农派"反对的并非资本主义，而是把工业化、城市化和土地投机作为现代工业和金融资本主义经济的表现形式。❶ 他们认为土地私有的小农场经济是南方最理想的经济模式，是南方免于遭受"金钱经济"的最后一线希望。

在后期，为了适应不断变化的政治经济形势，兰色姆、泰特和戴维森等重农主义作家在1936年又编辑出版"重农派"的第二部论文集《谁占有美国？——新独立宣言》，补充完善并再次重申重农主义思想，更加强调美国的农业主义思想和乡土文化传统，成为重农主义运动批判资本主义工业发展的二次宣言，被视为南方知识分子对控制美国政治、经济大财团机构的抵制和批判。这些被称为"新南方邦联战士"的才子文人主张采用农耕制度基础上的土地财产私有和权力非集中化来解决工业社会中泛滥的物质主义和资本集团的权力集中。他们试图通过对宗教、文化、社会制度的探索，努力给挣扎于现代主义漩涡中的南方人指出一条

---

❶ Richard King. A Southern Renaissance: The Cultural Awakening of the American South 1930–1955 [M]. New York: Oxford University Press, 1980: 52.

精神和文化出路。从重农主义立场出发，他们挖掘南方这一地域的神话并对其进行重新诠释和解读，给地理意义上的南方赋予文化和精神力量，建构南方伊甸园和南方神话传奇。他们倡导的重农思想和地方意识与建构南方失落的群体身份、发扬南方独特的农耕文化传统彼此契合，为"复兴"作家提供了极佳的文学创作主题和写作模式。

面对南方不可逆转的工业化趋势，"重农派"被迫放弃其经济主张和政治论争，退守到作家们擅长的文学创作和文学评论领域，决定以文为器，抵御工业文明对南方农耕传统的侵犯，极力再现关于"旧"南方的永恒回忆。1935 年，沃伦与布鲁克斯共同创办了《南方评论》；1939 年兰色姆创办了《肯庸评论》。这些杂志成为"重农派"作家活动的重要阵地。他们努力保持文学批评相对于社会、政治、经济的独立性，开创了独树一帜的"新批评"理论。在失却了往昔的稳定和安全的生存环境后，面对一个被工业文明消解了秩序的社会，新批评家努力从艺术王国中寻找"旧"南方那个凸显生命价值和意义、秩序井然的世界，并深信艺术能够赋予失序的工业社会一种秩序感。重农作家们借文学艺术这片沃土来重整破碎世界的努力与他们早期倡导的重农主义思想在本质上保持一致。重农作家的土地回归和农业主义理想，成就了南方文学文化在 20 世纪二三十年代的繁荣，形成了南方的区域主义思想和地方意识，即致力于南方的"自我审视"和社会改革的思想。南方众多的作家、新闻工作者、学者、知识分子和社会活动家都围绕南方区域主义思想，为南方的社会变革和文化繁荣寻求出路。南方的区域主义思想还得到美国多所大学，尤其是北卡罗来纳大学的支持，霍华德·奥德姆在北卡罗来纳大学首先成立社会学系、社会科学研究院等，为南方的"自我审视"和区域主义思想开辟据点。北卡罗来纳大学出版社也出版发行了一系列南方文学和艺术类书籍。

重农作家的思想传达出社会转型时期南方人努力保持南方农耕传统和文化身份的心声，但在当时，他们被斥责为保守、落后甚至倒退，也被扣上"新南方邦联主义"的帽子，因为他们的主张在不断开拓进取、崇尚理性与实用的美国社会中显得陈腐过时、耽于空想。表面看来，这种农业主义思想具有保守和反动的性质；但是，在深层次上，它为一直徘徊于"我是谁？""我从哪里来？"和"我要到哪里去？"而陷入空虚痛苦和精神苦闷状态中的现代人提供了一条走出困境的道路。他们认为，人要作为个性鲜明的个体而不是僵硬的机器而生存；人需要意识到人类对土地的依赖性；现代人更应该献身于道德生活在审美和精神领域中的提升；人类应该对自然界保持神秘感和敬畏心。

"重农派"坚持要夺回在工业文明下逐渐丧失的"宗教、艺术和生活的闲淡舒适"，❶ 以求为南方文学确定注重传统农业文明的区域性特征，凸显南方的地方意识。美国的现代化发展和 20 世纪 30 年代的经济大萧条，使南方知识分子的重农思想对美国的社会历史和文学艺术产生了巨大影响。这种思想不仅贯穿在兰色姆、戴维森、泰特、沃伦等人的作品中，而且体现在福克纳、戈登以及韦尔蒂等作家的小说创作中，一时形成了一股声势浩大的文化潮流，素有"重农主义运动"之称。美国现代颇具影响力的文艺批评流派"新批评派"也围绕"重农派"创建的刊物推出他们的文学理论著作。"新批评"的不少成员同时也是"重农派"的核心人物，他们的文学批评理论在世界范围内改变了传统的文学评价方法和教学模式。此时，在经济上相对落后的南方却在文化上赢得了新生。正是因为"逃逸派""重农派""新批评派"、区域主义思想和以福克纳为首的一批优秀作家的推动，南方迎来了"南方文艺复兴"的文学艺术大繁荣局面，并且以家族、历史、地域三大经典主题焕发出别样的艺术魅力。

三、"约克纳帕塔法"文学地理王国

福克纳不属于"重农派"成员，但他在文学创作中身体力行"重农

---

❶ Twelve Southerners. *I Will Take My Stand*, Introduction by Louis D. Rubin, Jr., Biographic Essays by Virginia Rock [M]. New York: Torchbooks, 1962: xiii-xv.

派"的思想和主张,构筑了代表南方地方意识和乡土观念的文学地理共和国"约克纳帕塔法"。故乡独特的地域风情、社会历史和文化传统孕育了福克纳作品中浓郁的地方意识和乡土情结,"约克纳帕塔法"神话王国是福克纳的故乡情怀和南方社会的缩影。艾伦·泰特说过,每一个接触过福克纳的人都会被他身上"奇特的南方性"所吸引。❶福克纳扎根于家乡的泥土,全神贯注于建构故乡的山川地貌和风土人情。他认为自己度过童年时代的密西西比小镇就是他小说创作的背景。家乡的土地伴随他成长,故乡的一草一木像血液一样流淌在其作品中,他不知不觉地"吸收消化"并提炼它的精气神韵。❷

福克纳的生活空间和文学虚构空间共同构成"约克纳帕塔法"神话世界。❸他继承南方文学关注地域特色的传统,以故乡为蓝本描绘刻画作品中的地方,使现实和虚构之间达成互文关系,烛照彼此。福克纳是一个典型的美国南方土生子,他的虚构王国"约克纳帕塔法"就是作者生于斯、长于斯的故乡,那个让他无法割舍的密西西比小镇。福克纳在作品和南方这片热土之间建立了广泛而深刻的联系。他从小深受南方历史文化的熏陶,对"邮票"般大小的故乡了如指掌、对故乡的风土人情熟稔于心,"记录"从南方各种人群那里听到的故事,醉心于在作品中尽情描绘南方的土地与人民,立志把自己熟悉的、真实的南方呈现给世人。福克纳的故乡牛津镇就是小说王国中的杰弗逊镇,密西西比的拉法耶特郡就是"约克纳帕塔法"文学地理空间的原型。牛津镇这个南方小镇以及周围的山川、河流、乡野、森林等逐一进入福克纳的作品,成为其作品的诸多地理背景。对于故乡的深爱,使福克纳在作品中把祖父、姑婆、黑佣人和乡邻们讲述的家族故事一遍遍叙述描写,使他熟悉的人物和事

---

❶ Robert Penn Warren. Faulkner: A Collection of Critical Essays [M]. Upper Saddle River: Prentice Hall, 1966: 274.

❷ Frederick L. Gwynn, Joseph L. Blotner. Faulkner in the University [M]. Charlottesville: The University of Virginia Press, 1959: 86.

❸ Taylor Hagood. Faulkner's Imperialism: Space, Place, and the Materiality of Myth [M]. Baton Rouge: Louisiana State University Press, 2008: 3.

件——进入南方历史。

现实生活中的牛津是一座人口不满 2000 人的小镇,是拉法耶特县县府的所在地。小镇的种族和阶级影响人们的自由和机会,也影响语言、风俗、饮食和衣着。尽管有着门第和阶级的分界,生活在牛津镇的人们发觉相互交往还是比城里人要顺畅得多。福克纳家族是贵族后裔,蛮可以表现得严厉矜持和傲慢自大,但他们不是瞧不起穷人的势利鬼,他们喜欢跟密西西比州各阶层的人来往。福克纳生活的小镇处于密西西比河三角洲之东,是密西西比州北部的丘陵地带。三角洲平坦的黑土地是本州最富饶的地区。丘陵地区土壤肥沃也很少遭到洪水泛滥的威胁,棉花是当地最主要的作物。

1842 年他的祖先"老上校"初次来到这块没有完全开垦的边陲地区。在离里普利和牛津镇不远的地方,有不少人迹罕至的山丘、河流和森林,那里是野生动物的乐园。在他家北面相距几条马路的地方,小镇广场中心县政府周围的木板便道上点缀着各式店铺。每逢星期六,广场上是拍卖马匹和开展各种交易的场所。在他家的西面和南面,只相距几条马路,就有几处树林,福克纳家的男孩子都喜欢去树林里玩耍。北边 10~15 英里处,在蒂帕河和塔拉哈奇河交汇的地方,福克纳家有一幢宽敞的两居室小木屋,叫作"家庭俱乐部会所"。孩子们躲在那儿捉松鼠,捕猎浣熊、狐狸和麋鹿。东边 30 英里就是三角洲地带,有着层层的梯田和丰裕的猎物。从福克纳家往南几英里处,有一条河,牛津镇的人管它叫约科纳河,在老一点的地图上它被标为约科纳帕塔法河。福克纳在作品中做了一丁点儿的拼写改动,借用这条河的名字来命名自己的神话王国。在福克纳眼里,家乡的这片土地、这个南方,得天独厚。它有森林向人们提供猎物,有河流提供鱼群,有深厚肥沃的土地让人们播种,有滋润的春天使庄稼得以发芽,有漫长的夏季让庄稼成熟,有宁静的秋天可以收割,有短暂温和的冬天让人畜休憩。

地方意识和南方特性就是"约克纳帕塔法"神话世系的"生命"。农业社会模式、根深蒂固的地方情结和社区意识,把福克纳小说中的人物和事件组成一张张大网,人人都纠缠集结在这张网中,沙多里斯家族、康普生家族、萨德本家族、麦卡斯林家族,等等,各色人等无一例外地被网罗在"约克纳帕塔法"虚构世界中。地方意识和家族观念沉淀在每个人物的思想中,每个人物并不是一个个的个体,而是一个又一个的社团。个人、家族和地区在福克纳的现实和虚构中交织在一起,他终身游走徘徊在想象与现实的痛苦与欢乐之间,无法把现实和虚构截然分离。作者的文学想象不仅来自密西西比河边小镇的生活和实际存在的南方土地,也在于想象与现实之间所具有的某种碰撞、对抗、交流和协商。他在思考南方的没落和现实的处境时,逐渐沉思出一幅完整的、具有内在关联性的图景,这幅图景就是"约克纳帕塔法"文学共和国。

福克纳的南方是一个具有地标性的神话王国,是经过作家虚构想象的传奇空间。福克纳用"约克纳帕塔法"命名这个想象国度,因为这个名字起源于契卡索印第安语,意思是"河水慢慢流过平坦的土地",❶ 如此命名旨在表现作者对南方古老文明的眷恋与膜拜。而且作者设计这个想象国度"唯一的拥有者和产业主"是威廉·福克纳,虽有调侃戏称之意,或许也只有他能够深切体悟这片南方"产业"的真正寓意。福克纳在创作《沙多里斯》时还没有具体描画这个神话王国的确切地图,只是将其命名为"约克纳县"。❷ 1936 年他发表《押沙龙,押沙龙!》时,书后附上了一张详细的手绘地图,这个虚构空间被正式命名为"约克纳帕塔法"县。

"约克纳帕塔法"详细叙述该县的距离大小、农业生产、气候特征、社会风貌、经济模式、种族结构和社会等级。在福克纳绘制的地图上,"约克纳帕塔法"县位于密西西比州的北部,它的北面与田纳西州交界,夹在约克纳帕塔法河和塔拉哈奇河之间,杰弗逊镇位于该县的中心。该

---

❶ Gwynn, Frederick, Joseph Blotner. Faulkner in the University: Class Conferences at the University of Virginia, 1957~1958 [M]. Charlottesville: University of Virginia Press, 1959: 6.

❷ William Faulkner. Flags in the Dust [M]. New York: Random House, 1973: 87.

县有居民 15 612 人，其中白人 6299 人、黑人 9313 人，散居在 2400 多平方英里的土地上，600 多个有名有姓的人物在"约克纳帕塔法"世系的各个长篇、短篇小说中穿梭。境内有和煦的阳光，茂密的森林，还有广场、教堂、学校、医院、甚至监狱，还有宏伟的庄园和古老的木屋，有横贯东西南北的马路和纵贯南北的铁路，生活着白人庄园主、冒险家、流浪汉、律师、军人、穷白人、佃农、印第安人以及黑奴等。

作者精心建构的"约克纳帕塔法"虚构王国恰如南方生活的一幅典型画卷，记录这片土地独特的历史和发展进程。福克纳的 15 部长篇小说与绝大多数短篇小说的故事都发生在这个神话王国中。"约克纳帕塔法"世系小说的主要脉络就是这个县的杰弗逊镇及其郊区的几大家庭几代人的传奇故事，时间跨度大约从 1800 年前直到第二次世界大战以后近两个世纪。这片虚构的地方不仅折射福克纳"邮票般大小"的故乡，而且折射出整个南方社会的真实图景，照应着被白人奴隶主和贵族所掌控的殖民地区的历史与现实。福克纳穿梭在虚构与现实之间，把人物众多、时间跨度漫长、家族关系复杂的南方贵族家族传奇娓娓道来，书写气势恢宏的南方家族盛衰史和地方变迁史，成就了一部南方的风俗志和人类的现代史。

南方的地域特色赋予福克纳醇厚绵长的故乡情结。现代以来大规模展开的城市化建设让福克纳对祖祖辈辈生活过的南方小镇更加依恋。小镇居民与城市人群有着截然不同的生活方式。对于生活在城市里的人们而言，重叠交叉的视觉印象接二连三、纷至沓来，人们只是司空见惯、麻木不仁地对这些印象进行冷漠机械的"电影摄影式"处理。在城市，人们普遍觉得自己并没有与某个特定的地方、人群和时代紧密联系在一起，似乎是同"任何地方、任何人和任何时代"联系在一起，在环境中找不到身份认同而失去归属感，产生漂泊无助和精神流放的孤独感和无奈感。相对而言，在村镇上生活的人们，因为相同的生活经历、相似的价值观念、相近的人际关系，他们互相熟悉，彼此依赖，更多牵连，倍感亲切，形成强烈的社区归属感和价值认同感。他们对家乡故土更加珍惜热爱，久而久之，沉淀出浓厚的乡土意识和邻里观念。城市生活是一种变幻不居、"闪烁不定"和不动感情的"摄影式"生活方式；小镇生活则是富有感情色彩、注重人情关系的"叙事式"和"抒情式"生活方式。南方的小镇生活承载着福克纳作品厚重的历史意识和浓郁的地域情结，是作者的理想家园。

福克纳借助虚构的文学地理空间观照现实维度，用"约克纳帕塔法"这面"镜子"反观南方的漫长历史，也用这盏"明灯"照亮南方的现实生活，探求具有生命和精神价值的人类生存的永恒意义。虚构与现实在福克纳卷帙浩瀚的作品中交融汇合，人们或许已经难以分辨出哪些是现实，哪些是虚构。那些日渐破落的南方庄园、那些无奈谢幕的南方贵族仍然鲜活地活跃在人们的记忆中，影响着人们的现实生活。福克纳虚构的小镇不但反映南方的自然风光、地理地貌、建筑风格、家族分布、居家摆设和风土人情，等等，还揭示南方的社会分层、阶级矛盾、性别歧视、种族问题、道德冲突、社会变革、历史演化、个人命运以及人性的复杂性等重要内容，使作品呈现出主题意义上的多重性。因此，"福克纳的'约克纳帕塔法'世系是一个通过丰富想象建构起来的文学空间世界，它全方位、体系化地描写复杂多样的人类社区"。❶ 有些学者可能一直致力于考证福克纳虚构的"约克纳帕塔法"和现实中的拉法耶特县之间究竟在多大程度上有多少相似性。其实，我们并不期待文学世界原原本本地照搬现实，我们也清楚地知道文学空间的意义不在于它的大小范围以及它与现实的相似度，文学空间的有效性应该在于它的内在意义和诗学功能。

福克纳曾经说过："从《沙多里斯》开始，我发现我家乡那块邮票般大小的地方值得我去写，我这一辈子都不可能穷尽它，而且我还发现通过把真实变为虚构，我有完全的自由将我的天赋发挥到极致。这一发现

---

❶ William T. Ruzicka. Faulkner's Fictive Architecture: The Meaning of Place in the Yoknapatawpha Novels [M]. Ann Arbor: UMI Research Press, 1987: 5.

打开了一座金矿。于是我创造了一个我自己的有秩序的整体性世界。"❶
福克纳对"约克纳帕塔法"世系小说进行"有序的"整体规划,强调总体设计理念。他很早就意识到自己的神话王国要比哈代的只有两维空间的"威塞克斯"复杂得多。他似乎更加推崇巴尔扎克的世界,他认为巴尔扎克"创造了一个血液流遍 20 部小说的世界"。❷ 与巴尔扎克相似,福克纳把自己绝大多数的小说设计在这个虚构的南方神话王国中,不但在空间上对它们进行整体架构,而且在主题上形成关联,构成一个描写南方大家族兴盛与没落历史的故事谱系与链条。福克纳比巴尔扎克更胜一筹,他亲手绘制地图,对自己的小说世界进行体系化的空间架构,对生活在其中的不同家族在空间上进行整体规划,使各家居有定所。

福克纳对"约克纳帕塔法"县展开厚描,仔细"图绘"其中的人口密度、家族分布、规模大小、村舍农庄、仆从角色、肤色身份、家庭关系、居家摆设、中心广场、法院大楼、林荫大道、自然景色,等等,事无巨细,历历在目。福克纳通过丰富的想象,在小说中建造出与现实生活一样丰富多彩的地域空间。他对每个庄园主大家族以及后期的新兴资产阶级"斯诺普斯"家族在地图上绘制位置、划定范围。比如,把持东北角的是沙多里斯家族、麦卡斯林-艾德门兹世系;占据东南部地带的是康普生家族;开拓西北角的是萨德本家族,占领南部地区法国人湾的主要是后来发家致富的"斯诺普斯"家族。处于福克纳神话王国中心位置的是法院大楼,贯穿南北的大动脉是沙多里斯修筑的铁路。各大家族以象征着法律和秩序的"约克纳帕塔法"县法院为中心,呈基本对称辐射态势分布在周围各核心位置。总体看来,福克纳在"约克纳帕塔法"县的地图上主要描述的是法院广场以及南方几大贵族家族和新兴斯诺普斯家族的分布状态,反映"旧"南方社会以公共利益和社会秩序为中心的

---

❶ James B. Meriwether, Michael Millgate. Lion in the Garden [M]. Lincoln: University of Nebraska press, 1980: 255.

❷ James B. Meriwether, Michael Millgate. Lion in the Garden [M]. Lincoln: University of Nebraska press, 1980: 215.

庄园家庭生活，代表着居住在"约克纳帕塔法"神话王国中的人们维护阶级秩序、重视"家庭"观念和崇尚传统生活的南方特性。

"约克纳帕塔法"的空间描写渐次展开。首先进入人们视野的是用于公共集会、具有开放性的广场和居于广场中心的法院，然后是各行各业进行办公的场所，是相对封闭独立和功能单一的空间。作为轴心而存在的"约克纳帕塔法"县法院不仅是一个建立在自然风景之上的人造建筑，而且是一个代表秩序和权力的威严公共空间。福克纳如此描写"约克纳帕塔法"县的中心："有一个呈正四边形的广场，绿树掩映的法院矗立在广场中央。周边建有二层楼的商铺、律师事务所、医院和牙科诊所、旅馆和礼堂。学校、教堂、酒馆、银行和监狱也排列有序，四条笔直的大道向四面延伸而去。"❶ 福克纳对杰弗逊镇中心广场及其周围的空间描写以重要性为原则展开排列。例如，在描写"旧"南方时，人们用于集会、休闲的广场和代表法律、秩序的法院率先出现，然后是神圣的教堂、传授知识的学校、治病救人的医院等空间；但在描写内战之后的南方时，首先出现的是聚集财富的银行、刺激消费的商场等商业化空间。福克纳是一个相对保守的守旧派，对南方传统生活的依恋使他本能地对北方工商资本主义的产物，比如银行等商业化空间，感到厌恶和反感，这也是他把银行和监狱排列在空间序列末尾的原因。

广场在南方人的社会生活和政治生活中具有重要意义。这里的广场不仅仅是一个开放性的开展各种公众集体活动的场域，它俨然是一个集公共建筑和威严权力为一体的地方，其他空间井然有序地排列分布其上。广场因此成为代表一个地方有序或者无序的象征。在福克纳看来，"旧"南方时期的杰弗逊镇广场就是南方秩序的象征。在广场上有以法院为中心、向东南西北方向伸展出去的四条宽阔的林荫大道，这样的空间描写不但强调杰弗逊镇建筑空间的对称性和轴心结构，而且传达出镇中心的离心辐射性和向心凝聚力，是秩序和规则的体现。以法院为中心的杰弗

---

❶ William Faulkner. Requiem for a Nun [M]. New York: Random House, 1951: 39.

逊镇广场像一面巨网，把各种视野所见和出入往返尽收其中。法院居于杰弗逊镇广场的中心位置，表现出居住在这里的居民对其神圣性和权威性的敬畏，也体现出它的空间缔造者福克纳的意识形态和思想观念。福克纳通过描写广场和法院大楼在"旧"南方时的井然有序，传递他对南方旧秩序的重视与依恋。

  福克纳对中央公园自然空间的描写进一步彰显南方人亲近自然、尊重自然法则的重农主义思想和农耕文化传统。在北方现代化商业利益的驱使下，人们无视自然法则，肆意砍伐树木，建造各种商业购物中心和银行，结果那棵给二楼的律师事务所和医生办公室的阳台提供阴凉的最后一棵大树也消失不见了。"最后一棵大树"的消失传达着作者的生态意识和对现代南方无序的担忧与焦虑，更反映出他对城市化的强烈反感。福克纳似乎在暗示历史悠久的南方小镇让人们更加接近自然，更加适合人类生存，人们没有必要在利益的驱使下匆忙丢弃南方的农耕传统，盲目奔向现代化和城市化。

  福克纳的空间描述传递着阶级意识。在杰弗逊镇，沿广场延伸出来的南北主干大道占统治地位，这一点从庄园主家族的分布上可以窥见一斑。福克纳把"约克纳帕塔法"神话系列的绝大多数贵族庄园主，例如沙多里斯家族、康普生家族、萨德本家族、斯诺普斯家族、格尼尔家族（《献给艾米丽的玫瑰》中的显赫家族）都安排在处于主导地位的南北轴面上，并在作品中多次描写广场的南北主干大道；而自耕农、穷白人和农民等，例如，格鲁芙（《八月之光》中的穷白人家族）、本特伦家族等，几乎都住在镇子的东西轴面上，作者对这个轴面的描写在作品中也比前者少了许多。广场及其周围的空间在轴对称分布的同时，还呈现出辐射状。这种空间设计的优势在于出入广场中心除了通过南北的主干大道之外，还可以从蛛网状的侧路自由进出。时势太平时广场呈现出包容的向外辐射性和开放性；一旦暴乱发生，它立即显示出强有力的向心凝聚力和封闭性，军队可以从四面八方迅速向它的中心集结，把守保卫居于广场中心的法院和处于南北轴面的南方贵族家族的安全。

福克纳对广场和法院大楼的描写还在深层次上反映出这位杰弗逊镇的缔造者隐秘的"贵族意识"和"精英思想"。在空间设计上他让代表权力和财富的南方贵族阶层处于杰弗逊广场的主要位置，显示它在南方社会生活中的核心地位和重要意义，象征其统治权威不容侵犯。在空间设计中，福克纳认为最理想的空间布局就是以"高大雄伟"的法院大楼为中心向四周辐射的广场。不管是世俗的还是神圣的、统治阶级的还是被统治阶级的各种活动都在这个空间发生，广场成为各种权力关系在其中集汇角逐的场域。但南方贵族阶层确信自己的统治坚不可摧、不可撼动，它会完美地包容来自其他各个阶层的颠覆力量。从地图的空间分布上人们可以非常清楚地意识到福克纳的南方阶级分层思想和白人贵族至上意识。在杰弗逊镇，贵族阶层居于支配性地位，是南方的统治者，占据着杰弗逊镇主要的地理空间；其他佃农、穷白人和黑人只是处于辅助性存在的地位，遭受剥削和压迫，被排斥在地理空间的次要位置上。

杰弗逊的空间分布清楚地反映着福克纳的情感倾向。从地图上可以看出，杰弗逊镇是一个以南北为竖轴、东西为横轴的对称坐标分布形状。它的轴心是法院，南北竖轴占据支配地位，东西横轴处于辅助位置。它的街道在接近南北轴和东西轴的地方呈整齐的格子状，但在向四周延伸时呈松散的网络状分布。镇子的南面和北面入口是它的主干路口，可以正面看到法院；东西入口则是辅路，只能看到法院的侧面。南北入口在福克纳的小说中被多次提及，对东西入口的描写则相对较少。在整个广场中，广场的南部在历史上显得更加重要，它不仅是出入广场的主路，而且南方邦联纪念碑也坐落在它的中心地带。福克纳"约克纳帕塔法"世系小说中几乎所有的重要事件或庆祝活动都发生在广场的南部。例如，在《修女安魂曲》中，沙多里斯上校带领杰弗逊兵团开拔弗吉尼亚之前，他们的誓师活动就发生在这里。而且在《修女安魂曲》中有两次详细描述在这个空间举行盛大活动的场景。

在设计广场的空间布局时，福克纳的重点放在广场的南部空间，认为南部空间优于北部空间。这样的安排并非出于建筑理念的考虑，而主要是作家创作无意识的反映，他不知不觉地在作品中传递着自己对美国南方和北方的情感好恶。福克纳倔强地认为内战及其后来的重建并没有在精神上摧毁南方，南方邦联的纪念碑毅然傲然挺立在杰弗逊广场的南部中心位置。他在潜意识中认定南方地区并没有比北方地区低劣落后多少，相反，南方承载着更多的历史意义和地域特性，南方人在精神和文化上高于唯利是图的北方人。与北方的一些被现代化迅速催生的大城市相比，福克纳认为南方小镇经历过缓慢且独特的发展历程，拥有更加悠久的历史和厚重的文化，保存了更多的地域特色和南方精神。杰弗逊小镇的发展历史就是整个南方农业社会发展的缩影，它承载着南方人世世代代的乡土情怀和区域文化认同。在发展之初，杰弗逊镇只是契卡索印第安人的一个小贸易点，随后成为他们的家园和居住地，后来成为一个小村庄，再后来白人从印第安人手里买来大片土地，把它发展成一个镇子，最后才成为今天的"约克纳帕塔法"县。

福克纳运用生花之笔对"约克纳帕塔法"县和各大贵族家族的分布进行整体规划，描绘出一幅特色鲜明的南方地区图景。同时，他还以各大家族的庄园为写作对象，详细设计体现各贵族家族日常生活的地方。相对于广场、法院大楼、教堂等空间，庄园是比较封闭隐秘的空间，体现居住者的生活状态和喜怒哀乐的人生经历。在"约克纳帕塔法"世系中，沙多里斯家族的庄园是南方贵族庄园的代表，是"约克纳帕塔法"种植园主庄园建筑理念的典型体现。沙多里斯庄园建有主房、马棚、粮仓、黑奴窝棚、熏制房、果园、牧场和一些谷地，主房前后有走廊和正厅，正厅两边建有客房，❶ 二楼建有四间卧室，房子正面朝东，正厅贯穿东西。❷ 沙多里斯家族还有处理各种事务的办公室、书房以及厨房、餐厅等。正房处于庄园的中心位置，其他建筑以正房为中心向周围辐射。从正房望去，黑人窝棚和其他房屋一览无余。沙多里斯庄园的建筑设计凸

---

❶ William Faulkner. The Unvanquished [M]. New York: Random House, 1966: 9, 22, 39.

❷ William Faulkner. Sartoris [M]. New York: Random House, 1929: 8.

显严格的等级制度和主仆有别的建筑理念,从空间层面体现南方的父权制权威和等级分层制度。

强烈的领土保护意识在沙多里斯家族代代传承,土地不仅仅是家族不容侵犯的私有财产,更是家族誓死保卫的荣耀和尊严。在沙多里斯家族的祖先"老上校"约翰·沙多里斯看来,沙多里斯家族的土地完整、庄园的井然有序,代表着整个社区的存在和秩序。因此,在经历了内战战火的毁灭之后,他要重建的不光是自家的庄园和黑人窝棚,还有杰弗逊镇的法院和广场。沙多里斯无疑是南方贵族阶层的典型代表,他的抱负不仅仅是建立某个具体的庄园,而是重树南方贵族昔日的权威、恢复南方的社会秩序。沙多里斯被塑造成南方的民族英雄,是父权制和等级制的维护者,是南方贵族气质和骑士精神的化身。他明白个体与集体之间唇齿相依的关系,他更清楚自家庄园与南方社区之间皮之不存毛将焉附的道理。在建筑家族庄园的同时他为杰弗逊修筑了第一条铁路。他的儿子白亚德和他父亲一样,清楚地认识到自己的家族和南方的未来都与土地紧密相关。虽然无法像父亲一样建功立业、光宗耀祖,但他坚守土地,尽力维护家族传统,过着典型的南方乡绅生活。

在小说中,"老上校"约翰的"书房"也被黑人称为"办公室"的地方是福克纳浓墨重彩描写的一个地点。这是一个代表智慧和知识的地方,呈半开放状态。占据面积最大的是一张特大的办公桌,壁炉上方悬挂一支猎枪,屋内安放着一座大钟,还有一张饭桌,房子外面是被人精心打理的花园。❶ 这些空间描写反映"老上校"的生活状态和社会地位。当时的"老上校"修筑铁路、把持法院、开办银行、组建军队,在镇里叱咤风云,大权在握。阔气的办公桌和座钟暗示主人显赫的经济地位和繁忙的公务往来;书房和枪支象征着知识和权力;精心照顾的花草表现主人富裕奢华和养尊处优的生活。"老上校"不但拥有处于正房中心位置的办公室,而且居住在二楼正房,他居高临下,随时俯瞰整个庄园,行

---

❶ William Faulkner. Sartoris [M]. New York: Random House, 1929: 6.

使统治者的权力。❶沙多里斯庄园从"老上校"传到他儿子老白亚德的手中时，书房兼办公室挪到正房后面，而用于会客与休闲的客厅占据正房的前面。老白亚德的书房兼办公室里竖立着一个巨大的书柜，在书柜上还"收集着各种种子、根茎、谷物豆荚、生锈的马刺、挽具带"等。❷

如果把他们父子两人的书房空间描写进行对比，人们不难发现其中的差异。与父亲的办公室兼书房不同，老白亚德的办公室兼书房基本上失去了办公室的意义，没有了他父亲的那些与开疆拓土、戎马生涯相联系的猎枪等物件，而是多出了种子谷物等东西，这些把他和农夫、土地联系在一起。这样的空间变化反映出一个巨大的时代变迁。随着奴隶制的废除、南方社会的重建，现在的老白亚德不像父亲那样是显赫一时的律师、银行家和上校，他也失去了父亲那样的统治地位，他更多地充当着一位南方乡绅的角色。通过空间叙事，作者清楚地反映出南方贵族及其庄园的发展轨迹。南方贵族逐渐失去了政治和经济上曾经拥有的特权地位，他们从社会的中心位置逐渐被挤入边缘境地。老白亚德生活在功勋卓著的父辈的阴影中，似乎只能怀着敬畏之心，固守祖先留下来的土地和产业。

沙多里斯庄园虽然经历过烧毁和重建，但它并没有表现出绝望的气息。它的后代继承祖先的贵族精神和骑士风度，放弃以怨报怨的决斗，决心以高尚情操和绅士气度解决自己与仇家之间的宿怨，凸显南方贵族的崇高品质。沙多里斯庄园代表着南方贵族的鼎盛和发展时期，人们从庄园建筑和空间拥有中可以感受到南方庄园主的贵族气质、精英思想和社区理想，投射出某种安邦立国、稳定秩序和积极向上的梦想。但是，自《沙多里斯》之后，"约克纳帕塔法"世系的庄园似乎呈现出无法挽回的破败景象。福克纳以南方贵族庄园的败落反映在南方大地上上演的一场场时代变革，唱响了南方贵族阶级覆亡的挽歌。

---

❶ William Faulkner. The Unvanquished [M]. New York: Random House, 1966: 253.
❷ William Faulkner. Sartoris [M]. New York: Random House, 1929: 34.

在《喧哗与骚动》中，康普生家族祖传的大片土地和牧场在家族后代一代代的抵押和转让中日渐缩小，被尊称为"老州长之宅"的庄园到杰生三世时已经年久失修，成为"康普生家"，家族仅存的一块土地被康普生先生卖给高尔夫球俱乐部，好让"儿子昆丁可以在哈佛完成一年的学业""女儿凯蒂在出嫁时有点儿像样的嫁妆"。曾经拥有大片土地和产业的康普生家族只剩下老旧的宅子、破败的马厩和供迪尔西家居住的仆人窝棚。到杰生四世时，康普生庄园只剩下一幢破旧的宅子。"康普生家族的不动产（康普生家的土地）变成了可动产（一笔钱），脱离土地意味着家族从此走向衰落"。[1] 杰生在母亲去世后，索性把白痴弟弟送进了杰克逊疯人院，把老宅卖给同乡当骡马贩子的膳食坊，自己也搬去办公室居住。康普生家族的后代一直变卖土地，连安身立命的祖上老宅也无法继承。失去土地的过程就是失去地位和身份的过程，康普生家族延续到第四代时，其破败衰落已成宿命。

在"约克纳帕塔法"世系中，"萨德本百里地"庄园与沙多里斯、康普生庄园不同，后者以家族的姓氏命名，代表祖上世袭和家族传统；前者由表示所属关系的拥有者"萨德本"和表示大小的"百里地"两部分组成，侧重点在量化计算和规模大小。对地方的命名其实象征着居住者对待它的态度。萨德本认为"萨德本百里地"的主要意义在于家族财产的数字化计算，而非亲情的表现，居住者的日常生活与情感感受几乎可以忽略不计。萨德本家族是穷白人，没有庄园供他世袭，萨德本白手起家，骑着一匹马，带来两把手枪和一群黑人，"不晓得使用什么伎俩"从一个"无知的印第安部落手里弄来的"一百英里的低洼荒地上，硬生生地建立起萨德本百里地；如果不是那个法国建筑师"约束"，倘若由着狂妄自大、野心勃勃的萨德本的性子，没准他会把庄园建得"差不多跟

---

[1] Richard Godden. Fictions of Labor：William Faulkner and South's Long Revolution [M]．Cambridge：Cambridge University Press，1997：46．

当时的杰弗逊镇本身一般大"。❶萨德本如此命名自己的庄园无非是出于虚荣和狂妄，企图借助对土地和庄园的空间占有规模，炫耀自己的社会地位和权力，从不考虑庄园最基本的功能是满足居住者的日常生活，成为承载生命的家园。

没有门窗、像"城堡"一样的"萨德本百里地"庄园，形象地传递出萨德本庄园的挪用功能和反人性本质。庄园不具备人们最基本的生活设施和居住条件，萨德本也似乎刻意拒绝和排斥一切与日常生活相关的东西，肆意违反居家的本质意义，顽强地排斥生命、情感和人性因素，他把庄园完全抽象化成一个表示占地面积大小的符号。虽然他拥有庄园、土地、奴隶、结婚证书和妻子儿女，目的不是为了栖息生活、享受天伦之乐，而是为了挪作他用。他偏离或干脆拒绝土地和庄园的本质意义，对其进行肆意滥用。庄园是贵族身份的象征，而不是富有意义的生活空间。他建造庄园是为了对土地和家人行使控制权，满足自己的私欲和达到跻身上层社会的目的。"萨德本百里地"的反人性还表现在，萨德本一味扩大庄园的真正目的是企图建立可以持续千秋万代的"纯白人"血统王国。在"纯白人"血统愿望落空之后，"萨德本百里地"也被一把大火付之一炬，只剩下萨德本家族唯一的混血子遗对着大火嗷嗷嚎叫。萨德本对庄园和土地的病态挪用注定了家族灭亡的悲剧命运。

在《去吧，摩西》中，庄园主老卡洛瑟斯对土地的滥用和现代工业的发展导致了麦卡斯林家族庄园的毁灭。家族的祖先老卡洛瑟斯用欺骗的手段从印第安酋长手里骗来这块土地，并疯狂圈地据为己有。老卡洛瑟斯狂傲地认为他可以对这片土地发号施令。老卡洛瑟斯在世时，庄园建筑了一半，房子也缺着很多窗子，"完全没有后门"。❷ 与萨德本一样，他不在乎赋予庄园"家"的意义，只注重它的规模大小。他恬不知耻、道德堕落，过着糜烂混乱的生活，蔑视人类最基本的血亲伦理，强奸黑

---

❶ William Faulkner. Absalom, Absalom! [M]. New York: Random House, 1951: 33.

❷ William Faulkner. Go Down, Moses [M]. New York: Random House, 1942: 262.

奴、诱奸自己的黑奴女儿,犯下滔天罪行。艾克是麦卡斯林家族的第三代,当他无意中探知家族祖先的秘史之后,毅然拒绝继承麦卡斯林庄园,选择归隐山林,希望通过自食其力,为祖先贪婪掠夺土地、残忍压榨奴隶、肆意践踏血缘伦理的恶行赎罪。麦卡斯林家族的白人男性子嗣从此断了香火延续,只有祖先乱伦繁衍下来的黑人血脉存活下来。在种族主义根深蒂固的南方,黑人后裔在本质上还是奴隶,没有权力继承大宅成为庄园的主人。因此,老卡洛瑟斯坟墓一样的庄园只好空置,在岁月的侵蚀中慢慢坍塌败落。

现代化和工业化的发展对于南方地域特色的毁灭也不容忽视。《去吧,摩西》生动再现了现代化的发展对南方农耕生活的侵蚀与破坏。自从斯班少校把砍伐森林的权力卖给孟菲斯的一家木材公司之后,森林被大规模地砍伐,"肮里肮脏"的火车轰鸣着开进了"沉思默想、满腹心事"的森林,人类的贪婪吞噬了野生动物怡然自得的家园,荒野中再也听不到野兽的叫声,代之而起的是火车汽笛的尖叫声;在森林中嬉戏的小动物被汽笛声惊得仓皇逃窜,拼命爬上"碰到的第一棵小树、抱紧树干";火车把一口口吐出的废气喷到"仪态万千、亘古常青的森林"的脸面上;当艾克看到"岔轨、货运月台和零售商店对那片土地的破坏"时,他感到"惊愕和默然";❶ "火车在斧钺尚未真正大砍大伐之前就把未建成的新木厂和未铺设的铁轨、枕木的阴影与凶兆带进了这片注定要灭亡的大森林"。❷

在"斯诺普斯三部曲"中,南方到处都是战前庄园遗留下来的废墟、塌陷的马厩和黑奴的窝棚。❸ 一度是本县、抑或是整个密西西比州最大的德·斯潘家族的"大宅"也落入暴发户斯诺普斯之手,曾经的庄园被改造为金碧辉煌、现代化程度很高的豪华住宅,成为斯诺普斯阶层炫耀财

---

❶ William Faulkner. Go Down, Moses [M]. New York:Random House, 1942:318-321.

❷ William Faulkner. Go Down, Moses [M]. New York:Random House, 1942:367.

❸ William Faulkner. The Hamlet [M]. New York:Random House, 1940:3.

富以及攫取经济和政治权力的标志。而且，代表南方女性、被作者赋予大地女神品质的尤拉，最终也卷入弗莱姆"房产开发"之局。❶ 随着现代化的深入和南方"新贵"的崛起，南方大宅的改弦易辙反映南方历史的沧桑巨变。南方贵族的昔日大宅遭到彻底地改头换面，大宅的主人也被当代发迹的南方新贵取而代之。斯诺普斯对大宅的改建其实表现着权力关系在"新"南方的移交。此时，处于权力中心的已经不是"旧"南方的贵族阶层，而是掌握了现代资本运作方式和市场游戏规则的南方"新贵"，他们正在逐步取代"旧"南方的贵族阶层，在南方的政治和经济生活中扮演越来越重要的角色。

福克纳虚构的"约克纳帕塔法"文学地理王国诚然就是南方贵族庄园发展历史的生动写照，是现实生活中南方地区的翻版。这个文学共和国中的那一座座古老的庄园，犹如一部史书，保存对过去和生活其中的南方人的记忆，反映着"居住和呼吸在其中的人的直觉、个性和特征，获得了用砖块和木材建造它的人的精神"。❷ 南方人最初在这块土地上安家落户、栖息繁衍、建立家园、振兴社区，与土地建立了密不可分的依存关系。但是，在日益膨胀的贪婪和无知狂妄的驱赶下，南方的庄园主们无节制地掠夺和扩张土地，并奴役黑人，在这片土地上犯下了不可饶恕的罪过。就像日渐缩小的森林一样，南方的种植园面临着命定的衰落。福克纳以南方庄园的演变为聚焦点，旨在投射南方的历史发展进程。虽然南方有过光荣的传统和良好的秩序，但蓄奴制破坏了受到诅咒的旧制度、旧秩序，同时也摧毁了南方的传统美德。旧秩序遭遇崩溃，新秩序尚未建立，城市化和现代化乘虚而入，为了利益的最大化，南方"新贵"恣意破坏人们赖以生存的自然家园，把大片的森林、棉田和玉米地疯狂地修建成铁路、厂房和地产。现代化和城市化加快了南方作为一块地域特色鲜明的地方的消失。

---

❶ William Faulkner. The Mansion [M]. New York: Vintage (reprinted), 1965: 333, 334.

❷ William Faulkner. Absalom, Absalom! [M]. New York: Random House, 1951: 80.

在"复兴"作家群中，福克纳通过自己的文学创作实践"重农派"的农业主义主张。"约克纳帕塔法"记录了贪欲膨胀、蔑视土地、肆意践踏他人尊严的南方家族的灭亡，同时也批判了现代化和城市化对南方地域特色和农耕文明的破坏。当然，福克纳并不否认，南方的土地掠夺和滥用、反人道主义的奴隶制等因素，注定会毁灭南方大地。在"约克纳帕塔法"文学地理王国中，福克纳对于旧南方的庄园神话和贵族家族不虚美，对于家族罪恶和人性萎靡的批判不留情。福克纳对违反人性的奴隶制深恶痛绝，对南方却充满深情厚谊。强烈的乡土意识和地方情结回荡在"约克纳帕塔法"神话王国中，因为作者清楚，如果南方失去地域特色，它将永远成为历史的尘埃。

四、"后南方"的"非地方"意识

毋庸置疑，"重农派"的农业主义思想，福克纳对南方地方意识的强调，使南方文学以鲜明的地域特色区别于美国其他现代派作家的作品，焕发出别样的光彩与魅力。从"南方文艺复兴"到后现代，南方文学的地方意识经历了漫长的发展变化过程。第一代"复兴"作家以及"重农派"作家对自己生于斯、长于斯的南方，有着深刻的理解和体悟，他们的作品中饱含作者对于南方家乡故土的热爱，弥漫着浓郁的地方情结。"邮票般大小"的故乡是福克纳终生取之不尽用之不竭的宝藏。福克纳经常假主人公之口，迫不及待地阐发自己对南方这片土地的炽热情感，进一步澄清人们对南方的误解和诋毁。福克纳和他笔下的人物没有否认南方的缺陷，他们对家乡故土"爱之深责之切"的炽烈感情让人们为之动容。

第二代"复兴"作家以女性居多，她们虽然淡化了作品的历史意识，但是对于家庭和地域主题依然情有独钟。她们的作品从女性的独特视角出发，细致入微地对南方的家庭问题和地方意识进行刻画，呈现出更加平民化和更具亲和力的地方情结、家族观念和社区意识。韦尔蒂终身生活在养育自己的故乡密西西比，常年居住在父亲建造的老屋中，用最质朴、最深情的方式表达自己对故乡的热爱与依恋，运用怀旧的笔触，描写地方与当地人民生活之间水乳交融的和谐关系。韦尔蒂的小说几乎全部以自己的家乡为背景，结合南方方言和哥特风格，描绘南方小人物或者南方特有的"畸零人"的现实生活，展现南方的乡土人情和地方特色，对居住在密西西比河边小镇居民的日常生活展开全方位的描写。韦尔蒂的《河边乡村笔记》《小说中的地方》等文章以及《金苹果》《败局》等小说散发着浓浓的南方小镇乡土气息。

同样，麦卡勒斯和奥康纳的小说创作也离不开南方。麦卡勒斯以南方小镇作为创作的背景，以高度的寓言性对小说中的人物进行抽象化处理，使他们在心灵与肉体的痛苦折磨中探索摆脱孤独的途径。她在充满南方特征的抑郁、怪诞、暴力和死亡中，展现现代南方人的精神隔绝状态。奥康纳出生在佐治亚州萨凡纳的一个虔诚的天主教家庭，在南方"圣经地带"长大的她对物欲横流、缺乏信仰的南方现当代社会展开批判。其作品大多以南方的乡村为背景，通过"堕落、救赎和末日审判"等宗教主题，反映南方在失去传统的宗教自治等地方特性之后，必然面临精神空虚和道德滑坡的困境。在奥康纳看来，回归故乡、皈依上帝才是拯救南方人灵魂的唯一力量。

在"复兴"作家中，罗伯特·潘·沃伦和艾伦·泰特摇摆在传统与现代之中，他们作品中的地域情结有所淡化，南北二元对立的地方意识也有所改变，但他们作品中的地方意识和区域文化依然不时地闪现。沃伦出生在田纳西和肯塔基边界的一个南方小镇，前半生在南方求学、任教、生活，后半生在耶鲁大学任教，并在那里退休居住。无论他身在何方，沃伦对南方的思念与牵挂一往情深，思乡之情浸透在其写作中。因此，著名的南方文学评论家鲁宾认为，沃伦在去了新英格兰、加利福尼亚和康涅狄格等地之后，才成为一个真正的南方人。❶ 经过多年的漂泊生

---

❶ Louis D. Rubin, JR. The History of Southern Literature [M]. Baton Rouge and London: Louisiana State University Press, 1985: 451.

涯之后，沃伦认为只有田纳西才是真正美丽又充满魅力的地方。在他后期的作品中，沃伦在描写南方大城市的同时，无法抑制自己对南方工业社会之前那种宁静生活的向往。艾伦·泰特作品中的人物对自己的姓氏和地方有着强烈的认同感，他们宁愿自己是弗吉尼亚州法耶特县的泰特溪水山的子民，也不愿意成为在现代化工业社会中失去身份认同和地方意识的富翁。

  随着社会发展和时代变迁，南方地方意识的内涵也随之发生了一些变化，体现出更多的时代烙印。在当代作家看来，"重农派"的南方和地方意识是建立在农业化的南方与工业化的北方这样一个预先设定的二元对立之上。南方的现代化发展逐渐废除了传统的庄园制度，大片的农场在城市化的进程中日渐萎缩。"重农派"向往的乡村农业社会的南方逐渐被工业化和城市化的南方所代替。社会转型与时代变迁必然对"复兴"作家的心理形成较大的冲击力，刺激他们的地方保护意识。但是，20世纪60年代之后，美国进入后现代时期，城市化、工业化和高科技提供的一切吸引人们从乡村涌向城市，城市生活已经深入人心，乡村生活方式再也不是南方人理想的生活状态，约占一半以上的南方人选择生活和居住在城市。因此，南方与北方之间基于地域建立起来的二元对立走向解体。在新形势下成长并写作的南方当代作家缺少先辈那样的地方亲近感和社区归属感。他们在创作中必然顺应时代潮流，不像先辈作家那样，持续关注南方的农耕文明和地方意识，强烈批判机械化或者工业化，或者抨击物质文化引发的道德滑坡和地方意识丧失。在他们的作品中，南方的乡土观念和地方情结淡化并逐渐消失，他们更加关注南方的土地、资本与地方之间在当代形成的各种新型而复杂的关系。

  在"后南方"作家和文学评论家看来，"重农派"作家描绘的"乡村的、自给自足的"南方农业社会其实是一个被理想化的隐喻，是对过去美好生活的刻意"诗化"，它的替代作用和象征意义远远大于它的现实价值和地理划分。因为，在他们看来，"重农派"所谓的"稳定的""传统的""宗教自治的"和"可以触摸的"南方其实是"重农派"和"复兴"作家集体怀旧的产物,它是一种笼统的概念而不是一个历史和物质的真实。❶ 但是,不可否认的是,南方的地方意识的确赋予"复兴"作品丰富的内涵,使南方文学的地域性特色得到凸显。所以,"南方"在充当诗性建构南方的地方意识角色的同时,也是一个特定时间里人们对这一地理实体的真实感受。"重农派"的南方地方意识提倡农耕文明、重视人文主义价值观念、反对物质主义对精神的侵蚀,这种看似反进步的保守思想在物欲横流、价值滑坡、人们普遍缺乏归属感的当代更值得现代人深思。

当然,在超市遍地开花、电视到处普及、交通极度发达、物质相当丰裕的当代,重返"重农派"的前工业式农耕社会的观点已经变得不合时宜。南方传统的以社区和家族为核心的农耕生活方式和安土重迁的习惯,在当代以资本为基础的土地投资、房地产开发、城市化和工业化的冲击下,已经无法在现实中存在。当代作家的作品是当下时代的产物,他们描写的地方也是后工业消费文化影响下的"新"南方。就像历史是现实和虚构的共同产物一样,南方的地方形象在"后南方"作家的作品中也是现实地理意义上的南方和文学修辞层面上的南方的统一体。因此,地方意识在1961年之后还频繁地出现在南方文学和文学评论的视域中。❷在下文中,笔者将选取罗伯特·潘·沃伦、理查德·福特、沃克·珀西、安·塞登丝(Anne Rivers Siddons)、托尼·巴巴拉(Toni Cade Bambara)和汤姆·沃尔夫(Tom Wolfe)等南方当代文学中具有影响力和代表性的作家作为个案,进一步系统讨论南方文学的地方意识在当代文学中发生的种种变化。

沃伦曾经是南方"重农派"的主要成员,但在最后一篇小说《可去之处》中,他表现出明显的后现代主义转向,对南方传统的地方意识和

---

❶ Michael Kreyling. Inventing Southern Literature [M]. Jackson: University Press of Mississippi, 1998: 159, 37.

❷ Martyn Bone. The Postsouthern Sense of Place in Contemporary Fiction [M]. Baton Rouge: Louisiana State University Press, 2005: 24.

重农主义思想展开重新思考。小说主人公捷德的南方包括两个地方，一是他 20 世纪 30 年代度过童年时代的亚拉巴马乡村小镇；另一个是他成年之后在 50 年代去工作的纳什维尔。小说一开始讲述捷德在父亲去世之后回到家乡并回忆他 30 年代在自家农场的生活情形。他认为"那景色似乎虚幻失真，就好像在描写南方小说中读到的虚构情节一样"。❶ 捷德清楚地认识到南方的田园神话是昔日南方文人墨客的浪漫幻想。他对 30 年代"旧"南方的乡村回忆完全不同于"重农派"理想中的那个南方农业社会，南方人失去了往日对南方故土的依恋之情。捷德的母亲在丈夫去世之后卖掉了家里的农场，搬到镇上去住，并进入一家罐头厂工作。她在工厂拼命赚钱的目的只有一个，就是让儿子逃离农村，不要再回到贫困落后的家乡，争取在离家千里之外的真正的城市落脚生活。在儿子小时候，她时常告诉他，"在穷乡僻壤的农村家乡，他什么都得不到；纽约或者其他的大城市正等着他"。❷ 为了实现母亲的夙愿，捷德在 1935 年离开家乡达格顿，1940 年到芝加哥，50 年代，他居住在田纳西州的首府纳什维尔。生活处所的变动使捷德与家乡、与南方的关系也变得若即若离。

50 年代，捷德离开芝加哥大学来到纳什维尔的一所大学当教师。此时的纳什维尔虽然没有像芝加哥、纽约等大都市那样成为繁荣的资本主义商业中心，但已经发展成中等规模、欣欣向荣的商业城市。而且，它的发展速度比大多数北方的大都市更快，很快成为田纳西仅次于孟菲斯的第二大城市，南方传统的农业气息在这里荡然无存。置身于城市环境中的捷德很快就捕捉到，作为昔日"重农派"据点的纳什维尔现在似乎是对农业主义思想的某种讽刺。他在纳什维尔认识了一个名叫比尔的"农民"朋友。比尔居住在他出生的农场，却和以往南方的农民截然不同，他不久前还在资本主义的商业大都市纽约当律师赚大钱。他用在纽约赚到的大笔金钱重新买回自家以前的农场。他如此做的动机并非源自对南方传统农耕生活的留恋，而是为了谋取更大的利益。他自己几乎从

---

❶ Robert Penn Warren. A Place to Come To [M]. London：Secker and Warburg, 1977：7.
❷ Robert Penn Warren. A Place to Come To [M]. London：Secker and Warburg, 1977：32.

来都不亲自耕种土地，买农场是因为他瞅准了南方的土地开发和土地投资可能带给他极大的商机和丰厚的利润。他还劝捷德趁附近的农场便宜也赶紧买块地皮发财致富，并建议他雇人打理农田，自己继续教书，两全其美。

捷德回到南方并非因为他留恋家乡故土或者崇尚乡村生活方式，是投机土地、牟取利润的发财梦吸引他"回家"。现在南方的农场主与福克纳笔下的庄园主大相径庭，他们是那些能够雇用得起劳动力的有钱人，要么是纽约曾经的律师，要么是富有的艺术家。他们对南方这片土地没有多少亲近感，对乡村生活也没有什么依恋之情。他们不是把土地看作安身立命的家园，而是获得大笔资本的商品。他们根本不需要亲自耕田种地，只是雇用贫穷的工人照顾好自己的"商品"。对于他们而言，土地已经进入资本流通网络，成为以金钱而不是以感情衡量的东西。他们通过金钱购买土地并对土地进行再投资，在商品交易和资金流转的过程中捎带享受南方田园生活的悠闲与浪漫。捷德没有成功地进入这个商业网络，他最终放弃了购买农场的想法，沉溺在与罗思丽的性游戏中。他认为与其购买土地、扭捏作态、自欺欺人地证实自己是南方人，还不如与女友追逐性爱享受，这至少还意味着他无须与纳什维尔或其他什么"地方"纠缠不清。❶

50年代之后，捷德去芝加哥学习并在那里任教。已经步入老年的捷德明确表示自己更加了解和喜欢芝加哥："我熟悉芝加哥胜过世界上的任何地方，我想我是爱上它了。"❷ 通过这样的描写，沃伦实际上打破了"重农派"建构的那个人们熟知的乡村南方与都市化北方之间的二元对立，因为在"重农派"看来，芝加哥和纽约是北方大城市的代表，与注重农耕传统的南方小镇或者乡村完全不同。出生在南方的捷德一直无法

---

❶ Robert Penn Warren. A Place to Come To [M]. London: Secker and Warburg, 1977: 209.

❷ Robert Penn Warren. A Place to Come To [M]. London: Secker and Warburg, 1977: 318.

适应南方并安心生活在家乡，他很少表现出对故乡的留恋。相反，在故乡之外的北方他寻找到自己挚爱的东西，"捷德拥抱北方的典型例子表现在他与南达科他州里普利市的亲密关系上"。❶ 里普利是捷德妻子的故乡，当捷德与里普利初次谋面时，他并没有怎么喜欢这个城市；但是，几番往来之后，他发现里普利市似乎就是小说标题中暗示的理想去处。而且，在他的妻子去世并安葬在故乡的时候，她的父亲和牧师再三表示在她的旁边永远会留有一块地方等待他，捷德也很欣慰地感觉到里普利市是他的那个"可去之处"。

在阔别家乡 25 年后，捷德接到母亲去世的消息，他回家参加葬礼。但是，重返南方、回到乡下家里的捷德并没有多少游子还乡的欣慰或者亲乡近土的体会。母亲在世时，捷德在内心深处还为南方保留着一席之地；但母亲从来都不希望捷德回来，她认为"他想出息就最好待在外面"。❷ 现在家乡达格顿对于捷德而言就像一个符号，象征着母亲在那里去世，也表明"重农派"理想中的"旧"南方在那里死亡。他亲眼看到家乡的发展势不可当，家乡人也随着社会和地方的变化要么早已搬离南方，要么已经变成陌生人。在小说结尾时，捷德没有与继父一起生活在家乡的老屋，而是重返芝加哥。

这样的结尾说明，沃伦已经认识到资本主义的土地投机势不可当、无处不在，在这种强劲的土地投资和房地产开发的攻势之下，农业主义的南方必定会成为昨日黄花，南方也会旧貌换新颜。沃伦超越了"重农派"关于南方消亡的观点，进一步探讨究竟是什么东西取代了南方和南方的地方意识。他认为现在出现在南方的是超越南方，甚至超越整个美国大陆的现代性。现代性消解了南方的地方意识和自我身份，南方人再也无法回到旧时的南方，不管它是捷德度过童年时光的小农场社区，还

---

❶ Martyn Bone. The Postsouthern Sense of Place in Contemporary Fiction [M]. Baton Rouge: Louisiana State University Press, 2005: 61.

❷ Robert Penn Warren. A Place to Come To [M]. London: Secker and Warburg, 1977: 319.

是农业主义思想的发源地纳什维尔。作者在小说中通过把纳什维尔与芝加哥、把亚拉巴马的南方小镇与南达科他州的小城进行并置，旨在质疑和解构"重农派"关于北方与南方二元对立的话语建构和思想体系。

与罗伯特·潘·沃伦不同，沃克·珀西在《看电影的人》中试图通过"戏仿"重构"后南方"地方意识与"重农派"地方情结之间的二元对立模式。宾克斯没有对南方过去的依恋，也懒得听姨妈啰唆那些关于南方和家族历史的陈年往事，他只是买卖股票，经常在电影院消磨时光，过着再也普通不过的寻常日子。为了摆脱姨妈及其社交圈对南方历史和南方特性的神化，❶他沉迷于电影院或者四处寻找住处，希望在姨妈社交"地理"范畴之外建构完全不同的后现代南方地方意识。宾克斯在姨妈家地处新奥尔良花园区的豪华大宅中长大，但在快到而立之年时，他违背姨妈的建议，拒绝上医学院学医，辜负姨妈让他成为南方贵族的期望。为了逃避姨妈以及她家的大宅，他在法国区小住一段时间之后搬到詹替里的郊区，选择做一个小小的股票经纪人。他认为詹替里适合自己居住，因为相对于姨妈家新奥尔良花园区的"温文尔雅"和"矫揉造作"，詹替里的郊区让人觉得更加无拘无束和自由自在。

宾克斯从姨妈家笼罩着虚伪南方气息的新奥尔良大宅迁移到新近开发建设、没有南方特性的郊区地带。通过主人公如此刻意选择的"迁徙"，珀西在象征层面上让宾克斯重返"重农派"的乡村生活，繁华的都市新奥尔良和充满异域风情的法国区让宾克斯感到不自在，只有居住在郊区时他才感到神清气爽、舒心惬意。在宾克斯看来，这里的爱丽舍·菲尔德街道就像她的名字一样，"宽阔通畅，恰如在天空下绵延开来的田野"。❷他常常把这里与充满虚伪浮夸之气的新奥尔良进行比较，表现出对新奥尔良的厌倦。但是，宾克斯对郊区生活的拥抱其实与南方传统的地方意识和"重农"思想已经大相径庭，他对南方传统的地方意识

---

❶ Walker Percy. The Moviegoer [M]. New York: Vintage Books (reprinted), 1998: 9.
❷ Walker Percy. The Moviegoer [M]. New York: Vintage Books (reprinted), 1998: 9-10.

表现出极大的怀疑与不信任，经常有意回避南方的历史和地方情结，借助没有南方特征的现代化建筑或者脱离现实的电影院等方式，以"非地方"抵抗和重建地方意识。宾克斯对南方地方意识的重建其实是一种典型的"后南方"式的，在本质上是对"重农派"传统农业社会的一种移位和"戏仿"。❶

宾克斯看待祖传土地的态度也有别于南方人传统的亲土观念。他认为土地与南方的历史和过去了无瓜葛，也与家族门第和祖辈荣耀鲜有联系，它现在只代表其本身的金钱意义和商业价值。这种观点是资本主义发展到后现代工业社会时期"后南方"非地方意识的一种典型表现。他起先认为父亲搭建打猎小屋的那块土地是"一块毫无用处的沼泽"，他打算以 8000 美元的价格卖掉了事。后来当他发现那片土地有可能成为房地产开发炙手可热的地带时，祖传的"毫无价值"的土地瞬间变成了有利可图的巨大财富。❷

堕入商业资本主义网络、在"后南方"消费文化中成长起来的宾克斯，因为脱离家族的历史和南方的地方情结，对土地和南方所蕴含的真正意义缺乏理解。他把祖传土地的价值与吸引和讨好女友联系在一起。当他发现女友对探索南方某一地方的真正含义不感兴趣时，他也认为祖产"仅仅是一件商品"。❸ 当他听到有人建议他守住祖先的土地时，他却毫不留恋地卖掉它，决定享受金钱带来的实惠与安慰。房产开发和土地投机等资本主义的经济运营模式，让宾克斯猛然间发现自己在郊区的安静生活被打破了，"他突然面临着探索和追寻"的难题。他在继续从事股票经纪人和混迹于电影院的同时，还要面对重新寻找自我的问题。宾克斯的自我追寻从地方意识的觉醒开始，无法进入过去又无法走向未来的

---

❶ Martyn Bone. The Postsouthern Sense of Place in Contemporary Fiction [M]. Baton Rouge: Louisiana State University Press, 2005: 64.

❷ Walker Percy. The Moviegoer [M]. New York: Vintage Books (reprinted), 1998: 90.

❸ Martyn Bone. The Postsouthern Sense of Place in Contemporary Fiction [M]. Baton Rouge: Louisiana State University Press, 2005: 66.

自我身份困境使他陷入无尽的痛苦和煎熬中，每天夜间在附近游荡、无法入眠，试图解开自己居住的这个郊区的秘密："为什么这些新房子看起来像鬼魂附体一样？到底是什么鬼魅攫住了它们？"❶

当宾克斯选择生活在郊区而且谋划从祖产赚钱的时候，他必然面对资本主义"后南方"地理概念的真正内涵是什么的困扰。宾克斯在修辞性地压抑资本主义鬼魅的同时，已经身不由己地卷入资本流通和交换的漩涡，因为，南方的土地已经被纳入这个巨大的资本流通网络中，资本主义对于南方的物质再生产通过土地开发、房产投资等手段得以显性体现，"旧"南方的地方意识和土地观念完全成为一个抽象的存在，无法引起现代南方人的情感共鸣。宾克斯试图领着女友逃到一个叫作百游的海湾地带去旅游，从而逃离地方的羁绊，使自己"寻常"的生活变得不同寻常并焕发活力。然而事与愿违，甚至在这样一个离城市很远的海湾地带，他也逃不出资本主义土地开发的魅影和工业社会的物质浸染，只好无可奈何地感慨这里与南方其他地方别无二致。此后不久，他去芝加哥出差，这次芝加哥之旅更让他感觉到城市化的新奥尔良而非乡村的海湾在"后南方"时期更像"真正"的南方。这种结论性的断言进一步证明宾克斯虽然试图竭力压抑自己的担忧，因为他认识到资本主义在开发"后南方"土地时不可避免地会从根本上摧毁南方传统的地方意识，但他也不得不接受南方乡村已经是一种失落的文明，它再也无法承载南方的地方意识和区域文化。

对于南方地方意识的理解，宾克斯与传统的"重农派"相差甚远。在他的身上人们已经无法看到传统农业主义者对南方土地和乡村文明持有的理想情调和深厚感情，他认识到在后现代时期城市化、土地开发和商品生产已经不可分割地成为南方的一部分，南方已经无法回归到昔日乡村田园般的生活模式之中。但是，无论是作者有意戏仿还是无心为之，宾克斯在南方城市与北方城市的比较对照中，下意识地建构着另一套南

---

❶ Walker Percy. The Moviegoer [M]. New York：Vintage Books（reprinted），1998：86.

北二元对立的论调。相对于北方，南方无疑更加优越，而且更适合于保持自我。他认为芝加哥就像魔鬼一样试图掏空他的身体，甚至灭绝他的南方自我；芝加哥把他的女伴艾米丽·凯特，一个花园区的南方淑女，几乎变成了那种在北方街道或者地铁中常见的下层黑人妓女或者毫无特色的城市女孩；代表南方的新奥尔良的湖水"波光粼粼，流向令人心旷神怡的低地"，而代表北方的"密歇根湖就是北方本身，是一个危险四伏的地方"，而且，芝加哥郊外的威尔米特镇"根本就不配称作一个地方，它没有任何灵魂"。❶

艾米丽姨妈的一通电话把正在批判北方的宾克斯召回了新奥尔良的花园区。他最终向姨妈妥协，和解象征着他重新进入后者代表的那种伪贵族传统的南方生活方式。他答应妻子凯特的请求，在离姨妈家不远的地方居住下来。而且，在小说接近尾声时，宾克斯突然去医学院上学，实现姨妈的夙愿。在宾克斯与姨妈、凯特的和解中，他的"追寻"或许部分地得到实现。艾米丽家族也因为资本主义商业的介入而发生变化，在投资房地产等方面赚到大钱。宾克斯与姨妈的和解似乎弥合了宾克斯追求的小资产阶级的"普通生活方式"与艾米丽的伪贵族生活方式之间的差异；宾克斯也好像找到了走出大众消费文化、重新回归家族历史和南方社会的途径。乔恩思认为，在小说结尾时，宾克斯和凯特"正在慢慢爬进南方传统的硬壳，试图在20世纪中期的南方生存下来"。❷ 那么，宾克斯对姨妈代表的南方表示"后南方"式的怀疑是否会让他重新认真思考旧南方与新南方之间的关系？作者在作品中显然没有就这个问题给出明确的答案。宾克斯在经过不断地变换地方、不停地进行追寻之后，又回到了新奥尔良。由此可见，在后现代的"新"南方，南方的精神追求和地方意识依然是作者珀西无法解决的困境与难题。

---

❶ Walker Percy. The Moviegoer [M]. New York: Vintage Books (reprinted), 1998: 202-206.

❷ Anne Goodwyn Jones. Tomorrow Is Another Day: The Woman Writer in the South, 1859-1936 [M]. Baton Rouge: Louisiana State University Press, 1981: 7.

《看电影的人》在开头描写宾克斯排斥南方神话的矫揉造作、讽刺南方地方意识的刻板建构。为了逃避姨妈代表的南方，他宁愿整夜混迹于电影院或者选择居无定所，从新奥尔良到咆哮营地、再到百游最后到新奥尔良，小说其实把读者推进"后南方"的地方意识或者准确地说是脱离地方而导致的那种"非地方"意识中。"非地方"意识是资本主义对南方的物质化以及对传统南方地域再生产的必然结果。宾克斯逃避的是姨妈那种虚伪的南方贵族观念而不是对于作为地方的南方城市或者乡村的拒绝。在小说中，宾克斯在经历了一段时间的寻觅与彷徨之后，似乎做出了让步与妥协，在姨妈的期望与自己的理想之间选择了一种折中的办法。他坚持在詹替里生活和工作，却再也没有离开姨妈和姨夫，花园区现在好像成为他的"据点和圣殿"。他一直受雇于姨夫，姨夫就像父亲一样，体现着"旧"南方传统和资本主义"新"南方观念两者之间的完美结合，姨夫在熟知"旧世界的无穷魅力"的同时又"熟谙新世界的经商手段"。[1]

理查德·福特的《我的一片心》也尝试重构南方在后现代时期的地方意识。在小说开头，主人公罗博德在阿肯色的一个小镇为一个名叫鲁道夫的农场主工作了3年，之后搬到加利福尼亚定居。精明强干的鲁道夫认识到自己拥有的土地既不适合耕种也不适合房地产开发，却是极佳的猎鸭和狩猎地点。这块人造的"原始自然"和农耕氛围的土地吸引了来自四面八方的众多有钱顾客，让鲁道夫大发其财。这种人造的荒野经过商业化和市场化的炒作模式，还可以租给那些试图逃避喧嚣复杂的现代资本主义社会关系和希望享受自然风光的游客。鲁道夫把自己人造的貌似真实的"自然"出租给那些来自孟菲斯或者其他大城市的有钱人，而他们也愿意豪掷重金来寻找"传统""自然"的南方乡村。1971年，罗博德在他曾经打工的农场故地重游。此次开始于怀旧或者依恋的南方之旅，彻底斩断了他以后重返家乡的念头。因为在他早年离开这里之后，

---

[1] Walker Percy. The Moviegoer [M]. New York: Vintage Books (reprinted), 1998: 31.

鲁道夫在他居住和生活的地方种满了各种经济作物，他在这里生活过的各种踪迹被抹除得一干二净，他与家乡的联系也完全被割断。罗博德此刻才认识到他此次回来完全是多此一举，因为鲁道夫没有一丝想要见他的愿望。❶ 家乡对于他来说，再也不是南方历史和地方意识的发源地，他自己也没有必要为背叛故乡、选择在加利福尼亚居住而感到内疚和不安。

罗博德的人生哲学和生活经历直接影响他的地方意识。他是一个靠劳动力吃饭的蓝领，对他来说地方意识与吃饭穿衣密切联系，哪里能够找到工作、能够赚到钱他就去哪里。因此，他在内心对于南方以及位于南方的故乡并没有多少依恋与不舍，因为，他整日在南方的土地上辛勤劳作还无法养活自己和家人。他清楚地认识到在南方这个"三角洲杂草丛生的地皮上就不存在什么地方意识"。❷ 为了讨生活，他领着妻子穿越整个美国大陆，从南方到西海岸，寻找一份又一份工作。不管在加利福尼亚还是在阿肯色，罗博德需要的只是一份工作、一份工资和一段感情，地方对他而言已经变得微不足道。他知道自己不能仅仅凭借出生在阿肯色就指望它给自己发工资。因此，他的地方意识在很大程度上受到经济需求或者性需求的制约。

山姆·内维尔是小说中的另一个主人公，他一直纠结和摇摆在南方与北方之间。刚离开南方家乡时，他热切地思念家乡和亲人，勉强说服自己留在芝加哥接受律师培训，对远在密西西比的女友的深深思念让他备受煎熬。但是，随着时间的推移，他对于家乡和芝加哥的态度发生了微妙的变化。这种变化在他与女友的夜谈中反映出来，他对南方的历史和地域开始产生一种复杂的感情。他认为自己无法割舍与南方的联系，同时他又无法抵抗芝加哥这样的大都市的各种诱惑，他不愿回到南方去但又无法完全融入芝加哥。这种矛盾心情的表层原因似乎是他不能接受父亲被正在铺设的管道压死的痛苦经历，实际上是他无法面对在南方的父亲一生都是一个旅行推销员的事实。为了生计，父亲整年奔波于南方

---

❶ Richard Ford. A Piece of My Heart [M]. London: Harvill (reprinted), 1996: 51.
❷ Richard Ford. A Piece of My Heart [M]. London: Harvill (reprinted), 1996: 43.

各州，有时一日的行程达一百多公里。这是南方劳动阶级艰辛一生的生动写照，他们终日忙忙碌碌，疲于奔命，在养家糊口的琐碎小事中消磨整个生命。因此，对内维尔而言，在家乡密西西比终身奔波、艰难度日他心有不甘，但是芝加哥也不是他这个外来的南方人的天堂。这是一个充满暴力和混乱的地方，满街都是娼妓和形形色色的人群。他最后选择离开芝加哥回到家乡密西西比。然而，当他来到密西西比时，他一直待在兰姆的那个与世隔绝、自成一体的孤岛上。兰姆通过行贿手段让测绘员在地图上抹掉这个孤岛，让它在南方的版图上消失。这是一个自成一体的独立岛国，兰姆俨然是统领这个岛屿的王，他决定这块岛屿属于家乡密西西比而不是它原来的归属地阿肯色。

内维尔无法割舍对南方的牵挂也无法投身于芝加哥的发展洪流，他回到了家乡密西西比，却没有回到真正的南方，而是像一个隐居者一样蜗居在孤岛上。内维尔在孤岛上寻觅南方地方意识的行为就是天方夜谭，遭到持地方解构意识的罗博德的猛烈抨击。罗博德认为如果内维尔想要寻找真正的南方，他就不应该选择居住在与外界断绝联系的小岛上。❶ 这个小岛的存在本身就被人为抹除，它既无法呈现内维尔劳动阶级的家庭历史也无法代表当今密西西比的种种发展状态。当内维尔发现他对南方地域意义的寻找毫无结果时，他离开南方返回芝加哥。如此一来，内维尔对南方的追寻只是停留在象征或者修辞层面，他的追寻也注定无疾而终。事实上，内维尔无法从根本上解决"地域困境"的问题，因为，这是南方人甚至是现代人普遍面临的身份困境和生存难题，是现代人斩断与地方的联系之后导致身份迷失的典型后果。人们对"我是谁？我从哪里来？要到哪里去？"无法给出一个满意的答案，就像福特在1992年发表的一篇文章使用的题目那样，"我为什么不能生活在我曾经生活过的地方？"；现代人为什么没有了根深蒂固的地方意识？在这篇文章中福特对南方地方意识的消解给出了自己的答案：南方再也不是一个具有非凡神

---

❶ Richard Ford. A Piece of My Heart [M]. London：Harvill (reprinted)，1996：230.

话意义的地方，而是一个发展资本主义经济的"阳光地带"。❶ 是的，人永远无法两次踏进同一条河流。南方变了，那个农业主义者理想中的南方已经成为历史。

在《体育记者》中，福特对南方地方意识的消退问题展开进一步探讨。与福克纳和沃克·珀西的白人贵族主义思想不同，福特的意识形态和精神遗产来自工人阶级。《体育记者》的主人公弗兰克·巴斯克姆不像《看电影的人》中的艾米丽姨妈或者福克纳作品中的庄园贵族那样注重南方的传统观念和地方意识，他的父母身上没有任何南方地方意识的表现。❷ 从历史地理学的角度来看，在南方的历史和地理中，巴斯克姆的父母没有真正的属于自己拥有的土地，他们的地方意识也无从谈起。他们是来自南方社会最底层的劳动阶级，在南方历史的发展长河中一直处于边缘化的位置，被排除在财富、权力和话语体系之外。弗兰克一家以前在艾奥瓦的农村生活，后来在密西西比的小镇定居下来。巴斯克姆的父亲一直在当地的一家造船厂当工人。巴斯克姆对家乡的记忆只停留在"酷热的、松树稀少的操场""气味难闻的河岸""褐色的石灰墙教室""立满拖把的临时住房"等破碎和贫困的意象上。❸ 他14岁时父亲去世，母亲再婚后他随母亲住在伊利诺伊州的一个犹太人居住区，再后来他去密歇根大学上学。他在青年时代就离开了南方去北方上学和生活，从此几乎断绝了与南方的任何联系，对南方的感情疏远、淡漠。

巴斯克姆对北方城市的赞美表现出他对南方与北方、地方与"非地方"之间二元对立的解构。巴斯克姆的前妻×对南方没有多少好感。在她看来，南方到处都是"背叛者"，"人们保守着好多不可告人的秘密"，"没有人值得信赖"。她认为这些都是内战带来的恶果，这是一块被诅咒的土地。与其在这样一个具有地域特色的南方出生还不如像她一样出生

---

❶ Richard Ford. An Urge for Going: Why I Don't Live Where I Used to Live [J]. Harper's, 1992 (2): 61.

❷ Richard Ford. The Sportswriter [M]. New York: Random House Inc., 1986: 30.

❸ Richard Ford. The Sportswriter [M]. New York: Random House Inc., 1986: 32.

在一个"没有特色"的北方。这里没有南方那种让人感到纠结或者把事情"搅得一团糟的"过去，大家也不会沉迷于虚幻的历史，只会关注天气的变化。❶ 巴斯克姆虽然辩解说自己在南方并没有见到多少这样的情况，但是对妻子的批评他也不置可否。他也赞同南方这个概念是南方文学的虚构与想象。所以，他认为创作是破解南方地方之谜的最佳选择。

创作让巴斯克姆在南方文学和资本主义商业发展之间找到了一种美妙的契合。他把第一部描写南方的小说卖掉，然后寻找一个"别人不认识他、他也不认识别人"的地方写作第二部小说。最后他选择处于"中立"位置的新泽西的哈达姆作为理想的创作之地。1980年他还为当地杂志撰写了一篇名为"我为什么生活在我生活的地方"的文章。后来，他纯粹放弃了小说写作，转而从事更加即时性和赚钱快的体育报道，对北方城市哈达姆大加赞美、对南方城市新奥尔良进行讽刺。❷ 巴斯克姆并不赞同南方的新奥尔良作为一个地方具有任何地域独特性。他认为新奥尔良与美国其他大都市一样，它们都在城市中心建有主题公园，没有任何的南方特色和不同可言。所以，南方田园诗般宁静的乡村只存在于文学虚构的浪漫想象中，而现实中的南方与北方在地方性方面没有太区别。小说通过巴斯克姆抹平南方城市和北方城市之间的差异，明确打破了人们惯常持有的二元对立思想，即"北方缺乏地方性特征"而"南方地域性特征鲜明"的二元论调。

南方文学、后现代南方和现金交易在《体育记者》中的混合交织，这种现象是"后南方"地方意识的集中体现。作者福特的亲身经历也与资本主义生产"后南方"的过程一样。他把《我的一片心》卖给电影公司，并用赚得的钱在新泽西购买房产。同样，其小说中的主人公巴斯克姆也用书写南方特性的第一部小说带来的丰厚报酬在新泽西买房置产，并成为这里的永久居民。因此，在后现代的南方，文学作品无法避免地

---

❶ Richard Ford. The Sportswriter [M]. New York: Random House Inc., 1986: 19.
❷ Richard Ford. The Sportswriter [M]. New York: Random House Inc., 1986: 54.

需要与地方的经济生产紧密相关，而文学市场与房地产市场也没有什么两样。❶巴斯克姆对新泽西资本主义景观的褒扬溢美之词充分表现其"后南方"地方意识，他借助写作和报道对南方人批驳北方没有地方特色的观点进行讽刺，对南方传统的农业主义地方观念以及"重农派"反对工业发展的思想发动挑战。

小说中巴斯克姆对南方的疏离主要表现在他对北方景色的大力赞美和对于南方艰辛生活的回忆。当巴斯克姆驾车行驶在新泽西的33号公路上时，他断言："任何一个美国人都会因为拒绝这个美丽的地方而发疯，因为这里的景色最能够让人心旷神怡，似乎是可读性很强的风景画"。❷南方对于巴斯克姆而言，并没有承载太多的地域性内涵，因为他为了生存或者得到更好的工作，穿梭于美国的各个地方，比如新泽西、底特律、纽约等。家乡再也不是他心目中某个确定的南方"地方"，他对新泽西的喜爱远远超过了对家乡的感情，他俨然把新泽西当作第二故乡。在小说结尾时，巴斯克姆返回佛罗里达，并踟蹰徘徊在自己应该重返新泽西还是应该留在佛罗里达的矛盾选择之中。但是，福特在1995年发表的续集《独立日》中对这个犹豫不决的问题做出明确答复：弗兰克在法国待了一段时间之后，回到了新泽西，在那里成为一名房地产代理人。

在"后南方"的地方意识问题上，福特比潘·沃伦和珀西的态度更加坚定，他彻底解构了南方历史上传统的南方VS北方的二元对立。沃伦与珀西至少在作品中通过对房地产和土地投资的批判，流露出一丝对南方地方意识的牵挂之情。他们笔下的南方在作为一个地理层面的存在时，与南方的传统和人民仍然有着丝丝缕缕的联系。小说中的主人公经过一系列追寻之后似乎有回归南方的意愿，因为他们依然认为回到南方多少可以让他们找到心灵的慰藉。但是，福特通过《体育记者》《我的一片心》以及后期的《独立日》三部小说，表明自己的"后南方"地方观

---

❶ Kay Bonetti. An Interview with Richard Ford [J]. Missouri Review, 1987, 10 (2): 94.
❷ Richard Ford. The Sportswriter [M]. New York: Random House Inc., 1986: 58.

念，反映他对南方地域意识和南方文学传统的批判态度。❶

《独立日》的结尾明显地表现出福特对南方地域意识的戏仿和讽刺。巴斯克姆透露说他在考虑自己死后葬在路易斯安那的沙特奥夫，因为那里是"尘世历史最少"的地方。这个南方腹地对巴斯克姆没有任何历史和地方的负担可言，它甚至和纽约的埃斯佩兰斯没有什么两样。❷ 这样的表述传递出福特对南方传统中反北方、反城市化等思想的背离。他笔下的人物巴斯克姆，也不像沃伦、福克纳等作家的主人公那样，对南方始终有一种无法释怀的怀旧情愫，因为对于他们来说，南方的地域就是他们熟悉的自然景色，是他们可以向全国人民言说的地方。但是对于福特作品中的人物而言，他们往返穿梭于世界各地，地方意识和家乡观念在他们的思想中已然淡化。例如，巴斯克姆出生在密西西比，到过法国，在国内几经辗转和颠簸之后，选择在新泽西长期居住，并在那里从事房地产经纪人的工作。

沃克·珀西和理查德·福特解构诸如社区、历史等南方地方意识得以存在的基础，放弃南方传统的居住层面的地方意义，重点探索后现代南方人面临的"非地方"性特征。沃克·珀西出生在贵族之家，但是童年时父亲自杀身亡、母亲死于意外事故、寄人篱下和带着弟弟搬离家乡的生活经历，使得珀西对于南方充满了复杂而矛盾的感情，创作后期他的作品深受存在主义和天主教的影响，在创作中逐渐放弃了对南方传统以及历史的关注。珀西在《看电影的人》《最后的绅士》《基督再临》等小说中，模糊了小说的南方性，转而对大多关乎后现代人类生存的普遍意义展开深刻反思，试图通过个人与家庭的责任、自我反省与宗教信仰以及对爱情和性等问题的描写，进一步探讨人生意义和精神困境。

《看电影的人》中的宾克斯是一个典型的南方小股票债券经纪人，也是一个具有代表性的美国后现代城市人。为了躲避姨妈家虚伪而老套的

---

❶ Martyn Bone. The Postsouthern Sense of Place in Contemporary Fiction [M]. Baton Rouge: Louisiana State University Press, 2005: 135.

❷ Richard Ford. Independence Day [M]. London: Harvill (reprinted), 1996: 439.

南方生活方式，他往返于南方的城市与郊区之间，在新奥尔良的郊区过着平静的生活。但是，他完全不同于福克纳或者韦尔蒂笔下的南方小镇人，他是一个地地道道的现代都市青年，过着与生活在农业社会乡村的南方人截然不同的生活，他身上有着各种玩世不恭的后现代特征。他与股票、债券打着交道，热衷于看电影，与不同的女人谈情说爱，沉浸在碌碌无为的日常生活琐碎中，精神空虚无聊到极致。他选择性地居住在郊区，有意藏匿于大都市的喧嚣之外，宁愿在电影院消磨时光，或者尝试各种性爱游戏。但是，被日常平淡生活所淹没的是宾克斯那颗躁动不安的心，他在痛苦和挣扎中自省，绝望而执着于追寻自我和生活的意义。

在理查德·福特的《体育记者》中，主人公巴斯克姆在密西西比的生活经历并没有使他和父母对南方产生多少深厚的地方感情，他们对南方没有太多的亲近感和认同感，对南方的乡村生活也了无留恋。巴斯克姆走出密西西比，到北方去寻找新的工作机会和居住环境。巴斯克姆的地方情感或许在某种程度上代表南方人和南方作家对待南方的态度。走出南方不仅仅代表他们跨越了南方的地理限制，这一行为在本质上还表现出南方地方意识在后现代的日趋淡化。在《独立日》中，巴斯克姆生活在美国"后南方"晚期资本主义的景观中，他无意纠缠南方文学传统的地方神话，而是更加关注与美国的国家身份和经济发展相关的神话。所以，在独立日即将来临时，巴斯克姆要求他的儿子保罗朗诵《独立宣言》。他认为，美国的国庆节1776年7月4日才是真正值得每一个美国人纪念的日子。对于内战，南方人不应该为此感到自豪，因为它标志着南方各州为了表现地区特性和维护奴隶制而脱离联邦，是南方试图与祖国分裂的表现。

福特似乎已经超越了"重农派"狭隘的区域意识，也无意于描写福克纳和韦尔蒂的南方乡村，他沉浸在艾默生的自然观中。对于生活在后现代都市的人们而言，告别喧嚣、傲慢的城市，回归宁静简单的自然，选择归隐自然，实现精神的自由与腾飞，实现精神得到圆满救赎的愿望。巴斯克姆认同艾默生的超验主义自然观，而不是继承南方传统文学的地方意识；他庆祝美国的国庆节而不是念念不忘南方的内战历史。这些并非简单的民族主义思想或者崇尚自然的表现，而是表明了理查德·福特小说创作的一个重要倾向。他的小说打破了南方的地理局限，开始关注南方的美国性抑或世界性，致力于探讨那些"巴斯克姆们"在后现代的生存危机。

理查德·福特说自己出生在密西西比州，是地地道道的南方人，但是，他清楚自己身上所有独特的地方性均以他是一名美国人为前提，因为美国作为一个国家及其代表的国家精神完全蕴含了这一切。福特认为自己及其作品，在具有南方典型特征之外更反映了美国属性。在许多南方人徘徊摇摆于国民属性的选择时，福特明确了自己的身份归属，他毫不犹豫地宣誓效忠美国，参军服役保卫祖国。福特在作品中更加关注人物的行为、品德、经历、信念等是否具有"典型的美国特征"而不是"南方特征"。小说主要表现因为身份归属、人口流动和人情冷漠导致公民身份的复杂性和矛盾性，展现现代人身处归属危困以及面临不和谐的生活环境时体现出的人类本性。福特认为因为主体性的消失而引发的生存困境、身份危机、精神空虚以及自我的不确定性不仅是南方人而且是所有美国公民都面临的根本性问题。

随着时代的变迁和资本主义工业发展的全球化，后现代时期的南方文学对地方的描写还出现了一种新趋势，那就是作家将目光投向地方的国际化和全球化，代替传统的地方意识和地域文化。也就是说，代表南方的亚特兰大不仅仅是南方的，它更是美国的，甚至是全世界的，它并不是具体表现南方某个地方意识的城市，而是一个代表"非地方"性的国际城市。艾伦·道格拉斯在承认"坚固的""永恒的"南方在当代依然存在的同时，呼吁"后南方"作家要更加关注不断变化中的南方和整个世界。她认为人们应该具有宏大的地方意识，应该认识到地球是整个人类的家园。而且，"地球地方意识"正面临着人口越来越多、树木越来越少的危害。❶ 道格拉斯在把目光从南方转向世界时，南方文学一直推崇的地方意识也逐步让位于关注整个地球生态的全球视野。除道格拉斯之外，塞登丝的《桃树路》（*Peachtree Road*，1988）和《闹市区》（*Downtown*，1995）、巴姆巴拉《这些骸骨不是我的孩子》（*Those Bones Are Not My Child*，1999）和沃尔夫的《一个完整的人》（*A Man in Full*，1998）等作品，对"后南方"的"国际城市"及其地方意识展开生动刻画。至此，传统的南方地方意识表现出明显的消退趋势，全球化的地方意识或者"非地方"意识在南方文学中崭露头角。

在"后南方"时期写作的许多作家就出生、成长和生活在城市，南方的农耕乡村美景和地方特色在城市中没了踪影。作家们没有任何关于田园生活或者思乡愁乡的亲身体验，他们的地方意识与"重农派"的地方意识相去甚远。在"重农派"的地方意识中，亚特兰大被排除在理想的南方版图之外，因为他们认为亚特兰大是资本主义在南方发展最快的大都市，与纽约、芝加哥等北方大城市一样，不代表南方的地方特性。塞登丝把亚特兰大作为自己创作的地理背景，她认为南方人应该走出历史，正确面对南方在当代的发展，实时调节地方意识的内涵。南方邦联失败和重建地方意识对于南方文学固然重要，但这不是一个简单的地理概念表述问题。塞登丝认为，南方人"已经为这块土地死过，我们失去了土地，成为被占领的人民。但这绝对不会再发生在我们国家"。❷ 她的小说改变了"复兴"时期对南方地方意识的建构和书写模式，尤其对20世纪30年代以来"新"南方文学的城市地域描写进行大力改造，重点表述南方城市已经从"国家级城市"走向"后南方"的"国际城市"，即60~80年代兴起的跨国资本和飞速发展融合在一起的大都市。因此，评论家萨摩更愿意把《桃树路》纳入南方未来的文学中，认为"《桃树路》

---

❶ Ellen Douglas. Neighborhoods [M] // Marion Barnwell. A Place Called Mississippi: Collected Narratives. Jackson: University Press of Mississippi, 1997: 456-457.

❷ Don O'Briant. Profile on Peachtree [J]. Atlanta Journal-Constitution (26 January), 1986: 4.

是我们这一代的南方小说"。❶

《桃树路》以亚特兰大的历史事实和文学虚构相结合,亦文亦史地建构关于亚特兰大社会发展的宏大叙事。与珀西或者福特不同,塞登丝没有刻意批判传统南方文学中反城市化、反工业化和反亚特兰大的地方意识,也没有讽刺和戏仿传统的地方意识,她严肃对待"后南方"地方意识的国际化问题,阐释自己对"后南方"地方意识的理解。后现代的南方与农业主义的南方不同,大部分南方人现在生活在大城市或者小城镇,南方乡村逐渐淡出人们的生活和记忆,城市和大都市已经成为南方地域的有机组成部分。据统计,1940年,南方的农村人口占65%;到1970年,城市人口达到65%,而农民锐减到10%。❷ 因此,传统南方文学中的乡村田园地方意识成为纯粹的文学虚构和遥远的记忆,在"新生代"作家的笔下被现代化的国内或者国际大都市所代替。塞登丝与大部分"后南方"作家一样,把视角转向亚特兰大,通过描写亚特兰大的国际化过程来凸显人们面临身如浮萍、四处漂泊的"非地方"意识。与祖祖辈辈居住在某一个固定乡村家乡的人们不同,在大城市的居住者很难与地方之间建立深厚的感情,有一种普遍的无根和"非地方"意识。

在《桃树路》的前八章,20世纪60年代后的亚特兰大被描绘成"阳光地带"的"新"南方或者"新新"南方,这些字眼在第二章频繁闪现。这些字眼的高频率出现不仅表现亚特兰大作为一个地方已经发生了巨大变化,而且暗示着南方摆脱了历史的围困和重负,从一个贫穷落后的乡村农业地区迅速转变为拥有国内和国际化大都市的地方。亚特兰大已经发展成与纽约、芝加哥和洛杉矶等城市一样的国际化大都市,成为后现代南方极度繁荣的商业和贸易中心。但是,南方在后现代快速发

---

❶ Bob Summer. *Peachtree Road* Is Journey through Modern Atlanta [J]. Atlanta Journal-Constitution(16 October),1988:10.

❷ McKinney, Linda Bourque. The Changing South: National Incorporation of a Region [J]. American Sociology Review, 1971, 36(3): 401, 404, 410.

展的同时，依然无法解决"种族歧视和经济发展不平衡的根本问题"。❶在《桃树路》中，作者对发生在亚特兰大的几次典型的城市改建展开重点描述，旨在探讨亚特兰大从国家级城市跨入国际化城市的过程中如何解决地方、种族和房地产开发之间的复杂关系和由此产生的一系列新矛盾。塞登丝以亚特兰大的真实发展历程为参照，探讨亚特兰大在拆除黑人聚居区和建设国际化大都市的进程中引发地方意识淡化和白人专权等"后南方"典型问题。因此，《桃树路》在书写亚特兰大的国际化和"非地方"意识的同时，再现了本地区的地方政治现状。

主人公基比生活在亚特兰大巴克汉德区一个富裕的纯白人居住区，他们家族与市长等上流社会和高层官员往来频繁。小时候基比觉得亚特兰大的黑人聚居区与黑人的社会地位看起来没有什么两样，二者大同小异。❷ 他们居住在城市的边缘，居家过日子的窝棚区与他们身上穿着的衣服一样邋遢肮脏。白人似乎对此视而不见、不屑一顾。长大一点儿之后，基比得知像他们家族一样生活优裕、享受特权的白人阶层的大笔收入就来自他们对黑人贫民区的拥有权和大量收取的租金。黑人的血汗钱供养着白人有产者，黑佣人的辛苦劳动保障了白人悠闲奢华的生活。塞登丝通过对黑人和白人居住区的对比描写，生动反映20世纪60年代亚特兰大种族隔离和经济发展不平衡的现实图景。

亚特兰大的城市国际化以最廉价的方式驱逐黑人和清理黑人居住区。同样作为这个城市的居民，黑人的生存痕迹面临被彻底抹除的危险，他们的地方归属感被强行剥夺。在亚特兰大国际化大都市的城市规划过程中，黑人聚居区的破败不堪和贫穷落后有碍观瞻，成为首当其冲要被改造的区域。但是，城市改建完全没有把大批原来居住在这里的黑人纳入考虑范畴。城市改建不但没有给黑人的处境带来任何改善，相反，他们

---

❶ Charles Rutheiser. Imagineering Atlanta: The Politics of Place in the City of Dreams [M]. New York: Verso, 1996: 14.

❷ Anne Rivers Siddons. Peachtree Road: Tenth Anniversary Edition [M]. New York: Harper Paperbacks (reprinted), 1998: 535.

成为流离失所、无家可归的最可怜的受害者。大批的黑人被迫搬离原来的居住地。城市的高速公路和"世界级的大礼堂"吞噬了他们的家园。❶亚特兰大的"城市重建"更像"黑人清除"运动，引发了1966年的黑人暴动。

在20世纪80年代之后，亚特兰大的统治权从白人贵族手中逐渐移交给黑人市长皮克斯，他在60年代时曾经是基比和当任市长的黑人车夫。此时的亚特兰大已经进入国际化大都市的行列，皮克斯或许是这种国际化大都市的"国际化市长"。塞登丝试图通过让黑人皮克斯担任市长来化解种族矛盾，体现亚特兰大的国际化程度。但是，在国际化大都市中无论是白人还是黑人掌权，都无法改变地方意识日渐消退的倾向。黑人市长的在任也无法改变城市白人与地方之间仅仅是一种价值层面的拥有关系，更无法改变黑人因为频繁变换租住地而产生的漂泊流浪和身如浮萍的痛心体验。事实证明，表面上的权力移交只是无可奈何的权宜之计，无法从根本上解决南方根深蒂固的种族问题和经济发展严重失衡的困境，也无法使居住者与他们居住的大城市之间建立亲密的地方归属感。居住在属于任何人的"国际"大都市中的居民再也不会像居住在乡村或者小镇的人们那样具有主人翁精神，乐于承担社区和社会责任，他们与居住地之间的关系变得陌生而疏远。

汤姆·沃尔夫1998年发表小说《一个完整的人》，作者延续了塞登丝的"后南方""非地方"意识，进一步描写亚特兰大在国际化的进程中，对南方传统地方意识产生的巨大冲击。在这部小说中，"复兴"作家笔下的南方地方意识几乎被国际化的商业机构和拔地而起的摩天大楼涤荡得干干净净。对亚特兰大的热情支持者来说，《一个完整的人》是一种文化资本，是借此推动亚特兰大的旅游业和国际化形象的重要媒介。但是，对于作者而言，他关注在亚特兰大这样的国际化大城市中，资本如何造就地方、地方意识如何逐渐丧失以及"非地方"意识在"后南方"

---

❶ Anne Rivers Siddons. Peachtree Road: Tenth Anniversary Edition [M]. New York: Harper Paperbacks (reprinted)，1998：537-538.

如何形成等问题。作者认为，亚特兰大的国际形象主要是城市化的支持者在全球金融资本主义的判断体系中建构的产物，关注点不在于生活其中的居民的精神层面而在于大笔资本的流动。

沃尔夫试图从亚特兰大的投资发展和社会地理划分如何生产地方意识的视角出发，探讨南方地方意识的变化历程。作品的主人公查理乘坐自己的私人专机G5俯瞰亚特兰大的闹市区、商业区巴克汉德等地方时，一眼就能够辨认出这些摩天大楼，能够脱口说出它们的拥有者和开发商的名字。他以独特的方式命名这些高楼大厦，他记住的不是这些商业大厦的建筑师而是房地产开发商。当他飞越自己开发建造的菲尼克斯中心等地带时，无数次欣喜若狂地大喊：“那是我建的。那简直就是我的杰作！我是这个城市的伟大缔造者之一！”❶ 查理的地方意识完全建立在资本和地产拥有的基础上，代表居住在这里的白人"精英"对地方及其地方意识的生产。

查理不是通过亚特兰大有血有肉的居民、郁郁葱葱的花草树木或者各个大楼的建筑者而是通过土地投资者或者开发商来认识这座城市和这个地方。他在乎的不是城市周边的山川河流或者自然景色正在城市的发展侵占中一步步消失，而是开发郊区能够带给他多少商机和利润。他打算在亚特兰大的北部郊区购买150亩地产进行开发建设，因为，对于他和他的前妻玛莎来说，这里的土地是赚取大把钞票的理想之地，如果用它来播种农作物或者栽种树木那简直就是极大的浪费和罪过。这块地目前不像市中心的地皮那样炙手可热、价格昂贵，但是随着城市的扩展，它未来定会身价百倍。他们买下这些地产，目的是等待机会、坐收渔利、大发横财。小说中的这些情节充分反映，南方传统的"重农"思想、地域意识以及反对工业化的观念在"后南方"被这些土地投资、资本运作和城市国际化所颠覆和篡改。

小说对普兰勒斯银行在大厦49层设置的玻璃墙办公室进行了一番厚

---

❶ Tom Wolfe. A Man in Full [M]. London: Jonathan Cape, 1998: 63.

描。办公人员在闪烁的计算机屏幕前，每天要处理几十甚至几百亿的资金往来。透过玻璃窗户，亚特兰大的景色尽收眼底，但是对于在这里工作的人们而言，与地方关联的景色只是一种人们在工作的空隙能够匆匆瞥上一眼的虚无缥缈的幻影，它与生活、居住和工作在这里的人们之间完全失去了农业社会时人与家乡之间的情感纽带。资本流动麻痹甚至逼退了居住在城市中的人们的地方意识，它们之间的张力也越来越大，人与城市之间的关系变得疏远而淡漠，维系人与城市之间关系的是赤裸裸的金钱和资本。瑞在这个银行里工作了多年，来自世界各地、毫无地方色彩的大量资金流动，使他感到那种与人们的生活息息相关、可以真真切切感知的地方意识已经丧失殆尽。瑞感到自己工作的普兰勒斯大厦49层完全失去了它真实的地理存在意义，已经演变成一个全球巨额资本流动的场域和国际化大都市的象征符号。

此外，这个银行的易名过程也是地方的地理存在向金融流通场域转变的有力证据：它最初被称作南方种植园主银行（Southern Planters Bank），传达出南方的地方特征；后来改名为信托公司（Trust Company），再后来就叫作普兰勒斯银行（Planners Banc）。银行几次易名的目的是跟上时代发展的步伐，表现银行在"后南方"是"多么国际化、多么全球化"。❶ 普兰勒斯银行在亚特兰大最主要的投资就是查理的克罗克康考斯地产。查理发现在投资炒作的影响下，他需要斥资400万才可能买到那块地皮。普兰勒斯银行也乐意贷款大约5个亿给他，因为他们发现贷出大笔款子是一桩有利可图的买卖。当查理无力偿还贷款时，银行企图给他施压，逼迫他低价把地产转让给银行。在土地买卖和转让过程中，查理真真切切地感觉到他的地方意识与资本拥有之间的密切联系。他在逐渐失去靠土地投机积累起来的资本和财产的同时，也失去了乘坐私人飞机俯瞰亚特兰大这个城市的观看特权，甚至失去了在亚特兰大生存的

---

❶ Tom Wolfe. A Man in Full [M]. London: Jonathan Cape, 1998: 37-38.

可能。❶

亚特兰大的城市国际化在本质上体现出"后南方"激烈的阶级斗争。亚特兰大巧善辞令的市长承认："亚特兰大在地理上的不平等很难用语言表达出来。"其实这种无法用语言表述的"地理上的不平等"背后暗潮涌动的是地理区划、阶级分层和经济发展等方面存在的严重不平等现象。"在这里有两个亚特兰大：一个是黑人的，另一个是白人的。……虽然这个城市70%、也可能现在是75%的人口是黑人，但是闹市区和商业区的高楼大厦都是白人的钱财。"❷ 在亚特兰大的政客、银行家、富商和社会名流看来，亚特兰大是国际商业中心，到处是豪华住宅、空调汽车、芳香四溢的咖啡馆、高档舒适的餐馆和灯红酒绿的俱乐部，呈现出一派典型的国际化大都市的富丽堂皇和繁荣昌盛。然而，当人们把眼光投向亚特兰大的南部时，任何人都无法否认在这座国际化大都市中存在的阶级不平等和地理发展不均衡现象。在亚特兰大巴克汉德的克罗克和阿木豪斯特地区，富人们居住的豪宅绿树掩映、极尽奢华，尽情显示主人们无与伦比的社会和经济地位。相反，亚特兰大的"藤市"却与这里形成鲜明对比。"藤市"是贫穷的黑人聚居区，"国际中心那种流光溢彩的繁华景象突然在这里一扫而光"；居民们的房屋周围杂草丛生，蓄水池中漂着各种垃圾；黑人们虽然居住在这里，他们却没钱拥有这块土地，只能从白人房东手里租房。❸ 在亚特兰大，白人的地方意识完全建立在通过金钱和资本成为昂贵房地产的主人；黑人身处亚特兰大却没有立足之地，颠沛流离使得他们失去了与这个国际化大都市建立任何亲密感情的可能性。

亚特兰大的繁华景象和国际化大都市形象其实就是白人统治者和城市的热情支持者巧用辞令、勾勒刻画的后现代南方，是他们展示给来自国内或者世界各地游客的一张光鲜名片，目的是吸引更多财富。在亚特

---

❶ Guy Debord. The Society of Spectacle [M]. New York：Zone Books（reprinted），1995：200.

❷ Tom Wolfe. A Man in Full [M]. London：Jonathan Cape, 1998：183.

❸ Tom Wolfe. A Man in Full [M]. London：Jonathan Cape, 1998：197-199.

兰大印发的关于奥林匹克运动会的旅游地图中，占亚特兰大人口多数的黑人居住区被当局有意回避并被排除在亚特兰大的地图之外。因此，在城市国际化的过程中，黑人聚居区被人为地从城市的版图中抹去，白人旅游者也不会到亚特兰大的南部去观光和消费。对世界其他地方的游客来说，黑人就如此这般地成为"看不见的人"隐形人。亚特兰大表面上看起来给游客提供了客观和全面的旅游地图，其实这是经过精心挑选、只标划所谓体面的观光胜地的指南，完全忽略了构成这个城市、"处于低层的另一半"。[1] 就连在"藤市"长大的乔丹市长和怀特律师，也对这个地区感到陌生，在这里巡视时他们感觉好像在观看一个亚特兰大的"他者"。

　　白人统治者对奥林匹克地图的有意选择和刻意篡改，表现出这个国际大都市并非表面看起来的那么宽容与慷慨，而是充满意识形态领域的各种偏见。"后南方"白人主流阶层在塑造国际化大都市的地方意识时，系统地、刻意地抹除南方历史上的种族隔离和地理发展不平衡，把同样是这个城市居民的黑人从自己的家园一笔勾销。在小说结尾时，主人公查理决定放弃种族、地方和资本等问题的复杂纠缠，离开后现代的国际大都市亚特兰大，选择回归乡村的贝克县。因为只有在这里，他才可以找到人与地方之间的那种亲密感和踏实感，他那躁动不安的心灵似乎只有在这里才可以得到片刻安宁。

　　巴姆巴拉1999年发表的《这些骸骨不是我的孩子》系统探讨亚特兰大的全球性和地方性之间的巨大张力。作者在20世纪80年代就开始构思和写作这部小说，但是直到作者去世后四年，小说才在朋友的帮助下得以出版问世。作者在叙述拥有雄厚资本的亚特兰大是国际金融流通环节中不可或缺的资本主义大都市的同时，对亚特兰大西南部黑人族群的反抗运动展开重点描写，揭示资本霸权在定义和塑造国际化大都市的地方意识时，是如何有意遮蔽和人为剔除那些"阴暗面"。亚特兰大在国际

---

[1] Charles Rutheiser. Imagineering Atlanta: The Politics of Place in the City of Dreams [M]. New York: Verso, 1996: 6.

化的过程中，有预谋地杀戮同样为其居民的黑人小孩，这种暴行对黑人家庭和整个社区造成极大的恐惧与痛苦。作者试图通过小说使人们了解到，在光鲜发达的国际大城市的伪装下，亚特兰大有着不为人知的黑暗、落后甚至暴力和血腥的一面。

在小说中，黑人孩子的神秘失踪和莫名其妙地被杀害是亚特兰大国际大都市野蛮和残忍的体现。根据历史记载，1979~1981年，亚特兰大曾经发生过一系列本地非裔居民的孩子突然失踪或接二连三被屠杀的血腥事件。这些历史材料为这部小说的创作提供了背景和素材。巴姆巴拉呼吁读者关注亚特兰大黑人孩子的失踪和被杀问题，提醒人们亚特兰大的国际化伴随着对本地黑人社区的摧毁和灭绝。作者试图通过对极端恐怖的屠杀事件以及地方"怪诞身体政治"的描述，对资本主义界定的亚特兰大国际化大都市的光鲜繁华形象展开批判，期待唤醒人们的良知，使人们更加关注本地社区少数族裔的生存。小说把主流话语和意识形态打造的友善、包容、繁华和国际化的亚特兰大，放置在充满不平等、暴力、野蛮和剥削的道德评价视野中，让人们能够重新思考它的全球化和国际化。

小说的女主人公马赞拉经常为熟知自己居住的城市亚特兰大而感到自豪。小时候父亲常常带着她在亚特兰大的各条街道走街串巷、兜风观光。她认为自己对亚特兰大自有一番认识，她眼中的亚特兰大不是报纸、宣传册、电视、广告或者旅游指南等塑造的抽象的亚特兰大，而是一个自己亲身感受的实实在在的亚特兰大。❶ 但是，随着亚特兰大的国际化和两极化，马赞拉发现亚特兰大中心地区的房地产投资和快速发展与城市西南部的发展滞后形成鲜明对比，呈现两种截然不同的城市形象。她意识到在亚特兰大这个国际化城市中保持本地化的地方意识已经非常困难，因为亚特兰大成为被宣传、被表述的国际大都市，而本地人居住其中的亚特兰大反倒成为不真实的地方，成了国际化亚特兰大的对立面和"他

---

❶ Toni Cade Bambara. Those Bones Are Not My Child [M]. New York：Pantheon，1999：84.

者"。马赞拉在房地产公司和旅游局工作,她的丈夫拥有一家房地产公司,她的家人中也不止一个人涉足房地产行业。

  成功和财富似乎使他们的生活脱离了黑人族群的贫困,跻身于亚特兰大的中上流社会。但是,这一切都不足以使他们逃脱归属于整个黑人群体的悲惨命运。有一天儿子桑尼突然失踪,给他们的内心造成极大的痛苦、焦虑和恐惧。他们重返亚特兰大西南部的黑人社区,与自己的同胞一起寻找失踪的儿子。在寻找孩子的过程中,他们对于亚特兰大的认识发生了改变。他们再也感受不到亚特兰大国际化大都市的富足与惬意,而是感觉到家里房屋的墙壁向他们压来;当他们走在大街上时,街面好像一个食人怪兽一样,每时每刻都会塌陷并吞噬他们。在苦苦寻找儿子时,他们发现在黑人社区还有不少孩子和他们的儿子一样神秘失踪。突然失去至亲骨肉的恐惧像噩梦一样笼罩着这个黑人社区。马赞拉迫切地想要弄明白"这里到底发生了什么"。经过深入思考,她终于找到了答案:亚特兰大为了打造光鲜亮丽的国际化大都市形象,黑人身体在物质性层面的消失成为城市国际化策略的一部分。因此,它把商业和利润高高地凌驾在黑人的命运之上,黑人被杀,甚至让这个族群整体消失也是这个国际化大都市发展的本质特征之一。"孩子们被棍子打死、被刀捅死、被枪杀、被勒死,却没有任何措施去制止……报纸和杂志上的文章只重视财经500强的大公司并在它们的名称上标注着重号。"❶

  1980年10月13日,亚特兰大西南部的一个黑人幼儿园发生爆炸,四个孩子和一位老师遇难。当地政府的调查却坚称这是锅炉爆炸引发的不幸,与本地的孩子失踪和被杀事件没有任何联系。但是,事情的真相与政府的声明大相径庭,这是亚特兰大右翼种族主义者制造的又一次针对黑人同胞的暴行。马赞拉在中央公园碰见一个老人,他一语道破了亚特兰大国际化的本质:"这个城市的人们只会谈论发生在商业中心或者金

---

❶ Toni Cade Bambara. Those Bones Are Not My Child [M]. New York: Pantheon, 1999: 126.

融区的谋杀案，根本不在乎发生在黑人聚居区的连续杀戮。"❶ 在亚特兰大这个所谓的国际化大都市中，二十多个黑人被残忍地杀戮根本不如在商业区死掉一个商人能够引起政府的重视。至此，人们可以清楚地认识到亚特兰大在国际化过程中，一心追逐利润，对其黑人居民的生死漠然置之。亚特兰大的国际化建立在金融资本和剥夺黑人身体的基础之上，从根本上斩断了人与地方之间紧密联系的地方意识。

在资本高度集中和城市快速发展的亚特兰大，本地黑人居民处于社会生活的最底层，他们的家园被随意侵占，孩子被无辜杀戮。他们不仅面临失去家园的"失位"危机，还要忍受丧失亲人的巨大痛苦。被杀害的孩子的尸体如同"垃圾"和"废物"一样被迅速地清理、草率地丢弃。在资本霸权控制下的国际城市亚特兰大，黑人的生活和身体完全被抽象化，对它们的"去物质性"其实就是把黑人驱逐出南方历史和南方地区的手段，是统治阶级城市发展的策略之一。但是，对于黑人来说，这个让他们失去孩子、令他们悲痛欲绝的城市依然是他们的家园，因为他们无处可去，他们就出生、成长和生活在这里。在小说的第六部分，桑尼活着回来之后，他们一家暂时从亚特兰大搬到亚拉巴马马赞拉母亲的家中。这在本质上只是对亚特兰大一种无可奈何的、临时性的抵制与逃避，因为，他们此后一直在思考"那毕竟是家"和"如何回去"的问题。❷ 当马赞拉夫妇回到亚特兰大之后，他们坚持不懈，一直没有放弃对黑人孩子失踪和被杀案件的调查。而且，他们开始关注在世界其他各地发生的类似事件。至此，个人的、家庭的、社区的和地区的种族、阶级和经济不平等问题，延伸到智利、巴西、阿根廷、哥伦比亚等世界各地。

巴姆巴拉在小说中试图通过史实与虚构相结合的方式，借助怪诞身体政治，把后现代亚特兰大国际城市的另一面展现在读者面前。小说通

---

❶ Toni Cade Bambara. Those Bones Are Not My Child [M]. New York: Pantheon, 1999: 168.

❷ Toni Cade Bambara. Those Bones Are Not My Child [M]. New York: Pantheon, 1999: 551.

过对比亚特兰大西南部黑人社区和国际化商业中心之间的巨大反差，思考黑人身体的物质性和政治性以及它们与资本之间的关系，旨在深入探讨种族、阶级、地方的本地性和全球化之间的复杂关系，帮助读者重新审视南方文学的地方意识以及官方依据经济标准划定亚特兰大为国际化大都市而引发的一系列社会与道德问题。

在后现代，南方文坛上还活跃着一群出身贫穷乡村家庭、阶级立场鲜明的创作群体。他们从无产阶级的视角出发，叙述自己对于南方乡村的切身感受，猛烈抨击"重农派"农业主义理想的不切实际和盲目幻想。克鲁斯在作品中把乡村生活的严酷现实展现给观众，含沙射影地讽刺在象牙塔里不切实际地高谈阔论田园生活的农业主义者。❶ 佃农的儿子布朗出生在密西西比的拉法耶县。童年时代颠沛流离和贫困潦倒的生活经历成为他日后创作的素材。他在作品中生动地刻画南方穷苦白人挣扎在饥饿线上的悲惨生活。布朗在小说《脏活》中写道："我的自尊心很强，但是它不能当饭吃……妈妈把自尊咽到肚子里，每周只好去领救济。"❷ 在这里人们终日劳作依然食不果腹，只得放下尊严，依靠救济勉强度日，饱尝欺凌与侮辱。这里远非怡然自得的人间天堂，弱肉强食的丛林法则绝对是这里的生存之道。南方女作家艾莉森在《卡罗莱纳的私生女》中，描写南方下层穷苦白人女性的辛酸、耻辱与恐惧，她们像私生女一样被排除在南方温文尔雅的浪漫神话王国之外。她的笔下鲜有对南方乡村风光的描述，只有等级森严、贫穷落后的南方，一个充满了酗酒、暴力、早孕、堕落、犯罪、歧视和麻木不仁的乡村。

小 结

地方意识是南方传统文学别具一格的经典主题之一，是南方文学区

---

❶ Harry Crews. Getting Naked with Harry Crews [M]. Gainesville: University Press of Florid, 1999: 57.
❷ Larry Brown. Dirty Work [M]. Chapel Hill: Algonquin Books, 1989: 34.

别于美国其他地区文学的重要标志。南方独特的地理位置和温润潮湿的气候环境，造就了农业主义理想和南方人民的亲土情结。他们以家族为单位，祖祖辈辈居住耕作在南方的土地上，土地成为世世代代相传的安身立命的根本，家乡是南方人心目中最值得珍视的地方，安土重迁的思想在他们的意识中根深蒂固。"南方文艺复兴"文学和"重农派"作家继承了南方文学传统的乡土情结，对资本主义工业化和城市化表现出本能的抵制和反感，对高歌猛进的工商资本主义的发展表示怀疑、缺乏信任。南方"重农派"的农业主义宣言《我要表明我的立场》，总结了南方区别于美国其他地方的一系列特征，如南方是农业的、宗教的、崇尚个性的、保守的、理想主义的、注重社区和地方意识的地区，而且地方意识是南方特性的重中之重。"复兴"作家依托南方的庄园主家族，以怀旧伤感的笔触，满怀激情地描绘南方美丽的乡村自然风光，把书写庄园贵族家族的传奇故事与反映南方的地域特色有机结合，赋予南方文学独特的地域魅力，形成南方文学特征鲜明的地方意识。

质言之，南方既是一个确定的地理存在，也是南方人和南方作家的文化和意识形态塑造，是地理与历史合力造就的一个关于地方的神话。在外界开始评判和抨击南方时，南方人结合历史与记忆从内部以一个南方土生子的立场描述南方这块神秘的土地。在外界或者北方人眼里，南方是原始落后的代名词，是奴隶市场、大片烟草或者棉田、种植园、小型农场、乡村小镇、黑人窝棚以及内战和民权运动的发源地。但是，对于南方人而言，南方虽然存在局限与不足，它却是一个代表着身份区别、行为标准、礼仪规范、责任义务、人情关系的地方，是他们祖祖辈辈生息繁衍、令人魂牵梦萦的家园，是南方人寻求精神寄托、地域归属与身份认同的地方。南方是内战前后逐渐形成的一片区别于北方的地区，一直作为北方的对立面和二元的另一元而存在。它的地方主义只有在针对美国的国家意识，更准确地说是北方的政治意识形态时才真正存在。南方不仅是过去历史和传统文化的"残存"，也是在南北对垒时出现的"新产物"。因此，南方绝对不是一个简单的地理概念，它承载着审美、

修辞、历史、文化和意识形态等多方面复杂而微妙的意义。❶

对于"重农派"和"复兴"作家而言，南方是一个孕育太多家园情结和让南方人产生强烈归属感的地方，它酝酿人们对土地、对家乡、对社区的醇厚感情。它在盛产粮食、甘蔗、烟草、棉花的同时还是南方人的心灵乐园，是他们塑造光荣、尊严、梦想、历史、文化以及宗教的地方。地方意识还充当着南方人抗衡北方的心理防御和精神支柱。南方的农耕生活模式不但体现人与自然的和谐相处，更是人类古老文明和传统文化的代表，它在道德上远远高于工商资本主义的北方。因此，南方对于本地人而言，远远超过了庄园、房屋、院落、自然风光等实体存在，它的象征作用和修辞意义远远大于它的地理存在。

农耕社会的经济模式、聚族而居的生活习惯、珍惜土地的思想观念、封闭落后的交通运输等，使得南方人对南方这片热土更加不弃不离。地方在南方作家的笔下凝练升华为某种精神力量，远远超出"它的空间范围"，成为一个"孕育丰富的回忆、联想以及与过去的联系"的"特殊的场景"。❷作家常常把主人公的命运与这片土地的历史变迁紧密关联。南方因为其历史和过去而成为南方人心目中一道永恒和亮丽的风景。玛格丽特·米切尔、潘·沃伦、福克纳以及韦尔蒂、奥康纳等非常重视自己作品中的地方意识。以丰富的想象和充沛的感情描绘家乡的风土人情和地域风光，展现南方的地方特色与文化魅力。在追忆南方的往昔岁月时，他们的作品充满了哀怨忧伤的怀旧情愫和情真意切的乡愁乡恋。南方不仅是养育他们生命的地方，更是赋予他们作品灵魂的土壤。但是，在后现代，尤其是20世纪80年代以来，南方的经济快速发展、资本的跨国流动趋于频繁，城市的国际化势在必行，这些都使南方的身份发生了一系列的改变。南方传统的地方情结向"后南方"的"非地方"意识转变。

---

❶ Suzanne W. Jones, Sharon Moteith. South to a New Place: Region, Literature, Culture [M]. Baton Rouge: Louisiana State University Press, 2002: 46.

❷ Philip Castille, William Osborne (ed). Southern Literature in Transition: Heritage and Promise [C]. Memphis: Memphis State University Press, 1983: 6.

其首要原因在于：随着交通运输的便捷、经济一体化的推行、城市国际化的加快和资本流通的扩大等，传统的地域界限和地理概念被打破。经济的快速发展引起地域环境的巨大改变，城市的全球化和国际化也势不可当。南方已经从往日的农业和乡村的南方演变成一个以服务业和白领经济为主的地区，成为美国人休闲娱乐的理想去处和旅游胜地。20世纪60年代以前人们很少来南方旅游或者休闲，但是80年代之后南方的旅游业飞速发展。《南方生活》杂志统计，1998年南方观光度假的收入占美国全国旅游业的40%。奥兰多的迪士尼游乐园、佛罗里达的碧海蓝天和美妙海滩、迈阿密的豪华游轮、新奥尔良的异国风情、纳什维尔的南方音乐酒吧等，都让世界各地的旅游者对南方趋之若鹜。

南方独特的地理环境为南方发展旅游业提供了得天独厚的自然条件，后现代的市场运作和广告宣传使南方成为代表时尚生活方式的名片。现在的南方已经不是福克纳笔下充满传奇、欲望和家族荣耀的沼泽之地；也不是三角洲地区的农场或者伐木放牧的乡村；它是一种全新的美国甚至世界式的生活方式。市场、媒体、广告、宣传等积极参与后现代南方的建构，把南方打造成一个富足、浪漫、惬意、悠闲的人间天堂，成为美国梦在后现代时期成真的典型。南方的历史褪去了沉重的色彩，演化成一种传说和罗曼司；南方也卸去了内战的痛苦记忆和历史的沉重负担，只有供人们展览的内战纪念馆；对奴隶的残酷剥削和压迫不复存在，只有美妙动听的黑人音乐和技艺高超的黑人厨师；佃农的艰辛与贫穷一去不返，只有美不胜收的如画风景；奴隶辛勤劳作的种植园成为历史，只有用种植园改建并提供高档食宿、配置高尔夫球场和游泳池的星级酒店和宾馆。处于后现代市场经济模式下的南方，不再强调人们在哪里居住，而是强调应该怎样居住。在后现代时期，南方的经济转型、大批的移民以及旅游者的纷至沓来，使得建立在传统历史和文化基础上的地方意识逐渐烟消云散，随之而起的是表现另一种生活方式、呈现"新"南方景象和反映南方城市国际化的"非地方"意识。

后现代令人难以想象的巨额资本在各个国际化大都市之间的频繁流动使得南方农业主义者的地方意识在"后南方"趋于解体。经济发展和城市化必须依靠大量的资本流通，而资本流通和城市国际化必定会破坏南方前工业社会时期人们聚族而居的生活方式，淡化人们与家乡和地方之间强烈的认同感和归属感。城市与城市居民之间形成一种普遍的若即若离的陌生"失位感"或者"非地方"意识。在南方的经济发展进入新时代之后，南方文学作品中传统的农业主义者重视乡村文明的地方意识逐渐消解，南北地方之间的二元对立也随之受到挑战。随着科技的发展、交通运输的便捷、媒介传播的普及以及经济一体化的推行，南方的地域限制被打破，南北方的文化差异在消除。农村人口迅速涌入城市，土地再也不像以前那样成为南方人安身立命的根本。在后现代，南方的许多地方进入城市化的发展网络，南方的多数人口也成为城镇居民。城市的快速发展使得农业主义的南方逐渐成为历史。而且，后现代的麦当劳化促使南方的城市与美国其他地区，甚至全球各地的城市表现出诸多共同性，在同一性的冲击下，南方更是难保地域特色。"后南方"的城市国际化使人们脱离土地或者频繁流动，南方传统的亲土意识和强烈的地方归属感从而让位于缺乏根基、四海为家的"非地方"意识。

大部分"新生代"作家把创作的地方背景从南方的小镇、乡村转向美国甚至欧洲的大都市。例如，理查德·福特、沃尔夫、塞登丝、巴姆巴拉等，把创作的笔触伸向后现代的南方城市，描写"后南方"的"非地方"性和"失位"漂泊意识，揭示"资本生产地方"的本质特征。当代南方作家通过对"重农派"地方意识和乡村理想的解构或者戏仿，转而关注在后现代城市化进程中，南方的地方意识如何演变为"非地方"感或者身如浮萍的漂泊"失位"感。城市的国际化使得世界范围内的交通运输空前发达，生活和工作的流动性成为人们日常生活的常态。后现代南方作家从静态、单一的乡村或者农业主义的南方地方情结中解放出来，在作品中通过不断变换故事场景、描写国际化大都市背景、塑造穿梭于世界各地的国际型人物等叙事方式，打破地理局限，淡化传统意义上的地域情结，使作品的人物及其生活环境遍布南方城市甚至世界各地。在他们的作品中，作者要么描写大城市或者城市郊区的土地投资，要么不断地变换主人公的生活场域，割断人们与某一固定地方之间因为长期居住或者继承祖业而建立起牢固的归属感和依赖性，人们容易产生一种四海为家却处处难为家的漂泊流浪感。因此，"后南方"的作家放弃了南方传统文学中描绘乡村风光和农耕南方的创作传统，集中呈现城市化或者国际化南方的"非地方"意识。

珀西和福特对于后现代"非地方"意识的探索只涉及城市化过程中南方被美国化或者被世界化而失去南方地域特征的现象，聚焦于讨论现代人试图在孤独的藏匿或者变换居住环境中消除精神困惑、追寻身份认同以及解决生存危机的问题。福特虽然熟悉地产价格和黑人的迁徙模式，但他还没有认识到跨国的资本流动和移民问题对南方地方意识的影响。塞登丝、巴姆巴拉和沃尔夫等作家明显感觉到"后南方"的国际化和资本流通对南方地方意识的巨大冲击力，他们在作品中把"后南方"的"国际城市"设置为故事的常见背景，聚焦于资本、土地和地方之间的复杂关系。南方的城市呈现出全国性和国际性特征，农业主义者倡导的地方意识在这里已经不见踪影。他们的作品以不同的方式、从不同的角度，开始重新寻找南方在国际化和全球化背景中的位置，在资本流通、人口流动、劳资关系和阶级分层的框架中重新定义南方地方意识的内涵。

移民的大批涌入和服务业的兴起是南方传统地方情结消解的第二个原因。在最近几年的美国研究中，有关"跨国转向"的话题已经引起人们的广泛关注。由于跨国公司遍布世界各地，经济的全球化决定了城市的国际化。南方也不可避免地进入经济全球化和城市国际化的行列。南方当代文学逐渐放弃南方传统文学中农业和乡村南方地方形象的描述，塞登丝、巴姆巴拉和沃尔夫等把南方的国际化大都市作为描写对象，强调在经济全球化背景下"后南方"的"非地方"意识。经济的全球化和资本的跨国流动，代表着国际界限被解除，意味着物品、人员以及思想在全球范围内可以自由流动。大量的资本投资使得跨国公司在南方城市雇用大批移民，而人员流动又可以源源不断地为其提供劳动力和丰厚的利润。在这样的资本运作体系和经济全球化背景下，南方作为一个相对封闭地区的地方堡垒被打破，极大的流动性使人们丧失了"旧"南方传统的地方意识和社区情感。

沃尔夫的《一个完整的人》为读者提供了一条走进亚特兰大这座国际化大都市的途径，关注南方的移民文化和资本流动对地方意识的影响。巴姆巴拉的作品《这些骸骨不是我的孩子的》反映了南方更早的移民，即非裔美国人，如何在本地与全球化的南方、在阶级和种族的政治中生存下来并寻找属于自己的家园。作者通过描述失踪与谋杀、黑人与从约旦和越南逃到南方的政治难民的痛苦经历等，表现人们在国际化大城市亚特兰大面临的孤独隔绝、绝望无助与无家可归的生存危机。

南方经济的转型、大批移民的涌入以及旅游和服务业的兴起，导致建立在传统的亲土意识和乡土文化基础上的地方意识逐渐淡化，代之而起的是表现后现代休闲娱乐和消费文化的另一种南方生活方式。城市国际化和"后南方"景观必然生产全新的地方意识，后现代南方的"非地方"意识应运而生。"新生代"作家的城市生活经历或者对充满艰辛的田间劳作的亲身体验，也使他们放弃了"重农派"充满浪漫主义的农业主义理想和故土情结。"复兴"作家富有感情色彩和"抒情式"的地方意识和乡土情结，是基于农耕生活与地方之间建立起来的那种稳定而牢固的依存关系；后现代南方作家笔下的地方意识演变为一种不动感情的"摄影式"的"非地方"意识，人们与自己居住的城市之间是"变动不居"、若即若离或者商品买卖关系。

种族属性和阶级立场的不同是引起南方的地方主题在后现代发生嬗变的第三个原因。"复兴"作家大多出身于贵族家庭，生活在等级森严的南方上层社会，维持旧制度和旧秩序的思想蛰伏在他们的意识中，继承家族土地和祖传财产的南方地方神话对于他们寓意深远，守住家族土地和庄园等同于维护家族荣耀和贵族身份。土地拥有和种植园农业经济模式也是南方的阶级分层和社会秩序正常运作的前提和保障。内战及其战后重建虽然沉重地打击了处于权力和经济最高层的南方贵族阶级，但是，长期以来贵族阶层缔造的南方地方神话依然在当地盛行。工业化不但冲击着南方传统的土地观念和地方意识，而且直接威胁着南方贵族阶层的统治地位和南方社会的运作秩序。所以，对于多数出身贵族家族的"复兴"和"重农派"作家而言，他们的思想观念趋于保守，他们的文学作品倾向于浓墨重彩地塑造南方的地方神话，强化南方的地域文化特色和地方保护意识。而且，作家集体"向后看"的历史观念使他们的作品呈现出浓厚的家园追寻意识和怀旧的地方情结。对于他们来说，南方作为一个地方，承载着太多的辉煌与耻辱。

大部分出生在中下层阶级或者农村家庭的"后南方"作家在性属、种族和阶级立场方面与"复兴"作家不同。农业主义者浪漫、闲适的南方对于他们来说仅仅存在于文学作品，是人为建构的南方与北方、乡村与城市、神话与现实之间的二元对立。南方传统的地方意识和美妙的农业主义生活方式出自南方白人贵族阶层的想象，是表现统治阶级意识形态的地方神话。乡村的艰辛、冷酷、野蛮、蒙昧、原始、落后等使"新生代"作家对于"重农派"所谓的乡村生活是拯救人类灵魂的农业主义理想展开挑战，对于建立在南北二元对立体系之上的地方意识实施解构。南方传统的"地域自我归属感"在他们的作品中被人与城市之间陌生冷漠的"非地方"意识所替代。他们要么揭露南方乡村生活的各种愚昧与丑恶，要么描写亚特兰大、新奥尔良等大都市在资本投资、房地产开发和国际化的过程中，如何生产了"后南方"的"非地方"意识。而且，他们的写作重点转向描写城市化在选择抹除贫民窟和少数民族聚居区时表现出的阶级压迫和种族歧视等社会现实。

"复兴"作家和"重农派"不可避免地以消极、怀疑甚至排斥、拒绝的方式看待南方的现代化与城市化，厌恶和抵触南方的工业发展、地产开发等，因为土地是南方贵族阶层的统治权力和经济地位的根本保障，城市化和工业化必然使他们丧失曾经拥有的土地和权力，意味着阶级体制的重建。在面对城市化和工业化的蚕食时，"农业主义者"必然会认同和美化南方的种植园经济模式和乡村生活方式，弘扬南方的农业主义传统。保住土地就是保住贵族阶级的尊严、地位和身份，他们在情感上毫不犹豫地倾向于南方传统的农业主义社会，高度赞美工业时代到来之前南方的自然风景和生活方式，强烈批判和抨击现代工业社会只关注科学技术进步和物质享受，导致人性异化和道德滑坡，造成历史意识缺失和地方意识淡化，人与地方之间相互依存的关系链条被斩断。在他们看来，大规模的城市化使人们失去了安居乐业的家园，造成现代人无根漂泊的"移位"或者"失位"意识和精神迷失状态。因此，"旧"南方的田园风光是远离堕落和庸俗的工业文明、为人类躁动不安的灵魂提供安宁与救赎的人间乐园。

"新生代"作家的社会和经济地位与他们的先辈们不同。大部分"新生代"作家出生在工人、农民或者中产阶级家庭，没有引以为荣的祖先或者值得反思的历史。他们早年在南方乡村或者小镇的艰辛生活使他们对于乡村生活的冷峻与残酷深有体会，而后来在大城市的生活经历又使他们深切地感受到独在异乡为异客的精神孤独和人情冷漠。他们对于资本在生产地方时在本质上表现出来的无情和残酷有着深刻的认识。城市在进入国际化的过程中，为了给世人展现光鲜富足的一面和吸引更大的资本，统治阶级首先选择改造他们认为给城市形象抹黑的贫民窟和黑人聚居区。拆迁、挪用、占有和改建使得大批穷人和少数族裔流离失所、无家可归。南方城市的国际化与阶级冲突成为后现代南方小说关注的重点。因此，在当代作家笔下，农业主义的地方意识逐渐淡化，性属、种族和阶级成为作品的重要主题。❶ 城市国际化从根本上摧毁了普通民众的地方归属意识，他们在自己的国家变成了陌生的流放者，体验漂泊流浪的"失位"感。因此，阶级剥削、种族压迫、发展失衡、资本流通、城市国际化等问题与地方交织在一起，使得"后南方"文学反映的"非地方"意识显得纷繁复杂。

---

❶ Joseph M Flora, Robert Bain. Contemporary Fiction Writers of the South [M]. Westport: Greenwood Press, 1993: 5.

而且,"后南方"时期女性和少数族裔作家在南方文学中占据了更大的比例,他们关注的重心不是南方贵族们的土地意识和地方情结,而是在"后南方"女性和其他族裔人群的生活状况与自我追求。处于社会底层的穷苦大众或者饱受剥削的少数族裔在南方城市国际化的过程中被强制性地搬离自己的家园、被野蛮地剥夺地方意识的情节是他们描写的重点。因此,对于南方当代女作家而言,先辈作家笔下充满幻想、富有诗意、浪漫闲适、悠然自得的田园生活与南方当下处于社会底层的妇女们关切的问题相去甚远。而且,她们认为,南方传统文学作品过度强调地方意识,无非是南方贵族们为了维护自己的统治地位人为地建构南方与北方、乡村与城市、神话与现实等二元对立的一种策略,是贵族阶层的集体精神漫游,脱离南方真正的社会现实。在她们看来,野蛮、蒙昧、原始、落后的乡村生活剥夺了人类尤其是女性最基本的生存权利和尊严,这样的南方是绝大多数穷人的地狱。

虽然在"后南方",作家对于传统的地方意识和乡村生活模式持怀疑和批判的态度,但是作家相似的南方地域性特点在他们的身上依然存在。"新生代"南方作家并不否认自己愿意继承南方遗产的事实,他们也渴望地方归属感,但是他们不会像"复兴"作家那种站在南方贵族阶级的立场上,书写南方的地方神话,表达对南方土地"爱恨交织"的复杂感情。阶级立场的不同和社会经济的发展,使得南方传统的"地域自我归属意识"在他们的作品中渐趋淡化。❶ "新生代"作家不再描写福克纳笔下"邮票般"大小的"约克纳帕塔法"、珀西的密西西比三角洲地带的格林威尔小镇、韦尔蒂的中产阶级的密西西比河边小镇等南方地域特色鲜明的地方,他们要么揭露南方乡村生活的艰难与丑恶,要么通过描写亚特兰大、新奥尔良或者其他大型购物中心、摩天大楼等"后南方"地理景观,反映"后南方"资本投资和房地产开发如何消解传统的地方意识和反映阶级斗争。而且,南方城市国际化的麦当劳化和同一性填平了传统

---

❶ Fred Hobson. Surveyors and Boundaries: Southern Literature and Southern Literary Scholarship after Mid-Century [J]. Southern Review (Autumn), 1991: 753-754.

南北二元对立中南方和北方的区别性地方差异。国际化大都市的大同小异进一步消解了人们的地方意识。南方更加突出的种族冲突和阶级斗争与人们失去地方归属感交织在一起，使从农耕文化转向工业文化的南方地方意识的演变显得更加复杂，也更发人深省。

当代南方文学地方意识发生变化的最后一个原因是后现代文艺思潮的影响。在解构主义、后殖民主义、女性主义和多元文化的影响下，"新生代"作家怀着"断裂""颠覆""解构""去中心""反一统"的思想，开始质疑一切信仰和价值体系。对于建立在南方与北方、农业文明与工业文明二元对立体系之上的农业主义地方意识展开有意识的批判，揭露其中包含的阶级霸权与权力关系、性别歧视与种族优劣论等本质。解构地方与"非地方"、南方与北方之间的二元对立事实上也是一场大众文化与精英文化之间的角逐与较量，代表着精英文化的坍塌和大众文化的兴起。他们颠覆了看似虚伪造作和滑稽可笑的乡村地方意识，通过描写"后南方"的"非地方"特征来揭示南方的阶级、性别、种族和"资本生产地方"的本质性特征。

"新生代"普遍质疑"复兴"作家建构的地方神话。"圣经地带"的南方逐渐蜕变成"阳光地带"的"后南方"，人们对于地方和宗教的敬畏与尊重逐渐被当代人的无根与漂泊的"非地方"意识所取代。人们拼命工作就是为了沉迷于现世的乐趣，追逐城市带来的娱乐与物质消费。神话的、静谧的南方乡村也在不知不觉中被城市的灯红酒绿和喧闹嘈杂所取代；注重土地的农业主义思想也不得不让位于资本主义的资本和房地产投资；人们曾经顶礼膜拜的土地现在成为发财致富的商品。当人们生活耕种在土地上时，与土地之间形成相互依存的深情厚谊；但是，如果土地被少数人占有并成为交易或者买卖的商品时，普通民众与土地之间的关系就被纳入庞大而冷酷的资本运作网络，几乎剔除了感情因素。

"新生代"作家对于乡村与城市、农业文明与工业文明二元对立的有意解构实际上也是一场大众文化对精英文化的抗击。南方"新生代"作家的成长环境、阶级地位以及他们接受的当代教育，使他们质疑"复兴"

作家建构地方神话背后的文化意识。他们认为"复兴"作家笔下的农业主义理想的地方意识承载白人贵族的精英文化，代表着来自政治家、种植园主、商人之家的南方上流社会和精英阶层的意识形态，他们的地方意识和地域情结渗透着白人贵族精英不切实际的浪漫情怀，而来自下层社会的贫穷白人、佃农、黑人等民众的意识形态和大众文化被完全排除在他们构建的南方地方神话之外。"新生代"作家大部分出身中下层社会，饱尝了乡村生活的艰难和不幸，贫穷的生活、匮乏的医疗和教育资源等，使各种罪恶在南方的乡村滋生蔓延。他们站在代表南方普通民众的通俗文化的立场，向传统的浪漫、优雅、闲适的乡村生活和贵族精英阶层的地方意识发起挑战，在他们看来这样的地方意识脱离实际，无法反映社会现实。他们以后现代主义的解构精神，颠覆了乡村与城市之间的二元对立，在描写"后南方"的城市化和国际化的"非地方"性特征中，进一步揭示后现代南方的阶级、性别、种族和资本等与当代南方人的生存密切相关的问题。

第四章 "新千年"主题：从主题回归到主旨新变

一、地方意识的回归

无论南方作家们是接受还是排斥"南方"这张标签，地理位置和地域身份依然是当代学界划分南方文学的基本依据之一。大规模的城市化、国际化以及交通运输的飞速发展使得20世纪60年代之后的南方文学开始质疑并解构"南方文艺复兴"时期建立的农业与工业、城市与乡村、南方与北方等二元对立，悲伤怀旧的地域情结在他们的作品中也逐渐消失。尤其到了"新千年"，南方作家对南方地域意识及其内涵有了不同的理解。他们认为南方的现代化和旅游等第三产业的快速发展为南方注入新鲜活力，地域特征和多元文化使南方大放异彩。在"新千年"，许多作家清楚地意识到全球一体化同时威胁着南方的地域文化和地方意识。因此，此时期的南方文学出现了一种地方意识回归的趋势，作家赋予地方意识新的内容与意义。

与60~80年代晚期的作品不同，"新千年"的南方小说呈现出鲜明的地方文化保护与宣传意识，作品关注南方不同地区多姿多彩的乡土文化和风土人情，展现南方不同地区的自然风光和地理特色。对于"新千年"的作家而言，现在的南方并非现代人漂泊无根的"非地方"或者"资本生产地方"的国际化大都市，也非"复兴"作家笔下完全被情感化并浸染了太多伤感情愫的地方，更不是被上帝遗忘或者因为奴隶制而备受诅咒或者注定走向毁灭的地方。现在的南方在日新月异的发展中保持着丰富多彩的地理地貌和地方文化,是美国版图内一块有着别具一格的气候条件、丰富多样的地理风貌和瑰丽多彩的地方文化的地方。"新千年"作家们也完全摆脱了内战的历史重负和对奴隶制的内疚心理,认为南方就是自己日夜牵挂、为之骄傲的家乡故土,是为他们提供富于地方特色的创作素材的地方。地方意识重新成为他们创作的重要主题,他们在作品中尽情书写表现不同地域特色或者文化多样性的"新新南方",为这片土地赋予完全不同的新意。

南方在地理地貌和地方文化方面表现的多样性可以在下文的地区划分以及该地区的代表性作家中窥见一斑。1966年,南方文学著名评论家霍尔曼在《南方小说的三个模式》中,从地理概念出发把南方划分为沿海低地、皮德蒙特高原地区和南方腹地三个区域,并以三位优秀的南方作家分别代表这三个地区。埃伦·格拉斯哥是沿海低地南方的代言人,她的作品充分表现那块地区对其创作艺术的影响;托马斯·沃尔夫则代表皮德蒙特高原地区,他艺术地再现了这一南方高地;威廉·福克纳的作品则集中反映南方腹地。❶ 进入"新千年"之后,弗洛若和贝恩则认为,当代的南方已经远远超过了三个,应该至少有八个南方同时存在:沿海低地、皮德蒙特高原地区、阿巴拉契亚山区、南方腹地、南方高地、西南地区、新奥尔良地区的天主教和法裔路易斯安那州人的居住地和佐治亚的中西部、北佛罗里达以及南亚拉巴马的部分地区。❷ 南方地理区域的丰富多样性对南方作家的创作产生了非常重要的影响。

根据弗洛若和贝恩的南方地理划分,第一个南方是沿海低地,这里的文化主要围绕棉花、烟草、稻米和木兰庄园展开,它的城镇围绕殖民地时期的首府建立。在"复兴"时期,格拉斯哥和坎贝尔(James Branch

---

❶ C. Huge Holman. Three Modes of Modern Southern Fiction: Ellen Glasgow, William Faulkner, Thomas Wolfe [M]. Athens: The University of Georgia Press, 1966: viii.

❷ Joseph M Flora, Robert Bain. Contemporary Fiction Writers of the South [M]. Westport · Connecticut · London: Greenwood Press, 1993: 3.

Cabell）是此地区的代表作家。后来威廉·斯泰伦和约翰·巴思（John Barth）把"复兴"作家和这一地区的"新生代"作家麦克佛森（James Alan McPherson）、帕特·肯罗伊、约瑟芬·哈姆弗瑞思、杜班、鲍勃·沙克奇斯（Bob Shacochis）和苏珊·施里夫（Susan Shreve）等联系在一起，他们是南方文学的一支重要的生力军。

第二个是皮德蒙特高原地区，主要指西马里兰到北佐治亚的山区一带，适合伐木、耕作、种植烟草和棉花。因此，这一地区虽然有几家庄园，但它主要是自耕农和小商人的家园。来自这个地区的当代南方作家主要有爱丽丝·亚当斯（Alice Adams）、多丽丝·贝丝（Doris Betts）、里特·米·布朗（Rita Mae Brown）、詹姆斯·迪克（James Dickey）、克莱迪·艾格顿（Clyde Edgerton）、凯·吉本斯（Kaye Gibbons）、马里恩·金格（Marianne Ginger）、吉尔·麦克考克（Jill McCorkle）、提姆·麦克劳里（Tim McLaurin）、T. R. 皮尔森（T. R. Pearson）、法罗·山姆斯（Ferrol Sams）、安妮·泰勒、塞尔维娅·威金森（Silvia Wilkison）和坎尔德·威灵汉姆（Calder Willingham）等，他们的小说对这一地区的南方进行了多方位的描写，给人们留下了深刻的印象。

第三个南方是阿巴拉契亚山区从西弗吉尼亚绵延至佐治亚北部再到阿拉巴马的广大地区，包括弗吉尼亚、北卡罗来纳、肯塔基、田纳西和南卡罗来纳的山区，主要居住着苏格兰、爱尔兰和英格兰人。这一地区到20世纪初期还处于相对封闭的状态，几乎与南方其他地方隔离，其中分布着一些小农场和小城镇，人们主要以土地耕种、伐木、开矿和家具制造为生。在"复兴"时期，托马斯·沃尔夫是本地区的代表作家，他生动地书写这个南方山区的社会风貌；在当代，这一地区出现了丽萨·阿瑟（Lisa Alther）、约翰·厄尔（John Ehle）、盖尔·高德卫（Gail Godwin）、威廉·霍夫曼（William Hoffman）、考迈克·麦卡锡、简·安·菲利普斯（Jane Anne Phillips）、玛丽·李·赛特尔（Mary Lee Settle）、李·史密斯、奥夫特和约翰·杨特（John Yount）等优秀作家。他们的作品在南方当代文学这曲坚实的交响乐中构成了一组时代的强音。

第四个南方指南方腹地或者旧西南地区，这里居住着沿海低地和田纳西人的后裔，他们虽然效仿祖先的种植园社会，但与"旧"南方的种植园大有不同。就地理位置而言，亚拉巴马和密西西比处于这一南方的中心，路易斯安那和田纳西的西南部，尤其是围绕孟菲斯和密西西比河沿岸的地区也属于这一地区。由于肥沃的土地和较长的生长季节，棉花不但在过去而且在现在还统治着这一地区。伐木也是它的支柱产业。福克纳和韦尔蒂的杰出成就使他们成为本地区在"文艺复兴"时期的主要代表；谢尔比·福特（Shelby Foote）和沃克·珀西发挥着桥梁作用，把"南方文艺复兴"一代和"新生代"联系在一起。在当代，南方腹地的重要作家有拉瑞·布朗（Larry Brown）、约翰·W. 科瑞顿（John W. Corrington）、艾伦·道格拉斯、安德鲁·杜布思（Andre Dubus）、杰赛·黑尔·福特（Jesse Hill Ford）、厄内斯特·盖恩斯（Ernest Gains）、艾伦·基尔克里斯特（Ellen Gilchrist）、巴瑞·汉纳、雅布鲁、柏福利·劳瑞（Beverly Lowry）、贝利·摩根（Berry Morgan）、海伦·诺里斯（Hellen Norris）、伊丽莎白·斯本瑟（Elizabeth Spencer）和詹姆斯·威尔考克斯（James Wilcox）等。这一地区作家众多，作品的影响力也较大。作家们延续南方腹地特色鲜明的文学创作，他们的作品是当代南方文学最重要的一个部分。

第五个南方是南方高地，是沿俄亥俄、密西西比、田纳西和肯塔基河的地区，包括田纳西中部、肯塔基的大部分地区和俄亥俄南部、印第安纳州和伊利诺伊州。这里的原住民主要来自阿巴拉契亚、肯塔基和田纳西地区。本地区早期存在过一些庄园，但主要是小农场和小村子。相对于其他地区，在"复兴"时期，南方高地出现的知名作家较少；在当代，鲍比·安·梅森、曼迪森·斯玛特·贝尔（Madison Smartt Bell）、阿历克斯·哈利（Alex Haley）、盖尔·琼斯（Gayl Jones）曼迪森·琼斯（Madison Jones）等，为这一地区的文学繁荣作出了非凡的贡献。

第六个南方指西南地区，包括部分阿卡萨斯、密苏里西南部路易斯安那西部和德克萨斯东部地区，有一些小农场和小镇子，居民主要是来自南方腹地、田纳西和肯塔基的一些拓荒者，以畜牧业为主。出生于德克萨斯的安·波特是"复兴"时期这个地区的代表性作家。波特以自己熟悉的德克萨斯州的墨西哥人和德国移民的生活为素材，描写这个语言奇特、血统混杂的南方边界地区。威廉·哈弗瑞（William Humphrey）、布克（James Lee Burke）和查理·波提斯（Charles Portis）是西南地区最主要的当代作家。

第七个南方是新奥尔良及其近郊地区，它也是最都市化的一个地区。因为受西班牙、法国和英国文化的多重影响，美国人直到1803年才涉足这里的天主教文化。此处的天主教文化似乎是南方基督教新教文化海洋中一座令人神往的孤岛，自19世纪中期以来一直吸引着南方作家的兴趣。马克·吐温、乔治·华盛顿·坎贝尔（George Washington Cable）、格里斯·金（Grace King）和凯特·肖班等都在19世纪以这一地区作为他们小说创作的蓝本。"复兴"时期莉莉安·赫尔曼（Lillian Hellman）的大多数作品也把这里作为创作的地理背景。在"新生代"作家中，皮特·费宝曼（Peter Feibleman）和约翰·肯尼迪·图尔（John Kennedy Toole）是他们中的佼佼者。当然，来自南方腹地的其他作家，比如福克纳等，对这一地区也进行过生动的描写。

最后一个南方就是佐治亚的中部和西部、佛罗里达北部以及亚拉巴马东南部的地区，与南方腹地或沿海低地截然不同，它是弗兰纳尔·奥康纳和哈瑞·克鲁斯（Harry Crews）代表的南方。左拉·尼尔·赫斯顿、克鲁斯和爱丽丝·沃克分别代表着这个地区在"复兴"和当代时期小说创作的最高成就。

南方不同地区的划分表示地理区划的同时也代表多姿多彩的本地文化。由此看来，区域身份对于当今的美国南方人依旧具有特殊的意义。大部分南方人现在生活在城市，与北方人或者世界各地的人们一样，在沃尔玛等大型连锁超市购物，使用同样的高科技电子产品，吃着麦当劳、肯德基之类的快餐。但是，不可争辩的事实是，南方人依然沿袭"旧"南方遗留下来的一些行为方式、生活习惯和宗教信仰，依然承认自己的南方身份。当然他们也不否认相对于"复兴"作家笔下的南方，现在的南方已经发生翻天覆地的变化。如果人们仅仅凭借南方在后现代发生的变化就否认其文化、地理、历史和文学的独特性，进而否认南方身份，认为南方身份只存在于20世纪30年代的南方，这样的观点显然失之偏颇。而且，如果人们据此就贸然怀疑南方的文学文化已经衰竭、南方的地域特色已经消失，如此断言不但显得鲁莽轻率，而且与南方的实际情况也不相符合。

南方的地域特色和地方意识在"新千年"不但依然存在，而且被作家们以高度认可和更加鲜明的立场公示于众。福克纳笔下密西西比北部的美国土著人与巴瑞·汉纳作品中印第安阿柏切族的"杰罗莫尼"人必然不同；"约克纳帕塔法"县的契卡索人和西部阿柏切族人也与哈姆弗瑞思笔下罗伯森县的鲁姆比人相差甚远；马克·吐温的"外乡人"与麦卡锡边疆三部曲中的墨西哥人大相径庭。但是，无论这些人物或者地方之间存在多少差异，读者立刻会辨认出那种特有的南方地方性。现代社会的巨大流动性似乎很难给人们足够的时间，让他们对某个地方与记忆之间建立牢不可破的联系。然而，只要城市没有失去它坐落在南方的位置，它就无法剥夺人们与南方的身份认同和地域归属。

20世纪六七十年代，许多南方作家否认或者排斥南方作家的标签，认为这种区域性标签代表着地域歧视；在"新千年"大部分南方作家乐于承认南方作家身份，并且强调自己与故乡之间的亲密关系，迫切地想要通过地方建立南方身份和自我归属。"新千年"时期的南方作家认为，南方文学之所以成为南方文学的关键就是南方这块绚丽多彩的土地，南方文学的生命力深深植根在这块曾经被诅咒、被膜拜、被想象、被诟病的土壤中。"新千年"南方作家在其作品中透过迷宫般的高速公路、汽车旅馆、加油站、快餐店和购物超市等，寻找南方地区特有的风景和民俗民风。小说家试图告诉读者，南方的风景不仅仅存在于"复兴"或者"重农派"作家描写的未被开垦的原始森林或未被污染的河流小溪。在当今城市化的南方地区，南方文学中的风土景观描写和地方意识依然鲜活而浓烈。南方不止充当着"新千年"小说的地理背景,更是作家内心依恋的故乡。"新千年"作家由于生活环境、族裔构成和城市发展的影响,表现出不同以往的地方意识,但是,对于地方意识的淡化作家们表现出极大的担忧与焦虑。哈姆弗瑞思在《富有的爱》中,对南方城市化引发地方意识改变的现象极为不安:"我曾经研究过赫库兰尼姆在公元前79年被炙热的火山灰淹没的故事。我的家乡小镇也同样被吞没了,但不是被火山灰,而是从查理斯顿涌来的人群"。❶

"新千年"作家和自己笔下的人物一样,有时逃离故乡,但是他们最终重返故里或者对故乡心向往之。"新千年"作品的主人公清楚南方不是伊甸园,这里除了生活的艰辛之外还有种族歧视等社会和人性的罪恶。但是,回归南方这片土地,他们的生活才变得充实,他们的生命才具有意义。雅布鲁1956年出生在密西西比,在密西西比大学和阿肯色大学获得学士和硕士学位。硕士毕业后曾经在弗吉尼亚理工大学、加利福尼亚州立大学和爱默生学院教授文学创作课程。他的小说荣获"笔会福克纳奖""理查德·赖特文学优秀奖"等。雅布鲁对故乡怀有深厚的感情。他在2008年的一次访谈中明确表示,在美国的其他地方,例如,他已经生活了多年的加利福尼亚等地,人们匆匆忙忙地生活在现世中,因为缺乏文化积淀和历史传承,这些地方的人们显得浅薄无知。密西西比却有一种得天独厚的讲故事的文化氛围和文学传统。如果人们在密西西比这样的南方地区长大,他就不会再写美国其他任何地方。

雅布鲁把故乡密西西比三角洲地带作为小说创作的地理背景,描写生活在这里的黑人和下层白人的日常生活。他的小说《氧气检查员》(*The Oxygen Man*, 1999)描写星罗棋布在密西西比三角洲地带的一个个鱼塘,它们是这个地方的独特标签。而且小镇人们围绕渔业的艰苦生活和封闭狭隘的思想,使得种族歧视和暴力事件在此处频发,就如同白人和黑人自小吃着不同的饭菜长大一样,种族问题在这里一直无法得到妥

---

❶ Josephine Humphreys. Rich in Love [M]. New York: Viking, 1987: 11.

善解决。《看得见的幽灵》（*Visible Spirits*: *A Novel*, 2001）以 1902~1903 年发生在密西西比印第安洛陵地区的真实历史事件为素材，围绕一个旧种植园主家族后裔两兄弟的生活，讲述家族、历史和地方交织在一起如何影响人们的日常生活、行为规范和道德抉择。谭迪仗着自己的兄弟是州长，试图取代现任黑人邮政局女局长。他认为其他居民也会支持他出任新局长，因为尽管奴隶制已经结束了多半个世纪，但是在他的家乡种族歧视依然暗潮涌动。他还企图通过获得这个职位重新把自家的种植园拿回来。黑人女局长迫于压力辞职，这件事闹得沸沸扬扬，总统开始介入。谭迪与坚持原则的兄弟闹翻了，兄弟俩的争执在整个社区人人皆知。小说以此情节为线索，描写生活在密西西比洛陵社区的个人和集体的生活状态，思考种族主义对这一地区造成的危害。在小说中，基于相同的历史和地理位置而生活生在一起的洛陵社区的人们依然挣扎在生存困境、种族矛盾与未来的不确定性之中。

布朗是当代"南方硬派"（Tough South）作家的代表人物之一。"南方硬派"是电影制作人霍金斯（Gary Hawkins）首创的一个新词汇，用来定义布朗、奥夫特、麦卡洛琳（Tim McLaurin）、艾莉森（Dorothy Allison）和盖伊（William Gay）等出生在南方工人阶级家庭、并对自己熟悉的贫穷白人阶层展开描写的当代南方作家。❶ 这群在"新千年"活跃在南方文坛的平民作家对于"南方文艺复兴"和"重农派"美化和神化南方农业社会的田园理想展开猛烈批判，对于"复兴"文学的南方农耕文化与北方工商文化的二元对立实行解构。虽然他们在作品中以亲身经历客观再现南方乡村生活的贫困艰辛与闭塞落后，质疑农业主义者不切实际的田园神话，但是，对于家乡、对于南方这片土地他们充满热爱，对于南方人的身份他们倍感珍惜。

布朗出生在密西西比牛津镇的一个佃农家庭，他一生绝大多数时光生活在密西西比北部的农村，最终在图拉购得自己非常珍视的 8 英亩地，

---

❶ Jan Nordby Gretlund. Still in Print: the Southern Novel Today [M]. Columbia: the University of South Carolina Press, 2010: 104.

并在此建立了永久的家。他认为这里就是他的根，因为母亲的家族在19世纪时就在此定居。布朗从未想过要离开这里，甚至连搬到15英里外的牛津镇他都不愿意。他没有接受过正规的大学教育，在成为职业作家之前，运过干草、修过篱笆、当过油漆工和叉车司机，也从事消防员等工作。他觉得自己与南方以及家乡的这片热土紧密相连，对家乡怀有深厚的感情，故乡是自己生命中无法割舍的一部分。哪怕是一次与家乡的短暂分离都让他饱受思乡之苦的折磨。甚至在他成名之后，他也无法忍受离开家乡、远走高飞到其他更加繁华的城市去生活和工作。

布朗对家乡的热爱和依恋之情并没有蒙蔽他的眼睛，阻止他用批判现实主义的笔触来描写南方乡村生活的艰辛与苦难。乡村生活的种种罪恶在他的作品中得到集中的体现。《脏活》（*Dirty Work*，1989）中处于社会最底层的南方穷苦白人为了活命，不得不放弃尊严，靠领取救济来填饱肚子。南方工人阶级的困境、家庭问题、越战创伤以及暴力现象等都是南方社会的现实存在和真实反映，这些也构成布朗小说创作的重要主题。他在"新千年"发表了一系列作品，比如，《乔》（*Joe*，1992）、《父与子》（*Father and Son*，1996）、《费伊》（*Fay: A Novel*，2000）、《兔子工厂》（*Rabbit Factory*，2003）等。这些作品都以家乡为背景进行创作，在南方当代文学中颇得好评。它们在书写南方下层社会人们生活的种种艰难困苦的同时，对密西西比的美好风光和自然景色进行浓墨重彩的描绘。因此，南方的风土人情和自然景色也是其小说的重要组成部分。他的第四部小说《费伊》描写一个美丽漂亮和具有强烈生存意识的女孩费伊的故事，故事的背景是1985年的密西西比，故事发生的地点在密西西比的三个不同地方，即密西西比山地、牛津镇和比罗西沿河地区。❶ 作者通过运用大段的景物描写来讴歌家乡的绮丽风光和描写小说同名主人公的成长经历。

奥夫特出生在肯塔基州，在阿巴拉契亚山脚下罗温县的一个矿区长

---

❶ Larry Brown. Fay [M]. New York: Scribner Paperback Fiction, Simon & Schuster, 2000: 9-10.

大。黏土矿为本地区提供了最主要的工作机会和收入。黏土矿关闭之后，依托其上的小镇也随之衰落。但是奥夫特不愿意搬离这个南方小县城，他心甘情愿地选择在家乡居住和创作。他从事过五十多份短工，周游整个美国。奥夫特几乎把所有作品的地理背景设置在自己一直生活的这个南方小县城，重点描写该地区的风土人情和自然景色。小说《好兄弟》描写了一个肯塔基山区的复仇故事以及与之相关的地区文化。主人公弗吉尔爱惹乱子的兄弟被人谋杀，弗吉尔面临艰难的抉择，如果不为兄弟复仇，那就有悖当地盛行的习俗，因为当地人认为谋杀必须得到报复；如果选择为兄弟报仇，那就意味着犯罪。弗吉尔选择服从本地习俗，认为自己有义务杀死罗戴尔，为兄弟报仇。复仇之后弗吉尔为了躲避被捕，远走他乡、隐姓埋名。但是，当他到达自己以为可以重新开始新生活的"理想"之地蒙大拿时，他发现这个地处西北部的"自由"之州并非理想中的伊甸园，它并没有比阿巴拉契亚山区的家乡自由或者文明多少。这里崇尚的自由居然与违反法律或者拒绝承担社会责任为前提："只有与弗兰克一样思考的人才可以得到自由，而弗兰克反对的一系列所谓的敌人和机构主要包括犹太人、下里巴人、银行和美国政府"。❶ 小说通过把南方与北方以及西部的其他地方进行比较，奥夫特希望向南方之外的人们展示肯塔基山区不为外人所熟知的习俗、传统以及行为规范等，澄清肯塔基山区居民并非外界误认为的那样野蛮、愚昧、无知、天真和不诚实。

巴瑞·汉纳出生在密西西比州的麦瑞迪安，在密西西比的克林顿镇长大。他是南方当代最具活力和最具影响力的作家之一，被南方其他作家尊称为南方"老爹"。他不仅是福克纳的老乡，其生活经历也与福克纳有诸多相似之处，他也离开南方去洛杉矶为电影导演罗伯特·奥特曼当过一段时间的电影编剧。除了这次与家乡的短暂分离，他三十多年一直生活在密西西比的牛津镇，在密西西比大学教授写作课程长达28年，人

---

❶ Chris Offutt. The Good Brother [M]. New York: Simon & Schuster, 1997: 291.

们经常看到他骑着自己心爱的紫色摩托车在镇上四处穿梭。2010年他因心脏病突发在家乡去世，享年67岁。他曾两次获得密西西比艺术与文学院颁发的小说奖。他还因为对密西西比州文化与艺术的非凡贡献，在1989年荣获密西西比杰出总督奖。

汉纳虽然在20世纪七八十年代的创作中，以饱满的后现代主义解构热情和超现实主义的黑色幽默，对南方的历史神话进行近乎玩世不恭的调侃与解构。文学界公认汉纳对于"新南方"的刻画毫不留情、入木三分却又引人入胜。但是，人们也公认汉纳是地地道道的密西西比人，他的言谈举止表现出鲜明的南方特征，就连他钟爱饮酒、喜欢玩枪、热衷摩托的个人嗜好也是南方味儿十足。2001年冬天，作家们沿袭在牛津镇齐聚一堂的传统，聚集在这里豪饮啤酒、品尝鲇鱼、观看午夜篝火表演来庆祝汉纳的卓越成就。汉纳对南方、对家乡情有独钟，认为密西西比是自己永远的家。那里的音乐、食物和钓鱼等都为密西西比增添了富有特色的地域文化和民族风情。同样，密西西比还是贯穿汉纳四十多年小说创作的永恒地理背景。他创作的小说人物，或许向东去亚拉巴马或者向西去路易斯安那，或者北上阿肯色或者密苏里，但是南方和家乡似乎像一块磁铁一样，强大的吸引力总会把南方的游子从每次的外出中拉回来。

汉纳2001年发表的长篇小说《远方站着你的孤儿》（*Yonder Stands Your Orphan*），故事的背景是重返威克斯伯格北部的一个小社区，并以"他们坚守着"（They clung）作为小说的结尾。"他们坚守着"与福克纳的"他们苦熬着"（They endured）一样，形象地凸显南方这块土地及其生活其上的人们坚忍不拔的生存精神和热爱故乡的炽热情怀，进一步展现了小说的主题思想。这样的结尾似乎向世人表明，密西西比人，更广义上说是南方人，在经历一系列的苦难之后，依然坚守南方的生活习惯和迷恋家乡故土。虽然时间已经进入21世纪，而且卡特、克林顿等南方精英在当代也曾当选美国总统，但是这些似乎并没有从根本上解决南方被边缘化的状况。密西西比还是一片沼泽，如同一个被斩断根基、漂泊流浪的孤儿。小说无情地揭露了密西西比的贫困、当代娱乐业与赌博业对当地道德规范的腐蚀和对经济发展带来的负面影响等。小说对工业进步和城市化带来的一系列问题展开讨论，重新强调南方的亲土意识、特色食物、民族音乐等具有南方地域特色的东西。汉纳的这种做法实际上是在"新千年"又一次重申 20 世纪 30 年代南方"重农派"回归农耕文明的主张与思想。

詹姆斯·李·伯克（James Lee Burke）是南方当今最负盛名的侦探小说作家，两次获得埃德加·爱伦·坡奖，并获普利策奖提名等多项奖项。他出生在德克萨斯，富有影响力的作品大多发表在"新千年"，例如《天堂囚徒》（*Heaven's Prisoners*，1996）、《紫色藤路》（*Purple Cane Road*，2000）、《迷雾猎杀》（*In the Electric Mist*，2009）、《冬日之光》（*Winter Light*，2015）等。因此，他在"新千年"的南方文学中举足轻重，占有不可忽视的一席之地。他居住在路易斯安那、密苏里和蒙大拿，小说创作也以这几个地方为素材，把扑朔迷离的侦探故事与风光旖旎的景色描写娴熟地结合在一起。大部分读者在阅读他的作品时，因为注重其小说的案件情节而忽略了作者对自然景色的描述。伯克小说中的自然风光描写别有天地，表现出非常典型的南方特色：遍地是棕榈树和橡树，还有一望无际的松林。所以，伯克被称为南方会写侦探小说的抒情诗人。伯克的小说大多以南路易斯安那州为背景。在作者眼里，它是一个历史悠久和富于传统的地方，人们在这片充满希望、灵感、爱、沮丧和绝望的土地上繁衍生息。他塑造了一系列生活在这里的好人和罪犯。通过侦探小说的叙事模式，作者试图告诫人们，如果违反大家共同遵守的行为准则和价值规范必然会受到法律的制裁和惩罚。

《十字军的十字勋章》是伯克的第十四部小说，发表于 2005 年。小说讲述跌宕起伏的侦探故事，同时作者抒情式地描绘了一幅优美的路易斯安那地方风景画。小说以快节奏的叙述方式，交代路易斯安那州一个美貌的妓女突然人间消失、最后一个临死之人透露她被秘密谋杀的凶杀案；同时，小说以舒缓的叙事节奏，写景抒情，为人物留下足够的时间和空间,让他们沉浸在过去的回忆中,思考新奥尔良和路易斯安那发生的变化。小说开始运用倒叙的写作手法,让时间退回到1958年,以怀旧的笔触描写主人公戴夫对那个夏天的美好回忆,那是他和弟弟在路易斯安那和得克萨斯海岸一起度过的青春年少时光。戴夫认为50年代是美国天真无邪时代的最后十年。❶ 而且,在伯克的小说中,案件调查往往与本地的区域历史或者家族的隐秘过去纠结勾连在一起。在侦探戴夫的意识中,"过去就像刻在希腊古瓮上的图案一样,不会因为时间的侵蚀而变得黯淡失色"。❷

伯克向来被称作"抒情诗"侦探小说作家。在他的"戴夫系列"侦探小说中,伯克经常在扣人心弦的推理破案过程中,为描写自然风光和追忆往昔岁月开辟大量叙述空间。小说经常在社会现实中寻找犯罪根源,把犯罪与社会批判紧密关联。他通过案件抽丝剥茧的侦破过程,为世人揭示社会现实的不公正和罪恶:统治路易斯安那的不是公正的法律和约束人们行为道德的社会规范,而是金钱和权力。作者认为路易斯安那的现代化发展是导致暴力、杀戮、卖淫、贩毒等一系列犯罪在此频繁发生的根本原因。小说中景物的变化与案情的进展紧密相关,案件侦破和写景抒情相得益彰。伯克的侦探小说经常以快节奏的案件勾画和慢节奏的景色描写相结合的叙事艺术,把精彩绝伦的凶杀案与引人入胜的景物描写融合交织在一起,以略带怀旧与忧伤的口吻,表现作者对"旧"南方自然风光和随风飘逝的美好岁月的惋惜与怀念。

在"新千年",南方作家的地方意识不仅表现在他们对当今南方自然风光或者风土人情的描写上,还表现在他们对南方幽默传统的继承上。幽默风趣的本地方言、行为方式、生活习惯是南方某个特定地区或者地方特色的有力体现。在社会飞速发展变化的"新千年","南方文学依然

---

❶ James Lee Burke. Crusader's Cross [M]. New York:Simon & Schuster, 2005:2.
❷ James Lee Burke. Crusader's Cross [M]. New York:Simon & Schuster, 2005:483.

延续南方幽默的写作传统"。❶ 如同南方的音乐一样,南方幽默的种类和存在也需要南方这块土地和南方社区作为依托。在"新千年",艾格顿、威尔考克斯(James Wilcox)、汉纳、奥夫特、吉本斯、雅布鲁、赛格尔顿(George Singleton)、埃弗雷特(Percival Everett)等作家扎根在19世纪南方幽默小说的传统中,继续沿用滑稽古怪的南方人物、插科打诨的叙事方法和风趣幽默的南方方言,在作品中讲述日常生活中的趣闻轶事、奇谈怪论、荒诞传说,旨在对于南方现实中的社会不公、宗教虚伪、阶级分化、贫富不均等现象展开描写,使人们在看似轻松愉快、滑稽幽默的表象之下寻找更加发人深省的事实真相。

赛格尔顿虚构了南卡罗来纳州的格鲁厄尔小镇。作者突破南方作家惯用感伤与刻板叙事模式讲述乡村南方的叙事传统,以妙趣横生、生动幽默的笔触展示当地人的墨守成规、故步自封和恐惧变化的生活状态,使这个南方小镇充满各种令人捧腹大笑的喜剧冲突。鲜活的南方方言、戏剧性的日常见闻、乖僻怪异的人物,等等,让作者笔下的南方小镇看起来不像虚构的地方,倒像现实生活中的真实存在。因此,南方幽默家布劳恩特认为:赛格尔顿的"南方幽默的根本是被遮蔽的真实"。❷ 例如他的短篇小说集《溺死在格鲁厄尔小镇》(*Drowning in Gruel*)收录了19篇滑稽幽默的故事。作者以轻松愉快的叙事风格,讲述发生在这个虚构的南卡罗来纳格鲁厄尔小镇的逸闻趣事,表现居民在寻求荣耀、金钱以及在复仇与封闭的社会中追求存在的意义。年轻的格鲁厄尔人在与邻居的交往中学习处世哲学,也津津乐道于消除身上的胎记;年长的格鲁厄尔人沉迷于小狗可以疗伤的传说中;男子为了方便调情开着半瘪轮胎的车子;女人对于在情人节收到防毒面具作为礼物并不领情;孩子把母亲的骨灰和涂墙的涂料混在一起;等等。人们通过各种频发在这个小镇的

---

❶ Jan Nordby Gretlund. Still in Print:the Southern Novel Today [M]. Columbia:the University of South Carolina Press,2010:12.

❷ Roy Blount Jr. Roy Blount's Book of Southern Humor [M]. New York:W. W. Norton, 1994:21.

看似不可思议和出乎意料的奇谈怪事来逃离生活的沉重与束缚。

赛格尔顿 1958 年出生在加利福尼亚，7 岁时他们全家搬到南卡罗来纳的格林伍德。他此后就在南方学习和生活，格林伍德也成为他众多小说的故事发生地。除长篇小说之外，赛格尔顿还发表了 100 多篇短篇小说，被称为美国当代最著名的幽默小说作家之一。他在作品中致力于描写那些被遗忘的、被边缘化的、被愚弄的和被嘲笑的南方下层人物，但是，他从来都不会嘲笑和歧视这些人物，相反他在这些边远山民的身上，看到了淳朴、本真和善良，看到了值得人们尊敬的优秀品德和最朴素的人生哲理。他还认为，这些外人看来滑稽可笑的人物，其实以看似不合常理的方式，与生活中的艰难困苦进行不懈的斗争。他们在失去了一些重要的"棋子"之后还在竭尽全力地下着"生活这盘棋"。作者被这些生活在边远山区的农民对待生活的乐观和豁达态度、对待南方的坚守和执着精神所感动。他们看似稀奇古怪的言行举止和幽默达观的生活态度给赛格尔顿的小说增添了一抹独特的南方地域色彩。

赛格尔顿 2007 年发表的小说《疯人工作服》，以金属雕塑工人哈普为中心展开故事情节。赛格尔顿继承了马克·吐温和哈里斯（George Washington Harris）等南方作家吹牛说大话的幽默叙事方式。小说一开始，哈普的滑稽叙述就为小说奠定了喜剧基调。哈普吹嘘自己和妻子在石山上的家，他告诉人们自己的家原来是属于本地名门望族库莫家族的地盘。这个家族的人代代都有"高尚的情操""理性的思维"和"可疑的基因"，并坚信他们家的地下埋着一层金子。小说对于库莫家族故事的描述充分显示作者风趣幽默的南方乡土色彩写作风格。例如，作者运用夸张和调侃的语气，描写库莫家族的"升迁"以及他们迷恋金子的情景。他们经常在自家的地盘上掘地三尺寻找金子，哈普希望他们挖金子时只是"挖了一些三英尺深的洞而不是开凿了一条 20 英尺深的沟，要不然［金子］会被那些醉汉、瞎子、游狗或者闲来无事看星星的人瞎打误撞地踩到"；库莫家族因为长期在地下挖掘寻找金子，破坏了周围的生态环境，却练就了家族后代在地下"开井"的高超技术。因此，更加荒诞不经的是这个家族的后代还因此获得了政府的公职:"金克斯·库莫搬到了内华达,并在部队中供职,因为政府看中的是他具有导弹发射井和坚壁清野的第一手知识和技能"。❶ 赛格尔顿对南方文学传统中大吹大擂、大肆夸张的幽默叙事风格的继承在这里得到集中表现,入木三分地描写库莫家族对于金子的痴迷。作者对这种荒唐行为的讽刺跃然纸上,读者在作品中看到了南方文学幽默大师马克·吐温的影子。

赛格尔顿借助滑稽幽默对 21 世纪的"新新南方"的社会丑恶进行讽刺与批判。小说描写哈普有一次承接了一项为南卡罗来纳共和党开展庆祝活动雕刻大型冰雕的工程。他们雕刻了布什父子、里根、瑟门德、曼道克斯、洛特、黑尔莫斯和金格里奇等大人物形象。这些人都是当时的社会名流或者政界精英,他们对南卡罗来纳的现在和未来发挥着举足轻重的影响力,甚至控制着它的经济和政治命脉。这些人物理所当然应该是南卡罗来纳人民崇拜和尊敬的头面人物。令人忍俊不禁的是,哈普和工友们为这些社会精英雕刻的大型冰雕却让他们原形毕露,因为在活动进行的过程中,令人眼花缭乱的闪光灯持续不断地烘烤这些冰雕,导致它们慢慢融化,神奇的一幕出现了:黑尔莫斯融化成了三 K 党头子维泽德;瑟门德化成了墨索里尼;布什父子和里根化成了搞笑"活宝三人组";其他人也变成了各式各样的妖魔鬼怪和恶棍无赖。小说通过这些力透纸背的讽刺与搞笑,在表层的幽默、夸张与调侃之下,无情地嘲笑和揭露南方的社会现实。

艾格顿 1944 年出生在北卡罗来纳的一个乡村小镇,父母是烟草和棉花农场主的后裔。小镇人们风趣幽默的对话以及地狱之火之类的宗教说教是其作品最突出的特色。小说《圣经推销员》(*The Bible Salesman*) 发表于 2008 年,作者以诙谐嘲弄的口吻批判宗教的虚伪本质。21 岁的亨利是小说的主人公,在小说开始时,他在美国的东南部到处兜售《圣经》。他的姑母一直教育他要成为一个温文尔雅的圣徒,并希望他成为传播上

---

❶ George Singleton. Work Shirts for Madmen [M]. Orlando:Harcourt,2007:4-5.

帝之言的牧师。亨利也乐意为上帝服务，他给北方的宗教社团写信，声称自己是牧师，并呼吁他们给南方捐赠《圣经》。当他得到免费捐赠的《圣经》之后，便裁掉表明来源地的标记，然后按原价把《圣经》销售给南方各地的信徒。他对自己贩卖《圣经》、谋取钱财的行为丝毫也不感到内疚和歉意，❶ 反而为自己的行为百般狡辩，认为这是为上帝服务、为信徒行善积德。

艾格顿在《圣经推销员》的叙事上戏仿《圣经》的叙述模式："创世纪"部分的时间跨度在1930~1944年，主要讲述亨利的童年时代；"出埃及记"主要描写他与克列尔沃特在1950~1951年的一系列经历；"启示录"是结尾部分，时间设定也在20世纪50年代。虽然作者在讲述亨利的经历时套用了《圣经》的叙事模式，但是他的生活与《圣经》中描绘的上帝或者圣徒的生活截然不同。亨利的家庭并非天堂一般的伊甸园，他的童年时代贫穷而悲惨。父亲死于一场不可思议的意外，母亲把他抛弃在姑妈家的饭桌旁后便销声匿迹。他的姑父兼代理父亲杰克虽然脾气温和，也乐于教他钓鱼，却经常酗酒，而且在亨利12岁时弃家出走，从此杳无音讯。在亨利进入成年之后，他遇到了自认为是引路人和父亲的克列尔沃特，后来他发现克列尔沃特从事着杀人放火与偷盗抢劫的勾当，并把他引入歧途。亨利似乎终其一生在探索宗教的真谛，但他明知故犯，作了一系列离经叛道的事情。在小说的结尾部分，他与女友离开天鹅岛，打算开始新的生活。但是，与《圣经》中的亚当和夏娃不同，他们没有上帝的指引，他们的救赎完全依靠自己。小说把神圣的《圣经》叙事模式与世俗的凡人琐事描述进行并置与参照，达到了巨大的讽刺效果，增强了小说的艺术感染力和诗学效果。

---

❶ Clyde Edgerton. The Bible Salesman: A Novel [M]. New York: Little, Brown and Company, 2008: 3.

二、历史主题的续写

在"新千年",南方作家重新关注历史主题的写作。南方的过去与历史就如同某种"精神残留",依然鲜活地存在于当代南方人的潜意识中,并深刻影响着当下的社会现实和文学创作。1960年出生于北卡罗来纳的吉本斯(Kaye Gibbons)1998年发表的小说《我的最后一个午后时光》(*On the Occasion of My Last Afternoon*)与她早期的作品不同,是一部时间跨度从19世纪40年代到20世纪并重点描述内战的历史类小说。小说叙述的关键词是内战与庄园,而且作者在作品中把消失已久的"旧"南方再次引入人们的视线,因此,小说经常被称作另一部《飘》。作者主要通过主人公艾玛去世前的回忆,讲述自己在弗吉尼亚"七橡树庄园"里的生活以及成长经历。艾玛从管家多年的黑人保姆克拉瑞丝口中了解到家族历史的一些片段:她的父亲泰特生性强硬好斗,掌握着庄园的生杀大权,通过剥削奴隶发家致富。她18岁时,违背父亲要她嫁给富有庄园主儿子的意愿,执意与同样反对虐待奴隶的外科大夫洛威尔医生结婚,并跟随丈夫辗转奔波在战场上,照顾在内战中负伤的伤员。家族历史与内战历史在小说中交织在一起,人们时不时地被拉回久远的过去。现在与过去胶着在一起,提醒生活在当代的人们,历史还未退去。艾玛的亲身经历表明历史对现在依然发挥着启示和影响作用,人们只有了解历史才会真正地成长与成熟。

哈姆弗瑞思的《别无去处》(*Nowhere Else on Earth*, 2000)与前期作品不同,属于历史小说的范畴,取材于北卡罗来纳地区印第安人的真实历史。作者在创作小说之前,查阅了许多关于鲁姆比印第安人(Lumbee Indians)的档案材料、绘画艺术、文字记录和地图资料,对于这个民族的文化历史、饮食习惯等都作了深入系统的调查研究。因此,《别无去处》是鲁姆比印第安人这个南方少数族裔的一部微缩历史。小说的历史背景为内战接近尾声的时候,罗达和亨利这对年轻人的爱情悲剧照应南方沼泽地地区印第安族裔在历史变迁中的悲惨遭遇。居住在北卡罗来纳州的鲁姆比印第安人是美国最古老印第安部落的后裔,他们是第一批到达南方并拥有这片土地的美国人,比任何人都有权利受到法律的保护。但是他们被政府剥夺了选举权,也被排除在政府法律保护的范畴之外。鲁姆比印第安人因此更加倚重家族之间的凝聚力和社区责任感,有着更加强烈的民族文化认同感。在美国独立战争时期鲁姆比印第安人站在美国殖民者一方;内战时他们因为同情北方联邦军队而备受南方人谴责。事实上在内战时期,不管是北方士兵还是南方士兵,都把鲁姆比印第安人的居住区作为隐蔽和藏身之处。在战争即将结束时,根深蒂固的种族歧视思想使南方军队和北方军队都以窝藏敌军为借口,无情地对这一地区的鲁姆比印第安人展开大肆屠杀。

小说的男主人公亨利·罗利是该地区历史最长也最具有影响力的罗利家族的后代;女主人公罗达的家族和罗利家族是该地区最主要的两大家族。19岁时亨利成为本地一股帮派势力的头领。1864年夏天,罗达16岁,她在部分苏格兰人、部分印第安人的社区中长大,成为家中第一个会读书识字的人,父母对她寄予厚望,母亲告诫她要远离亨利的那个危险的帮派。随着战争的到来,一切美好的愿望都化为泡影。她的哥哥们被强征入伍,他们不愿意为南方邦联部队效力,在被逼无奈的情况下落草为寇。她与草寇头领亨利·罗利相识相恋,但是他们的爱情注定会成为悲剧,因为亨利针对南方军对印第安人的屠杀开展了一系列报复行动。内战、家族的恩怨情仇和地区意识使罗达一直深陷在对于家族的忠诚、对于公正的思考和对于爱情的追求的矛盾与痛苦中,最后她选择了爱情。亨利被塑造成印第安人的民族英雄,他和罗达之间的真挚爱情也赢得人们的同情和赞美。

在小说中,内战期间鲜为人知的印第安族裔历史与内战历史纠葛在一起,作者在优美的语言和新颖的视角下,叙述内战历史的同时把读者带入南方历史长河中少数族裔的历史支流,使人们看清了内战的混乱无序与无政府状态,也揭露了美国政府的种族歧视本质。内战历史在"新千年"重新进入作者的视野,通过一段"失落"的少数族裔历史把"旧"南方赋予内战历史的堂皇与崇高撕得粉碎。作者站在罗达这个鲁姆比印第安"女王"的立场上,把她与亨利的爱情悲剧置于内战的历史背景下,对主人公及其印第安社区的悲惨命运展开书写,成功捕捉到一个被忽略或者被有意遮掩的南方历史侧面。正如罗达所言,"希望25年前在这里发生的一切不会在其他地方和其他时代再次发生。或许某一天有人会完整地讲述这些故事并让它的秘密曝光于天下,但是恐怕再也不会有人掀开历史的帷幕,显示印第安人和他们曾经拥有这块土地的真实图景"。❶

罗达在亨利去世后活了三十多年,年龄和阅历使她成为鲁姆比印第安人真正的女王,她最有资格叙述自己的人民和本地区的历史。对于她来说,历史像一张令人窒息的"渔网"或者"蛛网","是用梭子织就的一块带花边的粗麻布,是一张大筛子上的网眼",它有意筛选并选择性记录历史,刻意过滤掉那些血腥镇压少数族裔的历史事实。❷ 对于印第安部落的过去而言,南方的内战历史是"危险的""有害的"和"耗尽一切的"。❸ 历史脱离现实失去了真实的意义,因为过去只能通过想象和选择才得以触及。所以,在《别无去处》中哈姆弗瑞思一直强调罗达的艺术敏感性和她对真实的推测能力,甚至她对真实的敏锐嗅觉。罗达不仅通过真实事件或者已经实践过的经验走近历史,她还通过艺术来呈现历史。她钟爱艺术表述历史,但她清楚"艺术永远也不会忠实于生活"。❹ 同时,她也认识到,为了让自己的人民和地方进入历史,她必须发出声音和进行写作。

与罗达一样,哈姆弗瑞思通过她的小说,为读者呈现了居住在罗伯

---

❶ Josephine Humphreys. Nowhere Else on Earth [M]. New York:Viking,2000:1.
❷ Josephine Humphreys. Nowhere Else on Earth [M]. New York:Viking,2000:6.
❸ Jan Lordby Gretlund. Still in Print:The Southern Novel Today [M]. Columbia:The University of South Carolina Press,2010:41.
❹ Josephine Humphreys. Nowhere Else on Earth [M]. New York:Viking,2000:49.

森县的印第安部落的历史和内战历史。21世纪伊始,她探讨在时空的不同维度中,历史如何被人们经历和诉说。历史就像鲁姆比印第安人居住的沼泽地一样,充满各种杂糅混合和无法捉摸的因素。因此,历史学家也需要运用不同的知识模式对待历史,用循环甚至感官感受的方式接近过去,因为历史是罗伯森县千千万万生活过的人们经历过的一种流动的过去,这些人们的过去是再现南方真实历史和政治生活的必要环节。在《别无去处》中,历史就浮现在这些被边缘化、被省略和被影子化的南方少数族裔身上,他们被隔离、被歧视、被他者化,他们挨饿受冻和被驱逐追杀的痛苦经历是南方历史无法抹除的部分。

哈姆弗瑞思和她笔下的女主人公罗达像历史传记者一样,借助令人动情和充满诗性的话语,最终把历史转化为艺术。印第安族裔的王后罗达和作为作家的哈姆弗瑞思成功构建了南方及其历史的另一副面孔,二者都给"别无去处"的一个地区的一段历史赋予了活力与生命。小说通过罗达的想象、回忆、猜测甚至嗅觉,拼接连缀北卡罗来纳鲁姆比河畔罗伯森县印第安社区的历史。因此,哈姆弗瑞思通过《别无去处》,集中反映在美国南方历史中被掩盖、被消音的少数族裔的血泪史。其实哈姆弗瑞思并非一定要探寻历史的真实,她只是认为历史虽然具有流动性和不确定性,但是,过去依然对现在发挥着至关重要的作用,历史是人们理解美国南方少数族裔的一面有效的镜子。

查尔斯·弗雷泽1997年发表的《冷山》(*Cold Mountain*)属于历史类小说,高居《纽约时报》畅销书榜首43周,获得国家图书奖、国家图书评论界奖和普利策奖。弗雷泽1950年出生在北卡罗来纳,《冷山》是他的首部小说,作者的家乡离小说中描写的冷山不远。《冷山》描写了一个名叫尹曼的负伤士兵在内战快要结束时离开南方邦联部队、历经千难万险回到北卡卡罗来纳的家乡冷山与心上人艾达团聚的故事,爱情与内战是小说的两个主题。人们经常把它与荷马史诗《奥德赛》的情节和主题相提并论。小说饱含北卡罗来纳冷山地区的文化与历史,男主人公的事迹取材于该地区的真实历史。作者在写作这部小说之前,从父亲手里继承了记录家族太祖父威廉·尹曼事迹的家族"圣经"。现实中的尹曼参加内战并在两次负伤之后离开部队，死后葬于该地公墓。

《冷山》是内战题材小说，作品没有美化那场战争，而是把侧重点放在思考战争对于挣扎在艰苦生活中的普通民众的影响和意义。小说似乎回归南方传统的农业主义传统，通过倒叙的艺术手法，以优美的语言对冷山地区人民的生活和自然风光展开描述。整个故事好似一个南北战争版的《奥德塞》，描述饱经战火折磨的主人公漫长而艰难的回家历程。尹曼来自普通的穷苦白人家庭，在内战时期像千千万万个南方青年一样被卷入他们并没有那么热衷的战争。在美国南北战争末期他身负重伤，在生命和灵魂即将燃尽之时，对家园和爱情的强烈渴望使他逃离医院，踏上了回乡的漫漫归途。他的爱人艾达在内战前曾经在一个富裕的南方庄园里度过了短暂而幸福的童年。但是，战火突然降临，尹曼被迫奔赴前线，这一切都把艾达往日的平静和幸福撕得粉碎。面对岌岌可危的家园、濒临破产的农场，她不得不学会忍受生离死别，学会在乡间忍受孤独，坚强独立地与粗砺尖锐的生活抗争。战争虽然摧毁了一切，但是她确信依然兀立的冷山是她与爱人之间坚实的纽带，是他们共同回忆与向往的地方。

正是在冷山和爱情的召唤下，尹曼毅然离开部队踏上回家的漫长道路。一路上，他遭遇各色人等，有抓捕逃兵的自卫队员，他们千方百计地阻拦他回家；有慷慨接纳他、向他伸出援助之手的普通民众。纵然有千难万险，尹曼从未动摇过回家的决心，他执着地认为归乡途中的种种遭遇是从战场重归冷山、从战争创伤重回心灵安宁的必由之路。小说通过对主人公归途中种种经历的描写，反映了阿巴拉契亚山区人民的生活情景，表现他们如何靠着有限的物质资源和原始的坚忍顽强在战争中活下来的故事。弗雷泽曾经说过："我在写作这部小说时并没有想着把它写成一本内战历史的小说。虽然我有资格被认为是内战老兵的子孙后代，但是我对部队的那些了不起的行为不感兴趣，对那些品行高尚的将军和领导人也不感兴趣。我感兴趣的是处于（南方农业经济和北方工业资本

主义经济）两种互不相容的经济困境中的普通人民"。❶

　　对于战争的反感和批判贯穿于整部小说，凸显战争对人们的身心造成的极大摧残。尹曼注意到，"人们都在谈论战争，好像他们发动战争是为了保卫自己拥有的东西和自己信仰的东西"，但是他发现"战争完全是一整套崭新的法则，在这套法则之下，你可以尽情地杀死你想要杀死的一切，不但不会进监狱，反而还会各种勋章加身"。❷这批风华正茂的年轻人怀着保家卫国的崇高理想奔赴战场，他们发誓要英勇杀敌、建功立业。但是，在开赴战场之后，他们在战场上连续作战三年还没有看到胜利的曙光，对亲人和朋友的思念使他们渴望战争尽快结束。当眼看着身边有说有笑的战友瞬间变成炮灰时，他们对死亡产生了无法抑制的恐惧，厌战情绪在军中很快蔓延开来。随着战争的深入，他们逐渐认识到战争的血腥与残酷，幻灭与绝望吞噬他们的精神。尹曼在写给恋人的信中谈到，战争击垮了人们的灵魂，扼杀了人们的良心，在经历了如此惨烈的战争之后，他们都已经完蛋了。艾达在回信中认为，人们丢失的东西永远无法找回，南方这块土地因为太多的血债也永远无法痊愈，人们能做的就是吸取教训并带着它创造和平。

　　尹曼后来在战争中身负重伤，在住院疗伤期间，他收到了恋人艾达的来信，她在信中乞求他放弃战争，放弃冲锋，回到家乡与自己团聚。读信之后，尹曼无法遏制对家乡和艾达的思念，他决定开小差回家。在沿途经历了各种磨难之后，他终于如愿以偿到达家乡，与艾达一起度过了一个幸福的夜晚。但是很快家乡的护卫队发现尹曼是逃兵，开枪杀死了他。《冷山》运用人们熟知的内战主题，重新阐释南方的内战历史，褪去了原先笼罩在内战神话之上的荣耀与光华，还原了它的残酷与血腥本质，体现了当代南方作家对南方历史的重新审视和再度思考。

---

　　❶ Charles Frazier. Cold Mountain Diary [M/OL]. http://www.salon.com/july97/cold-diary 970709.html/.

　　❷ Charles Frazier. Cold Mountain [M]. New York: Atlantic Monthly Press, 1997: 218.

杜班（Pam Durban）1947年出生在南卡罗来纳州，她的作品中浸透着作者对于南方历史、文化和习俗的深刻理解。她认为现在就存在于过去之中，历史具有复制性。小说《如此久远》（*So Far Back*，2000）以1837年南卡罗来纳的历史为背景，展现黄热病这种致命的瘟疫、种族骚乱和棉花市场崩溃等历史事件。在作品中过去与现在纠葛交织在一起：现在只能通过过去得到彰显，过去也因为现在发生的一切而改变，历史的整体性就存在于过去与现在的平衡中。因此，过去中的任何一个因素都是通过现在中的另一个因素得到重复和补充。《如此久远》讲述一个黑人女裁缝的反抗和一个白人女奴隶主竭力维护奴隶制的故事。小说在黑白种族关系的对抗中，叙述黑利亚德家族的罪恶历史。路易莎·黑利亚德是查尔斯顿最古老的黑利亚德家族的后裔，一个偶然的机会使她得到了太祖母写于内战之前的日记。她在日记中发现了自己家族对一个名叫狄安娜的女奴犯下的罪行。了解家族曾经的罪恶彻底打破了路易莎平静的生活，当她知道狄安娜的悲惨遭遇和悲剧命运时，她感到家族的祖屋被鬼魂纠缠，自己当下的生活也与家族的历史联系在一起，她决心竭尽全力为家族的过去赎罪。

《如此久远》的社会背景是现在，但叙述的故事主体发生在19世纪的南卡罗来纳。女奴狄安娜因为做得一手美妙绝伦的针线活和购买自己的自由而触犯了社会秩序。让黑利亚德小姐感到恐惧的是狄安娜居然试图用自己做裁缝赚来的钱购买自由身，因为奴隶试图改善经济、靠自身的能力获取自由的做法从根本上动摇了现存的经济秩序和种族分层。黑利亚德小姐绝对无法容忍奴隶挑战社会秩序和获取自由的行为。她拔掉了狄安娜的前门牙，使她更容易被辨认；每周鞭笞她三次，使她明白自己的社会地位。在"新千年"，杜班讲述这个故事的真正目的是告诉人们，不管在任何时代，盲目紧抱一种所谓被接受的社会秩序会意味着什么。她让读者参与其中，在虚构与现实中进行判断和评价。小说像做缝纫一样，把过去与现在、虚构与真实拼接在一起。当小说从过去进入现在时，黑利亚德家族的后裔路易莎，正通过各种实际行动为家族的过错

和罪行赎罪。❶

雅布鲁的《氧气检查员》（*The Oxygen Man*）、埃弗雷特的《抹除》（*Erasure*，2001）等小说也对南方的历史和种族问题展开描述。雅布鲁的《氧气检查员》发表于1999年，南方著名评论家奎因认为是"20世纪末期最佳的南方小说之一"。❷ 小说的故事发生在1996年，但是作者经常使用长篇幅的倒叙，让故事的主人公内德回忆20世纪70年代的往事，介绍内德与父母、妹妹、家乡以及与过去纠缠不清的关系。内德自幼生活在一个父母关系疏远、自己经常被曼克控制的成长环境中。他成年之后虽然与妹妹黛丝同时生活在父母亲留下来的老房子中，可是生活在同一屋檐下的兄妹两人形同陌路，很少交流。内德现在是曼克农场鲶鱼养殖池的氧气检查员，他的工作时间是晚上，工作要求他时时潜入水池中查看，确保16个鱼池的氧气供应适量和充足。

南方根深蒂固的种族问题和阶级斗争在20世纪末期的南方依然是需要正式面对和亟待解决的社会现实问题。内德虽然是白人，但是在雇主曼克眼里他与其他黑人工友们是一样的，只是"一钱不值的零，是供曼克·贝尔填充的空白"，❸ 他们长时间的艰辛劳作得不到老板的认可。劳资冲突成为小说的一个主要情节，内德和工友们为了提高报酬，经常与雇主曼克之间发生冲突。曼克对内德和工友们的增资要求置若罔闻，并且强势地拒绝他们的正当维权。正值此时，氧气供应管道断裂，毁掉了曼克的一个鱼池，让他赔了不少钱。曼克便怀疑这是那三个黑人雇员捣的鬼，他们故意切断了氧气供应管造成他的损失。怒不可遏的内德最后杀死了老板曼克，他也在一声大吼中得到了解脱，释放了多年积攒在内心的恶气。但是，这显然对于解决种族之间的不平等现象和阶级分层等

---

❶ Pam Durban. So Far Back [M]. New York：USA Picador, 2000：232-233.

❷ Matthew Guinn. Writing in the South Now [M] // Richard Gray, Owen Robinson. A Companion to the Literature and Culture of the American South. Hoboken：Blackwell, 2004：584.

❸ Steve Yarbrough. The Oxygen Man [M]. Denver：MacMurray & Beck, 1999：45.

社会现实问题无济于事。生活在这里的人们也清楚，19世纪存在的种族歧视因为当下的阶级斗争变得更加复杂。《氧气检查员》告诉读者，在当今的南方，种族问题以更加可怕的方式存在。种族歧视并非来自种族仇恨，而是来自人们为阶级压迫和经济剥削寻找各种"正当"理由的偏见。对白人而言，种族歧视和榨取金钱密切相关。而且，种族歧视不仅在白人和黑人之间存在，在黑人内部也屡见不鲜。

埃弗雷特（Percival Everett）1956年出生在肯塔基，他长期定居在加利福尼亚并一直在高校从事教学与写作工作，他乡音未改，说话依然带有明显的南方口音。他创作的作品数量众多，而且涉及越战老兵、希腊神话、西部牛仔、阶级、种族、历史等广泛题材。2001年发表的《抹除》与2004年发表的《非裔美国人民史》属于历史类小说，作者以富含讽刺的笔触，描写种族问题和阶级冲突，探索非裔美国人在南方的生活情景。《抹除》的主人公艾里森没有生活在人们理所当然地为黑人划定的农村地区，而是在南方的城市长大，并且毕业于闻名遐迩的哈佛大学；他也不像人们为黑人划分的刻板形象一样擅长体育和舞蹈，而是精于数学和写作。这些都颠覆了人们长期以来对于黑人的固化印象。长期以来，白人对黑人的形象形成一种既定模式，即黑人愚昧无知，头脑简单、四肢发达，无法胜任任何需要智力或者创造性的工作，只配从事低等体力劳动，或者供人奴役和使唤。艾里森与白人，甚至是上流社会的白人似乎没有什么区别。因此，埃弗雷特的这部小说在出版时四处碰壁，他的作品屡遭拒绝的原因是"他还不够黑人"。

三、家族传奇的重塑

在"新千年"，南方作家在"地球村"的背景下重新关注"家族故事"，表现出向南方传统家族小说创作主题回归的倾向。作家认为，"地球村"的重点是"村"，"家族"或者"家庭"是"村"的根本。作家们强调弘扬人的个性的同时，要切记每个人都是某个确定家庭的成员，都隶属于某个固定的社区。当今的南方人不管生活在农村还是城市，家庭和血缘依然是家庭成员保持亲密关系的牢固纽带。因此，个人、家庭与社区之间依然是相互依存的关系。重视家庭和社区观念的思想依然是"新千年"南方作家关注的一个重要方面，家庭和社区关系着每个人的情感寄托、身份归属、价值体现和生命意义。因此，在"新千年"很多作家的作品中，复杂的家族成员、庞大的家族网络、隐秘的家族历史等再次成为小说描写的重点。每个人都从过去走到现在再走向未来，个人的一切通过家族得到定义和确认，家族的历史值得人们重视，家族的传奇至今仍然发挥着强大的影响力。

艾伦·道格拉斯在近80岁高龄时依然有不错的作品问世。1998年她发表了非虚构类作品《真相——我有足够的年龄才可以讲述的四个故事》(*Truth: Four Stories I Am Finally Old Enough to Tell*) 从种族、宗教、伦理等方面挖掘自己家族的秘史。作品的第一个故事主要讲述家族中祖父辈男性与黑人女性之间亲密的情感关系以及与家族白人亲属之间疏远的亲情纽带；第二个故事描写家族中两个表亲之间的"乱伦"之爱及其围绕他们的关系引发的两个家族之间一系列的社会和宗教问题；第三个故事叙述了家族祖母的非裔老园丁汉姆顿的故事，家族的各种人际关系和历史沿着这条线索清晰地展现在人们面前；最后一个故事探讨家族丑闻、血缘、种族、宗教等南方家族小说主题，揭露家族参与1861年奴隶叛乱中吊死30名黑奴的大屠杀行动，挖出了家族隐藏多年的秘密历史。

吉本斯的《我的最后一个午后时光》也是"新千年"深受读者喜爱的家族小说。因为，作者在讲述南方的"内战"和种族故事的时候，小说中的历史事件完全依赖艾玛的家族故事得以展开。小说主要分四个部分描写弗吉尼亚"七橡树庄园"中白人女孩艾玛从童年到成年再到为人妻、为人母的一生。小说的叙事主要围绕艾玛和女佣克拉瑞丝，逐步对这个庄园的历史与现在、白人和黑人之间的关系展开描写。但是，与福克纳或者米切尔笔下的黑人大妈不同，吉本斯笔下的克拉瑞丝不是黑奴，她是自由人。她把在庄园中进行服务看作一项工作。她和传统的黑人大妈一样，真心实意、尽心尽力地照料"七橡树庄园"，充当艾玛的精神领袖和庄园的管理者的角色。❶ 她不仅是艾玛非常依赖的保姆，还是一个知道家族一些鲜为人知的秘密的管家。她有勇有谋，曾经帮助庄园主泰特掩盖他杀死庄园中黑奴的罪行，泰特对她也是敬之三分，田间劳作的黑人被她摆弄得服服帖帖。艾玛的父亲泰特是个出身卑微却专治冷酷的庄园主，对待奴隶心狠手辣；他的妻子是典型的"旧南方"淑女，她性情温和，宽以待人。对于丈夫的所作所为她也无能为力，只能眼睁睁地看着他毁掉子女和整个家族。

小说中描写的"七橡树庄园"令人浮想联翩，必然会把读者的思绪拖入久远的过去，使人们情不自禁地回想起《飘》中那个贵族庄园主阿什利家族的"十二橡树庄园"。这想必是作者的精心安排，因为艾玛和女佣克拉瑞丝与斯嘉丽和黑人姆妈之间也形成某种呼应与对照。小说以白人庄园主女儿艾玛的视角，描述了"七橡树庄园"这个典型的旧南方庄园家族的日常生活以及庄园主对于黑奴犯下的罪过。家族的罪恶一直像鬼魅一样缠着艾玛，她知道恶报总有一天会找上门来。后来她违背父亲的意愿，嫁给一个来自波士顿的"北方佬"医生。他们还付工钱雇用"七橡树庄园"的保姆克拉瑞丝，并与她一起过着和谐平静的生活。但是，好景不长，内战爆发后艾玛和丈夫奔赴战场，一起照顾伤员。这场战争让她目睹"旧南方"被内战击得粉碎，也让她失去了丈夫和克拉瑞丝。她带着三个女儿，投身于建立一个人人都受到尊重和富有人性的"新南方"。

作者在"新千年""地球村"的当下，为小说起名为《我的最后一个午后时光》，让现在70岁而且不久于人世的艾玛讲述自己及其家族的故事，对南方的庄园家族以及家族女性后代的生活展开详细描写和重新阐释。作者以伤感怀旧和大量倒叙的叙事方式，让时间回溯到1842~1890年，聚焦于"七橡树庄园"里发生的一系列故事。在"新千年"一

---

❶ Jan Lordby Gretlund. Still in Print：The Southern Novel Today [M]. Columbia：The University of South Carolina Press，2010：48-49.

切都瞬息万变的时代背景下,作者依旧以时间漫长的庄园家族故事为主题,作者的写作非但没有因为这个话题的时过境迁显得不合时宜,相反,作者试图把南方的庄园家族再一次推进当代人的视线,提醒和告诫人们在"新千年"种族问题依然影响着美国社会的发展,家族和社区依然是人们身份归属的根本。

吉本斯1991年发表《梦的治疗》(*A Cure for Dreams*),以一个家族四代女性之间错综复杂的家庭关系和人生经历为情节书写一部家族史。这个家族的四代女人因为血缘关系和相同的女性身份而牢牢地联系在一起,家族的故事由她们代代相传。小说的叙述者玛乔丽把读者领入她母亲贝蒂的生平故事。母亲不久前坐在椅子上讲述故事时安详地离开了人世。玛乔丽说她一生似乎都在听母亲讲故事,尤其在无法外出的下雪天或是漫长的下雨天,听母亲讲故事成为让她感觉非常惬意的事情,"讲故事就是母亲的生活"。❶ 玛乔丽回忆母亲经常舒服地坐在扶手椅上给女儿娓娓道来那些久远的家族故事,故事经常从母亲的外祖母那一代开始讲起。玛乔丽通过母亲之口得知她的外太祖母布里奇特小时候随家人来到肯塔基,在那里开始经营自家农场。外太祖母的女儿罗蒂厌倦了农场平淡而辛苦的生活环境,16岁时她嫁给了一个名叫查尔斯的威尔士男子并搬去北卡罗来纳定居。然而,婚后的生活并非她想象的那么安逸和幸福,丈夫查尔斯雄心勃勃,像个清教徒一样全身心地扑在自家农场和磨坊的打理上,根本无暇顾及妻子的感受,而且他希望妻子夫唱妇随,鼎力协助自己的工作。罗蒂不愿意过南方传统妇女那样整日劳作的家庭主妇生活,她认为自己结婚是为了"爱情和休息",❷ 女人也应该追求自己的生活。

他们的女儿贝蒂出生时,她与丈夫的关系已经比较疏远,贝蒂也成

---

❶ Kaye Gibbons. A Cure for Dreams [M]. Chapel Hill:Algonquin Books of Chapel Hill,1991:1.

❷ Kaye Gibbons. A Cure for Dreams [M]. Chapel Hill:Algonquin Books of Chapel Hill,1991:10.

为他们的独生女。罗蒂与女儿贝蒂建立了非常亲密的母女关系，丈夫几乎被排除在她们的关系之外。罗蒂经常带着女儿参加各种社区活动，成立社区定期的妇女聚会，大家在一起聊聊家长里短、侃侃政治甚至也玩玩赌博。当然，如果赌博罗蒂是要背着丈夫的，因为查尔斯最痛恨赌博。罗蒂古道热肠、乐善好施，对于社区每个家庭的情况她都了如指掌，只要哪个家庭需要她都会慷慨相助，她也因此成为这个社区的"社交女王"。❶ 她甚至侦破了一起发生在这个社区的凶杀案，因为她从地方警察忽略的案发现场发现了诸如缝被子时凌乱的针脚、切掉一小块的馅饼等蛛丝马迹，合理推断出妻子就是杀害丈夫的真正凶手。事实真相就是妻子因为无法忍受丈夫的折磨而谋杀亲夫。后来，丈夫查尔斯无法忍受大萧条时期家族农场的不景气以及自己的理想无法实现而投河自杀，罗蒂却顽强坚韧地活了下来。贝蒂长大后也像母亲年轻时一样，不想被限制在自家的农场中，她离开家乡去弗吉尼亚闯荡。一场失败的恋情让她重返家乡，并在那里结婚和生活。她有了自己的女儿玛乔丽，也形成了讲述家族过去的习惯。小说以玛乔丽婴儿时听母亲讲故事的梦境结束。

《梦的治疗》的叙事时间穿梭在过去和现在之间，叙事的地点固定在南方的农场中。小说的叙事时间在衔接上几乎没有断裂，人物对于家族历史和传奇故事的讲述也没有盲点。作者似乎有种莫名的担忧，她害怕一旦讲述停止，这个家族的历史就会中断，它的过去就会消失。玛乔丽这个女性家族的故事以及对于母系家族谱系的寻绎，似乎只能通过代代相传的讲述才能得以传递与保存。作者和小说的叙述者玛乔丽一样，认为哪怕到了"新千年"，家族和过去依然鲜活地存在于每个人的记忆中，讲述是人们传承家族故事和历史的一种无法替代的重要手段。

同样，杜班的小说也以家族故事作为描写历史事件的依托。她的第一部小说《笑地》(*The Laughing Place*, 1993) 叙述一个南卡罗来纳家族的过去与现在，是一部表现爱与家族纽带的小说。约翰和妻子露易丝生

---

❶ Kaye Gibbons. A Cure for Dreams [M]. Chapel Hill: Algonquin Books of Chapel Hill, 1991: 100.

活在南卡罗来纳世代相传的祖屋中，过着很有名望而且令人羡慕的日子。但是在约翰突然去世之后，刚刚守寡的女儿安妮回到家中试图安慰母亲露易丝。安妮回来之后，发现自己曾经熟悉的一切已经物是人非，周围的环境也与自己记忆中的相差甚远，父亲一生的好名声也面临被一个隐藏已久的丑闻毁于一旦的危险。安妮回到家乡之后，在回访过去中真正开始了认识自己的旅途。她的内心经历了各种纠结与煎熬，对于家族和亲人的感情也显得微妙和复杂。但是，她最后终于清楚地意识到自己与家乡和亲人之间的密切关系，她知道自己属于这里，是这个家、这个地方不可分割的一分子，她把丈夫的骨灰也迁来与父母的骨灰放置在一起。

在《如此久远》中，杜班借助一件精心绣制并陈列在查理斯顿博物馆里的婴儿睡袍，寻绎黑利亚德家族的真实故事，揭示奴隶，尤其是像故事中擅长裁缝和刺绣的狄安娜一样的南方女奴追求自由的艰辛道路。作者通过一个家族对庄园中女奴生活的扭曲、误解、掩盖和抹杀，进一步绘制出19世纪三四十年代"旧"南方的社会图景。在那时，她的太祖母伊莉莎·黑利亚德小姐严格控制着女奴狄安娜，完全把她当作自己的私人财产。当狄安娜失踪之后，她手捧狄安娜绣制的睡袍，在那栩栩如生的图案中寻找她的下落。为了平复自己失去这个财产的烦躁心情，她拿起针线，在睡袍上绣上"伊莉莎·黑利亚德的财产。1844年6月，由她亲手缝制"。❶ 她感觉通过窃取女奴的绣活，自己报复了这个已经"失去的"财产狄安娜。

当路易莎阅读她太祖母的日记时，她感觉狄安娜复活了，她像一个非裔美国艺术家一样，宣称她对这件艺术品的所有权，争取自己是这件人间罕见的艺术珍品的合法拥有者的权益，试图让每一位来到查理斯顿博物馆的游人重新认识一个非裔女奴对艺术作出的美妙绝伦的贡献。1993年，路易莎去世一年后，她的女儿安带领游客参观黑利亚德庄园和查理斯顿博物馆。她模仿查理斯顿方言，向游客介绍这件精美的艺术品

---

❶ Pam Durban. So Far Back [M]. New York：USA Picador, 2000：209-210.

时说:"当你来到我们的城市、参观查理斯顿博物馆时,你会看到路易莎的祖先伊莉莎·黑利亚德的……手工绣品。她绣制了无与伦比的婴儿睡袍,这是博物馆织物藏品中的一个永恒的部分"。❶ 但是她的内心无法安宁,为自己掩盖家族和扭曲黑人的真实历史感到内疚,她清楚来这里参观的游客就是奔着事实真相而来。杜班试图通过小说揭示这样一个真相:长期以来,刻意地伪造和盲目地接受历史成为人为铸造南方身份的一个重要因素,南方的家族故事和过去就像这件被盗取的织物一样成为被偷窃的历史。

杜班从母姓家族谱系出发,在"新千年"讲述一个南方女黑奴家族和白人女主人家族之间错综复杂的恩怨纠葛,目的是再现黑人家族被偷盗、被剽窃的历史。杜班认为南方人神化和伪造南方的过去无非是想让它看起来比现实更好看、更光鲜,这样做就好像给穿过臭气熏天的查理斯顿街道的人递上一方洒满香水的手帕,使他们掩住口鼻,自欺欺人。❷ 小说中那件黑人裁缝制作精良、质量上乘、图案精美的睡袍正是南方非裔历史的形象体现,象征着黑人的历史随意地被扭曲、被掩盖、被剥夺、被篡改、被偷窃。放眼望去,查理斯顿街道上各种有名的建筑、甚至南方的一切,哪一样上面没有凝结黑人的血汗。但是,南方历史往往否认黑人的贡献、美化白人贵族的神话,有意忽略或者排除南方历史中属于黑人的历史。路易莎在得知真相之后,不想让这个被歪曲的家族史继续谬传下去,她把真相告诉了狄安娜的后代普波,让她知道是她的祖先绣制了这个精美的婴儿睡袍,她们才是这件艺术珍品的合法继承人。路易莎的女儿安也不得不承认,自己家族的历史就是一部白人与黑人的故事合起来写就的过去,二者只有彼此联系、相互融合才能构成一幅真正完整的家族历史图景。❸

---

❶ Pam Durban. So Far Back [M]. New York: USA Picador, 2000: 240-245.
❷ Jan Lordby Gretlund. Lines Out across the Gap: An Interview with Pam Durban [J]. American Studies in Scadinavia, 2006, 38 (2): 113-114.
❸ Pam Durban. So Far Back [M]. New York: USA Picador, 2000: 254.

小　结

在"新千年",美国南方文学的创作和研究出现新一轮的繁荣,每年都有大量的文学作品问世,其中不乏优秀之作。在此期间,南方文坛不但有安妮·泰勒、梅森、巴瑞·汉纳、考迈克·麦卡锡、约瑟芬·哈姆弗瑞思等老作家,还有像凯·吉本斯、杜班、赛格尔顿等新面孔。"新千年"的南方文学或许在影响力和持久性方面不及"复兴"作品,但是,试问人类历史在进入21世纪之后,还有多少东西能够保持永久性的影响呢?现在的南方文学关注的不是南方如何作为北方的对立面而存在,而是关注在全球背景下南方及其文学将如何呈现,即全球化对南方文学的生产及其研究产生了怎样的影响。在全球化的今天,"新千年"南方文学不仅是美国南方区域性文学文化的产物,它的生产、接受和传播在很大程度上还受到全球化的影响。南方当代文学在欧盟拥有的读者人数和研究者比在美国国内还要多出一倍;南方小说的销售量在这些国家也领先于美国本土的销售量。❶ 由此可见,南方文学的传播和研究呈现出明显的国际化趋势。

纵观"新千年"20多年的南方文学主题,作家的创作大致可以划分为两个阵营。一部分作家延续20世纪60年代之后对南方传统文学的家族/历史/地域主题进行淡化与解构的写作模式,例如,理查德·福特的《独立日》,梅森的《羽冠》,吉尔·麦考克尔的《卡罗来纳的明月》(Carolina Moon, 1996)和《衰竭的膳食》(Crash Diet: Stories, 1992),克鲁斯的《庆典》(Celebration, 1998)和《一个美国家庭》(An American Family: The Baby with the Curious Markings, 2006),多丽塞·艾莉森《卡罗来纳的私生女》(Bastard Out of Carolina, 1992),李·史密斯的《美丽温柔的淑女》(Fair and Tender Ladies, 2011)、《黑山崩溃》

---

❶ Jan Nordby Gretlund. Still in Print: the Southern Novel Today [M]. Columbia: the University of South Carolina Press, 2010: viii.

(*Black Mountain Breakdown*, 2012)和《拯救格丽思》(*Saving Grace*, 1996), 等等, 以多样化的主题从不同层面反映南方的社会历史现实和南方人的日常生活状态。还有一部分作家放弃了南方题材的小说创作, 转向美国西部寻找新的创作主题。比如, 麦卡锡在20世纪六七十年代发表了《果园看守者》《外部黑暗》《神之子》和《萨特里》四部颇具影响力的南方题材小说之后, 作者在80年代以后转向西部题材, 发表了包括《血色子午线》《骏马》《穿越》《平原上的城市》《老无所依》和《路》等多部让读者爱不释手的西部小说。

南方文学创作在"新千年"表现出明显的向南方传统文学主题回归的趋势。这种趋势在如下作家和作品中得到有力的印证: 弗雷泽的《冷山》、凯·吉本斯的《我的最后一个午后时光》、哈姆弗瑞思的《别无去处》、杜班的《如此久远》、雅布鲁的《氧气检查员》、奥夫特的《好兄弟》、埃弗雷特《抹除》、布朗的《费伊》、汉纳的《远处站着你的孤儿》、伯克的《十字军的十字勋章》、艾格顿的《圣经推销员》、赛格尔顿的《疯人工作服》, 等等。作家们又一次把内战、家族、南方以及富于南方地域色彩的滑稽幽默呈现给当代读者。

由此可见, 南方文学的发展与人类历史的发展进程一样, 在循环往复的过程中经历着螺旋式上升发展的走向。南方文学在经历了20世纪60年代之后对传统的家族、历史和地域主题的戏仿、淡化和解构之后, 在"新千年"作家的创作又明显地表现出向现实回归、向南方传统的文学主题靠拢的趋势。从20世纪60年代开始, 当代南方作家试图通过解构来摆脱南方的历史重负、挑战传统的价值观念和道德规范, 期待以积极的态度接受现代工商业文明。但是, 在经历了汪洋恣肆的解构狂欢之后, 作家们并没有真正感觉到解构带来的轻松、满足和自由。后现代的商业化和工业化引发的消费浪潮和消费文化, 摧毁了南方人的个性和区域性特征, 吞噬了南方的地域文化和传统美德。"新千年"作家开始对南方的现实世界表现出与"复兴"作家相似的忧患与思考。他们清醒地意识到自己作为南方作家应该担负起新的历史使命, 有义务对"南方之所以成为南方的东西"进行不懈的挖掘与探索。布林克迈尔认为，当今的南方作家已经认识到作为文学艺术源泉的当代南方社会面临着严重的压力与困境，当代南方作家的文学应该在南方历史、区域特征、社区观念、乡土人情、自我意识和自然环境等社会现实中回归到南方文学的传统主题上来。❶

南方文学在"新千年"出现回归，探其原因，或许主要与南方作家在国际化的威胁下产生的地方觉醒意识紧密相关。在当代瞬息万变和信息高度发达的社会，南方文学面临持续不断的挑战与变化。对"新千年"南方作家来说，南方是地理的，也是文化的，只有南方的区域性特征才是孕育优秀南方文学的摇篮。在"新千年"，南方作家依然属于一个不同于美国其他地区作家群的特殊范畴。与20世纪50~80年代的南方作家相比，大部分"新千年"作家没有刻意逃避南方，他们选择在南方学习、工作和生活，与南方建立了深厚的感情纽带，乐于享受南方带给他们的地方归属感。他们对南方的历史、人民和社会现实表现出新的关注热情，作品也更忠实于南方当下的社会生活。"新千年"作家清楚地意识到南方身份如同其他任何身份一样，必然会经历形成、丧失以及再度创建的循环更替过程。而且，在循环过程中，它不仅在意识形态方面寻求新的基础，还会因为时代的变化而融入崭新的内容。

现在的南方是一个全球框架中的南方，只有在全球化的背景下对南方文学和文化展开研究才有可能真正反映南方文学在"新千年"的现状。因此，90年代之后，南方文学的关注重点发生了变化。南方文学不再关注相对于整个美国而言南方究竟具有怎样的独特性，也不再争论种族和性属在现今的南方发挥什么作用。"新千年"南方文学的重点集中在以下几个方面：当南方这个"锚"被拔起、成为全球化大洋中一个漂浮的能指示它到底会漂向何方，并具有何种意义（所指）？南方如何被纳入全球经济和文化体系的大网之中？全球化对以前被阐释为地区的文学应该持

---

❶ Robert H. Brinkmeyer Jr. Remapping Southern Literature: Contemporary Southern Writers and the West [M]. Athens: University of Georgia Press, 2000: 25.

怎样的态度？全球化是否意味着让世界走进南方，也让南方走向世界？

因此，在全球化而非美国化的语境中研究当代南方文学，可以避免人们习惯性地把南方与北方对立起来的研究模式，有利于在广义的范畴下探讨南方被解构、被重构的发展变化轨迹。因为，在全球化的背景下研究某一地区及其这一地区的文学与文化，不但不会抹杀它的区域价值，反而会通过反映某一地区的文学文化流通来凸显区域价值。进入"新千年"，在全球化的语境下，评论者发现南方作家的南方自我意识和身份认同似乎使南方文学显示出更加强烈的区域价值。任何艺术都植根于生产它的土壤中，"新千年"南方文学也无法与生产它的南方热土割裂开来。南方作家在反映当代人无家可归的漂泊感和异化感的同时，对南方的历史意识、家族观念、地方意识和社区意识等进行更加深入的思考和阐释。作家们还借助风趣幽默的南方地方方言和写作传统，对南方日常生活中的各种奇闻逸事、怪诞传奇展开新一轮的描写。他们在关注这些创作主题和运用传统的写作手法时，赋予这些主题和技巧更深层次的理解。换言之，在"新千年"南方文学的主题回归以主旨新变为目的。

南方已经进入国际化的行列，在科学与技术高度发展的今天，南方不可避免地经历文化置换的过程，迷失创作主题的方向和产生地域陌生感就是这种文化置换的必然结果。但是，人类的发展一定是建立在历史文化延续的基础之上，南方文学的发展亦不例外。"新千年"作家虽然在对待南方传统的家族、历史、地域和种族等问题时表现出叛逆，但他们的成长深受这些南方文化的影响，他们和"复兴"作家一样，保留了深厚的南方地区意识和身份认同，对南方的生活方式、价值观念、家庭关系、社区意识和崇尚自然等传统表现出深深的理解与怀念。比如，南方的农业文化思想、历史气息、生活方式、乡村音乐、方言俚语、黑人民歌、民间艺术、趣闻逸事等具有南方特性的东西再一次成为他们写作的素材。他们清楚，只有这些扎根在南方土壤中的东西才会提供源源不断的创作灵感，赋予他们的作品真正的灵魂。

在"新千年"作家认识到他们依然无法割裂传统与现实的联系，更无法抗拒祖先留传下来的价值观念和传统道德。正是这种对于南方和故土的热爱与眷恋,促使南方作家在"新千年"一如既往地坚持在南方这片沃土上辛勤耕耘。诚然,在全球化的当代,"新千年"作家无法像"复兴"作家那样终身固守或者日夜栖息在南方这片土地上。他们中的一部分或许穿梭于世界各地、或许居住在国际化的大都市,他们的生活方式、行为习惯、文化素养、思想意识与前辈作家大相径庭,但是,南方永远是他们血液中流淌的东西,是永恒的家园,为无根漂泊的游子洗涤疲倦、净化灵魂提供温暖的港湾。他们渴望远离城市的喧嚣,遁入南方独特的乡土文化和农业文明中,对工业文明和城市发展造成的人格异化问题进行再思考。他们试图依托当下的生态保护意识和家园寻觅情结为当代南方人寻找一片精神的净土。

对南方进行理智审视之后,"新千年"作家普遍认为南方文学的独特性依然是南方的家族、历史、地域主题以及风趣幽默、富有乡土色彩的南方语言。在消费文化和科学技术泛滥的当今社会,南方人需要一种历史记忆使自己得以栖息在南方这片土地上。幸运的是,"新千年"南方作家帮助人们实现了这种"以过去服务于现实"的愿望。弗雷泽的《冷山》、凯·吉本斯的《梦的治疗》和《我的最后一个午后时光》、哈姆弗瑞思的《别无去处》、杜班的《如此久远》等作品再一次把内战、庄园、家族和"新新"南方等作为创作主题。他们在 21 世纪重新回溯南方历史,并非一定要给历史进行一次功过是非的评判。他们再度关注这些传统创作主题的主要原因是,他们认为过去依然活跃在南方社会的现在中,历史依然发挥着指导现实的重要作用,种族和性属与南方当下的生活依然息息相关。

或许过去的偏见和种族主义是南方作家生来就要面对的问题。难道偏见和种族问题、保守主义、原教旨主义、农业主义、浪漫神话、极度贫穷和暴力冲突等只存在于南方的昨天吗?如此种种的过去难道已经消失殆尽、再也不会出现在"新千年"的南方和文学作品中了吗?在摆脱历史和种族的重负之后南方作家现在又在描写什么呢?通过对"新千年"

作品的阅读，南方文学的研究者发现今天的南方文化为新小说奠定了新基础，也为作家重新思考种族问题奠定了新视角。他们对种族问题的再度关注反映了整个美国看待种族问题的复杂心理和矛盾思想，❶ 在更宽泛的意义上为美国当今的种族问题提供参照。表面上的种族融合和根深蒂固的种族歧视把美国置于非常尴尬的处境，因为它的种族融合与否认黑白双种族的历史之间依然存在不可调和的矛盾。这样的矛盾导致在美国国内的种族问题暗潮涌动、暴力冲突持续不断。"新千年"作家的小说把内战、奴隶制、庄园、种族等问题再度推入历史的前台和人们的视野，旨在重申那些在今天被遗忘、被隐藏或者被忽略的历史事件，警醒进入21世纪的美国人，历史可以被伪造和歪曲，但是它不会消失。或许历史的真实已经变得没有那么重要，但是南方的过去与它的现在密不可分。与"复兴"作家相比，"新千年"作家描写家族、历史、地域的目的不是痴迷过去，他们更加强调现在和面向未来。

---

❶ Jan Nordby Gretlund. Still in Print：the Southern Novel Today［M］. Columbia：the University of South Carolina Press，2010：10.

结语　南方文学主题的"延续"与"断裂"

美国南方文学是地理和文化的双重概念造就的产物。事实上，目前学界划分南方文学主要还是依据作家出生的地理位置以及作品反映的创作主题两个方面。南方"新生代"作家与"复兴"作家不同，后者大部分生在南方、长在南方、一生厮守在南方；而前者出生在南方，成年之后或许在其他地方求学，散居在美国甚至世界各地。因此，"新生代"作家也许没有"复兴"作家那种强烈的南方认同感与身份归属感，他们的文学创作也与"复兴"作家有所不同。"复兴"作家以怀旧伤感的笔触描写南方贵族家族的兴盛衰亡、内战历史的重重围困、地方意识的醇厚绵长，并围绕它们形成了经典的家庭、历史、地域三位一体的文学创作母题。"新生代"不否认家族、历史、地域依然是南方文学应该重点描写的主题，但是南方的城市化、现代化、国际化的深化，使得南方的家族、历史和地域发生了很大的变化，文学作品应该紧扣时代的脉搏，作家在描写这些传统主题时需要赋予它们不同的含义，以求真实地反映南方的社会现实与地方文化。

而且，南方是一个多元文化共生的地方。在当代，南方不同地理区域的"新生代"作家更加关注本地区人们的生活状态和地域文化特色，各地区地域特色鲜明的文学作品在体现南方文化差异性的同时表现南方文化的趋同性。当然，南方的地区差异引起的文化差异并没有影响南方文化的共性，其深厚的文化底蕴留给南方人一种共同的心理认证。不管"新生代"南方作家对南方文学传统的创作主题持挑战还是继承的写作态度，他们都无法逃避融入自己血液中的那种南方情结、南方特性和南方精神，他们也不可避免地徘徊在"旧信仰"与"新行为"之间的剧烈冲突中。从这种意义上来说，所有"新生代"作家都"生活"在南方，不论是在身体层面还是在精神层面。

毫无疑问，南方"新生代"作家依然生活在文化夹缝中，对伴随南方这个地域来临的各种问题高度敏感，他们被卡在形成以及引发关于南方地区论争的各种利益冲突和多重声音之中。无论是在美国本土还是在世界范围之内，南方在选择被美国北方文化"同化"还是抵制"同化"方面表现出极大的不确定性。南方"新生代"作家，包括在20世纪90年代活跃在南方文坛的"新千年"作家，他们的文学创作明显地反映出南方在是否被"同化"这个问题上表现出的举棋不定和犹豫不决，作品相应地也呈现出对南方传统文学主题进行"继承"或者实施"反叛"的两种创作趋势。"继承"南方文学的作家认为，"南方"这个自我标识的术语自诞生之日起就面临各种危机，作为南方而存在的地区也一直是人们评头品足的区域，在全球化和国际化的当代，南方文学应该继续承担弘扬南方精神、展现南方地域文化的使命。他们认为，过去几十年在这里发生的"信息革命"和"消费革命"，似乎只是"新"南方与"旧"南方在"量"的方面存在的不同而非在"质"的方面产生的差异。

对于南方文学创作主题的"继承者"而言，南方在当代的变化并没有从根本上改变南方的历史文化传统，更何况，任何社会也无法逃避危机或者是避免推动其前进的各种利益冲突。因此，南方特性依然存在，生产南方文学的南方性依然建立在鲜明的地域特色之上。作家们清楚，一旦南方文学放弃南方历史悠久的创作主题和叙事风格，盲目地追随全球化的文化"同化"，南方文学就会面临生死存亡的关键问题。但是，对于南方文学传统进行"消解"和"反叛"的作家来说，在全球化和国际化的进程中，南方的经济、政治、历史和生活方式已经发生重大改变，它与北方甚至世界的任何地方已经没有什么两样，南方人不应该一味地沉湎于南方的过去。基于此，他们在文学创作中有意地淡化或者解构南方传统的贵族家族神话、内战历史话语和田园风光描绘。

结语 南方文学主题的"延续"与"断裂"

如果想要有效地把握南方文学在当代的发展脉络和写作走向,清楚、肯定地回答它是否在继承传统的文学创作主题等问题,我们首先需要厘清南方这个概念,因为确定南方这个概念是研究南方文学文化的主要特点及其判定南方文学的总体走势的必要条件。就地理位置而言,南方主要包括弗吉尼亚、佛罗里达、佐治亚、南卡罗来纳、北卡罗来纳、亚拉巴马、田纳西、路易斯安那、阿肯色、密西西比、德克萨斯这 11 个前南方邦联州,再加上肯塔基、马里兰和内战之后的俄克拉荷马。❶ 地理位置的不同反映南方文化的多元性和文学的多彩性。事实上,从古到今,南方被定义成一个在地理上、意识形态上、经济上、文化上和历史上都拥有独特性的地方,其中包含南方人、土地、庄园、语言、种族、气候、地貌、饮食、风俗、信仰等混合而成的一切。在当代,"固若金汤"的南方似乎已经消失,南方好像被界定为一个高度概括的抽象概念。

20 世纪 30 年代的"南方文艺复兴"对南方及其南方特性进行了旗帜鲜明的阐释,对南方的实际内涵展开过深刻细致的表述。他们认同那场"注定失败的事业"是南方共同的文化遗产,这种遗产决定了南方独特的历史、社会和文学价值。南方人也相信正是这种南方特性使得他们有别于北方人。他们并没有刻意要把自己与美国进行分离,但是南方人特有的个性和相对封闭的地理环境,甚至南方的气候条件等,使南方人在某种意义上更加愿意固执地保持南方的农耕文明和田园生活方式。他们认为,建立在奴隶制之上的"棉花王国"经济模式注定会使南方与建立在工业化之上的北方截然不同。"南方文艺复兴"不但从地理层面而且从文学文化层面,凸显南方特性。

南方的地域多样性在本质上并没有消解南方作家共同的区域性特征和身份认同。"区域性的南方"作为一个"他者"形象,一直以"国家性的北方"这个二元对立的另一项而存在。这个二元对立隐含着南方/美国(北方)、地方性/非地方性、过去/没有过去、社区/自我隔离等一系

---

❶ William J. Cooper, JR., Thomas E. Terrill. The American South: A History [M]. New York: Alfred A. Knopf, 1991: XIX.

列对立相。在"南方文艺复兴"及之前的好长一段时间里,南方人也在这样的二元对立中对南方和南方特性进行自我塑型。他们认为上帝生产了地域特色鲜明的南方和北方,地域又深刻地影响着生活在其中的居民。北方是一个受冰雪天气和花岗岩地质影响的地方,生活在北方的人们头脑冷静、精于算计、擅长经商、贪婪自私;南方是一个沐浴阳光和花香的地方,这里的人们热情勇敢、宽厚仁慈、乐于奉献、追求安逸。

南方文化的自我塑型经历了以下四个阶段:一是,南方作家一开始就有一种强烈的被边缘化的意识。在美国人的普遍意识中,北方是美国的中心,在文化和道德方面具有优越感;南方处于边缘,是怪诞畸形文化的象征,背负内疚和自卑情结。二是,南方文化的自我塑型并非只是简单的虚构。南方文化似乎有些偏离美国历史但反映了南方的具体真实。三是,南方文学是一种对过去、现在、未来和南方文化的多元性创作。四是,当代的社会、经济变化对南方文化的自我塑型带来挑战的同时也带来了机遇。

"复兴"时期的南方文化处于自我塑型的前两个阶段,作家主要描述南方庄园主大家族的盛衰变迁、南方的历史重负及其围困感、南方田园牧歌式的地域风光等,建构以家族、历史、地域为核心的南方文学经典创作主题。通过对这些主题热情洋溢的叙述,"复兴"作家笔下的农业主义南方完全不同于工商资本主义的北方。他们以南方的家族传统、历史意识和地域情结为触媒,强调人情味十足的南方乡村生活和自然风光,反对人际关系冷漠、物欲横流的北方现代化和城市化。

20世纪60年代以来,当代南方作家对南方的自我塑型进入到第三和第四阶段。在当代作家看来,"复兴"作家对南方的自我塑型似乎建立在文学虚构的基础上,虽然这些虚构具有一定的现实基础。南方就好像一个修辞符号,它的象征意义远远大于现实意义。他们认为南方这个"能指"被"复兴"作家无限地放大了它的"所指",使它承载着过多的象征性和神话性。随着经济和社会的发展,尤其在城市化和全球化的冲击下,"新"南方与"旧"南方已经截然不同,对于南方的自我塑型不应该停留在怀旧与伤感中,而是应该积极地面对现在,从现在和未来的视角出发去评价历史。"新生代"作家主张对传统的家族、历史和地域"神话"进行淡化和消解,把眼光投向"后南方"的经济和社会变化给南方带来的机遇和挑战。

"新生代"作家依然关注家族、历史和地域主题,但是他们赋予这些主题完全不同的内容和意义。在他们的作品中,气势恢宏、母题集约化的家族叙事演变成平面化、多样化、碎片化的家庭琐事或者日常生活描写;严肃凝重和充满悲剧性的南方历史神话成为"新生代"作家戏仿讽刺的对象或者竭力摆脱的魅影;南方前工业社会的那种乡村的田园美景和地域风光被现代化的城镇或者国际化的大都市所替代,醇厚绵长的地域情结逐渐向漂泊失位的"非地方"意识转变。而且,在进一步消解南方传统的家族、历史和地域神话的严肃性和凝重感的同时,"新生代"作家作品中越来越突出的女性意识和阶级意识也使性属和阶级成为南方当代小说创作的重要主题。

面对当代南方文学,读者和评论家自然而然地会把当代的作家作品与"复兴"时期的作家作品进行比较对照,试图在对勘比较中把握当代美国南方文学发展的总体趋势和整体走向。经过仔细对比,评论界似乎达成如下共识:当代南方文学与"复兴"文学之间确实存在不同。但对于二者之间究竟在哪些具体方面存在不同,学者们各持己见、聚讼纷纭,呈现出百家争鸣、观点杂陈的局面。事实上,随着南方社会历史的发展和变化,南方文学文化也随之产生变化,这是文学发展的必然趋势。单凭当代南方文学出现的一些变化就轻易断言南方文学已经失去了特色、南方文学即将消失,这样的论断似乎显得过于武断且为时尚早。对于南方文学在当代的整体发展趋势,评论界或许更应该在多样的南方地理位置和多元的南方文化背景下、在南方文学"延续"与"断裂"的辩证关系中展开系统研究,以便客观精准地把握南方文学在当代的总体发展态势。

20 世纪 60 年代以来,随着南方的政治改革、经济转型、移民浪潮和后现代思想的影响,"新生代"南方作家在创作主题和写作风格方面的变化引起评论界的广泛关注和激烈争论。争论的焦点集中在如下几个问题上:当代南方作家是否延续了"南方文艺复兴"的经典创作主题?南方文学是否还能够保持风格鲜明的地域特色?如果没有地域特色,南方文学与美国其他地区的文学还有什么区别?南方文学是否还有存在的必要和价值?围绕这些辩论形成了关于南方文学的两种主要观点,即"延续说"和"断裂说"。评论家也因此分驻两大阵营:以柯林斯·布鲁克斯(Cleanth Brooks)、路易斯·鲁宾(Louis Rubin Jr.)、弗兰德里克·霍夫曼(Frederick Hoffman)、布莱恩特(J. A. Bryant)、罗伯特·黑尔曼(Robert Heilman)、理查德·韦弗(Richard Weaver)等为主的南方文学"延续派"和以沃尔特·苏里文(Walter Sullivan)、马修·奎因(Matthew Quinn)和托马斯·杨(Thomas Daniel Young)等为代表的南方文学"断裂派"。❶ 持"延续说"观点的评论家们承认南方文学在后现代美国价值观念、多元文化和欣赏趣味的影响下发生了变化,其中不乏对传统主题的颠覆和重写因素。但是,当代南方文学在本质上还是"延续""复兴"作家的家族、历史、地域等主要写作主题。当代南方文学在对待家庭、宗教、地域、历史的态度上,总体上继承了南方传统,而且这些南方文学"精髓"关系到南方文学的生死存亡。

　　研究南方文学的主要学者鲁宾承认南方文学在当代确实发生了一些变化的同时,坚持南方文学的本质和原则并没有改变。他在自己主编的《南方文学史》的序言里写道:

　　　　在美国社会的过去存在过、将来还会继续存在一个人们熟知并称为南方实体的东西,无论好坏,透过这个实体去审视自己经验的

---

❶ Martyn Bone. The Postsouthern Sense of Place in Contemporary Fiction [M]. Baton Rouge: Louisiana State University Press, 2005: 34.

习惯仍然是构成这个实体的作家和读者的一个极有意义的特点。❶

鲁宾在这里指出了南方文学延续的本质特征。南方的社会历史发生了重大变革,但是南方作家思考和感受历史的习惯依然存在,南方的身份模式依然延续。南方文学不仅仅是地理范畴的存在,它更是一种历史和文化的"留存"。

南方文学"延续说"的阵营在不断扩大。在哈姆弗瑞思和洛厄主编的《南方文学的未来》一书中,巴特勒(Jack Butler)写了一篇题为"这么多年之后依然是南方"的文章,以非常雄辩的论述表达了自己对南方文学在后现代依然延续所持的乐观态度。他认为南方文学在20世纪后半叶生产了许多优秀作家,他们的作品就像人类生存必然需要基因陪伴一样构成美国文学的有机体。书中对"南方文学之所以是南方文学"的问题进行分析,并对南方文学区别与其他文学的因素展开剖析。他认为人们在谈论南方经典文学时必然会涉及如下五个方面的特征:南方的地域;家庭的荣辱与变迁;南方特有的话语方式;"南方"圣经;白人和黑人之间的复杂关系。❷ 上述五个南方因素在后现代南方作家的作品中依然表现得非常明显和突出。

霍布森和瑞普尔(Julius Rowan Raper)认为地域意识是南方文学最基本的标志,并且后现代南方作家的地域自觉意识依然是南方当代文学的主要特点之一。瑞普尔主张用全新的方式看待南方这一地区。他从后现代的颠覆视角出发,认为当代文学放弃了对传统文学的模仿,通过解构的"新"形式来扩展和丰富对南方"旧"地方和地方意识的表述。❸

---

❶ Louis D. Rubin, Jr. The History of Southern Literature [C]. Baton Rouge and London: Louisiana State University Press, 1985: 5-6.

❷ Jefferson Humphries, John Lowe. The Future of Southern Letters [M]. New York: Oxford University Press, 1996: 35.

❸ Julius Rowan Raper. Inventing Modern Southern Fiction: A Postmodern View [J]. Southern Literary Journal, 1990, 22 (2): 13.

瑞普尔从意识形态层面为南方文学的地方意识在当代的持续进行辩护。其实瑞普尔的这种通过解构来建构南方"地方"的观点在"新生代"作家的创作中得到凸显。地域依然是他们的创作主题,只是解构了传统文学中关于南方神话的部分。他们通过描写南方的城市化、国际化或者乡村生活的艰难困苦,表现"重农派"理想中的田园风光和地方神话已经破灭。南方应该从单一的"地方意识"中解放出来,面对现实,表现更加多元和多样的南方地方或者"非地方"意识。

霍布森从文化的角度出发,认为南方文学的地域特性在当代是旧瓶装新酒,南方的传统文化和民间风俗在当代文学中的延续使地方固化为南方文学的主要标记。社区观念、地方意识、过去与传统和南方文化是南方当代作家,尤其是非裔作家作品中常见的主题。❶ 里德(John Shelton Reed)认为随着南方在经济上与北方的区别性特征逐渐消失,南方当代作家在文化上,尤其是在群体认同方面变得更加强烈,❷ 南方永远都是一个"持久的南方"。帕特·肯罗伊、詹姆斯·阿兰·麦克佛森(James Alan McPherson)、法罗·山姆斯(Ferrol Sams)和范·伍德沃德(C. Vann Woodward)等学者和作家也在克兰迪恩(Dudley Clendinen)1988 年主编的《当下南方:文化变革中的生活与政治》(*The Prevailing South: Life and Politics in a Changing Culture*)一书中,声援和支持鲁宾的南方文学"延续说"。

还有评论家认为,当代南方文学虽然对南方传统的创作主题和乡村背景进行革新与重写,淡化了种族冲突问题和社区意识,但南方文学的地域特色和南方精神依然是"富有"的北方人无法拥有的文化遗产。他们坚持南方文学在后现代具有延续性的特点,并发表一系列作品来阐述自己对南方文学具有持续性的信心,比如,塞姆金斯 1963 年发表《永恒

---

❶ Fred Hobson. The Southern Writer in the Postmodern World [M]. Athens: University of Georgia Press, 1991: 95.

❷ John Shelton Reed. One South: An Ethnic Approaches to Regional Culture [M]. Baton Rouge: Louisiana State University Press, 1982: 170.

的南方》、里德 1974 年发表《持久的南方》、伊顿 1964 年发表《"旧"南方思想》、霍尔曼 1972 年发表《南方书写之根源》、格瑞 1986 年发表《书写南方：一个美国地区的思想》、奥布瑞恩 1988 年发表《重新思考南方》以及希普森 1994 年发表《南方作家寓言》，❶ 等等。

　　南方文学"持续说"的学者们辩论道，南方文学遭遇挫折的同时，保持着一种共同的目标和信仰、高度的身份认同感以及区别于其他地区的南方精神，这是南方文化的丰富遗产，是北方无法拥有且无法感受的一种强大精神。他们通过认真分析，从不同角度辨析南方文学的发展走向，坚信"新生代"作家虽然受到政治改革、经济转型、移民涌入、阶级格局的变化、性别意识的觉醒和后现代文艺思潮的影响，其作品依然延续"后南方"的家庭、历史、地方等创作主题，他们的主题改写或者颠覆只是另一种类型的重塑，赋予这些主题更多的复杂化和多样性。而且，后现代时期涌现出庞大的、地域性特征依然鲜明的南方作家队伍以及丰富的南方文学研究成果，这是南方文学在当代延续的有力证据。他们认为，南方文学在 20 世纪 80 年代之后再次进入一段繁荣时期，标志着南方文学继 20 世纪 30~50 年代之后出现了"第二次复兴"。❷

　　但是，苏里文、奎因和柯瑞林（Michael Kreyling）等南方文学评论家斩断了南方文学延续的可能性。苏里文和奎因认为南方小说是否保持南方特色必须基于它们是否关注南方的历史文化、宗教信仰、风俗习惯、

---

❶ Francis Butler Simkins, *The Everlasting South* (Louisiana State University Press, 1963); Clement Eaton, *The Mind of the Old South* (Baton Rouge: Louisiana State University Press, 1964); C. Hugh Holman, *The Roots of Southern Writing* (Athens: University of Georgia Press, 1972); John Shelton Reed, *The Enduring South: Subcultural Persistence in Mass Society* (The University of North Carolina Press, 1974); Richard Gray, *Writing the South: Ideas Of an American Region* (Cambridge: Cambridge University Press, 1986); Michael O'Brien, *Rethinking the South: Essays in Intellectual History* (Baltimore: Johns Hopkins University Press, 1988); Lewis P. Simpson, *The Fable of the Southern Writer* (Baton Rouge: Louisiana State University Press, 1994).

❷ Joseph M. Flora, Robert Bain. Contemporary Fiction Writers of the South [C]. Westport: Greenwood Press, 1993: 1.

地域特色等。在他们看来，支撑传统南方文学的文化已经不复存在，文化的消亡注定会导致应运而生的文学的消亡。他们认为，对当代南方文学的解读，应该寻找区域之外、主要潮流影响之下的"新生代"作家最佳的创作主题和写作模式。他们一致认为南方文学随着南方这个地域概念的逐渐消失也将不复存在。柯瑞林认为在后现代时期，"真实的南方"已经无法作为作家可以模仿的对象而存在，它一直被南方传统文学进行编码，以表述对象的形式存在，它的源码和编码者主要是福克纳为首的"复兴"作家。"南方文艺复兴"之后的文学没有地域，没有南方，只有对福克纳等源码的戏仿。❶

最近30年的南北迁徙、电视的普及、社会的发展、南方的城市化、国际化等，引发了人们对南北同质化问题的重新辩论，导致"南方已死"声音再次出现。例如，卡特在1990年曾撰文指出：

> 南方作为南方，已经不是那个曾经鲜活地存在、能够生产神话以及具有独特个性的南方了。它现在至多就是保存在文化博物馆中的一件艺术品，或者是旅游商店里的一个纪念品而已。因为在南方地区日常生活的主要中心，人们已经很难寻觅到南方性的踪迹。❷

有关南方文学的"延续"与"断裂"问题，以上两个阵营各执一词，彼此无法说服对方，因为他们都在当代南方文学中为自己的观点找到了强有力的证据。彼得·泰勒、普莱斯、富莱德·恰贝尔（Fred Chapell）、文代尔·贝瑞（Wendell Berry）、俄内斯特·盖恩斯、爱丽丝·沃克等遵循传统的南方文学创作主题，是续写"旧"南方文学模式的代表。❸ 而且，彼得·泰勒1986年在长篇小说《孟菲斯的召唤》中对

---

❶ Michael Kreyling. Inventing Southern Literature [M]. Jackson：University Press of Mississippi, 1998：159, 155.

❷ Hodding Carter III. The End of the South [J]. Time（August 6），1990：82.

❸ 李杨. 美国南方文学后现代时期的嬗变 [M]. 济南：山东大学出版社，2006：14.

结语 南方文学主题的"延续"与"断裂"

南方文学面临的断裂与延续表现出极大的关切:没有历史,没有罪愆,没有家庭,甚至没有生活,人们无法想象摆脱令人"烦恼"的南方重负以后的局面,至少对于南方作家来说是如此。小说用隐喻的手法表明南方作家所处的困境:断绝与"南方文艺复兴"作家"那耗尽其才能的关系,但是如果他们真的中断了这种关系,他们还得冒着失去小说创作活力的风险"。❶ 坚持南方文学"断裂说"的评论家们认为,他们在理查德·福特、沃克·珀西、斯泰伦、梅森、巴瑞·汉纳、考迈克·麦卡锡、哈瑞·克鲁斯、李·史密斯等的长篇小说中找到了背离传统主题和写作模式的有力证据。❷

在以上辩论发生 20 多年之前,人们再次回溯南方文学的发展历程时,依然无法确切地断言南方文学是"断裂"还是"延续"。在"新千年"的南方文学创作中,南方文学传统主题的"断裂"和"延续"依然处于并存局面。例如,理查德·福特、梅森、麦卡锡、吉尔·麦考克尔、克鲁斯、多丽塞·艾莉森、李·史密斯等作家,他们要么延续对南方传统文学主题的改写与解构,要么干脆放弃南方主题,转向西部寻求创作素材。对于他们来说,南方文学只有在颠覆和解构中才有可能进行创新和发展。同时,另一类"新千年"作家认为南方文学之所以成为南方文学就是因为南方独特的历史文化和地域风情。他们的创作表现出向南方传统的家族、历史、地域主题回归的趋势。这类作家包括弗雷泽、凯·吉本斯、哈姆弗瑞思、杜班、雅布鲁、奥夫特、埃弗雷特、布朗、汉纳、伯克、艾格顿、赛格尔顿等。他们又一次把南方的内战、庄园、家族、地域作为自己小说创作的主题。当然,他们赋予这些主题包括阶级、性别等因素在内的新内容,但是他们试图借助这些传统的文学创作主题,反映南方在世纪之交面临的一系列社会现实问题,探讨历史对南方的现

---

❶ [美] 萨克文·伯科维奇. 剑桥美国文学史(第七卷)[M]. 孙宏,译,北京:中央编译出版社,2005:423.
❷ Suzanne W. Jones, Sharon Moteith. South to a New Place: Region, Literature, Culture [M]. Baton Rouge: Louisiana State University Press, 2002:279.

在或者未来产生的影响。他们还继承了南方传统文学的哥特风格和滑稽幽默的叙事艺术。

南方文学在当代的"断裂"与"延续"问题其实是一枚硬币的两面,两者在本质上根本无法拆解和彼此割裂。无论在任何时代,南方文学赖以存在的基础是南方,而这个南方不仅仅是地理概念上的南方,它是一种具有独特意义的文化和精神形象。它的文化意义远远大于地理意义,因为它决定着南方文学的情节、人物和叙述主体等核心内容,它与南方的历史或者物质现实之间的关系就如同拟像与现实之间的关系一样。如果援引鲍德里亚的拟像理论来分析南方文学在后现代的状况,人们就会更加深入地思考和理解南方文学的"断裂"与"延续"问题。如果人们对鲍德里亚关于形象从真实到模拟的四个承递阶段稍作发展,就可以排列出以下五个方面:(1)它[形象]是对某种基本真实的反映;(2)它标志着某种基本真实的缺场;(3)它篡改和颠覆了某种基本真实;(4)它掩盖某种基本真实的缺场;(5)它与任何真实都没有联系,它纯粹就是自身的拟像。❶

上述序列中的"基本现实"如果被替换为"南方"时,我们就可以得到一种行之有效的和富有启发性的工具,帮助我们对南方文学的表述模式展开研究:(1)本土传统;(2)传统的疏离与剥夺;(3)对传统表示抗议或者感到内疚、耻辱或者进行戏仿;(4)凸显南方性。也就是说,"南方文艺复兴"之前的作家在第一个模式上创作;"复兴"作家主要在第二和第三个模式上创作;当代作家的写作基于第三和第四个模式。"新生代"作家认为传统只是作为一种现实的假象而存在,与真实没有联系,它是对于已经逝去的南方家族、历史、地域的不真实的、理想化的和多愁善感的表述。因此,"新生代"作家认为"重农派"的南方只会生产颓废与怀旧的情绪,他们决意表述"更加真实的"南方。但是,走近"真实"意味着"越来越少的南方性",那么,它的结果一定是南方文学

---

❶ Jean Baudrillard. Simulations [M]. Translated by Paul Foss, Paul Patton and Philip Beitchman. New York: Semiotext [e], 1983: 12.

将会变得"越来越不真实"。

这四个模式表明,在初级阶段,南方作家建立了符号与现实之间的指代关系,形象秉承"模仿"原则,努力反映真实。但是在使用这一符号指代关系的过程中,他们逐渐遗忘了现实,而专注于它的符号形式;再接着,他们连现实被他们遗忘的事实也忘记了,完全以符号进行思维;到了第四个阶段,形象进入仿真的序列。符号成了自身的拟像,与任何真实都没有关系,它不再是对作为原本的客观事物进行模仿,而仅仅产生于仿像的自我复制与自我生产。换言之,现实已经不复存在,但是它的拟像依然活跃。因此,鲍德里亚关于形象和拟像之间的关系富有见地的论述为我们分析南方文学的发展历程提供了重要的理论依据。简单地断言南方文学的创作主题在当代不复存在、南方文学已经消失,不但过于鲁莽和武断,而且脱离南方文学的客观现实。

当然,就当代作家而言,有一点是毋庸置疑的,那就是他们以不同的方式在拆解贴在他们身上的南方标签。这股反叛之风可以回溯到奥康纳和沃克·珀西。"新生代"作家哈瑞·克鲁斯也在他的访谈录中表示同样的观点:"人人都想在我的身上贴上一个地区特色的标签。这就是为什么我排斥把我称作南方小说家的原因。为什么只有南方人要承受这样的标签,而我们从不这样谈论北方小说家。"❶ 但是克鲁斯从来都没有否认过自己对南方遗产的继承。福罗伦斯·金也对此持反对态度。当她被问及"什么是南方写作和其他写作的区别"时,她的回答是:"典型的南方小说有一个过度敏感的小孩作为主人公,它充满了各种味道的描述:泥土的味道,河流的味道,男人的味道,女人的味道,恐惧的味道,战败的味道,当然常常还有性的味道。尽管我非常热爱南方,但我无法容忍多数落入俗套的南方写作,也不愿意被划分为南方作家"。❷

南方作家反感这种标签的原因主要是有些刊物和评论家对南方的作家

---

❶ Thomas B. Harrison. Interview with Harry Crews [N]. St. Petersburg (Florida) Times (May 21), 1989: 7.

❷ Alanna Nash. Florence King Confesses [J]. Writers Digest (July), 1990: 51.

和作品进行生搬硬套和刻板程式化的划分和处理，把南方作家和文学简单粗暴地推到美国文学或者美国北方作家和作品的对立面，使它们成为美国文学的"脚注"，作为"他者"形象存在于美国文学史中。这样的标签遮蔽了南方文学的真正精髓，抹杀了南方文学瑰丽多彩的艺术价值。

在物质的南方退出人们的记忆之后很久，"南方文艺复兴"时期相对单一的家族、历史、地域主题在后现代相当长的时间内会以更加丰富曲折的形式继续存在。因此，文化的南方在当代依然以拟像的形式发挥着重要作用。"复兴"作家是听着内战及其战败的故事成长起来的，内战使他们的作品呈现出沉重的历史意识。"新生代"作家的所见所闻则与先辈们完全不同。越战或者其他战争代替了内战、家庭代替了家族、城市或者国际性大都市代替了南方乡村、阶级斗争代替了种族冲突。"新生代"南方作家更加关注"二战"、朝鲜战争、越南战争、大萧条、民权运动、现代家庭关系和社会经济变革等。在当代，快速的工业化和城市化加剧了人们普遍的关于生存与精神危机的思考，加上性别和阶级意识的进一步觉醒，"新生代"南方作家笔下的"后南方"家庭、历史和地方主题以更加多样化和富有时代气息的形式呈现在读者面前。而且，其中的南方特性依然清晰可辨。

"新生代"作家并非被动地"接受"他们身上的南方标签，他们要么积极地投身其中、要么远距离地冷静观察，以求对南方的各种社会文化张力展开客观描述。他们不仅在南方文化"之中"，而且在南方文化"之外"，书写南方家庭在当代发生的种种变化、解构内战神话、淡化地方和社区意识、注重性别歧视和阶级斗争、提倡个人主义和张扬个体生命，展现南方当代的社会万象和人生百态。事实上，他们一直没有放弃寻找在当下作为一个南方人的意义，没有间断对于南方历史文化当代性意义的探索。并且，在书写的过程中，他们凭借创作经验告诉人们，生活在南方的历史"之中"或者南方的历史"之外"意味着什么。他们的答案是，南方"旧"的家族、历史、地域主题现在只存在于南方的文学作品、历史文档和各种纪念碑、博物馆中，成为现实的拟像和仿真。它们的象征意义远远大于现实意义，它们现在几乎无法发挥指导南方现实生活的功能。在当代，这部分"新生代"作家们主张对这些"旧"南方的家族、历史和地域等"拟像"进行重写、改造、戏仿、嘲讽、消解甚至颠覆，企图更加接近当代南方的"真实"，凸显当下南方文化的特性。他们锐意改革，对南方传统的家族、历史和地域等一系列神话进行集中彻底的"去魅"运动，给这些传统主题注入新鲜的、富有时代气息的内涵。此阶段的"文学通过多种策略描绘新旧交替以及变动不居的当代南方"，"甚至传统的创作主题和人们熟知的写作实践都被赋予新意，表现出超乎意料的重塑与改写"。❶

但是，当下的南方文化是多元的，当代的南方文学也不是某种单一的模式。"新生代"作家针对南方传统文学主题的"颠覆"之风似乎在进入90年代之后逐渐走向式微，代之而起的是"新千年"作家的一股"回归"传统之风。杜班的《笑地》和《如此久远》、吉本斯的《梦的治疗》和《我的最后一个午后时光》、弗雷泽的《冷山》、哈姆弗瑞思的《别无去处》、艾格顿的《圣经推销员》《穿越埃及》、雅布鲁的《氧气检查员》、奥夫特的《好兄弟》、埃弗雷特《抹除》、布朗的《费伊》、汉纳的《远处站着你的孤儿》、伯克的《十字军的十字勋章》、赛格尔顿的《疯人工作服》，等等，把家族传奇或者庄园故事、内战、南方的小镇风情等在"新千年"再次推入人们的视野。虽然此时的内战历史和家族传奇失去以往的崇高、伟大、神圣和悲壮，更多地显示出残酷性和真实性。这是一个"新"南方，现在的小镇也不像原来那么封闭，小镇居民也不像原来那么足不出户。现在的小镇处于州际公路的交界处，高尔夫球场和购物超市星罗棋布；年轻人坐在沙发上边看电视边吃快餐；富足的成人不但经常光顾乡村俱乐部，还定期去欧洲旅游。随着来自世界各地的越南裔美国人、古巴人、西班牙人等的加入，南方文化呈现出更加多样化的态势。当代南方作家，尤其是"新生代"作家，经常被"灾难

---

❶ Richard Gray, Owen Robinson. A Companion to the Literature and Culture of the American South [M]. Blackwell Publishing Ltd., 2004: 17.

感"和"终结感"所纠缠，但是南方文学的自我塑型历程表明，"结束"只是另一种"开始"，这是南方文学存活的更佳机遇。❶

南方文学在当代的嬗变历程表明，一方面，它"体现着南方的现在和过去之间的延续"；另一方面，它也"说明了在历史发展的过程中，这些延续面临的挑战、消解和重塑"。❷ 因此，与他们的先辈作家相比，"新生代"作家获得更多的"走进"历史、"参与"历史发展过程的机会；他们甚至也获得更多的"走出"历史的机会。在多元文化的氛围中，在特定的社会经济和历史文化的大背景下，在后现代解构主义、新历史主义、女性主义和文化研究等文艺思潮的影响下，"新生代"作家对"家族/历史/地域"三位一体的经典创作主题进行创造性的解构与重写，去除了笼罩在它们上面的神话色彩，期待更加贴切地反映当下的历史文化语境。

"新生代"作家的性别、种族和阶级也是影响其文学主题创作不容忽视的因素。他们站在不同的阶级和性别立场上，对当代南方的家庭、历史、地域主题展开重新界定与书写，为多彩的南方文化添加浓墨重彩的一笔。相对于以往的白人贵族家族的父权神话和南方淑女的陈旧叙事，他们更愿意描写当代多样化和平面化的家庭生活；相对于内战历史或者庄园历史，他们更愿意反映对普通民众的生存造成巨大打击的越南战争、民权运动等历史；相对于大肆赞美南方的乡村美景，他们更倾向于表述城市化、国际化和南方乡村的贫穷与落后。少数族裔作家和女性作家为南方文学中长期被消音的阶层发声，探讨性别平等、女性的自我价值和阶级冲突等问题。她们的作品也使过去人们曾经相信的单一性南方的想象遭遇覆灭，南方再也不是大写的、单数的，而是以小写的和复数的形式出现在当代文学作品中。虽然南方地区特性

---

❶ Richard Gray, Owen Robinson. A Companion to the Literature and Culture of the American South [M]. Blackwell Publishing Ltd., 2004：19.

❷ Richard Gray, Owen Robinson. A Companion to the Literature and Culture of the American South [M]. Blackwell Publishing Ltd., 2004：16.

具有相似性，但对于南方的态度因为性别、种族和阶级的变化发生了剧烈变化。因此，南方文学在当代的创作主题和创作内容呈现出多样性。

当代作家的创作心理机制和作品的传播方式也是分析当代南方文学主题嬗变的因素。处于"影响焦虑"之中的当代作家与"复兴"作家不同，在他们的集体无意识中存在一个巨大的冲动，那就是尽力躲避福克纳等"复兴"作家"鬼魂"的纠缠，力拒他们的"魅影"。"新生代"作家大多出生在"二战"以后，虽然他们承认福克纳等"复兴"作家是南方作家很难抵制的诱惑，对"复兴"作家的创作天才也表示尊敬和认可，但是，他们有意识地拒绝模仿。"新生代"南方作家清楚地意识到简单模仿等于自取灭亡，他们必须在不同的创作主题和写作风格中求得新生。因此，"新生代"作家在"影响的焦虑"的心理机制下，集体有意识地抗拒"复兴"文学的经典主题，使得当代南方文学在家族、历史和地域主题方面呈现淡化和泛化的趋势。

"新生代"作家的文学创作条件也比"复兴"作家的更加便利。"复兴"作家必须依靠北方的出版机构发表作品，"新生代"作家有更多、更好的机会出版作品。美国的出版机构目前还是北方占统治地位，但是南方现在已经拥有好几家颇有名气的出版社。它们大力协助并推动南方作家的作品顺利面世。亚特兰大的桃树出版社（Peachtree Publishers）就在1986年推出《现代南方文学导读》（*A Modern Southern Reader*），主要介绍南方的新小说作家和诗人。南方许多大学的出版社也鼓励"新生代"作家发表作品。不止如此，南方还有一系列富有影响力的杂志，例如《南方评论》《佐治亚评论》《卡罗来纳季刊》《密西西比季刊》《南方文学评论》等，为南方当代作家和作品的讨论、研究和推广提供了广阔的学术平台。此外，《纽约时报》《华盛顿邮报》和《伦敦时报》等也为南方文学提供出版机会。这些刊物有力地推动了南方文学在当代国际化文化体系中的传播与流通。

综上所述，"新生代"作家的创作表现出如下特点。（1）南方区域身份和地域自觉意识渐趋模糊。"新生代"作家试图解构南方与北方的二元对立，尝试在"美国化"和全球化的大背景下书写南方鲜明的区域特色逐渐消失的过程。（2）"新生代"作家的创作表现南方从农业社会和乡村文明向工业社会和城市文化过渡的社会现实。"重农派"和"复兴"作家的农业理想和乡村文明在城市化和工业化的冲刷下成为历史，象征意义大于现实意义，"后南方"的国际化已经成为无法逆转的历史发展潮流。（3）他们的作品阐述了南方在转向消费经济、大众文化和城市国际化的过程中引发的道德滑坡、价值取向多元和阶级（种族）冲突等一系列"后南方"问题。人类历史上的任何发展和进步都会伴随着它的副作用，南方在后现代的发展也是如此。它无法避免大众消费文化对它在道德伦理和价值观念方面的影响，也无法避免南方在国际化的过程中抹除少数族裔和因为贫富不均引发阶级斗争的现实。（4）"新生代"作家的创作显示出叙事深度的浅表化、平面化和琐细化。与"复兴"作家相比较，当代南方文学作品在哲理深度、悲剧效果、人物塑造、手法革新等方面都无法望其项背。"复兴"作家谱系化的家族宏大叙事被琐碎平面化的家庭微小叙事所替代；壮丽恢宏的大历史叙事被调侃讽刺、玩世不恭的小历史所遮蔽；浓郁醇厚的地方意识被漂泊无根、麦当劳化的城市"非地方"意识所置换。

就当代南方文学主题的发展历程和本质而言，这种解构或者延续、"颠覆"或者"继承"只是南方文学主题在量上而非质上发生的变化。当代南方文学依然从家族（家庭）、历史（反历史）、地方（非地方）等主题维度对"后南方"的社会经济和文化历史进行全方位、多层次的刻画与描述。只是这些主题在当代被赋予一系列新意，因为性别、阶级和种族等主题的加入而显得更加多样化和复杂化；也因为当代经济发展和文化思潮的影响显得更加平面化和浅表化。这是解构带来的必然结果，南方家族、历史、地域的神话被解构之后，"复兴"文学那种集束化的主题也必然走向零散化和琐碎化。但是，任何解构都是为了进一步的建构，这也是南方文学循环往复的根本原因。南方文学的"延续"或"断裂"

的辩论关系正好充分说明当代南方文学的矛盾处境："延续"中存在"断裂"，"断裂"中又包含"延续"。两者辩证统一、相互依存。而且，南方文学的未来也必然是南方文学的传统创作主题和叙事模式在"重塑"与"继承"的辩证关系中经历发展和创新。

主要参考文献

[1] Albert E. Wihelm. An Interview with Bobbie Ann Mason" [J]. Hattiesburg: Southern Quarterly, 1988, winter 26 (2).

[2] Allen Tate. Essays of Four Decades [M]. Chicago: The Swallow Press, 1969.

[3] Allen Tate. The Fathers [M]. Baton Rouge: Louisiana State University Press, 1977.

[4] Andrew Nelson Lytle. A Wake for the Living: A Family Chronicle [M]. New York: Crown Publishers, Inc., 1975.

[5] Anne Goodwyn Jones. Tomorrow Is Another Day: The Woman Writer in the South, 1859-1936 [M]. Baton Rouge: Louisiana State University Press, 1981.

[6] Anne Rivers Siddons. Peachtree Road: Tenth Anniversary Edition [M]. New York: Harper Paperbacks, 1998.

[7] Anne Tyler. Dinner at Homesick Restaurant [M]. New York: Wings Books, 1990.

[8] Anne Tyler. The Amateur Marriage [M]. New York: Random House Publishing Group, 2004.

[9] Barry Hannah. Ray [M]. New York: Alfred A. Knopf, 1978.

[10] Barry Hannah. Yonder Stands Your Orphan [M]. New York: Grove Press, 2002.

[11] Ben Robertson. Red Hills and Cotton: An Upcountry Memory [M]. Columbia: University of South Carolina Press, 1973.

[12] Bobbie Ann Mason. Feather Crown [M]. New York: Harper Collins, 1993.

[13] Bobbie Ann Mason. In Country [M]. New York: Harper and Row, 1985.

[14] Bobbie Ann Mason. Shiloh and Other Stories [M]. New York: Harper and Row, 1982.

[15] C. Huge Holman. The Roots of Southern Writing [M]. Athens: University of Georgia Press, 1972.

[16] C. Huge Holman. Three Modes of Modern Southern Fiction: Ellen Glasgow, William Faulkner, Thomas Wolfe [M]. Athens: The University of Georgia Press, 1966.

[17] C. Vann Woodword. The Burden of Southern History [M]. Baton Rough: Louisiana State University, 1991.

[18] Carl E. Rollyson Jr. Use of the Past in the Novels of William Faulkner [M]. Ann Arbor: UMI Research Press, 1984.

[19] Charles Frazier. Cold Mountain [M]. New York: Atlantic Monthly Press, 1997.

[20] Charles Rutheiser. Imagineering Atlanta: The Politics of Place in the City of Dreams [M]. New York: Verso Books, 1996.

[21] Chris Offutt. The Good Brother [M]. New York: Simon & Schuster, 1997.

[22] Clement Eaton. Mind of the Old South [M]. Baton Rouge: Louisiana State University Press, 1964.

[23] Clyde Edgerton. The Bible Salesman: A Novel [M]. New York: Little, Brown and Company, 2008.

[24] Cormac McCarthy. Blood Meridian [M]. New York: Random House, 1985.

[25] Cormac McCarthy. Suttree [M]. New York: Random House, 1979.

[26] Dannye Romine Powell. Parting the Curtains: Interviews with Southern Writers [M]. Winston-Salem: John F. Blair Publisher, 1994.

[27] Doreen Fowler, Ann Abadie Jr. . Faulkner and the Southern Renaissance: Faulkner and Yoknapatawpha [M]. Jackson: University Press of Mississippi, 1982.

[28] Doreen Fowler, Ann Abadie Jr. . Fifty Years of Yoknapatawpha: Faulkner and Yoknapatawpha, 1979 [M]. Jackson: University Press of Mississippi, 1980.

[29] Douglas Robinson. American Apocalypses: The Image of the End of the World in American Literature [M]. Baltimore: Johns Hopkins University Press, 1985.

[30] Edmund Morgan. American Slavery, American Freedom [M]. New York: WW Norton and Co. , 1975.

[31] Edmund Wilson. The Shores of Light: A Literary Chronicle of the Twenties and the Thirties [M]. New York: Farrar Straus and Giroux, 1952.

[32] Edward S. Shapiro. The Southern Agrarians, H. L. Mencken, and the Quest for Southern Identity [J]. Lawrence: American Studies, 1972 (13).

[33] Ellen Douglas. A Family's Affairs [M]. Boston: Houghton Mifflin, 1962.

[34] Erik Bledsoe. Getting Naked with Harry Crews: Interviews [M]. Gainesville: University Press of Florid, 1999.

[35] Eudora Welty. Delta Wedding [M]. Fort Washington: Harvest Books, 1979.

[36] Eudora Welty. The Losing Battles [M]. New York: Random House, 1978.

[37] Eudora Welty. The Optimist's Daughter [M]. New York: Vintage, 1990.

[38] Eudora Welty. The Ponder Heart [M]. Boston: Mariner Books, 1967.

[39] Floyd C. Watkins, John T. Hiers. Robert Penn Warren Talking Interviews 1950–1978 [M]. New York: Random House, 1980.

[40] Francis Butler Simkins. The Everlasting South [M]. Baton Rouge: Louisiana State University Press, 1963.

[41] Fred Hobson. Tell About the South: The Southern Rage to Explain [M]. Baton Rouge: Louisiana State University Press, 1983.

[42] Fred Hobson. The Southern Writer in the Postmodern World [M]. Athens: University of Georgia Press, 1991.

[43] Frederick J. Hoffman. The Art of Southern Fiction: A Study of Some Modern Novelist [M]. Carbondale: Southern Illinois University Press, 1967.

[44] Frederick L. Gwynn, Joseph L. Blotner. Faulkner in the University [M]. Charlottesville: The University of Virginia Press, 1959.

[45] George Singleton. Work Shirts for Madmen [M]. San Diego: Harcourt, 2007.

[46] Guy Debord. The Society of Spectacle [M]. New York: Zone Books, 1995.

[47] Harold Bloom. Cormac McCarth [M]. New York: Infobase Publishing, 2009.

[48] Hayden White. Tropics of Discourse: Essays in Cultural Criticism [M]. Baltimore: John Hopkins University Press, 1978.

[49] James B. Meriwether, Michael Millgate. Lion in the Garden [M]. Lincoln: University of Nebraska Press, 1980.

[50] James Lee Burke. Crusader's Cross [M]. New York: Simon & Schuster, 2005.

[51] Jan Lordby Gretlund. Lines Out across the Gap: An Interview with Pam Durban" [J]. American Studies in Scadinavia, 2006, 38 (2).

[52] Jan Nordby Gretlund. Still in Print: the Southern Novel Today [M]. Columbia: The University of South Carolina Press, 2010.

[53] Jay B. Hubbell. Southern Life in Fiction [M]. Athens: Georgia University Press, 1960.

[54] Jean Baudrillard. Simulations [M]. Paul Foss, Paul Patton and Philip Beitchman (Trans.). New York: Semiotext [e], 1983.

[55] Jeffery J. Folks, James A. Perkins. Southern Writers at Century's End [M]. Lexington: The University Press of Kentucky, 1997.

[56] Joanna Price. Understanding Bobbie Ann Mason [M]. Columbia: University of South Carolina Press, 2000.

[57] John Shelton Reed. My Tears Spoiled My Aim and Other Reflections on Southern Culture [M]. Columbia: University of Missouri Press, 1993.

[58] John Shelton Reed. One South: An Ethnic Approach to Regional Culture [M]. Baton Rouge: Louisiana State University Press, 1982.

[59] John Shelton Reed. Southern Folk, Plain and Fancy: Native White Social Types (Mercer University Lamar Memorial Lectures) [M]. Athens: University of Georgia Press, 1987.

[60] John Shelton Reed. The Enduring South: Subcultural Persistence in Mass Society [M]. Chapel Hill: The University of North Carolina Press, 1974.

[61] John T. Matthews. William Faulkner: Seeing Through the South [M]. Malden: John Wiley & Sons Ltd Publication, 2009.

[62] Jonathon M. Weiner. Social Origins of the New South: Alabama, 1860–1885 [M]. Baton Rouge: Louisiana State University Press, 1978.

[63] Joseph M. Flora, Robert Bain. Contemporary Fiction Writers of the South [M]. Westport: Greenwood Press, 1993.

[64] Joseph R. Urgo, Ann J. Abadie. Faulkner's Inheritances [M]. Jackson: University Press of Mississippi, 2007.

[65] Josephine Humphreys, John Lowe. The Future of Southern Letters [M]. New York: Oxford University Press, USA, 1996.

[66] Josephine Humphreys. Dreams of Sleep [M]. New York: Viking, 1984.

[67] Josephine Humphreys. Nowhere Else on Earth [M]. New York: Viking, 2000.

[68] Josephine Humphreys. Rich in Love [M]. New York: Viking, 1987.

[69] Julius Rowan Raper. Inventing Modern Southern Fiction: A Postmodern View [J]. Chapel Hill: Southern Literary Journal, 1990, 22 (2).

[70] Katherine Anne Porter. The Collected Stories of Katherine Anne Porter [M]. San Diego: Harcourt Brace Jovanovich, 1979.

[71] Kay Bonetti. An Interview with Richard Ford [J]. Columbia: Missouri Review, 1987, 10 (2).

[72] Kaye Gibbons. A Cure for Dreams [M]. Chapel Hill: Algonquin Books of Chapel Hill, 1991.

[73] Kaye Gibbons. On The Occasion Of My Last Afternoon [M]. Victoria Embankment: Little, Brown Book Group, 1999.

[74] Larry Brown. Dirty Work [M]. Chapel Hill: Algonquin Books, 1989.

[75] Larry Brown. Fay [M]. New York: Simon & Schuster, 2000.

[76] Lee Smith. Family Linen [M]. New York: Berkley Publishing Group, 2014.

[77] Lewis Lawson. Another Generation: Southern Fiction Since World War II [M]. Jackson: University Press of Mississippi, 1984.

[78] Lewis P. Simpson. The Dispossessed Garden: Pastoral and History in Southern Literature [M]. Athens: Georgia University Press, 1975.

[79] Lewis P. Simpson. The Fable of the Southern Writer [M]. Baton Rouge: Louisiana State University Press, 1994.

[80] Louis D. Rubin Jr., Robert D. Jacobs. Southern Renascence: The Literature of the Modern South [M]. Baltimore: Johns Hopkins University Press, 1993.

[81] Louis D. Rubin Jr.. The American South: Portrait of a Culture [M]. Baton Rouge: Louisiana State University Press, 1980.

[82] Louis D. Rubin Jr.. The History of Southern Literature [M]. Baton Rouge: Louisiana State University Press, 1985.

[83] Margaret Mitchell. Gone with the Wind [M]. London: Pan Books, 1974.

[84] Marion Barnwell. A Place Called Mississippi: Collected Narratives [M]. Jackson: University Press of Mississippi, 1997.

[85] Martyn Bone. Perspectives on Barry Hannah [M]. Jackson: University Press of Mississippi, 2007.

[86] Martyn Bone. The Postsouthern Sense of Place in Contemporary Fiction [M]. Baton Rouge: Louisiana State University Press, 2005.

[87] Matthew Guinn. After Southern Modernism: Fiction of the Contemporary South [M]. Jackson: University Press of Mississippi, 2000.

[88] Michael Kreyling. Inventing Southern Literature [M]. Jackson: University Press of Mississippi, 1998.

[89] Michael O'Brien. Rethinking the South: Essays in Intellectual History [M]. Baltimore: Johns Hopkins University Press, 1988.

[90] Michel Gresset, S. J. Patrick Samway. Faulkner and Idealism: Perspectives from Paris [M]. Jackson: University Press of Mississippi, 1983.

[91] Pam Durban. So Far Back [M]. New York: USA Picador, 2000.

[92] Pat Conroy. The Great Santini: A Novel [M]. New York: Dial Press Trade Paperback, 2002.

[93] Reynolds Price. The Source of Light [M]. New York: Scribner, 1981.

[94] Richard Ford. A Piece of My Heart [M]. London: Harvill Secker, 1996.

[95] Richard Ford. Independence Day [M]. London: Harvill Secker, 1996.

[96] Richard Ford. The Sportswriter [M]. New York: Random House Inc., 1986.

[97] Richard Godden. Fictions of Labor: William Faulkner and South's Long Revolution [M]. Cambridge: Cambridge University Press, 1997.

[98] Richard Gray, Owen Robinson. A Companion to the Literature and Culture of the American South [M]. Hoboken: Blackwell Publishing., 2004.

[99] Richard Gray. Writing the South: Ideas of an American Region [M]. Cambridge: Cambridge University Press, 1986.

[100] Richard King. A Southern Renaissance: The Cultural Awakening of the American South, 1930-1955 [M]. New York: Oxford University Press, 1980.

[101] Richmond C Beatty, Floyd C. Watkins, Thomas Daniel Young. The Literature of the South [M]. Chicago: University of Chicago Press, 1952.

[102] Robert H. Brinkmeyer Jr.. Remapping Southern Literature: Contemporary Southern Writers and the West [M]. Athens: University of Georgia Press, 2000.

[103] Robert O. Stephens. The Family Saga in the South: Generations and Destinies

[M]. Baton Rouge: Louisiana State University Press, 1995.

[104] Robert Penn Warren. A Place to Come To [M]. London: Secker and Warburg, 1977.

[105] Robert Penn Warren. Faulkner: A Collection of Critical Essays [M]. Upper Saddle River: Prentice Hall, 1966.

[106] Roy Blount Jr.. Roy Blount's Book of Southern Humor [M]. New York: W. W. Norton & Company Inc., 1994.

[107] Samuel Coale. William Styron Revisited [M]. New York: Twayne Publishers, 1991.

[108] Shirley Ann Grau. The Keepers of the House [M]. New York: Alfred A. Knopf, 1964.

[109] Steve Yarbrough. Oxygen Man [M]. Denver: MacMurray & Beck, 1999.

[110] Suzanne W. Jones, Sharon Moteith. South to a New Place: Region, Literature, Culture [M]. Baton Rouge: Louisiana State University Press, 2002.

[111] Taylor Hagood. Faulkner's Imperialism: Space, Place, and the Materiality of Myth [M]. Baton Rouge: Louisiana State University Press, 2008.

[112] Theda Perdue, Michael D. Green. The Columbia Guide to American Indians of the Southeast [M]. New York: Columbia University Press, 2001.

[113] Thomas Daniel Young. The Past in the Present: A Thematic Study of Modern Southern Fiction [M]. Baton Rouge & London: Louisiana State University Press, 1981.

[114] Tom Wolfe. A Man in Full [M]. London: Jonathan Cape, 1998.

[115] Toni Cade Bambara. Those Bones Are Not My Child [M]. New York: Pantheon, 1999.

[116] Twelve Southerners. I'll Take My Stand [M]. Baton Rouge: Louisiana State University Press, 1977.

[117] Walker Percy. The Last Gentleman [M]. New York: Furrar, Straus and Giroux, 1985.

[118] Walker Percy. The Moviegoer [M]. New York: Vintage Books, 1998.

[119] Walker Percy. The Second Coming [M]. New York: Picador, 1999.

[120] William Alexander McClung. The Country House in English Renaissance Poetry

[M]. Berkeley: University of California Press, 1977.

[121] William Faulkner. Absalom, Absalom! [M]. New York: Random House, Inc., 1951.

[122] William Faulkner. Flags in the Dust [M]. New York: Random House, 1973.

[123] William Faulkner. Go Down, Moses [M]. New York: Random House, 1942.

[124] William Faulkner. Intruder in the Dust [M]. New York: Random House: 1948.

[125] William Faulkner. Requiem for a Nun [M]. New York: Random House, 1951.

[126] William Faulkner. Sartoris [M]. New York: Random House: 1929.

[127] William Faulkner. The Hamlet [M]. New York: Random House, 1940.

[128] William Faulkner. The Mansion [M]. New York: Vintage, 1965.

[129] William Faulkner. The Unvanquished [M]. New York: Random House, 1966.

[130] William J. Cooper Jr., Thomas E. Terrill. The American South: A History [M]. New York: Alfred A. Knopf, 1991.

[131] William R. Taylor. Cavalier and Yankee: the Old South and American National Character [M]. New York: Harper Torchbooks, 1969.

[132] William Styron. Lie Down in Darkness [M]. New York: The Viking Press, 1951.

[133] William T. Ruzicka. Faulkner's Fictive Architecture: The Meaning of Place in the Yoknapatawpha Novels [M]. Ann Arbor: Michigan, UMI Research Press, 1987.

[134] 黄虚峰. 美国南方转型时期社会生活研究 [M]. 上海: 上海人民出版社, 2007.

[135] 李杨. 美国南方文学后现代时期的嬗变 [M]. 济南: 山东大学出版社, 2006.

[136] [美] 萨克文·伯科维奇. 剑桥美国文学史 (第七卷) [M]. 孙宏, 译. 北京: 中央编译出版社, 2005.